소설 손자병법 １

孫子兵法

정비석 장편소설

소설
손자병법
①

은행나무

● 작가의 말 ●

　사람이 살아간다는 것은 치열한 전쟁이나 다름없다. 일찍이 영국의 생물학자 찰스 다윈은 모든 생물의 살아남기 위한 싸움을 '생존경쟁(生存競爭)'이니 '적자생존(適者生存)' 같은 말로 표현했거니와 약육강식(弱肉强食)은 생태계의 기본 원리라 할 수 있겠다. 모든 생물은 살아남기 위해 내가 아닌 모든 것들과 부단히 싸우지 않으면 안 된다. 개인이든 국가든 가혹한 경쟁에서 이겨야만 살아남을 수 있으니 생의 엄숙성과 심각성은 바로 그 점에서 출발하는 것인지도 모르겠다.
　『손자병법(孫子兵法)』은 지금부터 이천사백여 년 전인 중국 춘추전국시대(春秋戰國時代)에 손무(孫武)라는 명장이 그의 손자인 손빈(孫臏)과 함께 3대에 걸쳐 저술한 병서(兵書)이다. 손자병법(孫子兵法)이라는 제목에서 드러나다시피 병법에 관한 내용 일색이지만 일리(一理)는 만리(萬理)에 통하는 법이어서 책을 자세히 분석해 보면 국가경륜(國家經綸)의 본체(本體)를 설파한 치정학(治政學)의 보감(寶鑑)이요, 기업성패(企業成敗)의 비책을 서술한 경영학의 지침이요, 인생이합(人生離合)의 기미(機微)를 명시한 처세학의 교과서라고도 볼 수 있는 만고불멸의 명저임을 알 수 있다. 세월이 흐를수록 이 책의 성가(聲價)가 높아가고 있는 이유는 바로 그런 점에서 찾을 수 있겠다.

　나는 『손자병법』이라는 이 소설 속에서 그 당시에 할거(割據)했던 수많은 영웅호걸들을 총동원시켜가면서, 그들 사이에서 일어났던 무궁무진한 권모술수와 파란만장했던 수많은 전쟁들을 다채롭게 엮어 나가려고 노력했다.

　날이 갈수록 치열해져 가는 경쟁 속에서 살아가야 하는 현대인들에게 이 책이 다소나마 도움이 될 수 있다면 그처럼 다행한 일은 없겠다.

　강호 제씨의 애독을 바란다.

정비석(鄭飛石)

1권 차례

작가의 말 4

◉ 흥망(興亡)의 기본 9

◉ 천하의 표랑객(漂浪客) 42

◉ 초진대전(楚晋大戰) 62

◉ 진(秦)의 기계(奇計) 89

◉ 고전장(古戰場)에 배우다 119

◉ 안평중의 호기(豪氣) 146

- 기질의 찬역(簒逆) 170
- 간신의 농간 196
- 쫓는 자, 쫓기는 자 224
- 끝없는 형극의 길 258
- 오 왕가(吳王家)의 내홍(內訌) 281

　작품연보 314

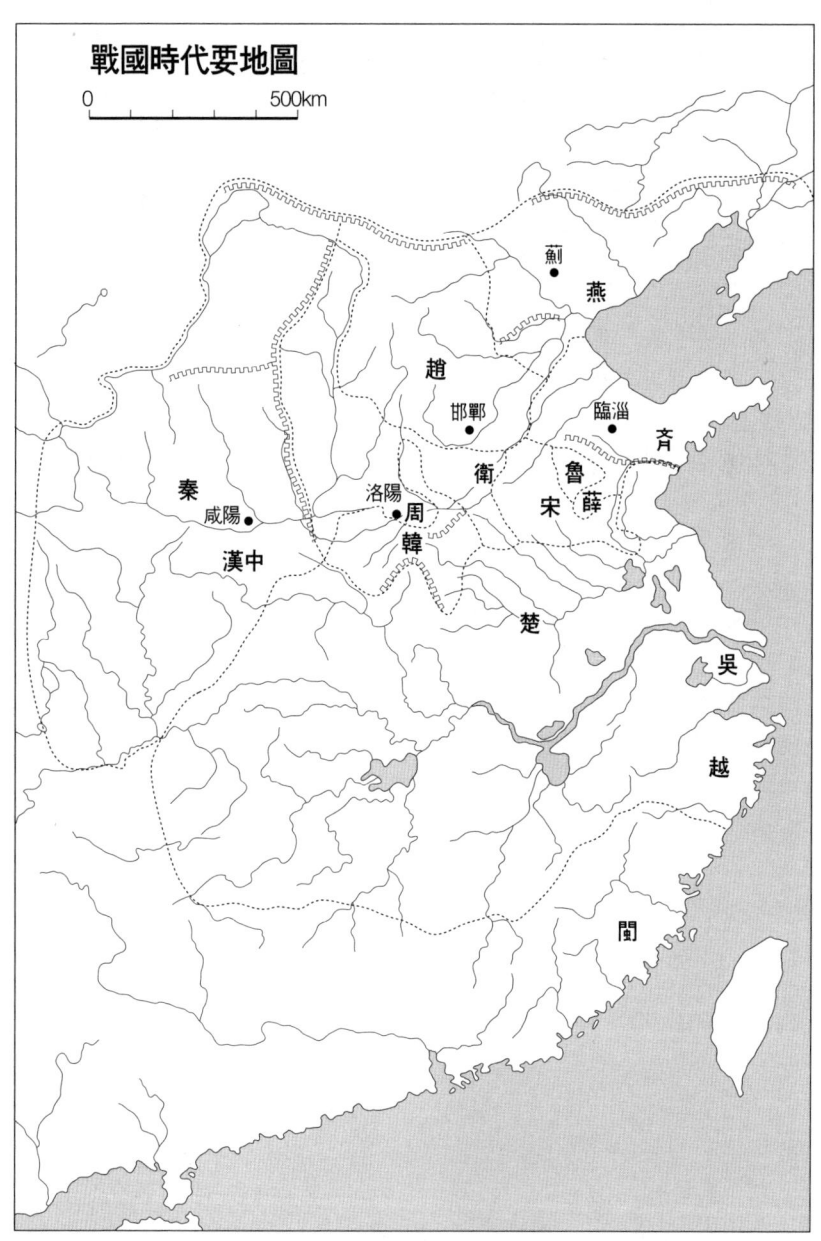

흥망(興亡)의 기본

　인류의 역사를 한 마디로 요약해 보자면, '모든 역사의 공통점은 분열과 통합의 연쇄반응적(連鎖反應的)인 반복이다'라고 말할 수 있을 것 같다.
　진화론을 주창한 찰스 다윈에 의하면 모든 생물은 끊임없이 분열하여 자꾸만 불어나게 마련인데, 분열된 개체군(個體群)이 만족스럽지 못한 환경 속에서 종족을 오래도록 보존해 나가려면 부득이 다른 종족과 싸워 이겨야만 한다고 했다. 적자생존(適者生存)과 약육강식(弱肉强食)의 이론은 거기에 근거를 두고 있는 것이다.
　그 이론은 개인이나 국가의 경우에도 그대로 적용된다. 개인의 경우를 한번 생각해 보자. 가령 어떤 사람이 사업 수완이 능하여 수많은 사업체를 이루어 놓았다고 치자. 그 기업가는 후손들을 보존하기 위하여 조만간 수많은 사업체를 자식들에게 한두 개씩 나눠줄 수밖에 없게 되는데, 그것은 자기영생(自己永生)을 위한 분열 작용이라고 보아야 옳을 것이다. 그리고 아버지에게서 사업체를 물려받은 자식들은 제각기 자기네 직계 후손들의 번영을 도모하기 위해 제3의 기업체들과도 경쟁을 해야 하겠지만, 경우에 따라서는 형제간에도 죽느냐 사느냐의 피나는 경쟁을 아니 할 수가 없게 될 것이다. 그것은 자기보존(自己保存)과 자기확장(自己擴張)을 위한 통합적인 작용이라고 볼 수 있을 것이다. 그 모양으로 분열과 통합이 상호간에 연쇄반응적인 작용을 일으키면서 끊임없이 반복되어 온 것이 바로 인류의 역사라 하겠다.

비단 사람의 경우뿐만 아니라 다른 생물들의 경우도 마찬가지다. 그렇게 따지고 보면 모든 생물은 분열과 통합의 생리를 원천적으로 타고났음이 분명하다. 나라와 민족의 흥망성쇠(興亡盛衰)를 두고 보더라도 마찬가지요, 국가와 국가 간의 이합집산(離合集散)을 두고 보아도 그 원리는 둘이 아니고 하나이다.

유사 이래로 자기를 지켜 나가려는 의욕이 박약한 민족치고 제대로 살아남은 예는 없었다. 나약한 민족은 언젠가는 멸종의 비운을 면하기가 어렵고, 방위력이 허약한 국가는 조만간 강대국에게 먹혀 버리고 말게 되는데, 그것도 분열과 통합의 원리에서 오는 필연적인 현상인 것이다.

우리나라의 역사를 잠깐 살펴보자. 우리는 단일 민족인데다가 다행히 생존 의욕이 강인한 편이어서 단군(檀君) 이래로 연년 4천3백여 년을 누리며 내려왔다. 그러나 분열과 통합의 섭리만은 면할 수가 없어서, 안으로는 사분오열(四分五裂)의 분열과 통합을 거듭해 오다가 아직도 남과 북이 분열된 상태로 있고, 밖으로는 타민족 타국가에게 몇 차례 통합되었던 쓰라린 기억을 안고 있다.

미루어보건대 개인이나 민족이나 국가를 막론하고 생존한다는 그

자체가 이미 총성 없는 전쟁을 치르고 있는 셈이다. 생사를 걸고 싸우는 약육강식의 치열한 전쟁이고 보니, 거기에는 용서도 있을 수 없고, 요행도 바랄 수 없다. 정치가 그렇고, 기업이 그렇고, 문화 역시 그렇다. 어느 분야를 막론하고 오직 승자만이 살아남는 것이 인생이다.

사람은 본디 평화를 애호하는 성품을 지니고 있으면서도, 살아가기 위해서는 부단히 싸워야만 하는 이율배반적(二律背反的)인 환경 속에 처해 있는 비극적인 존재이다. 그러므로 평화를 갈망하는 것은 관념적인 이상일 뿐이고, 현실적으로는 어떤 형태로든 끊임없이 싸워야만 하도록 되어 있다.

춘추전국시대의 이야기를 시작하기 전에, 그 시대에 이르기까지의 중국 고대사를 대충 알아보기로 하자.

인류 역사상 가장 평화로웠던 시대는 언제였을까.

동양에서는 중국의 요순시대(堯舜時代)를 이상적인 태평성대(太平聖代)로 일러 온다. 『사기(史記)』에 의하면 요(堯)가 제위(帝位)에 오른 것은 기원전 2390년, 아득한 옛날의 일이었다. 요 임금은 단군보다도 57년 먼저 임금이 된 셈이다. 게다가 우리에게 단군 이전은 정치 부재의 공백 시대로 되어 있지만 중국은 요 임금 이전에도 삼황(三皇 : 天皇氏, 地皇氏, 人皇氏) 시대가 무려 3천 년이나 계속되었다.

그야 어쨌거나 그 당시에는 사람은 적고 땅은 얼마든지 남아돌았을 것이니 남하고 싸워야 할 필요가 없었으리라. 나라가 하나뿐이어서 싸움의 상대조차 없었으니 백성들이 평화롭게 살아갈 수 있었으리라는 것은 쉽게 짐작할 수 있는 일이다. 그 무렵 백성들 간에는 '격양가(擊壤歌)'라는 노래가 널리 불려졌다고 전해 온다.

현재 지구상에는 3백여 개의 국가가 있다. 그리하여 치자(治者)들은 저마다 복지사회 건설을 부르짖고 있건만 정작 백성들은 모두가 한결같이 아우성을 치고 있는 형편이 아닌가. 그로 미루어 보자면 백성들이 '격양가'를 불렀다는 그 한 가지 사실만으로도 요 임금 시대는 태평성대였음이 분명해진다. 그런데 격양가의 내용이 또한 걸작이었다. 누구나 다 알고 있는 것이지만 참고삼아 한번 들어 보기로 하자.

해 뜨면 일하고
해 지면 쉬고
우물 파 물 마시고
밭 갈아 내 먹으니
임금의 혜택이
내게 무엇이 있다더냐.
日出而作
日入而息
鑿井而飮
耕田而食
帝力干我何有哉

가사를 자세히 음미해 보면 과연 태평성대에 불렀을 법한 노래임을 알 수 있다. 우물을 파는 데도 허락이 필요치 않았고, 농사를 짓는 데도 간섭이 없었고, 게다가 세금조차 없었을 테니 살아가기가 얼마나 편했을 것인가.
『사기(史記)』에는 요 임금의 행적에 대해 이런 구절이 나온다.

임금은 백성들과 똑같은 초가집에 살면서 방안도 꾸며 놓지 않았다. 마음을 항상 백성들에게만 두어 굶는 사람이 있으면 자기도 끼니를 걸렸고, 추위에 떠는 사람이 있으면 자기도 같이 떨었고, 죄지은 사람이 있으면 자기도 죄인처럼 괴로워하였다.

말하자면 치자가 백성들과 호흡을 완벽하게 같이해 온 셈이다. 만약 오늘날에도 그와 같은 치자가 있다면 누구의 입에선들 격양가가 흘러나오지 않을까.

치자와 피치자와의 관계는 물과 물고기와의 관계와 같아야 한다고 옛날부터 일러 온다. 물고기는 물 속에서 자유롭게 헤엄쳐 살아오면서도 정작 물의 고마움을 인식하지 못한다. 마치 사람이 공기를 마시지 않고서는 한 시간도 살 수 없으면서도 공기의 고마움을 깨닫지 못하는 것과 같은 이치다.

정치의 이상은 바로 그 경지에 도달하는 것이라고, 노자(老子)는 이미 2천여 년 전에 설파한 바 있다. 정치의 최고 이상은 백성들이 자유롭게 살아갈 수 있게 하는 데 있다. 그런데 오늘날의 치자들은 어느 나라를 막론하고 오만 가지 법규를 만들어 통치하고 있다. 인구가 많아지고 사회 구조가 복잡해짐에 따라 다소간의 속박은 어찌할 수 없겠지만 부질없는 법규 같은 것은 최대한으로 억제해야 할 것이다.

오늘날 선진국과 후진국의 구별은 국민 소득의 다과(多寡)로 평가하는 것이 일반적인 통례로 되어 있다. 그러나 돌이켜 생각해 보면, 선진국과 후진국의 참된 구별은 경제적인 조건보다도 오히려 치자와 백성들의 관계를 기준으로 삼아 결정해야 옳은 일일지도 모른다.

그야 어쨌건 다시 격양가의 이야기로 돌아가자. 요 임금은 어느 날 민정을 살펴보려고 평복을 입고 미행을 나섰다. 어느 곳에 당도해 보니 늙은 농부 하나가 네거리 한복판에 주저앉아 흙덩이로 땅을 두드려 박자를 맞춰 가면서 격양가를 큰소리로 부르고 있었다. 요 임금은 그 노래를 듣고 나서 크게 기뻐하였다.

'임금의 혜택이 내게 무엇이 있다더냐'라고 한 구절을 표면에 나타난 문구대로만 해석하면 임금을 비방한 뜻이 된다. 따라서 옛 법도대로라면 대역죄로 당장에 끌려가기 십상이다. 그러나 그 노래를 듣고 크게 기뻐했다는 것을 보면 요 임금은 과연 성군의 자질을 몸에 넘치도록 지니고 있었던 위대한 인물이었음을 알 수 있다.

50년간이나 제위를 누리며 선정을 베푼 요 임금은 자기 아들인 단주(丹朱)가 어리석어 임금으로서의 자질이 부족함을 알고, 순(舜)이라는 현자를 불러 보위를 물려주었다. 그것 역시 누구도 할 수 없는 위대한 일이었다.

한번 권좌에 오르면 죽을 때까지 그 자리를 내놓지 않으려는 것은 어느 나라에서나 흔히 볼 수 있는 일이요, 그와 같은 욕망을 달성시키기 위해서는 어떤 희생도 불사하는 것이 통례로 되어 있지 않은가. 그런데 요 임금은 아들을 제쳐놓고 현자를 찾아내어 제위를 자진해 물려주었으니 그 얼마나 위대한 성군이었던 것인가.

요순시대는 그처럼 태평성대였던 관계로 문화도 크게 발달하였다. 창힐(蒼頡)이라는 사람이 한자(漢字)를 창안해낸 것도 요 임금 시대의 일이었고, 오늘날 많은 사람들이 신선놀음처럼 여겨 오는 바둑을 만들어낸 것도 역시 그 시대의 일이었다.

요에게서 제위를 물려받은 순(舜) 또한 성군이었다. 순은 제위에 오른 뒤에도 새벽같이 밭에 나가 농사를 지었고, 물에 가서는 물고기를 열심히 낚았으므로, 평소에 게으름을 피우던 백성들도 모두 임금을 본받아 부지런히 일하게 되었다.

그 무렵의 수도는 산서성(山西省) 평양(平陽)이었다. 해마다 여름철이면 황하가 범람하여 백성들이 많은 피해를 보았으므로 순제(舜帝)

는 현신(賢臣)인 우(禹)와 함께 치수공사(治水工事)를 대대적으로 일으켜 커다란 성과를 거두었다. 그것이 지금부터 4천여 년 전의 일이었으니, 그 공사야말로 인류 역사상 최초의 치수공사였다고 말할 수 있겠다.

순제도 요제를 본받아 임금의 자리에 결코 연연해하지 않았다. 순제에게는 상균(商均)이라는 아들이 있었음에도 병석에 눕게 되자 임금의 자리를 치수공사에 공이 큰 우에게 넘겨주었다.

임금의 자리를 물려받은 우(禹)는 국호를 하(夏)라 정하고, 자기 스스로를 우왕(禹王)이라 칭하면서 오로지 국리민복(國利民福)에만 전력을 기울였다.

우왕에게는 계(啓), 재(宰), 한(罕)의 세 아들이 있었다. 모두가 현명한 인물들이었다. 그러나 우왕은 선정 27년 만인 90여 세에 병석에 눕게 되자 중신들을 베갯머리에 불러 놓고 이렇게 말한다.

"내가 죽거든 왕위를 현명하고 인자한 백익(佰益)에게 물려주도록 하라."

중신들은 그 소리를 듣고 모두 깜짝 놀랄 수밖에 없었다.

"임금께서는 세 분의 아드님이 계시옵고, 그들은 한결같이 현명하시옵니다. 그런데 어찌하여 왕위를 후손에게 계승시키지 아니 하시고 타인에게 물려주려 하시옵니까?"

그러자 우왕은 고개를 크게 흔들며 말한다.

"천하는 어느 개인의 것이 아니다. 내 아들들이 현명하다는 것은 나 또한 알고 있으나 왕위를 세습하게 되면 그것이 선례가 되어 천하는 한 사람의 차지가 되어 버리지 않겠는가. 그런 폐단을 미연에 방지하려면 왕의 자리는 반드시 현명한 제자에게 물려 줘야 옳으니라."

실로 금과옥조(金科玉條)와 같은 명언이었다. 우왕이 그런 유언을 남기고 세상을 떠났으므로 왕위는 마땅히 백익이 물려받아야 할 형편이었다. 그러나 백익은 왕위에 욕심이 없는 사람이었다. 더구나 선왕의 현명한 자식들을 물리치고 자기가 왕위에 오른다는 것은 선왕에 대한 대접이 아닌 것 같아 그날로 기산(箕山) 속으로 자취를 감춰 버리고 말았다.

그리하여 부득이 선왕의 맏아들인 계를 신왕으로 받들어 모시게 되었는데, 그것이 세습양위(世襲讓位)의 효시(嚆矢)였다.

성군이었던 선왕의 금과옥조와 같은 유언을 무시하고 엉뚱한 사람이 왕위에 오르자 지방의 세력가인 제후들이 크게 반발하였다.

"계는 아버지의 유언을 무시하고 왕위를 억지로 빼앗은 자다."

이리하여 요·순·우 3대를 누려오던 태평성대는 차츰 어지러워지기 시작하였다. 그러나 신왕 계제(啓帝)는 다행히 현명한 사람이었다. 그는 자기가 왕위를 물려받은 것이 부득이한 사정이었음을 제후들에게 양해시켜 가면서 선정을 베풀려고 애쓴 덕택에 별다른 사고 없이 왕위를 유지해 나갈 수 있었다. 그러나 그는 죽음에 이르러 왕위를 자기 아들인 태강(太康)에게 물려주었다.

우왕이 우려했던 대로 천하는 만인의 천하가 아니라 어느 한 개인의 천하가 되어 버리고 만 것이었다. 그로 인해 제후들의 불평이 날로 고조되어 여기저기서 반란을 일으키는 자가 끊이지 않았다. 천하가 어차피 어느 개인의 것일진대 제후들은 저마다 대권을 한번 잡아보겠다는 야심을 품고 군대를 양성하여 반란을 도모하게 된 것이다. 따라서 임금도 제후들을 억압해 가면서 왕위를 보존하기 위해서는 군대를 대대적으로 양성하지 않을 수 없게 되었다.

하왕조(夏王朝)는 그 모양으로 민심을 가까스로 수습해 오면서 세습 정치를 계속해 오다가 제17대 걸왕(桀王) 때에 와서 마침내 패망의 위기에 직면하였다.

걸왕이 나라를 망친 직접적인 원인은 미녀와 간신배 때문이었다. 어리석은 걸왕은 간교하기 짝이 없는 간신배 조량(趙梁)의 말만 믿고 어진 신하들을 모조리 죽여 없애 버렸을 뿐만 아니라 원수의 딸인 말희(末喜)라는 계집에게 미쳐 낮이나 밤이나 음탕과 연락(宴樂)으로 귀중한 세월을 허비했다.

걸왕은 말희를 기쁘게 해주기 위해 대궐 안에 경궁요대(瓊宮瑤臺)를 조성하는 일대 토목공사를 일으켜 백성들을 기아에 허덕이게 하였다. 그리고 대궐 안 정원에는 커다란 연못을 파고 봉황새 모양의 오색이 영롱한 화방(畫舫)을 띄웠는데, 연못에 넘실거리는 것은 물이 아니라 술이어서 세상 사람들은 그 연못을 주지(酒池)라 불렀다.

그뿐이랴. 말희와 함께 화방을 타고 뱃놀이를 하며 연못에 가득 찬 술을 맘대로 퍼마시려면 술안주가 필요했던 까닭에 연못가에 우거져 있는 나뭇가지마다 고깃덩이와 육포(肉脯)를 줄줄이 매달아 놓았으므로 세상 사람들은 그것을 일컬어 육산포림(肉山脯林)이라고 비방했다. 오늘날 우리가 '주지육림(酒池肉林)'이라고 하는 말은 바로 이 하 왕조의 걸왕과 뒤에 나오는 은나라 주(紂) 왕의 고사에서 생겨났다.

일국의 군주가 백성을 돌보지 않고 사치와 음란만을 일삼고 있었으니 나라가 무사할 턱이 없었다. 지금의 하남성(河南省)에 근거지를 두고 은인자중 힘을 길러 오던 제후의 한 사람인 성탕(成湯)은 민심이 이미 걸왕에게서 멀리 떠나 버렸음을 알아차리고 1만5천의 군사를 이끌고 내궐을 기습했다.

대궐 안팎을 수천 명의 군대가 지키고 있었지만 이미 민심이 크게 이반된 까닭에 목숨을 걸고 왕을 지키려는 군인은 아무도 없고, 제각기 도망을 치기에 바빴다. 그리하여 걸왕은 대궐에서 타오르는 불길

속으로 뛰어들어 스스로 목숨을 끊고 말았다.

그리하여 4백50여 년이나 이어온 하왕조가 하루아침에 멸망하고 새 나라가 탄생했으니 바로 은(殷)나라였다. 지금부터 3천5백여 년 전의 일인데, 그 사건은 동양역사상 이신벌군(以臣伐君 ; 신하가 임금을 살해)하고 새 나라를 이룩한 최초의 사건이었다.

신생 국가 은나라의 창업주 탕왕(湯王)은 매우 현명한 사람이었다. 그는 왕위를 보존해 나가려면 첫째로 민심을 얻어야 하고, 둘째로 지방에 흩어져 있는 제후들을 회유하는 것이 절대로 필요하다는 것을 잘 알고 있었다.

왕위에 오른 탕왕은 즉시 46명의 제후들을 대궐로 불러들여 후하게 대접하면서, 진심으로 보필해 줄 것을 간곡히 부탁하였다. 오랫동안 학정에 시달렸던 백성들에게는 국고를 털어 구휼미(救恤米)를 골고루 나눠주면서 더 이상 백성들을 괴롭히는 일이 없을 것임을 천명했다. 그 덕택에 민심과 제후들의 마음은 한결같이 탕왕 쪽으로 기울게 되었다.

탕왕은 선정을 베풀기 위해 이윤(伊尹)이라는 현자를 재상으로 삼았다. 탕왕이 하루는 재상 이윤에게 묻는다.

"옛날부터 조정에는 삼공구경(三公九卿)과 대부열사(大夫列士)가 올바로 갖추어져 있어야 한다고 일러 왔는데, 도대체 그런 사람은 어떤 인물이어야 하는 것이오?"

재상 이윤이 읍하고 대답한다.

"삼공(三公)은 천도(天道)에 통하는 사람이라야 하옵고, 구경(九卿)은 지도(地道)에 통하는 사람이라야 하옵고, 대부(大夫)는 인사(人事)에 통하는 사람이라야 하옵고, 열사(列士)는 법도(法道)에 밝은 사람이라야 하옵니다. 조정에 그런 사람이 골고루 모여 있어야만 나라를 바로 다스릴 수 있게 되는 것이옵니다."

"참으로 고마운 말씀이오. 내가 부족한 점이 많은 사람이니 경은 백성과 나라를 위해 그런 인재들을 널리 천거해 주시오."

그리하여 국기(國基)를 탄탄하게 다진 탕왕은 왕위를 자손만대에까지 누려가려 하였다. 그러나 한번 흥하면 언젠가는 반드시 망하는 날이 있게 마련이다. 은왕조(殷王朝)는 안으로는 백성들에게 선정을 베풀고, 밖으로는 사위(四圍)에서 발호(跋扈)하는 견융(犬戎)들을 용감하게 토벌해 가면서 27대에 걸쳐 6백여 년을 계승해 내려오다가 28대 주왕(紂王) 때에 이르러 망조가 들고 말았다.

주왕도 하왕조를 망친 걸왕과 마찬가지로 천하의 폭군이었다. 게다가 여색을 좋아하는 점도 걸왕과 꼭 같아 달기(妲己)라는 미녀를 기쁘게 해주려고 일대 토목공사를 벌였다.

대궐에서 5리쯤 떨어진 남양사(南陽社)라는 곳에 높이 1천 척이나 되는 고대(高臺)를 쌓아 올리고, 그 위에 옥문경실(玉門瓊室)을 짓는데, 기와와 바람벽을 모두 금은보옥(金銀寶玉)으로 장식하고, 정원에는 기화요초(奇花瑤草)를 사시장철 꽃피게 하였다.

충신 비간(比干)이 그 꼴을 보다 못해 토목공사를 중단하고 선정을 베풀 것을 세 번씩이나 읍소하였다. 그러나 주왕은 충언을 받아들이기는커녕 비간의 목을 자기 손으로 잘라 버리고 거대한 토목공사를 7년 간이나 계속하였다.

사태가 그 지경에 이르고 보니 혹사와 기아를 견디다 못해 자식을 업고 이웃 나라로 밤노망을 지는 백성들이 꼬리를 이었다. 은왕조의 멸망은 그렇게 다가왔다.

그 무렵, 기산(岐山) 즉 지금의 섬서성(陝西省)은 본명을 희창(姬昌)이라고 부르는 서백(西伯)이 지키고 있었다. 서백은 용감하고 지혜로운 장수여서 사방에서 침노해 오는 오랑캐의 무리를 모조리 쳐부수어 백성들이 편히 살 수 있게 해주었다. 그래서 다른 지방에 살던 백성들이 앞을 다투어 서백의 관내로 몰려들었다. 군주인 주왕이 중앙에서 학정을 거듭하니 민심은 자꾸만 서백에게로 쏠리게 되었다.

어느 날 밤 서백은 이상한 꿈을 꾸었다. 전각(殿閣)에 홀로 앉아 있노라니 난데없는 곰 한 마리가 동남으로부터 나타나 서백의 옆에 다가와 앉았다. 그러고 나서 잠시 후에는 난데없는 문무백관들이 들어와 서백에게 배례를 하는 것이 아닌가. 깜짝 놀라 깨어 보니 남가일몽(南柯一夢)이었다.

서백은 모사(謀士) 의생(宜生)을 불러들여 꿈 이야기를 들려주고 의미를 물었다. 의생이 크게 기뻐하며 대답한다.

"그것은 주공(主公)께서 현인을 얻어 왕위에 오르실 꿈이옵니다. 자고로 곰은 어진 짐승이라고 일러 오고 있사옵니다. 곰이 나타났다는 것은 현인을 얻으신 꿈이옵고, 백관들이 어전에 배복했다는 것은 장차 만조백관을 거느리실 꿈이 아니고 무엇이겠습니까. 곰이 동남으로부터 나타났다고 하니, 그 방면으로 현인을 찾아 나서 보시옵소서."

"꿈이란 허사라고 일러 오는데, 꿈 같은 것을 가지고 어찌 그처럼 대견스럽게 말하오?"

"아니옵니다. 주왕은 이미 신망이 땅에 떨어져 민심이 모두 주공께 돌아왔으니 이제는 천하대사를 도모해 볼 만한 때이옵니다. 아무려나 밑져야 본전이니 내일쯤 동남 지방으로 사냥을 빙자로 현인을 찾아 나서 보시옵소서."

서백은 호걸장부인지라 주왕의 황음무도함을 보고 천하를 도모해 볼 생각이 없었던 것은 아니었다. 다음날 서백은 모사 의생과 함께 동남 지방으로 말을 타고 사냥을 나섰다.

　이윽고 어느 늪가에 당도해 보니, 그 늪에는 4, 5명의 낚시꾼이 둘러앉아 있는데 모두가 낚시질을 하면서 이구동성으로 이런 노래를 부르고 있었다.

　그 옛날 성탕이 걸왕을 쓸어낼 때에는
　정벌 열한 차례가 칡덩굴 베어내기부터였도다.
　정당하게 하늘과 사람의 뜻을 받들어
　의로운 깃발을 들고 나서니 적이 없더라.
　그로부터 세월이 흐르기 이러구러 6백여 년
　축망과 은파는 이미 기운이 다하여
　나무에는 고기 숲 연못에는 술이 가득
　녹대 정자에는 고혈이 만 자 높이로 쌓였도다.
　憶昔成湯掃桀時
　十一征兮自葛始
　堂堂正大應天人
　義旗一擧全無敵
　往今六百有餘年
　祝網恩波將竭息
　懸肉爲林酒作池
　鹿臺積血高千丈

　서백은 그 노래를 듣고 소스라치게 놀랐다. 그 노래는 그 옛날 하왕조 때에 성탕이 폭군 걸왕을 쓰러뜨리고 은나라를 세웠듯이, 이제는 폭군 주왕을 몰아내고 새 나라를 세워야 할 때가 되었다는 뜻을 담고 있었기 때문이다.

"그대들은 그 노래를 누구한테서 배웠소?"

서백은 하도 괴상하여 늙은 낚시꾼에게 물었다. 낚시꾼이 서백에게 대답한다.

"우리들이 지금 부른 노래는 80객 백발어옹(白髮漁翁)에게서 배운 노래요."

"그 노옹은 어떤 사람이오?"

"80평생을 낚시꾼으로 살아온 분이오. 그러나 언제나 곧은 낚시를 써 미끼도 물리지 아니하기 때문에 평생 낚시질만 해오면서도 고기는 한 마리도 잡지 못한 어른이라오."

서백과 의생은 그 말을 듣고 무척 괴이하게 여겼다.

"그 어른이 지금 어디 계시오?"

"여기서 백 리 가량 떨어진 반계(磻溪) 지방의 위수(渭水)라는 곳에 사시오. 그 노인을 만나고 싶거든 그리로 가 보시오. 지금도 물가에서 낚시질을 하고 계실 거요."

의생이 그 말을 듣고 서백을 향해 말한다.

"이 사람들이 말하는 백발 노인이 지금 우리가 찾고 있는 현사(賢士)가 분명하옵니다. 위수로 그 노인을 찾아가 보십시다."

두 사람이 말을 급히 달려 반계로 찾아가 보니 문제의 백발 노인은 보이지 아니하고 낚시꾼 하나가 위수에서 낚시질을 하면서 노래를 부르고 있었다.

봄 물은 유유하고 봄 풀은 기이한데
좋은 사람 못 만나 반계에 숨었노라.
세상 사람 어진 이의 높은 뜻을 몰라주니

늙은 사람 물가에서 낚시질만 하노라.
春水悠悠春草奇
金魚未遇隱磻溪
世人不識高賢志
看作溪傍老釣磯

그 노래가 의미심장하기에 서백이 낚시꾼을 향해 물었다.
"그 노래를 누구한테서 배웠소?"
"저 위수 가에 있는 석실(石室)에 80객 어옹(漁翁)이 숨어살고 있는데 그 노인장께 배웠다오."
두 사람은 즉시 위수의 어옹을 찾아 나섰다. 과연 개울가에 석실이 하나 있는데 입구에는 잡초가 무성하게 우거져 있었다.
주인을 부르자 동자 하나가 달려 나왔다.
"주인장 계시느냐?"
"오늘 아침 약초(藥草)를 캐려고 산에 올라가셨습니다. 사흘쯤 후에나 돌아오십니다."
하는 수 없어 사흘 후에 다시 찾아오리라 생각하며 동자에게 다시 물어 본다.
"노인장께서는 곧은 낚시질을 하시기 때문에 물고기를 한 마리도 낚지 못하셨다고 들었는데 그게 사실이냐?"
동자가 웃으며 대답한다.
"우리 할아버지는 고기를 낚으시는 게 아니라 세월을 낚고 계시는 겁니다."
"뭐야? 세월을 낚는다고?"
동자의 말을 듣고 보니 과연 현인고사(賢人高士)가 분명하였다.

돌아서 나오다 보니 개울가 버드나무 그늘에 빈 낚싯대가 하나 드리워져 있었다. 서백은 빈 낚싯대를 보고 다음과 같은 시 한 수를 써서 동자에게 전해 주었다.

현인을 찾아 멀리 반계에까지 와 보니
주인은 간 데 없고 낚싯대만 보이는구나.
빈 낚싯대만 버들 아래 드리워져 있고
노을진 강에는 강물만 헛되이 흐르도다.
求賢遠出到溪頭
不見賢人只見釣
一竹靑絲垂綠柳
滿江紅日水空流

그로부터 사흘 후.
서백이 반계에 다시 찾아와 보니 과연 위수 강가에는 동안백발(童顔白髮)의 낚시꾼 하나가 앉아 있었다. 그런데 그는 낚시를 한다기보다 유유히 흘러가는 강물을 허심히 바라보며 노랫가락을 흥얼거리고 있는 게 아닌가.

서풍이 일었도다 흰구름이 날아가네
때가 이미 저물었도다 어찌 가만있을쏘냐.
西風起兮白雲飛
歲已暮兮將焉爲

서백이 가까이 다가와도 노옹은 본 체도 아니 하고 노래만 불렀다.

서백은 노래가 끝나기를 기다렸다가 노옹 앞에 엎드려 큰절을 올리고는 말한다.

"소생은 서백 희창이라는 사람입니다. 주왕이 정사를 그르쳐 만백성이 도탄에 빠져 있사와 소생이 구제할 뜻을 품었사오나 힘이 부족하오니 고덕(高德)하신 선생께서 도움을 베풀어주시옵소서."

백발 노옹은 황급히 일어나 땅에 엎드려 있는 서백을 손수 일으켜 세우며 말한다.

"노부는 강가에서 고기나 낚는 세민(細民)으로, 심모원략(深謀遠略)이 있을 수 없는 촌민입니다. 그러나 서백께서 이처럼 친히 찾아 오셔서 하문하시니, 평소의 우견(愚見)이나마 어찌 말씀드리지 아니하오리까."

"선생께서는 그 고견을 부디 소생에게 들려주시옵소서. 간곡히 부탁드립니다."

백발 노옹은 서백 앞에 단정히 앉아서 말한다.

"지금 만백성들의 민심은 이미 서백께 기울어져 있습니다. 그러하니 서백께서는 때를 가려 마땅히 동정(東征)의 군사를 일으켜 은나라를 쳐 없애고, 새 나라를 세우셔야 할 것입니다."

"그러자면 어떻게 해야 좋을지 자세한 방도를 가르쳐 주십시오."

"대사를 도모하는 데는 두 가지 방도가 있다고 봅니다. 하나는 군사를 일으켜 당장 쳐들어가는 것이고, 다른 하나는 때가 오기를 기다리면서 은인자중 덕(德)을 쌓아 가는 방도이옵니다."

"선생께서는 그 두 가지 중에 어느 방도를 택하는 것이 좋다고 생각하십니까?"

"저는 첫째 방도보다는 두 번째 길을 택하도록 권유하고 싶습니다."

서백은 크게 기뻐하며 다시 묻는다.

"그 이유는 어디에 있습니까?"

노옹은 잠시 생각에 잠겨 있다가 입을 열어 대답한다.

"당장 군사를 일으켜서는 여러 가지 이유로 완전한 성공을 거두기가 어려울 것이기 때문입니다."

"여러 가지 이유란 무엇을 말씀하시는 것입니까?"

"첫째, 서백께서는 아직 은나라의 신하이십니다. 그러므로 당장 쳐들어가면 이신벌군(以臣伐君)의 비방을 면하기가 어려울 것이니, 그렇게 되면 싸움에 이긴다 하더라도 대의명분(大義名分)이 서지 않아 민심을 수습하기가 쉽지 않을 것입니다."

듣고 보니 과연 지혜로운 말이었다. 서백은 크게 감탄하여 고개를 끄덕이며 다시 묻는다.

"지금 당장 쳐들어가서는 안 될 또 다른 이유는 무엇입니까?"

백발 노옹은 심사숙고 끝에 다시 입을 열어 말한다.

"둘째 이유는 주왕의 거듭된 학정으로 은나라가 몹시 피폐해 있다고는 하지만 조정에는 아직 기라성 같은 현신과 명장들이 수두룩하게 버티고 있고, 백만대군 또한 건재합니다. 따라서 지금 당장 군사를 일으켜서는 승리할 가망이 없다고 보아야 합니다. 대사를 도모하기 위해서는 때를 기다려야 한다고 말씀드린 것은 바로 그 때문입니다."

마치 천하대세를 손바닥 위에 놓고 바라보는 듯한 말투였다.

서백은 그 말에도 감탄해 마지않았다.

"선생의 말씀을 들어 보니, 모두가 먼 앞날을 내다보고 하시는 말씀입니다. 그러면 적당한 때라는 것은 언제를 말씀하시는 것인지 가르쳐 주십시오."

"봄이 가야만 여름이 오고, 여름이 가야만 가을이 오는 것은 천지

운행(天地運行)의 섭리라 하겠습니다. 이 세상 모든 일은 천지운행의 섭리에 따라 처리해야 합니다. 군사를 일으키는 것도 때가 무르익어야 하는 것입니다. 뱃속에 들어 있는 자식의 얼굴을 빨리 보고 싶다고 열 달도 되기 전에 낳게 해버린다면 모처럼 얻은 아기가 병신이 되고 말 것이 아닙니까, 허허허."

백발 노옹은 먼 하늘을 우러러보며 혼자 소리내어 웃는 것이었다.

서백은 너무도 조급하게 굴었던 자신을 부끄럽게 여기며, 노옹에게 머리 숙여 사과한다.

"소생이 아직 수양이 부족하여 너무 조급하게 여기고 있었음을 널리 헤아려 주십시오."

"아닙니다. 백성들이 도탄에 허덕이고 있는 지금 서백께서 조급하게 여긴 것은 오히려 당연한 일인지도 모릅니다. 그러나 큰일을 도모하는 데는 조급할수록 은인자중 해가며 계획을 면밀하게 세우셔야 합니다."

잠시 말을 중단했던 백발 노옹은 조용한 목소리로 이렇게 말한다.

"주왕의 황음(荒淫)이 그칠 줄을 모르니 은나라는 머지않아 반드시 멸망하고야 말 것입니다. 그때까지 서백께서는 만백성들에게 덕을 쌓아 올리십시오. 그러다 은나라가 자멸할 기운이 보이거든 만백성을 구출하겠다는 정의의 깃발을 높이 치켜들고 일어나셔야 합니다. 오직 그 방법만이 위로는 하늘의 뜻에 응하고, 아래로는 백성의 뜻을 받드는 방법이므로 승리는 절로 돌아오게 될 것입니다."

"고마우신 가르침 깊이깊이 명심하겠습니다."

서백은 두 손 모아 읍하며 감사의 뜻을 올렸다. 그러고 나서 잠시 머뭇거리던 서백이 문득 이렇게 묻는다.

"매우 송구스러운 말씀이오나 바라옵건대 선생의 함자(銜字)를 가르쳐 주시옵소서."

백발 노옹은 웃으며 말한다.

"쓸모없는 늙은이의 이름은 알아 무엇하시겠습니까. 그저 80평생을 초야에만 묻혀 살아온 늙은이라고 생각하시면 그만 아닙니까."

서백은 어떤 일이 있어도 눈앞의 노인을 자기 사람으로 만들어야겠다고 결심하였다. 그리하여 머리를 조아리며 다시 청한다

"천지운행의 섭리에 도통하신 선생께서 그렇게 말씀하시는 것은 지나친 겸손이십니다. 소생은 선생의 뜻을 받들어 도탄 속에 허덕이고 있는 만백성을 기필코 구제해 볼 생각이오니, 사양 마시고 존함을 꼭 알려 주시옵소서."

백발 노인은 그제야 머리를 끄덕이며,

"존귀하신 어른께서 그처럼 말씀하시니 무엇을 숨기겠습니까. 노생(老生)의 성은 강(姜)이요, 이름은 여상(呂尙)입니다. 자(字)는 자아(子牙)요, 호(號)는 비웅(飛熊)이라고 하옵지요. 세상 사람들은 저를 강태공(姜太公)이라고 부릅니다. 80평생을 위수에서 낚시질만 하며 살아왔습지요."

서백은 강태공의 호가 '비웅'이라는 말을 듣자 수일 전 꿈 속에서 곰을 만났던 일이 번개같이 회상되어 더욱 기뻐하였다.

"오늘날 위수에서 선생을 만나 뵙게 된 것은 우연이 아니라 하늘이 도운 일이 분명합니다. 선생은 부디 소생을 버리지 말아 주시옵소서."

"서백께서는 야로(野老)에게 무슨 그런 과분한 말씀을 하십니까. 노생의 나이가 이미 여든두 살인지라 늙고 쓸모없는 몸이지만 서백께 도움이 될 수 있는 일이라면 어찌 사양을 하겠나이까."

"소생은 오늘 당장 선생을 기산으로 모셔가고 싶습니다. 부디 청허

(聽許)해 주시옵소서."

"분부대로 하겠습니다. 그러나 이곳을 떠나기 전에 한 가지 분명하게 말씀드려야 할 것이 있사옵니다."

"무엇입니까?"

"서백께서는 아까부터 줄곧 '소생'이라 칭하셨사온데, 노생이 기산으로 가게 되면 군신지의(君臣之義)가 맺어지는 것이니 이제부터는 '소생'이라 하지 마시고 반드시 '신하'로 대해 주시옵소서."

"소생이 어찌 선생 같으신 어른을 신하로 대할 수 있사오리까?"

"무슨 말씀을……. 대사를 도모하시려면 무엇보다 먼저 군신지의를 확고하게 세워 나가셔야 합니다. 기강이 문란해서는 큰일을 도모할 수가 없기 때문이옵니다."

강태공의 말은 서릿발같이 준엄하였다. 과연 옳은 말이었다.

"선생께서 그렇게까지 말씀하신다면……."

이리하여 서백은 강태공을 기산으로 모시고 돌아왔다. 그리하여 서백은 강태공에게 '태공망(太公望)'이라는 특별 칭호를 내리는 동시에 '진국대군사(鎭國大軍師)'에 봉하여 내정 전체를 통솔하게 하였다. 그러나 강태공은 그처럼 어마어마한 감투를 얼른 쓰려고 하지 않았다.

"황공한 말씀이오나 신이 주공께 몇 가지 기본 정책을 말씀드릴까 하옵니다. 만약 주공께서 그것을 용납해 주시지 않는다면 신은 어떤 직책도 맡기를 사양하겠습니다."

서백이 옷깃을 바로잡으며 말한다.

"대공망의 헌책(獻策)을 어씨 수납하지 않겠나이까. 기본 정책을 소상히 가르쳐 주시옵소서."

강태공이 두 손을 읍하고 말한다.

"나라를 잘 다스리려면 세 가지 기본만은 꼭 지켜 나가셔야 합니다. 첫째는 하늘을 공경할 줄 아셔야 하옵고, 둘째는 백성을 사랑할 줄 아셔야 하옵고, 셋째는 초야에 묻혀 있는 만천하의 어진 사람들을 널리 모아들여 그들과 항상 가깝게 지내실 줄 아셔야 하옵니다."

"내가 부족한 점이 많은 사람이지만 군사께서 말씀하신 세 가지만큼은 기필코 지켜 나가도록 하겠습니다. 그렇게 하면 나라가 어떻게 되는 것입니까?"

"참된 왕자(王者)는 백성들을 살찌게 하는 법이옵고, 패자(覇者)는 군인들만 살찌게 하는 법이옵고, 거기에도 미치지 못하는 치자(治者)는 벼슬아치만 살찌게 하는 법이옵고, 그보다 더 못한 치자는 자기 자신의 배만 불리게 하는 법이옵니다. 천하에 뜻을 품고 있는 사람은 그 점을 재삼 명심해야 할 것입니다."

"군사의 말씀을 명심하여 추호도 어긋남이 없도록 하겠습니다. 군사께서 부디 국정 전반을 친히 총령(總領)해 주십시오."

서백은 강태공의 충언을 받아들여 우선 그날부터 창고 문을 활짝 열어 기아에 허덕이는 백성들에게 쌀과 필목을 나눠주게 하였다.

그런 한편 강태공은 젊은이들을 널리 모집하여 자신이 직접 진두에 나서 군사 훈련을 맹렬하게 시키니 2, 3년이 채 못 가 만천하의 민심은 서백에게로 완전히 기울어졌고, 군사력에 있어서도 세력을 따를 자가 없었다.

한편 폭군 주왕은 세상이 어떻게 변해 가는 줄도 모르고 대궐 안에서 미녀 달기와 더불어 황음에만 잠겨 있었으니 나라가 무사할 턱이 없었다.

초야에 묻혀 있던 강태공이 큰 뜻을 품고 세상에 나와 서백을 돕기 시작한 지 몇 해 만에 기어이 은나라를 거꾸러뜨리고 주(周)나라를 새로 세우게 하였다.

성탕이 하왕조를 거꾸러뜨리고 은나라를 세운 지 28대째인 644년에 은나라는 썩은 고목처럼 하루아침에 쓰러지고 말았던 것이다.

은나라가 망할 때, 은나라 왕실에는 두 사람의 의인(義人)이 있었다. 백이(伯夷)와 숙제(叔齊) 형제가 바로 그들이었다. 그들은 왕위에 오르기를 사양하고 초야에 묻혀 살았는데, 서백이 이신벌군을 했다 하여 주나라의 곡식을 먹지 않으려고 수양산(首陽山) 속에 숨어 고사리만 캐어 먹다가 굶어 죽고 말았다.

무릇 나라가 망할 때에는 비극이 반드시 따르는 법이다. 우리나라 역사를 보더라도 낙랑국(樂浪國)이 망할 때에는 낙랑 공주(樂浪公主)와 호동 왕자(好童王子)의 비극이 있었고, 백제가 망할 때에는 3천 궁녀의 비극이 있었고, 신라가 망할 때에는 마의태자(麻依太子)의 비극이 있었거니와, 은나라가 망할 때에는 백이숙제(伯夷叔齊)의 비극이 있었던 것이다.

강태공! 6백여 년이나 연면(連綿)하게 이어오던 은나라를 하루아침에 거꾸러뜨리고 주나라를 세우는 데 주동적인 역할을 한 강태공은 도대체 어떤 인물이었던가.

강태공은 천문(天文), 지리(地理), 상학(相學), 병학(兵學), 복학(卜學) 등등 온갖 학문에 통하지 않는 것이 없는 희대의 천재였다. 그러기에 그는 천하대세의 변화도 예견할 수 있었고, 자기 자신의 운명이 어떻게 되리라는 것도 예지하고 있었다. 그는 수(壽)를 1백60세까지 누렸는데, 80세 전에는 별로 볼일 없이 지내다가 80세 이후에야 비로소 큰일을 할 수 있으리라는 것도 미리부터 알고 있었다.

그러기에 80세 전에는 날마다 독서를 하면서 심심파적으로 낚시질만 하고 있었는데, 그것도 고기를 낚기 위한 낚시질이 아니라 세월을 보내기 위한 낚시질이었기 때문에 낚싯바늘은 언제나 갈고리가 없이 곧은 것만을 썼다.

일찍이 서백 희창이 위수로 그를 찾아갔을 때 동자가 '우리 할아버지는 고기를 낚으시는 게 아니라 세월을 낚고 계시는 겁니다'라고 말한 것도 그 때문이었거니와 그의 낚시질이 얼마나 유명했던지 그로부터 3천여 년이 지난 지금도 낚시꾼의 별칭을 강태공(姜太公)이라 부르고 있을 정도다.

강태공은 80세가 지나면서 운이 활짝 트여 주나라 창업에 공이 지대했을 뿐 아니라 병학가(兵學家)로서도 일가를 이루어 유명한 병서(兵書)를 여섯 권이나 남겨 놓았다. 『손자병법(孫子兵法)』보다도 무려 5백여 년이나 먼저 나왔으므로 후일에 손무가 『손자병법』을 저술할 때 강태공의 저서가 많은 참고가 되었음은 두말할 나위도 없겠다.

그야 어쨌건 강태공이 주나라를 세우는 데 일등공신이 된 것만은 사실이었다. 그런데 서백은 주나라를 창건하기 직전에 아깝게 병사했기 때문에 그의 맏아들인 발(發)이 초대 임금이 되었으니, 그가 바로 주 무왕(武王)인 것이다.

주 무왕은 지략(智略)이 웅대한 불세출의 명장이었다. 그는 천하를 평정하고 서안(西安)에 도읍하자, 곧 서안을 호경(鎬京)이라 부르게 하였다.

그는 건국 창업이 끝나자 국기(國基)를 튼튼하게 하기 위해 전국을 71개 지구로 나누어 후국제도(侯國制度)를 실시하였다. 그때 강태공은 건국에 공로가 지대했던 관계로 제(齊 : 지금의 산동성 일대)의 군주에 임명되었다. 그리고 나머지 제후국(諸侯國) 군주는 모두 형제간이나 멀고 가까운 친척들로 봉했다. 피는 물보다 진한 것이고, 통치를 철통같이 튼튼하게 해나가려면 같은 혈통의 사람이라야 믿을 수 있었기 때문일 것이다.

70개의 제후국 중에서도 후일까지 역사에 남은 나라는 제(齊)를 비롯하여 진(晉), 조(趙), 한(韓), 위(魏), 송(宋), 노(魯), 위(衛), 연(燕), 정(鄭), 채(蔡), 조(曹), 진(陳), 기(杞), 초(楚), 진(秦) 등 16개의 열국(列國)들이다.

  남쪽에 있는 오(吳)와 월(越)의 두 나라를 제외하고, 주(周)는 사실상 중국 중원을 통일한 것이나 다름없었다.

  강태공이 제나라 군주가 되어 영지로 가는 도중에 뜻하지 않았던 이변이 하나 발생했다. 제후가 된 강태공이 수천 명의 호위군사(護衛軍士)를 거느리고 영지를 향하여 길을 가는데 난데없는 여인 하나가 별안간 길을 가로막아 서며 무엄하게도 군주를 만나게 해달라고 말하는 것이 아닌가. 보아하니 나이가 60을 넘었고, 행색이 초라하기 짝이 없는 여인이었다. 선두의 경호군(警護軍)들이 크게 놀라 괴상한 여인을 삽시간에 둘러쌌다.

  "저리 비켜라! 이 행차가 어떤 행차라고 감히 군주님을 만나겠다는 것이냐?"

  호위병들이 우격다짐으로 몰아내려 했으나 여인은 한사코 버둥거리며 어떤 일이 있어도 군주를 만나야만 하겠다는 것이었다. 선두에서 그와 같은 소란이 일어나는 바람에 행차는 부득이 지체하지 않을 수 없었다.

  "선두에서 무슨 일이 일어났기에 저렇게들 소란스러우냐?"

  강태공은 수레 위에서 근위병을 보고 물었다.

  근위병이 대답한다.

  "난데없이 여인 하나가 나타나 주공을 만나 뵙겠다고 행패를 부려 쫓아 보내는 과정에서 소란이 일게 된 모양입니다."

  "나를 만나겠다는 사람이 있으면 이리로 모셔 올 일이지 쫓아 보내기는 왜 쫓아 보내느냐?"

"그 여인은 미친 계집이라고 하옵니다."

"무슨 소리! 설사 미친 여인이기로 까닭 없이 나를 만나려고 할 리가 없지 않느냐. 잔말 말고 그 여인을 당장 내 앞으로 모셔 오도록 하라."

추상 같은 호령이었다. 근위병은 혼비백산하여 급히 달려가 여인을 강태공 앞으로 데려왔다. 여인은 수레 앞으로 다가오더니 다짜고짜 땅에 엎어지며 통곡을 하는 게 아닌가.

강태공은 조용히 입을 열어 타이르듯이 말한다.

"부인은 무슨 일로 나를 만나려고 하셨소? 울지 말고 얼굴을 들어 말씀을 하시오."

여인은 그제야 울음을 거두고 얼굴을 들어 강태공을 올려다보았다. 강태공도 여인의 얼굴을 마주 보다가 소스라치게 놀랐다. 그도 그럴 것이 그 여인은 일찍이 자기를 버리고 집을 나갔던 마누라 마씨(馬氏)가 분명했기 때문이다.

강태공은 감회가 북받쳐 잠시 눈을 감고 과거를 회상해 보았다. 그는 그 옛날 마씨와 헤어지지 않으려고 손이 발이 되도록 빌었건만,

"당신같이 무능한 남자하고는 살 수 없노라."

고 하면서 기어코 집을 나가 버리지 않았던가.

그 마누라가 30년이 지난 지금, 강태공이 일국의 군주가 됐다고 해서 옛 남편을 만나려고 찾아온 것이었다.

"부인은 무슨 일로 나를 찾아오셨소? 용무를 말씀해 보시오."

강태공의 어조는 무척이나 부드러웠다.

여인은 잠시 머뭇거리다가 강태공을 정면으로 올려다보며 이렇게 말하는 것이었다.

"내가 옛날에는 당신을 잘못 보아 무례한 일이 너무나 많았습니다.

이제 당신이 훌륭한 인물이라는 것을 알았으니 다시 부부가 되어 잘 살아 봅시다. 오늘은 그래서 찾아온 겁니다."

강태공은 묵묵부답으로 여인의 얼굴만 측은하게 바라보았다. 그러다가 근위병을 돌아다보며 명한다.

"어디 가서 물 한 동이만 길어다가 이 여인 앞에 내려놓아라."

얼마 안 있어 근위병이 여인 앞에 물 한 동이를 갖다 놓자 강태공은 여인을 보고 말한다.

"그 물동이 속에 들어 있는 물을 땅에 엎질러 보시오."

여인은 무슨 영문인지도 모르고 강태공과 다시 살고 싶은 생각에 그의 말대로 물동이 속의 물을 엎질렀다.

강태공이 여인에게 다시 말한다.

"지금 그대가 땅에 엎질러 버린 물을 다시 물동이 속에 담아 보시오."

"한번 엎질러 버린 물을 어떻게 물동이 속에 다시 담을 수 있습니까?"

"내가 하고 싶은 말이 바로 그것이오. 한번 헤어진 부부가 어떻게 다시 결합할 수 있단 말이오. 나를 깨끗이 단념하고 이만 돌아가 주시오."

그 말에 여인은 기가 질려 줄행랑을 치고 말았다. 복수불반분(覆水不返盆)이라는 말은 그때의 고사에서 생겨난 문자이거니와 후세에 이태백(李太白)이,

떨어진 빗방울은 하늘에 못 오르고
엎지른 물은 다시 주워 담지 못한다
雨落不上天
覆水難再收

라고 노래한 것도 바로 그 고사를 두고 지은 시였다.

아무려나 강태공의 지략으로 새로 일어난 주나라는 다행히 군주들이 대대로 영명(英明)하고, 제후들의 충성이 또한 극진하여 3백여 년 동안 태평성대를 누릴 수 있었다. 그러나 13대 왕인 유왕(幽王)이 제위에 올라 포사(褒似)라는 미녀에게 미쳐 돌아가게 되자 주나라의 국운은 급속도로 기울어지기 시작하였다.

포사는 워낙 아비도 모르는 종년의 딸이었다. 그러나 유왕은 그녀의 미모에 반하여 황후를 쫓아내고, 포사한테만 미쳐 정사를 돌보지 않았다.

충신 양백(楊伯)이 그 꼴을 보다 못해, 어전에 나와 울면서 간한다.

"일찍이 하나라는 말희라는 여인으로 인해 망했고, 은나라는 달기라는 여인으로 인해 망했사옵니다. 대왕께서는 그들을 거울삼아 대궐 안에 요사스러운 여인을 두셔서는 아니 되옵니다."

그러나 유왕은 늙은 충신의 간언이 몹시 귀에 거슬려 양백을 그 자리에서 목 베어 죽이고, 간신 석부(石父)의 말대로 포사를 황후로 삼았다.

포사는 워낙 표독스러워 어떤 일에도 웃는 법이 없는 요부였다. 유왕은 포사의 웃는 얼굴이 보고 싶어 하루는 간신 석부를 보고 말한다.

"짐(朕)이 황후의 웃는 얼굴을 꼭 보고 싶은데, 경은 황후를 웃게 할 수 있는 묘책이 없겠소?"

석부는 나라야 망하거나 말거나 임금의 비위를 맞추기에만 급급한 천하의 간신이었다. 그는 유왕에게 머리를 조아리며 이렇게 말한다.

"대왕의 소망이시라면 신이 어찌 묘책이 없겠나이까."

"어떤 묘책인지 어서 말해 보오. 경이 황후를 웃겨 보이기만 하면 짐이 천근의 상을 내릴 것이오."

"성은이 망극하옵나이다. 선황께서는 황성(皇城)의 방위를 튼튼하게 하시려고 도성에서 사위의 제후국에 이르기까지 5리 간격으로 봉화대를 설치해 놓으셨습니다. 도성에 무슨 급변이 생겼을 때 봉화를 올리면 제후들이 군사를 이끌고 급히 달려와 도성을 구출하게 하려고 만든 것이옵니다. 그러나 대왕께서 등극하신 후에는 천하가 태평하여 봉화를 올려 본 일이 한 번도 없사옵니다. 그러므로 오늘밤이라도 대왕께서 봉화를 올리시면 제후들은 군사를 이끌고 급거 상경할 것이온데 그들이 도성까지 출병했다가 헛물을 켜고 무료하게 돌아가는 꼴을 황후께서 보시면 하도 재미스러워 반드시 웃게 되실 것이옵니다."

말만 들어도 모골이 송연해 오는 간계가 아닐 수 없었다. 그러나 어리석은 유왕은 석부의 간계에 탄복해 마지않았다.

"그것 참 천하의 묘책이오. 그러면 짐이 오늘밤 황후와 함께 망변루(望邊樓)에 나가 있을 테니 모든 봉화대에 봉화를 높이 올리도록 하오."

조정 대신이 그 소문을 듣고 크게 놀라며 간한다.

"만약 거짓 봉화를 올려 제후들을 우롱하시면 정작 위급지추(危急之秋)에 제후들이 달려오지 않을 것이온즉, 그때에는 무슨 힘으로 외적을 막아내겠나이까?"

그러나 포사의 웃는 얼굴이 보고 싶었던 유왕의 귀에는 그 말이 제대로 들릴 턱이 없었다.

그날 밤 드디어 봉화가 올랐다. 봉화가 오르자 원근 각지에서 제후들이 대군을 이끌고 밤을 도와 도성으로 몰려든 것은 말할 것도 없었다. 망변루에서 제후들이 헛물을 켜는 광경을 지켜보던 포사는 손뼉을 치며 깔깔대고 웃었다.

나라를 구하기 위해 군사를 이끌고 급히 출진(出陳)했던 제후들은 너무 엄청난 장난에 크게 분노하여 그 길로 되돌아가 버리고 말았다.

그 무렵, 도성에서 가까운 지방에 포사 때문에 폐위가 된 신 왕후(申王后)의 동생 신후(申侯)가 있었다. 신후는 신 왕후가 폐위된 것이 간신 석부의 충동질 때문이었다는 사실을 알고 있어서, 석부를 어떻게 해서든지 제거해 버릴 요량이었다.

석부에게는 신후가 눈엣가시같이 껄끄러운 존재였다. 석부는 어느 날 유왕에게 이렇게 품하였다.

"신 황후가 폐위된 것에 원한을 품은 신후가 모반을 계획하고 있사오니 대왕께서는 차제에 군사를 일으켜 그자를 섬멸해 버리심이 좋을까 하옵니다."

유왕은 그 말을 듣고 대로하여 몸소 대군을 일으켜 신후를 직접 토벌할 계획을 세웠다.

신후는 유왕이 대군을 이끌고 토벌하러 온다는 정보를 듣고 크게 당황하여, 대부(大夫) 여장(呂章)에게 묻는다.

"유왕이 일간에 나를 토벌하러 온다니 이 일을 어찌했으면 좋겠소?"

대부 여장이 대답한다.

"우리는 병세(兵勢)가 미약하여 우리 힘으로는 도저히 대군을 막아낼 방도가 없사옵니다. 그렇다고 앉아서 멸망할 수는 없는 일이온데, 다행히 이웃에 있는 견융의 군사가 무척 강하니, 후주(侯主)께서는 그들에게 서한을 급히 보내셔서 도움을 청하심이 상책이 아닐까 하옵니다."

어차피 이판사판이니 오랑캐의 힘을 빌어 폭군 유왕과 간신 석부 등을 몰아내고 새로운 왕을 세우도록 하라는 것이었다.

신후는 여장의 말대로 견융에게 친서를 보내 응원병을 요청했다.

그러잖아도 주나라를 호시탐탐 노리고 있던 견융은 정병 5만 명을 경사(京師)로 보내 신후의 군사와 합세하게 하여 황성(皇城)을 이중삼중으로 포위하였다. 유왕이 군사를 출동시키기 전에 선수를 쳐서 기습을 감행한 것이었다.

유왕은 크게 당황하여 제후들에게 응원을 구하려고 봉화를 급히 올리게 하였다. 모든 봉화가 일시에 높이 올랐다. 그러나 제후들은 거짓 봉화에 속은 경험이 있어 아무도 출병해 오지 않았다.

봉화를 바라본 오랑캐 군사들은 그것을 기화로 대궐 안으로 노도와 같이 밀려들었다. 그들을 당해낼 방도가 없어진 유왕은 포사와 함께 후문을 통해 대궐에서 도망치려 하였다. 그러나 때마침 군사를 이끌고 후문으로 쳐들어오던 신후와 정면으로 마주쳤다.

"앗! 신후야, 어서 짐을 살려라! 너는 내 처남이 아니냐?"

그러나 네가 죽느냐 내가 죽느냐의 판국이어서 용서가 있을 수 없었다.

"이 비겁한 놈아! 나라를 망쳐 놓고 무슨 낯짝으로 살려 하느냐!"

신후는 그렇게 외치며 유왕의 목을 단칼에 베어 버렸다. 뒤에 쫓아오던 포사도 그 칼에 참사당했음은 말할 것도 없다.

유왕을 살해하고 나자 오랑캐 군사들은 대궐에 불을 지르고, 창고 속에서 금은보화를 약탈해 가느라 정신이 없었다. 도성이 오랑캐 군사들에게 점령되었다는 사실이 알려지자 가까운 진(秦), 위(衛), 정(鄭)의 제후들이 제각기 10만 대군을 이끌고 도성으로 몰려왔다. 그리하여 오랑캐 군사를 깨끗이 몰아내고 왕족의 한사람인 의구(宜臼)를 신왕으로 옹립하였다. 그러고도 오랑캐의 재침이 두려워 수도를 멀리 동쪽에 떨어져 있는 낙양(洛陽)으로 옮겼으니, 세상 사람들은 그때부터 그 나라를 동주(東周)라 부르게 되었다. 동주는 국가로서의 명맥만 유지했을 뿐 제후들을 통치할 능력을 상실하고 말았다.

이상으로 우리들은 중국 고대 국가인 하·은·주 세 나라가 멸망하는 모습을 대략이나마 알아보았다. 어느 나라를 막론하고 나라가 망하는 데는 몇 가지의 공통점이 있었다는 것도 어렴풋이나마 알게 되었다.

요·순·우는 민의를 존중하는 정치를 했기 때문에 성군이라 불리었다. 하·은·주가 나라를 새로 일으킬 수 있었던 것도 백성들의 뜻을 높이 받든 결과였다. 그리고 그 세 나라가 멸망을 하게 된 것도 한결같이 민의를 유린하고 학정을 거듭했기 때문이었다.

그렇게 따지고 보면 첫째도 둘째도 민의를 존중하지 않고서는 나라를 오래 지탱해 나갈 수 없다는 귀중한 결론을 얻을 수 있다.

나라를 망하게 만든 또 하나의 원인은 군주의 여색과 사치였다. 하나라는 걸왕이 국사를 제쳐두고 말희라는 계집에게 미쳐 돌아갔기 때문에 망했고, 은나라의 주왕은 국사를 제쳐두고 달기라는 계집에게 미쳐 돌아갔기 때문에 망했고, 주나라의 유왕도 국사를 제쳐두고 포사라는 계집에게 미쳐 돌아갔기 때문에 망했다.

군주가 국사를 돌보지 않는다면, 그 사람은 이미 군주로서의 자격을 상실한 것이다. 군주된 자가 국사를 돌보지 않을 뿐 아니라 여색에 빠져 나라의 재정을 사치로 탕진했으니 나라가 온전하길 바랄 수 없는 것은 당연한 이치다.

자고로 중국 역사에는 군주의 여색으로 인해 나라를 망친 사실이 허다하다. 하·은·주 이후에도 초(楚)나라의 항우(項羽)는 우미인(虞美人) 때문에 나라를 망쳤고, 당(唐)나라의 현종(玄宗)도 양귀비(楊貴妃) 때문에 나라를 망치지 않았던가. 어찌 중국의 경우뿐이랴. 양(洋)의 동서를 막론하고 여색으로 인해 나라를 망친 사실은 이루 헤아릴 수가 없을 정도다. 경국지색(傾國之色)이라는 말은 그걸 두고 생겨난 문자가 아니던가.

어쨌든 유왕이 제후의 한 사람인 신후의 손에 죽고, 신왕 평왕(平王)이 몇몇 신하들의 도움으로 옹립되고 보니 주나라의 종주국으로서의 위신은 땅에 떨어지고 말았다. 더구나 오랑캐들의 재침이 두려워 도읍까지 멀리 낙양으로 옮겨가 국호를 동주라고 부르게 되었으니, 그때부터 제후들은 실력 없는 종주국의 통치를 제대로 받아들이려고 하지 않았다. 그리하여 구심점을 잃게 된 강력한 제후들은 제각기 패권을 장악해 보려고 맹렬한 기세로 힘을 길러가게 되었다.

그중에서도 힘이 강한 정(鄭), 송(宋), 조(曹), 진(晋), 제(齊), 진(陣), 초(楚), 채(蔡), 노(魯), 연(燕), 위(衛), 진(秦) 등 12개의 제후국들은 혹은 종(縱)으로 혹은 횡(橫)으로 몇몇 나라끼리 동맹을 맺어 가면서 천하의 패권을 자기 손에 넣어 보려는 활동이 날이 갈수록 노골화해 가고 있었다.

동주의 제후국이라는 것은 명색뿐이었고, 실질적으로는 어엿한 독립 국가로서 천하의 패권을 장악하려고 혼전에 혼전을 거듭하는 시대가 무려 5백여 년이나 계속되었는데, 그 시대를 일컬어 춘추전국시대라 하는 것이다.

천하의 표랑객(漂浪客)

가을……. 하늘은 높고 말은 살이 찐다는 계절이다.

산봉우리는 높고 골짜기는 깊어 제(齊)나라에서는 험준하기로 이름난 천주산(天柱山)에도 어느덧 단풍이 아름다웠다. 아침부터 그 험준한 산속을 혼자 헤매고 있는 젊은이 하나가 있었다. 나이는 32, 3세 가량 되었을까. 키가 6척이 넘어 보이는 늠름한 체구인데 몸에 지닌 것이라고는 어깨에 걸쳐 메고 있는 조그만 보따리 하나뿐…….

젊은이는 이 산 저 산과 이 골짜기 저 골짜기를 모조리 더듬어 보기를 무려 한나절 동안 계속한다. 단풍 따위는 거들떠보지도 않고 산세와 지형만 유심히 살피는 것을 보면 단풍 구경을 나선 유산객(遊山客)이 아닌 것은 분명하였다.

이윽고 젊은이는 산을 타기에 지쳐 버렸는지, 산속에 있는 푸른 잔디밭에 네 활개를 큰 대(大) 자 형으로 쭉 뻗고 누워 버린다.

누워서 바라보는 하늘은 한없이 높고 푸르다. 젊은이는 푸른 하늘을 오랫동안 올려다보다가 문득,

"천하대세가 장차 어떻게 될 것인가? 제기랄, 될 대로 되라지!"

하고 혼잣말로 탄식하며 눈을 스르르 감아 버린다.

때는 중국의 춘추전국시대. 그 시절의 중국 정세는 참으로 복잡하기 짝이 없었다. 종주국인 동주(東周)가 오랑캐들에게 쫓겨 멀리 낙양으로 천도를 하면서 통치권을 상실하게 되자 12개의 후주국들은 저마다 패권을 잡으려는 커다란 꿈을 품게 되었다. 그리하여 어제는 이쪽 나라들과 공수동맹(攻守同盟)을 맺고, 오늘은 저쪽 나라들과 연합 전선을 펴가면서 이중삼중으로 혼전과 난전을 거듭해 오기를 무려 2백여 년이었다. 12개의 후주국 중에서도 소위 오패(五霸)라고 불리는 제(齊), 진(晉), 송(宋), 진(秦), 초(楚) 등의 세력이 월등하게 강대해지자 나머지 약소국들은 그때그때의 이해득실에 따라 이리 붙었다 저리 붙었다 하면서 서로 간에 견제전(牽制戰)을 펴고 있었으니, 천하대세를 종잡을 수 없는 것은 너무도 당연한 일이었다.

게다가 남방의 독립 국가인 오(吳)와 월(越)도 그들 나름대로 야망을 품고 싸움에 뛰어들어 중국 천지는 어느 하루도 전쟁 없는 날이 없었다.

정체불명의 청년이 풀밭에 네 활개를 활짝 뻗고 누워 하늘을 우러러보며 '제기랄, 될 대로 되라지' 하고 씹어 뱉은 이면에는 바로 그런 뜻이 포함되어 있었던 것이다.

눈을 감은 젊은이는 1분도 채 못 가 코를 골기 시작한다. 하늘과 땅이 한꺼번에 떠나갈 듯이 요란스러운 소리였다. 하늘에는 가을볕이 따사롭고 산에는 단풍이 붉게 타오르건만, 젊은이는 마냥 코만 골고 있었다.

날씨는 멀쩡한데 검은 구름장 하나가 지나가며 굵다란 빗방울을 몇 줄기 뿌린다. 젊은이는 아랑곳하지 않고 정신없이 자고 있는데, 문득 누군가 어깨를 흔들어 깨우는 사람이 있었다.

"젊은이! 소나기가 오네. 그만 자고 일어나게!"

어깨가 흔들리는 바람에 눈을 떠보니 난데없는 노인이 얼굴을 내려다보며 빙그레 웃고 있었다.

기골이 장대한 백발 노인이었다.

"아! 제가 깜박 잠이 들었던 모양이죠?"

젊은이는 반사적으로 일어나 앉으며 뒤통수를 긁적거렸다.

"뭐 그리 고단한가? 얼굴에 빗방울이 떨어지는 것도 모르고 코를 골고 있으니."

노인은 첫눈에 보아도 무척 인자해 보이는 인상이었다.

"제가 코를 골았던가요?"

"허허허, 코 고는 소리가 어떻게나 요란스럽던지 나는 오랫동안 자네 얼굴만 지켜보고 있었다네."

"네? 제가 코 고는 소리를 오랫동안 듣고 계셨다구요? 아무리 한가하신 노인이기로……."

"모르는 소리! 코를 그토록 요란스럽게 골 수 있다는 것은 그만큼 젊음이 넘쳐흐른다는 증거 아닌가. 나도 자네처럼 코를 요란스럽게 골았던 시절이 있었지. 그러나 지금은 곁에서 바스락거리는 소리만 들려도 잠을 깨게 되거든! 사람은 늙으면 그만이야."

문득 노인이 측은하게 생각돼 젊은이는 입을 다물었다. 그러자 노인이 다시 말했다.

"자네는 근동에서는 처음 보는 얼굴인데, 어디서 왔는가?"

"여기에서 백 리 가량 떨어져 있는 화룡(華龍) 마을에서 왔습니다. 성은 손(孫)씨요, 이름은 무(武)라고 합니다."

노인은 그 소리를 듣자 눈을 크게 떠 놀란다.

"화룡 마을에 사는 손씨라면, 자네는 전상(田常)의 후예란 말인가? 일찍이 전상이라는 분이 국가에 공로가 많아 왕으로부터 손이라는 성씨를 하사받은 일이 있는데, 화룡 마을의 손씨라면 바로 그 어른의 후손 아닌가?"

이번에는 손무가 놀란다. 산중에서 우연히 만난 노인이 자기네 가문의 내력을 그처럼 소상하게 알고 있을 줄은 몰랐던 것이다.

"전상이라는 어른은 제게 증조부(曾祖父)가 되십니다."

그러자 노인은 손무의 손을 덥석 붙잡으면서,

"아, 그래? 이거 참, 반갑네그려. 그렇다면 자네는 돌아가신 손혁(孫赫) 장군의 손자란 말인가?"

"네, 그러합니다. 어찌 저희 조부님을 아십니까?"

"알다 뿐인가. 자네 조부하고 나하고는 싸움터에서 10년 동안이나 생사고락을 같이해 온 벗이라네. 물론 자네가 이 세상에 태어나기 훨씬 이전의 일이네만……"

"아, 그러십니까? 제가 미처 몰라 뵈어 죄송합니다. 지금이라도 인사를 정식으로 올리겠습니다."

손무가 일어나 옷깃을 바로잡고 큰절을 올리자 노인도 인사를 정중하게 받으며,

"나는 아랫마을에 사는 늙은인데, 성은 관(管)이요 이름은 추(湫)라고 하네. 자네 조부하고는 정말로 막역한 사이였어. 자네 조부야말로 용감무쌍한 무장이었지."

백발 노인 관추는 거기까지 말하다가 문득 뭔가 비위에 거슬리는 일이라도 있는지, 이번에는 정색을 하며 따지듯이 묻는다.

"가만, 자네 이름이 뭐라고 했지?"

관추 노인이 느닷없이 시비조로 따지고 드는 바람에 손무는 약간

당황하지 않을 수 없었다. 조금 전까지도 인자해 보이기만 하던 노인의 얼굴에 별안간 노기가 충만해 있었기 때문이다.

"제 이름은 무(武)라고 합니다."

"그 이름은 누가 지어 주었는가?"

"어머니의 말씀을 들어보면, 조부님께서 지어 주셨다고 합니다."

"물론 그랬을 테지! 그 어른이니까 그런 이름을 지어 주셨을 거야."

관추 노인은 영문을 모르게 고개를 혼자 끄덕이고 나더니,

"자네 조부가 용감무쌍한 무장이셨다는 사실을 자네는 알고 있었는가?"

하고 또다시 따지고 든다.

"어렸을 때 조모님께 말씀을 많이 들어 알고 있습니다."

"이름을 조부께서 지어 주셨다는 사실만은 알고 있어도, 조부께서 왜 하필이면 수많은 글자 중에서 '무' 라는 이름을 지어 주셨는지 그것까지는 이해를 못하는 모양이지?"

그렇게 말하는 관추 노인의 얼굴에는 약간 경멸하는 기색조차 엿보였다.

그러나 손무는 태연자약하게 이렇게 대답한다.

"조부께서 이름을 '무' 라고 지어 주신 의도를 제가 모를 리가 있겠습니까?"

"알고 있거든 어디 한번 말해 보게."

"조부님께서는 훌륭한 무장이셨으니 저 또한 훌륭한 무인(武人)이 되기를 바라는 마음에서 그렇게 이름을 지어 주셨을 것입니다."

"자네 말을 들어 보니, 조부의 소망을 알고 있기는 하네그려!"

그러고 나서 다시 한번 정색을 하더니, 이번에는 노골적으로 성난 목소리로,

"조부의 염원을 알고 있다는 녀석이 천하대세가 이리 왔다 저리 갔다 하는 이 판국에 싸움터에 나가 무공을 세울 생각은 아니 하고 고작 한다는 짓이 이 깊은 산속으로 피해 다니면서 낮잠이나 자고 있다는 말인가?"

손무는 관추 노인이 나무라는 이유를 그제야 깨달았다. 그와 할아버지와는 10여 년 동안이나 싸움터에서 생사고락을 같이해 왔노라고 자기 입으로 말했으니까, 그도 역시 왕년에는 무장이었을 것이 분명하다. 그러니까 옛 친구의 손자를 아끼는 마음에서 진심으로 나무라고 있는 모양이었다. 그러나 그것은 사람을 잘못 보고 하는 소리다. 손무는 가볍게 미소를 지었다.

"질책의 말씀은 고맙게 받겠습니다. 그러나 저는 싸움터에 나가기가 겁이 나 산속으로 피신을 다니는 것은 아닙니다. 그 점만은 오해하지 말아 주십시오."

"예끼, 이 사람! 피신이 아니면 뭐란 말인가? 왕년에는 명장 소리를 들어오던 내가 자네 따위의 거짓말에 속을 줄 아는가?"

관추 노인의 노여움은 점점 사나워져 왔다.

손무는 적이 난처하였다. 관추 노인은 손무의 행태가 생각할수록 못마땅하게 여겨지는지 얼굴을 쩨려보며 다시 말한다.

"젊은 놈이 그처럼 비겁해서야 장차 저승에 가서 무슨 낯짝으로 조부를 대할 생각인가?"

손무는 비겁자 취급을 당하자 은근히 부아가 치밀었다. 상대가 젊은 놈이었다면 그냥 내버려두지는 않았으리라. 그러나 자기를 아껴 주는 마음에서 노여워하는 것만은 사실이었기에 웃으면서 입을 열었다.

"노인장께서 저를 생각하셔서 하는 말씀이겠지만 저는 결코 비겁자는 아닙니다. 할아버지의 핏줄을 물려받은 제가 어찌 비겁자일 수 있겠습니까?"

"비겁자가 아니면 뭐란 말인가?"

"저는 다만 천하의 표랑객(漂浪客)일 뿐이옵니다."

"천하의 표랑객이라? 처녀가 아이를 낳아도 할 말이 있다더니 못하는 소리가 없군그래. 비겁자가 아니라면 정정당당하게 싸움터에 나가 용감하게 싸움을 할 일이지 무엇 때문에 깊은 산을 혼자 헤매고 있는가?"

"어르신께서 저를 끝까지 비겁자 취급을 하시니 제가 평소에 생각하고 있는 바를 한 번 말씀드려 볼까요?"

"무엇을 어떻게 생각하고 있다는 것인가? 어디, 어서 말해 보게!"

"외람되지만 그럼 저의 시국관을 말씀드려 보기로 하지요. 첫째, 오늘날의 천하대세를 살펴보자면 전쟁은 이미 2백여 년이나 계속되어 왔습니다. 이 전쟁은 앞으로도 백 년이 걸릴지 2백 년이 걸릴지 아무도 모르는 일입니다. 그것만은 어르신께서도 인정하시겠지요?"

관추 노인은 그 말을 이해할 수가 없는지 얼른 이렇게 반문한다.

"그걸 자네가 어찌 안단 말인가?"

"그걸 몰라서는 안 될 일이지요. 생각해 보십시오. 전쟁이란 두 나라가 맞상대로 싸워야 결판이 쉽게 납니다. 그런데 여러 나라가 세 틀네 틀로 싸우고 있으니 세월이 오래도록 흐르는 것은 당연한 일이지요. 열두 나라가 싸우기 시작하여 다섯 나라의 세력권으로 집약되는데 무려 2백 년이라는 시간이 걸렸으니, 그 다섯 나라가 다시 싸우고 싸워 하나로 통일이 되려면 아직도 수백 년이 걸려야 하는 것은 당연한 일이 아니겠습니까? 그 점에 대해서는 제 말씀에 수긍이 가시겠지요?"

"자네 말을 들어 보니 그럴 것 같기도 하네그려. 열두 나라가 오패국(五霸國)으로 집약되는 데 2백 년이 걸렸으니, 다섯 나라가 하나로 통일되자면 아직 수백 년이 걸리겠는걸."

새로운 지식을 얻은 듯 고개를 끄덕이는 관추 노인의 눈빛이 달라진다.

손무는 속으로 회심의 미소를 지으며,

"오패국에다가 지금은 오와 월까지 가담해 아직도 일곱 나라가 싸우고 있는 중이니 형세가 갈수록 복잡해진 셈이지요."

"그렇기 때문에 자네는 싸움을 기피하고 산중으로 돌아다니기만 한다는 말인가?"

관추 노인의 추궁은 보통이 아니었다.

"이왕 말씀을 시작하셨으니 제 얘기를 조금만 더 들어 주십시오."

"어서 말해 보게!"

손무가 다시 말을 계속한다.

"저는 천하가 빨리 통일되기를 바라기는 하지만 반드시 제나라가 중심이 되어 통일되어야 한다는 생각은 가지고 있지 아니합니다."

"그건 어째서 그런가?"

"제나, 진(晉)이나, 송이나, 오나 모두가 다 같은 한민족(漢民族)이기 때문입니다. 백성들의 입장에서 보자면 통일 그 자체만이 중요할 뿐입니다. 통일의 주도권을 어느 나라가 잡느냐는 별로 중요한 문제가 아니지요."

그것은 사실이었다. 백성들은 어느 나라가 승자가 되고, 패자가 되는지에는 별로 관심이 없었다. 제가 이기면 제나라 백성이 되면 그만이오, 진이 이기면 진나라 백성이 되면 그만이었다. 그럼에도 전쟁을 오랜 시간 끌어오는 것은 몇몇 패자(霸者)들이 최후의 패권을 자기가 장악하겠다는 사사로운 욕망을 버리지 않고 있기 때문이었다.

관추 노인은 고개를 의아스럽게 끄덕이면서,

"대국적으로 보자면 그렇다고도 말할 수 있겠구먼. 그래서 자네는 숫제 싸움터에는 나가지 않을 작정인가?"

손무는 고개를 좌우로 흔들었다.

"누누이 말씀드리지만 저는 그런 비겁자는 아닙니다."

"그런데 왜 싸움터에는 안 나가는가?"

"무가(武家)에 태어난 이상, 누구나 싸움터에 나가야 하는 것은 당연한 일이겠지요. 저도 그 점은 진작부터 각오하고 있습니다. 그러나 지금 싸움터에 나가면 졸개밖에 못 되는 형편입니다. 사내대장부로 태어나 졸개로 죽을 수는 없어 혼자 수양을 쌓으며 때가 오기를 기다리고 있을 뿐입니다."

"때를 기다린다? 때가 오면 자네도 강태공 같은 명장이 될 수 있다는 말인가?"

"저라고 강태공 같은 명장이 못 되라는 법은 없지 않습니까? 강태공이 위수에서 낚시질만 하고 있을 때에는 후일에 천하를 주름잡는 위인이 될 줄을 누가 알았겠습니까?"

"하하하, 자네는 웃기는 소리만 하고 있네그려. 강태공이 명장이 된 것은 책을 많이 읽었기 때문이야. 자네처럼 할 일 없이 산속으로 떠돌아다녔기 때문이 아닐세."

"그건 저도 알고 있습니다. 그러기에 저 역시 표랑객으로 떠돌아다니기는 하지만 책만은 언제든 지니고 다닙니다."

손무는 보따리 속에서 강태공의 『육도(六韜)』라는 책을 관추 노인에게 꺼내 보였다.

관추 노인은 그 책을 보자 얼굴을 붉히며 놀란다.

"아니, 자네가 어떻게 이 책을?"

강태공의 병서를 애독할 정도라면 보통내기가 아닌 것만은 틀림없었다.

관추 노인은 그제야 지나치게 질책했던 자신을 적이 뉘우치면서,

"이제 보니 내가 사람을 잘못 보았네그려."

"아닙니다. 저를 아껴 주시는 마음에서 꾸지람을 내리신 것을 잘 알고 있습니다."

그 말에 관추 노인은 감탄의 고개를 끄덕인다.

두 사람 사이에는 잠시 침묵이 계속되었다. 관추 노인은 아직도 미심쩍은 점이 있는지 다시 입을 열어 묻는다.

"강태공이 세월을 보내기 위해 낚시질을 했듯이, 자네도 때가 오기를 기다리며 주유천하를 하고 있다는 말인가?"

손무가 빙그레 웃는다.

"사정이 이렇게 되고 보니 무엇을 숨기겠습니까. 저는 아무 목적도 없이 떠돌아다니는 게 아니라 주로 이름난 고전장(古戰場)을 찾아다니며 현지답사를 통해 전술과 전법을 연구하고 있는 중입니다. 장차 천군만마(千軍萬馬)를 지휘할 지략을 갖추려면 그만한 공부는 해둬야 할 게 아니겠습니까."

관추 노인은 그 말을 듣자 신바람이 나는 듯,

"오오, 자네가 그런 인물인 줄은 미처 몰랐네그려. 그러면 오늘 천주산을 찾아온 것도 바로 그 때문이었군 그래?"

"그렇습니다."

"자네는 천주산 전투의 내력을 알고 있는가?"

"물론입지요. 천주산 전투를 모른다면 이 험준한 산속을 무엇 때문에 찾아왔겠습니까?"

"알거든 한번 말해 보게."

"지금부터 7, 80년 전의 일이었을까요. 제 환공(齊桓公) 시절에 서쪽 오랑캐들이 20만 명의 대군을 이끌고 제나라를 침범해 왔을 때, 당시의 명재상(名宰相) 관중(管仲) 어른이 3만여 명밖에 안 되는 군사를 거느리고 오랑캐 군사를 종적도 없이 섬멸시켜 버린 것이 바로 천주산 전투지요. 저도 그 전사(戰史)를 읽어보았기에 오늘은 직접 현지답사를 나와 본 것입니다."

관추 노인은 그 소리를 듣고 나자 뛸 듯이 감격스러워하면서,

"오오, 자네가 천주산 전투의 사적을 그렇게까지 소상하게 알고 있을 줄은 몰랐네. 그렇다면 나 자신이 어떤 늙은이라는 것도 말해 주기로 하겠네. 나는 조금 전에 자네가 명재상이라고 말한 관중이라는 어른의 손자로 천주산 전투에도 직접 참전했던 장수의 한 사람일세."

"예엣? 그러시다고요?"

손무는 경악과 감격을 금치 않으며,

"천주산 전투에 참전하신 어른이라면, 그때 연세가 어떻게 되셨습니까?"

"내가 스물네 살 때의 일이었네. 어려서부터 조부님의 훈육을 받은 덕택에 용감한 젊은이였지."

"그러고 보니 제가 오늘은 하느님의 도움으로 귀인을 만나게 된 셈입니다. 어르신, 저와 함께 왕년의 격전지를 돌아보시면서 당시의 전투 상황을 소상하게 말씀해 주실 수 있겠습니까? 그래 주신다면 제가 공부하는 데 크게 도움이 되겠습니다."

"같이 가세! 물론 가고말고!"

관추 노인은 그러잖아도 과거의 전공을 자랑하고 싶던 차인지라 두 사람은 즉시 천주산 계곡으로 걸음을 옮겼다.

관추 노인은 천주산 계곡을 샅샅이 누비고 돌아가면서, 손무에게

다음과 같이 50여 년 전의 전공담을 들려주었다.

제왕(齊王) 환공 때의 일이었다. 오랑캐 대장인 영지왕(令支王)과 고죽왕(孤竹王)이 각각 10만 대군을 이끌고 힘을 합해 제나라를 쳐들어왔다.

제 환공은 크게 당황하여 명재상인 관중에게 묻는다.

"오랑캐들을 어떻게 해야 섬멸시킬 수 있겠소?"

관중이 대답한다.

"오랑캐의 군세가 매우 험악하기 때문에 정면으로 싸워서는 당해 내기 어려울 것이옵니다. 그러나 적의 후방을 차단하고, 우선 군량과 마초(馬草)를 불태워 버린 뒤에, 궤계(詭計)를 써서 공략하면 3만의 군사를 가지고도 20만 대군을 능히 섬멸시킬 수가 있을 것이옵니다."

이리하여 관중은 대장 고계(高溪)로 하여금 군사 1만 명을 천주산 계곡에 매복시켜 적의 후방을 차단한 뒤에, 자기 손자인 젊은 장수 관추로 하여금 군사 5천 명을 이끌고 학자곡(鶴子谷)으로 숨어 들어가 적의 양초(糧草)를 모조리 불살라 버리게 하였다. 그리고 대장 빈서무(賓胥無)에게는 군사 2만 명을 주어 야간 기습을 하게 하였는데, 모든 병사에게 볏짚으로 만든 커다란 인형 하나씩을 만들어 나눠주었다. 반드시 인형을 앞세우고 그 뒤에 숨어 돌진하라는 작전 명령과 함께…….

드디어 공격의 밤이 왔다. 빈서무의 군사 2만 명이 인형을 앞세우고 어둠 속에서 함성을 올리며 총공격을 개시하니 잠이 깊이 들었던 오랑캐 군사들은 혼비백산하여 무턱대고 화살만 쏘아 갈겼다. 그러나 그 화살은 모조리 볏짚 인형에만 꽂혔을 뿐, 인명 피해는 한 명도 입지 않았다. 그날 밤 볏짚 인형에 꽂힌 화살이 무려 50만 발이나 되어,

적은 화살조차 바닥이 날 지경이었다.

이에 오랑캐 군사들은 크게 당황하여 까마귀 떼처럼 사방으로 흩어져 도망을 쳤으나 이번에는 후방에 매복해 있던 고계 장군의 1만 군사가 요소요소에서 도망쳐 오는 오랑캐 병사들을 모조리 목 베어 죽였다.

그야말로 전사상 보기 드문 대승리였다.

"그때 내가 5천 명의 군사를 거느리고 와서 적의 양초에 불을 질러 버린 학자곡이라는 골짜기가 바로 여기였네. 한밤중에 불을 질러 양초를 깨끗이 없애 버린 뒤에 군사들을 나무숲 속에 숨겨 두었다가 새벽녘에 도망쳐 오는 오랑캐 군사들을 만여 명이나 죽였으니 얼마나 놀라운 전과인가? 그게 바로 내가 스물네 살 때의 일이었네."

관추 노인은 50여 년 전의 전공을 회상하는 듯, 저물어 가는 하늘을 멀리 우러러본다.

"젊으신 나이에 정말 놀라운 전공을 세우셨습니다."

손무는 그렇게 말하며, 아까부터 보따리 속에서 필구를 꺼내어 무엇인가를 열심히 기록하고 있었다. 그러다가 무심코 고개를 돌려보니, 난데없는 중년 여인 하나가 저 멀리 산속에서 혼자 서성거리고 있는 게 아닌가.

'아니, 이 깊은 산중에 웬 여인이? 저 여자, 혹시 첩자가 아닐까?'

덜컥 의심이 든 손무는 관추 노인의 이야기를 듣는 동안 눈으로는 그 여인의 행태를 소상하게 지켜보고 있었다. 문제의 여인은 옆구리에 바구니를 끼고 있기는 했지만 나물은 캐지 아니하고 산세(山勢)와 지형만 열심히 살펴보고 있는 것이 아닌가. 그러다가 이따금씩 필구로 무언가를 기록하고 나서는 가슴속에 숨겨 버리는 것이었다.

이쪽에서는 잘 보였지만 저쪽에서는 나무에 가려서 사람이 있는 것을 모르는 모양이었다. 그 당시는 전쟁이 2백여 년이나 계속되어 온 관계로, 어느 나라를 막론하고 첩자들이 우글우글하였다. 유언비어를 널리 퍼뜨려 민심을 소란하게 만드는 것도 첩자들의 소행이었고, 군사의 동태를 사전에 염탐하여 전쟁을 유리하게 전개시켜 나가는 것도 첩자들의 소행이었다.

첩자를 잘만 이용하면 10만 대군을 간단히 무찔러 버릴 수 있었기 때문이다. 첩자라면 거의가 남자였지만 여자를 이용하지 말라는 법은 없지 않던가.

손무가 관추 노인을 보고 말했다.

"어르신! 저기 여자가 하나 보이지요? 저 여자의 행동이 수상한 것이 암만해도 첩자인 듯싶습니다."

관추 노인은 그쪽을 눈 여겨 바라보다가,

"여자가 무슨 첩자 노릇을 하겠나?"

"여자를 첩자로 이용하지 말라는 법은 없지 않습니까?"

"옆에 바구니를 끼고 있는 것을 보니 나물 캐는 여자로군 그래."

관추 노인은 별로 대수롭지 않게 여기는 눈치였다.

"아닙니다. 지금은 가을입니다. 가을철에 무슨 나물을 캡니까? 바구니를 끼고 있는 것은 위장에 불과할 따름입니다."

"자네 말을 들어보니 의심이 들긴 하네."

"제가 한번 알아보고 오지요."

손무는 나무 그늘에서 몸을 나타내 보이며 큰기침을 하였다. 그 여자는 이쪽을 보자 일순 소스라치게 놀라는 기색이더니 얼른 허리를 굽혀 나물을 캐는 척한다.

손무는 쏜살같이 달려가 여인을 붙잡았다. 나이는 44, 5세 가량 되었을까. 눈빛이 반짝거리는 것이 무척 당돌해 보이는 인상이었다.

"이 산속에서 무엇을 하고 있소?"

여인은 지극히 침착한 어조로,

"산속에서 하기는 무엇을 하겠습니까? 집에 반찬이 없어 산나물을 캐러 온 것이지요."

어느새 관추 노인도 다가와 옆에서 지켜보고 있었다.

"나물을 캐러 왔다구요?"

손무는 시큰둥하게 코방귀를 뀌고 나서,

"당신 초나라에서 온 첩자렷다?"

하고, 한 마디로 잘라 말했다. 그도 그럴 것이 그 여인은 초나라 말씨를 쓰고 있었기 때문이다.

손무의 단도직입적인 말에 여인은 일순간 얼굴빛이 창백해졌다. 그러나 이내 냉정을 되찾으며,

"제가 무슨 첩자라고 그러십니까? 이 바구니를 보세요. 나물을 캐고 있을 뿐입니다."

하고 나물 바구니를 내밀어 보인다.

그러나 손무는 바구니를 거들떠보지도 않는다.

"당신이 아무리 거짓말을 해도 나를 속이지는 못할 거요. 내가 당신이 첩자라는 증거를 보여 줄까?"

"아니 생사람을 잡아도 분수가 있지 제가 무슨 첩자란 말입니까? 증거가 있거든 어디 보여 주세요."

여인은 마침내 앙칼지게 나온다. 여인의 입에서 그 말이 떨어지기 무섭게 손무는 와락 덤벼들어 여인이 가슴속에 숨겨 둔 천주산의 지형을 그린 지도를 끄집어내었다.

"증거가 이처럼 뚜렷한데도 간첩이 아니라고 우겨대겠소?"

옆에서 보고 있던 관추 노인도 깜짝 놀란다. 여인은 속일 수가 없게

되자 몸을 부들부들 떨고 있었다.

"자식새끼들 먹여 살리기 위해 이런 짓을 하게 된 것이니, 제발 죽이지는 말아 주세요."

"죽이지 않을 테니 겁내지 말고 내가 묻는 말에 솔직하게 대답이나 하시오. 사실대로 말하면 살려서 돌려보내겠지만 만일 거짓말을 했다가는 목숨을 보존하기가 어려울 게요."

말씨는 온순하면서도 서릿발같이 준열하였다.

여자는 모든 것을 체념한 듯 두 손을 모아 국궁배례를 하며 말한다.

"현명하신 대인 앞에서 어찌 거짓말을 할 수 있겠나이까. 무슨 일이든 제가 아는 일이라면 사실대로 대답해 올리겠사오니 부디 목숨만 살려 주시옵소서."

"그것만은 걱정 말래도 그러는구려."

손무는 일단 안심을 시켜 놓고 나서,

"누가 당신더러 제나라에 가서 천주산 지도를 그려 오라고 합디까?"

하고 물었다.

그러자 관추 노인이 대답을 앞질러,

"초나라에는 오사(伍奢)라는 유명한 모사가 있는데, 그 사람이 시킨 것이겠지?"

하고 여인에게 덧붙여 묻는다.

손무는 그 말을 듣고 고개를 좌우로 흔들었다.

"그런 게 아닐 겁니다."

그리고 이번에는 여인을 바라보며,

"당신은 오사의 부탁을 받고 온 것은 아니지?"

하고 확인 질문을 하였다.

"네, 그런 건 아니옵니다."

"그러면 누구의 명령으로 왔소?"

"제가 그분의 이름을 한번 듣기는 했으나 지금은 까맣게 잊어버려 기억이 안 납니다."

"그러면 그 이름을 내가 말해 볼까? 한번 들어본 이름이니 다시 들으면 기억이 분명하게 날 게 아니오?"

손무는 뭔가 확신하고 있다는 듯 자신만만하게 말했다.

"대인께서 말씀해 보십시오. 한번 들었던 이름이니 다시 들으면 기억이 되살아날 것도 같사옵니다."

여인은 오히려 다행스러운 듯한 빛을 보이며 말한다.

"좋소. 내가 그 이름을 말해 보리다. 당신을 간첩으로 보낸 사람은 오사가 아니고, 그의 둘째아들인 오자서(伍子胥)라는 청년이지요?"

여인은 그 소리에 고개를 크게 끄덕이며,

"옳습니다. 오자서라는 젊은 분입니다. 키가 무척 큰 분이지요. 대인께서는 그분을 어찌 알고 계십니까?"

"나는 만나 본 일도 없는 사람이오."

"그런데 그분이 보내신 것을 어떻게 아십니까?"

"나는 천리안을 가지고 있는 사람인데, 내가 모를 턱이 없지 않소. 하하하!"

손무는 매우 유쾌한 듯 너털웃음을 지으며 관추 노인을 돌아다보았다.

"아니, 자네! 이 여인을 보낸 사람이 오자서라는 것을 어떻게 알았는가?"

"그 정도의 일을 몰라서야 어찌 장래에 명장이 될 수 있겠습니까. 그 일에 대해서는 차차 말씀드리기로 하겠습니다."

그렇게 말한 손무는 다시 여인을 마주보면서,

"오자서가 간첩을 제나라에만 보낸 것은 아닐 터인데?"

"예, 그렇습니다. 이번에는 여자만 백여 명이나 뽑아 10여 일간 교육을 시켜 진(晋), 진(秦), 송(宋), 오(吳), 제(齊) 등 각국으로 보내, 각지에 흩어져 있는 고전장의 산세와 지형을 상세하게 그려 오라고 한 것입니다."

"음, 역시 오자서다운 착안이야."

남모를 감탄을 혼자 하고 난 손무는 여인에게 적지 않은 돈을 내주면서 이렇게 말했다.

"초나라에 돌아가거든 오자서를 보고 이렇게 말하시오. 제나라에는 손무라는 천안거사(千眼居士)가 있어 첩자 따위는 도저히 발을 붙일 수가 없더라고 말이오. 하하하, 어서 돌아가 자식들 데리고 잘 사시오."

손무는 간첩을 역이용해 오자서의 간담을 서늘하게 해주려고 계획적으로 그런 말을 일러 보낸 것이었다. 여자가 백 배 사례하고 돌아가자 관추 노인은 풀밭에 주저앉으며 손무를 향해 묻는다.

"그 여인이 초나라 간첩이라는 걸 어떻게 알았는가?"

"그 여인이 쓰는 말씨도 초나라 것인데다가 나물 바구니의 직조법도 제나라 것이 아니라 초나라 솜씨였습니다. 그러니 초나라에서 온 간첩이라는 걸 한눈에 알 수밖에요."

"음, 자네는 역시 천안거사가 분명하군 그래, 하하하."

관추 노인은 감탄해 마지않으며,

"초나라라고 하면 누구나 천하의 모사인 오사를 연상하게 되는데, 자네는 오자서가 보냈으리라고 단언을 했으니 그것은 또 어떻게 알았는가?"

손무는 웃으면서 대답한다.

"오늘날까지 어느 나라를 막론하고 첩자라면 으레 남자만을 써왔습니다. 여자를 첩자로 이용한 것은 이번이 처음이니 이것은 획기적인 수법입니다. 오사가 제아무리 천하의 모사라도 그와 같은 혁명적인 수법을 창안해 내기에는 너무도 늙었다고 봅니다. 그러면 그런 새 수법을 창안해낼 만큼 지혜로운 젊은이는 과연 누가 있을까. 아무리 생각해 봐도 오사의 둘째아들 오자서가 아니고서는 그런 일을 꾸밀 만한 위인이 있을 것 같지 않기에 무턱대고 그렇게 단안을 내린 것입니다. 한데 제 추측이 보기 좋게 들어맞은 셈이지요."

"음! 오자서라는 젊은이의 머리가 그렇게 비상한가?"

"그렇습니다. 만약 초나라에 장래가 촉망되는 젊은이가 있다면 오직 오자서 한 사람뿐이라고 감히 말할 수 있을 것입니다."

"자네는 오자서를 만나 본 일도 없다면서, 어찌 그 사람을 그토록 과대평가하는가?"

"어느 나라에 어떤 지자(智者)가 있다는 것을 몰라 가지고서야 장차 무슨 일을 도모할 수 있겠습니까, 하하하."

손무는 너털웃음으로 휘갑을 쳐버리고 나서,

"오늘은 어르신한테서 천주산 전투의 회고담을 들으면서 몇 가지 귀중한 지식을 얻었습니다."

"어떤 지식을 얻었기에 귀중한 지식이라고까지 말하는가?"

"전쟁과 지형과의 관계에 대해 귀중한 지식을 얻은 것입니다."

손무는 그렇게 대답해 가면서, 필구를 꺼내 다음과 같은 글을 적어 넣고 있었다.

······험난한 골짜기를 먼저 점령하면, 소수의 병력을 가지고도 많은

적을 쳐부술 수 있다. 그러므로 아군이 그곳을 먼저 점령했을 때에는 깊이 숨어서 적이 나타나기만을 기다려야 한다. 만약 그곳을 적이 먼저 점령했을 경우에는 이쪽은 단연코 군사를 철수시켜야 한다. 이왕 지사 왔던 길이라고 해서 섣불리 싸움을 걸었다가는 백에 한 번도 승리하기가 어렵다.

『손자병법』「지형편(地形篇)」

손무는 거기까지 쓰고 나서 필구를 보따리 속에 싸 넣으면서,

"오늘은 어르신을 만나 뵙게 되어 정말 반가웠습니다. 날이 저물어 가니 소생은 그만 돌아가겠습니다."

하고 자리에서 일어났다.

"이 사람아! 가기는 어딜 간다고 그러나? 내 집이 여기서 멀지 않네. 오늘밤은 내 집에서 자고 가게나."

"말씀은 고마우나 앞길이 총총하여 이만 떠나야겠습니다."

손무는 관추 노인에게 작별 인사를 고하고, 노을 진 석양길을 바람처럼 표표히 걸어가기 시작했다.

천하의 표랑객 손무는 과연 어디로 가는 것일까. 손무는 넓은 천하를 버리고 굳이 고전장을 돌아다니며 전법과 전술 연구에 매진하고 있었다. 그러나 아무도 알아주는 사람이 없어 어쩌면 한평생을 표랑객으로 끝내게 될지도 모르는 손무의 운명이었다.

초진대전(楚晋大戰)

그 무렵, 오패국(五霸國) 중에서도 세력이 뚜렷하게 강한 나라는 진(晋), 초(楚), 진(秦)의 3국이었다. 그 세 나라는 여타의 군소 국가들을 자국에 예속시키려고 온갖 권모술수를 다 써가며 치열한 암투를 계속하고 있었다.

초나라에서는 목왕(穆王)이 죽고 그의 아들 장왕(莊王)이 등극했다. 장왕은 국사를 일절 돌보지 않고 정(鄭)나라와 월(越)나라에서 보내온 두 명의 미희들에게 반해 날마다 황음(荒淫)과 주연으로 세월을 보내고 있었다.

영웅이 호색한다고나 할까. 장왕은 본디 호걸풍의 쾌남아여서 여색에 빠져 깨어날 줄을 몰랐던 것이다. 새로 등극한 왕의 행실이 그 꼴이고 보니 국정이 어지러워질 수밖에 없었다.

초나라의 노충신 투극(鬪克)이 국가의 장래를 크게 걱정하여 장왕에게 간언을 올렸다.

"자고로 국왕이 여색에 빠지면 나라가 망하는 법이옵니다. 바라옵건대 주공께서는 여색을 멀리하시고, 국사에 전념해 주시옵소서. 지금 진(晉)과 진(秦)은 날이 갈수록 강대해져 우리나라를 언제 쳐들어올지 모르는 형편이옵니다."

그러나 장왕은 그 간언에 크게 분노하여,

"과인이 하는 일에 대해 감히 어떤 놈이 방자스럽게 시비를 하려드느냐? 여봐라! 저 늙은이를 끌어내어 당장 목을 쳐버려라!"

하고 충신 투극에게 참형령을 내렸다.

그 모양으로 장왕은 죄 없는 신하들을 닥치는 대로 죽여 버렸기 때문에 그 후로는 어느 누구도 간언을 올리려 하지 않았다. 그와 같은 불길지사(不吉之事)가 이웃 나라인 진(晉)나라에 알려지지 않을 턱이 없었다. 진나라 군주 성공(成公)은 초나라의 사정을 알고 나자 이 기회에 아예 초나라를 쳐버릴 생각에 평소에 진과 군사 동맹을 맺고 있던 후국 왕들을 긴급하게 소집하였다.

한편 초나라의 상대부(上大夫) 오거(伍擧)와 하대부(下大夫) 소종(蘇從)은 염탐꾼을 통해 진나라의 비밀 모의를 알고 크게 걱정하였다.

여든이 다 된 노충신 소종이 상대부 오거에게 말한다.

"우리가 국록(國祿)을 먹고 높은 벼슬자리를 누려 오면서 나라가 망해 가는 꼴을 잠자코 보고만 있을 수는 없는 일이 아니오. 지금 진나라는 군소국 왕들과 회동하여 우리에게 쳐들어올 모의를 하고 있다니 죽음을 각오하고 대왕께 다시 한번 간언을 올려 보기로 하십시다."

오거는 고개를 크게 끄덕였다. 그는 자기 자신이 상대부의 벼슬을 누리고 있을 뿐만 아니라, 아들 오사(伍奢)와 손자 오자서(伍子胥)가 모두 벼슬자리에 있기 때문에 만약 초나라가 망하는 날이면 오씨 문중은 자동적으로 몰락할 수밖에 없는 형편이었다.

"옳은 말씀이오. 지금 곧 대왕을 찾아뵙고 간언을 올립시다."

이리하여 두 사람은 그 길로 입궁하였다.

장왕은 이날도 정희(鄭姬)와 월희(越姬)를 좌우에 끼고 앉아, 아침부터 풍악을 올리며 주연을 즐기고 있었다. 중신들이 들어와도 눈도 거들떠보지 않고, 계집들과 희롱을 계속했다.

오거와 소종은 침통한 표정으로 술상 앞에 꿇어앉았다.

하대부 소종이 왕에게 고한다.

"그 옛날 걸왕과 주왕이 미색으로 인해 나라를 망친 사실은 대왕께서도 잘 알고 계실 것이옵니다. 그럼에도 대왕께서는 왕위에 오르신 지 3년이 넘도록 여색에만 탐닉해 계시니, 이러고서는 나라가 무사할 리 없사옵니다. 정탐꾼들의 보고에 의하면, 진나라 군주는 지금 동맹국들과 더불어 토초모의(討楚謀議)를 하고 있는 중이라 하오니, 대왕께서는 지난날의 악몽에서 속히 깨어나 주시옵소서."

피를 토하는 듯한 간언이었다. 그러나 장왕은 그 소리를 듣기가 무섭게 허리에 차고 있던 장검을 쑥 뽑아 들더니 소종의 목을 금방이라도 내려칠 듯이 노려보며,

"나에게 시비를 가리려는 자는 수하를 막론하고 내 칼에 목이 달아난다는 사실을 그대는 모르고 있었더냐?"

하고 벼락 같은 호통을 치는 것이 아닌가. 그러나 백발이 성성한 소종은 겁내는 빛이 추호도 없었다.

그는 울면서 다시금 머리를 조아린다.

"노신의 목이 날아감으로써 이 나라를 구할 수만 있다면, 노신은 백 번 죽어도 원한이 없겠나이다. 바라옵건대 대왕께서는 노신의 목을 치시고, 전비(前非)를 속히 깨달아 주시옵소서."

"허어! 늙은 것이 죽음을 두려워할 줄 모르니, 진실로 고약한지고. 보기 싫소! 그만 물러가오."

장왕은 노충신의 왕년 공로를 생각해 차마 죽이지는 못하고 장검을 칼집에 도로 넣어 버린다.

상대부 오거는 꾀가 많은 사람이었다. 그는 정면으로 간해 보았자 소용이 없다는 것을 깨닫고, 얼른 술잔을 따라 올리며 말한다.

"신금(宸襟)을 번거롭게 해드려, 죄당백사(罪當百死)이옵니다. 소신은 옛날 얘기나 한 말씀 올려 볼까 하오니 대왕께서는 청허(聽許)하여 주시옵소서."

"옛날 얘기? 그거 좋은 생각이오. 무슨 얘긴지 어서 말해 보오."

"성은이 망극하옵니다."

오거는 국궁배례하고 나서,

"그 옛날 소신은 선왕의 어명을 받들고, 조(曹)나라에 사신으로 갔던 일이 있사옵니다."

"그런 일이 있었지. 내가 태자로 있을 때의 일이니 경이 조나라에 사신으로 갔던 일은 나도 알고 있소. 그때에 무슨 재미나는 일이라도 있었소?"

장왕은 매우 흥미롭게 반문한다. 오거는 웃으면서 이렇게 말한다.

"재미있는 일이라기보다 서글픈 일이라고 말씀드리는 편이 옳을 것 같사옵니다."

"무슨 얘긴지 어서 말해 보오."

"제가 조나라로 가다 보니, 어느 산속에 커다란 새 한 마리가 나무 위에 앉아 있었습니다. 그 나무는 썩을 대로 썩어 언제 쓰러질지 모르는데다가, 칡덩굴까지 겹겹이 얽혀 있었습니다. 그런데 커다란 새는 썩은 나무 위에 앉은 채 3년 동안이나 울지도 않고 날아가지도 않으므로 세상 사람들은 그 새를 '치조(痴鳥)'라 부른다고 했습니다."

"허어……. 커다란 새가 썩은 나무 위에 앉아 3년 동안이나 울지도 않고, 날지도 않는다? 그래서 세상 사람들이 그 새를 '바보새' 라고 부르더란 말이지요?"

"예, 그러하옵니다."

"그러나 그 새가 워낙 큰 새라 한번 날았다 하면 하늘을 찌르게 될 것이고, 한번 울었다 하면 사람을 놀라게 할 것이 아니오?"

"워낙 대붕(大鵬)이기 때문에 날기만 하면 하늘을 찌르고, 울기만 하면 사람을 놀라게 할 것은 틀림이 없사옵니다. 그러나 3년이 넘도록 울지도 않고 날지도 않으니 그게 큰일이지요."

"음……."

장왕은 오거의 꾀에 넘어가 거기까지 무심히 받자위를 하다가 별안간 정색을 하면서,

"가만 있자, 지금 그 얘기는 나를 빗대어 놓고 하는 말이 아닌가? 오 대부도 내 칼에 목이 달아나고 싶어서 그러오?"

하고 따져 묻는다.

"소신이 다시 무슨 말씀을 올릴 수 있으오리까. 진에서는 지금 토초모의(討楚謀議)를 하고 있는 중이오니 대왕께서 그에 대한 방비를 시급히 세우셔야 할 줄로 아옵니다. 나라가 망하면 향락인들 어찌 누릴 수 있겠나이까."

장왕은 오거의 말에 불현듯 깨달은 바가 있는지,

"나라가 망하면 향락을 누릴 수가 없다? 그건 사실일 거요. 그렇다면 내가 언제까지나 이러고 있을 수는 없는 일이지."

하고 혼잣말로 중얼거리더니 문득 좌우의 미희들을 돌아다보며,

"오 대부의 충성심 덕택에 오늘날까지 나는 울지도 않고 날지도 않는 치조였다는 사실을 이제야 깨달았다. 일단 깨달은 이상에는 새 사람이 되어 국사에 전념하지 않을 수 없으니, 너희들은 금후에는 내 눈

앞에 일체 얼씬거리지 말거라!"

하고 말하는 것이 아닌가.

오거와 소종은 그 광경을 보고 감격의 눈물을 흘렸다.

장왕 자신도 감개가 무량한 듯 두 사람에게 말한다.

"두 분의 은공을 잊을 수 없을 거요. 두 분을 정경(正卿)에 봉하니 나를 도와 이 나라를 지켜 주오."

그러자 소종이 머리를 조아리며 아뢴다.

"신은 너무 늙어 중책을 감당할 수 없사옵기에 소신 대신에 현인(賢人)을 한 사람 천거할까 하오니 청허해 주시옵소서."

장왕은 소종의 말을 듣고 크게 기뻐하였다.

"경이 현인을 천거해 주겠다니 참으로 기쁘오. 그 사람이 누구요?"

소종이 대답한다.

"해령(海寧) 땅에 손숙오(孫叔敖)라는 현인이 있사옵니다. 손숙오는 덕망과 경륜을 겸비하고 있으므로, 그 사람이면 대왕께서 나라를 다스려 나가시는 데 크게 도움이 되실 것이옵니다."

"그런 현인이 있다면 예의를 갖추어 속히 모셔 오도록 합시다. 사마차(駟馬車)를 내드릴 테니, 경이 해령으로 몸소 가서 모셔 오도록 하오."

마음을 고쳐먹으면 사람이 그렇게도 달라질 수 있는지, 장왕은 국사에 열의가 대단하였다.

소종은 곧 수레를 가지고 가서 손숙오를 정중하게 모셔왔다. 손숙오는 나이가 70세 가량, 첫눈에도 덕망이 넘쳐 보이는 사람이었다.

장왕은 손숙오를 영윤(令尹)으로 봉하고 나서 묻는다.

"나라를 잘 다스려 나가려면 어떡해야 하겠소?"

손숙오가 머리를 조아리며 대답한다.

"나라를 잘 다스려 나가시려면 무엇보다도 긴요한 것이 대왕의 권위를 뚜렷하게 정립하시는 일이옵니다. 대왕의 권위가 뚜렷하지 못하면 안으로는 백성들에게 믿음을 잃게 되고, 밖으로는 열국에게 업신여김을 당하게 되기 때문입니다."

장왕은 자신의 과거가 회상되어 가슴이 뜨끔하였다.

"참으로 귀하신 말씀이오. 왕이 왕으로서의 권위를 뚜렷하게 세워 나가려면 어떡해야 하겠소?"

"우리나라는 지난 3년 동안의 실정으로 말미암아 대왕의 권위가 안팎으로 크게 추락되어 있는 까닭에 우리를 넘겨다본 진이 군사를 일으켜 쳐들어올 계획을 세우고 있사옵니다. 지금 무엇보다도 긴급한 것은 진나라의 콧대를 꺾어 놓는 일이라고 하겠습니다. 이번 기회에 진나라의 콧대를 꺾어 놓는다면 이미 추락되었던 대왕의 권위가 중외(中外)에 눈부시게 앙양되실 것이옵니다."

장왕은 고개를 무겁게 끄덕이며,

"잘 알겠소이다. 그러면 우리가 선수를 쳐서 진나라를 먼저 쳐들어가자는 말씀이시오?"

"그렇습니다. 그러나 진은 워낙 강대국인 까닭에 직접 쳐들어가면 우리에게 희생이 너무도 많을 것이니, 최소한의 희생으로 많은 효과를 거둘 수 있는 방법을 택해야 할 것이옵니다."

"그 방법은 어떤 것이오?"

"지금 우리나라와 진과의 사이에 약소국 정(鄭)나라가 있사온데, 정나라는 진과 동맹 관계를 맺고 있는 적성국가(敵性國家)이옵니다. 그러므로 정나라를 쳐서 승리를 거두는 것은 간접적으로 진나라를 쳐서 승리를 거두는 것과 마찬가지 효과를 가져올 수 있다고 생각됩니다."

장왕은 그 말을 듣고 무릎을 치며 감탄하였다.

"참으로 놀라운 계교이시오. 그러나 우리가 정나라를 치면, 진나라가 가만히 앉아서 보고만 있을까요?"

장왕이 걱정하는 것은 너무도 당연한 일이었다. 정나라가 침범을 당하면 진이 응원군을 보내올 것은 뻔한 일이 아니던가. 하물며 상대국이 초나라임에 있어서랴.

그러나 손숙오는 웃으면서 대답한다.

"우리가 정을 치는 것은 식은 죽 먹기보다도 쉬운 일이옵니다. 그렇게 되면 정은 진에게 응원군을 청하게 될 것이고, 진도 반드시 응원군을 보내올 것입니다. 소신이 노리고 있는 것은 바로 그 점입니다."

"그건 무슨 뜻이오?"

"생각해 보십시오. 진이 응원군을 보내온다손 치더라도 남을 도와 주는 데는 한계가 있어서, 자기 나라를 완전히 비워 놓고 군사를 대량으로 출동시킬 수는 없지 않겠습니까? 고작해야 10만이나 20만 가량의 군사를 보내올 터인데, 그 정도의 병력이라면 우리도 얼마든지 쉽게 쳐부술 수 있사옵니다. 우리가 승리를 거두면 결국은 진나라 전체와 싸워 이긴 결과가 될 것이니, 대왕의 위명을 만천하에 떨칠 수 있는 기회이옵니다."

장왕은 그 말을 듣고 새삼 감탄하였다.

"그러면 오늘이라도 정을 쳐서 우리의 위세를 천하만방에 떨쳐보도록 합시다."

이리하여 20만 대군을 일으킨 초나라는 장왕 자신이 총사령관을 맡고 손숙오를 원수, 오거 · 소종 · 범산(范山) · 투월(鬪越) 네 장수를 각각 대장으로 삼아 정나라를 향해 쳐들어갔다.

그때 오거 장군은 사랑하는 손자인 오자서를 같이 데리고 떠났다. 왜냐하면 자서는 나이는 아직 20세 전이었으나 머리가 비상하므로 실전 경력을 쌓아 주려고 일부러 데리고 떠났던 것이다. 정은 워낙 힘이 미약한 국가여서, 사흘 안에 모든 성이 초병들에게 포위되고 말았다.

한편 진의 성공은 정나라가 초병에게 유린되었다는 급보를 받고, 중신들을 긴급 소집하였다.

"우리가 군사를 급히 출동시켜 정을 구하지 않으면 우리의 위신이 땅에 떨어지게 될 것이옵니다."

"초의 횡포를 그대로 내버려두면 우리의 위신이 떨어질 뿐만 아니라 패권마저 초에게 빼앗기고 말게 될 것이옵니다. 우리 또한 대군을 출동시켜, 차제에 초의 오만을 철저히 규탄해야 합니다."

중론이 일치되자 성공은 순림보(筍林甫)를 원수로 삼아 자기 자신이 15만 대군을 이끌고 초군 토벌의 장도에 올랐다. 그런데 장도에 오른 지 이틀 만에 커다란 불상사가 일어났다. 성공이 갑작스럽게 진중에서 객사를 한 것이다.

원수 순림보는 크게 불길하게 여겨 모든 군사를 회군(回軍)하려고 하였다. 그러자 대장 한궐(韓厥)이 반대하고 나선다.

"정을 구원하려고 장도에 올랐다가 이제 헛되이 돌아가면 장차 초의 기세를 무엇으로 막아낼 수 있겠나이까. 대왕의 유해만 본국으로 봉송하고 군사는 이대로 진격하여 초의 오만을 철저히 분쇄해 버려야 하옵니다."

들어 보니 그럴 듯한 말이었다. 원수 순림보는 워낙 패기도 없고 판단력도 부족한 사람이었다. 그러기에 그는 대장 한궐의 말을 믿고, 정나라를 향하여 다시 원정의 길에 올랐다.

진의 15만 대군이 10여 일이나 걸려 황하에 도달했을 때, 초병이 급히 달려와 고한다.

"정은 구원병이 오기를 기다리다 못해, 이미 초에게 항복을 해버렸다고 합니다. 항복을 받아낸 초군은 지금 본국으로 철병을 하고 있는 중이옵니다."

그 소식이 알려지자 진의 장수들은 맥이 빠졌다. 원수 순림보가 장수들의 의견을 묻는다.

"초군이 정에게 항복을 받고 본국으로 돌아가는 중이라고 하니, 우리는 이제 앞으로 어떻게 했으면 좋겠소?"

장수 사회(士會)가 말한다.

"정의 항복을 받고 초군이 본국으로 돌아가는 중이라면 이제 싸워본들 무슨 소용입니까?"

그러자 선봉장 선곡(先穀)이 반론을 들고 나온다.

"군소 국가들이 우리의 그늘로 모여오는 것은 그들이 위급지변(危急之變)을 당했을 때, 우리의 구원을 바라기 때문입니다. 그런데 이번 경우처럼 예하국가(隷下國家)가 망하는 꼴을 가만히 보고만 있다면 금후에 어느 나라가 우리를 따라오겠습니까. 지금이라도 우리는 철수하는 초군을 쫓아가서 철저하게 쳐부숴야 합니다. 만약 그래 주신다면 소장은 선봉장으로서 목숨을 걸고 큰 공을 세우도록 하겠습니다."

원수 순림보는 그 말을 옳게 여겨 선곡을 선봉장으로 삼고 위기(魏錡), 조전(趙旃), 조영(趙嬰), 조괄(趙括) 등을 대장으로 임명하여 편대를 새로 꾸며 황하를 건넜다. 선봉장 선곡은 워낙 성미가 거친 사람인지라 황하를 건너기가 무섭게 초군의 뒤를 맹렬히 추격하였다.

한편, 회군하는 초군이 필(邲)이라는 곳에 이르렀을 때 급사가 숨가쁘게 달려와 보고한다.

"지금 진의 대군이 우리를 맹렬히 추격해 오고 있는 중이옵니다."

이에 초장(楚將)들이 당황하는 빛을 보이자 모사 오거가 장왕 앞에 나와 아뢴다.

"우리가 오랫동안 진에게 업신여김을 당해왔으니 이번 기회에 어찌 구한(舊恨)을 풀지 않을 수 있으오리까. 우리는 마땅히 그들을 맞아 싸워야 합니다."

그 자리에 동석했던 젊은 군인 오자서가 할아버지의 말을 듣고 무언중에 회심의 미소를 짓는다.

그러나 장왕은 불안하여,

"이번에는 그냥 돌아갔다가 다음 기회를 노리는 것이 어떠하겠소?"

오거가 다시 말한다.

"적의 추격을 보고도 회군하는 것은 패주와 다름이 없사옵니다. 단연코 싸워야 마땅합니다."

장왕은 자신이 없어 원수 손숙오를 바라보며 묻는다.

"원수의 의견은 어떠하오?"

"……."

손숙오는 잠시 깊은 생각에 잠긴 채 말이 없었다. 장왕은 적이 초조하여 손숙오에게 따지듯 묻는다.

"영윤은 왜 대답이 없소? 정나라를 치자고 발론한 사람은 영윤이 아니었소?"

손숙오는 그제야 조용히, 그러나 단호하게 입을 열어 말한다.

"우리가 애초에 출병할 때 진에서 응원군을 보내 오리라는 것은 예측하고 있었던 일이옵니다. 우리는 진과의 일전을 이미 각오하고 나선 길인데 이제 와서 싸우느냐 마느냐를 논하는 것은 무용지론(無用之論)이라고 생각되옵니다."

장왕은 명쾌한 그 말을 듣고 적이 부끄러운 표정을 지으며,

"하기는 그렇군요. 만약 싸운다면 우리가 이길 승산은 있는 거요?"

손숙오는 자신만만하게,

"여러 가지 면에서 승산은 확실하다고 봅니다."

손숙오는 적의 약점을 다음과 같이 설명하였다.

"어떤 면에서 그렇소이까?"

"첫째, 전쟁에는 군사들의 사기가 절대적이온데, 적은 출발 벽두에 구심점인 왕을 잃어 사기가 크게 위축되어 있사옵니다. 둘째, 적의 총사령관인 순림보는 통솔력이 부족한데다가 병법에도 그다지 능숙하지 못한 인물입니다. 셋째, 적의 선봉장 선곡은 공명심이 많아 무척 덤비는 성품인데다가 교만하기 이를 데 없어서, 다른 장수들과 화합하기가 어렵습니다. 넷째, 진은 행군 도중에 군대를 개편하여 상하의 명령 계통이 아직 확립되어 있지 못할 것이옵니다. 다섯째는 우리는 이미 승리를 거둔 개선 부대인데 반해, 저들은 주인을 잃고 실의에 빠져 있는 군대라는 점이옵니다."

장왕은 손숙오의 설명을 듣고 크게 기뻐하며,

"그러면 이제부터 적을 맞아 싸울 테니, 모든 군사는 말머리를 돌려 총진군하라."

하고 장엄한 군령을 내렸다. 손숙오가 이번에는 오거에게 말한다.

"적의 선봉 부대를 간단히 쳐부술 만큼 지략이 풍부한 분은 오로지 오 장군밖에 없으니 부디 선봉장의 임무를 맡아 주시오."

명예의 선봉장이 되어 달라는 부탁이었다. 오거가 출진할 준비를 갖추며 말한다.

"적의 선봉 부대는 소장이 책임지고 격멸할 것이오니 후속 부대는 뒤로 따라오지 말고 좌우로 우회하여 황하에 먼저 가 있는 편이 좋을 것 같사옵니다."

그러자 손숙오가 고개를 크게 끄덕이며 말한다.

"무슨 말씀인지 알아들었소이다. 나도 그렇게 할 생각이었소."

명장과 명장 사이에는 무언중에 통하는 바가 있었다. 그런데 옆에 있던 청년 장수 오자서까지도 그 말을 듣고 빙그레 무언의 미소를 짓는 데는 놀라지 않을 수 없었다.

이윽고 선봉장 오거 장군은 군사를 이끌고 말을 달려나가며 동행하는 손자 자서에게 묻는다.

"아까 내가 손 원수와 작전 계획을 의논하고 있을 때 네가 빙그레 웃는 것을 보았는데 무슨 까닭이라도 있었더냐?"

청년 장수 오자서는 미소를 지으며,

"두 노장님들의 작전 계획이 무언중에 척척 들어맞는 것이 하도 감격스러워 웃었습니다."

"음……. 나는 아까, 후군(後軍)은 좌우로 우회하여 황하에 먼저 가 있는 것이 좋겠다고 진언했는데 너는 그 이유를 이해하지는 못했겠지?"

"저도 할아버님의 의도를 대강은 짐작하고 있사옵니다."

"짐작하고 있거든 어디 말해 보아라."

"제 짐작이 틀릴지는 모르겠습니다만 나름대로 짐작한 바를 말씀 드릴 테니 들어 주십시오."

그런 다음 오자서는 다음과 같이 말하는 것이었다.

"할아버님께서 적의 선봉 부대를 무찔러 버리면 패잔병들은 모두 황하로 쫓겨 갈 것입니다. 그때 황하에 먼저 가 있던 우리 군사가 패잔병들을 몰살시켜 버리자는 작전 계획이 아니셨습니까?"

오거는 손자의 말을 듣고 눈물겹도록 감탄하였다. 설마 어린 손자가 자신의 작전 계획을 그렇게까지 정확하게 알아맞힐 줄은 몰랐기 때문이었다.

"자서야!"

"네, 할아버님!"

"나는 네가 병법에 그토록 통효(通曉)할 줄을 미처 몰랐구나. 이번 출진(出陳)에 너를 데리고 온 것은 참으로 잘한 일이로다. 너는 이번 기회에 실전 경험을 충분히 쌓아 후일에 천하의 명장이 되도록 하거라!"

"명심하겠습니다, 할아버님!"

자서는 거기까지 말하고 나서,

"할아버님! 시간이 촉박하니 말을 좀더 빨리 몰아가십시다."

하고, 자기편에서 앞길을 재촉하는 것이 아닌가. 오거 장군도 빨리 가야 할 필요를 느끼고 진작부터 군사들에게 강행군을 독촉하고 있었다. 그러나 손자의 기량을 알아보기 위해 짐짓 모르는 척하고 묻는다.

"적이 나타나려면 아직도 멀었는데 왜 그리 서두르느냐?"

"적과 마주치려면 아직도 멀긴 하지만 우리가 목적지에 먼저 도착하여, 적을 기다리고 있다가 쳐부수어야 유리할 것이 아닙니까?"

오거 장군은 손자의 말이 자기 생각과 일치하는 데 또 한번 감탄을 마지않았다.

"오오! 너는 그런 병법을 누구한테서 배웠느냐?"

"정식으로 배운 일은 없습니다. 그러나 일전에 누구한테 들으니 손무라는 사람이 말하기를 '전지(戰地)에 먼저 도달하여 적을 기다리는 자는 편하고, 전지에 늦게 나가 싸우는 자는 수고롭다'고 말했다 합니다. 저는 그 말을 옳은 말이라고 생각합니다."

오거는 말을 달려나가며,

"손무? 그런 병학가(兵學家)가 있었던가?"

하고 손자에게 묻는다.

"저도 만나 본 일은 없지만 여기저기서 들려오는 말에 의하면 손무는 병학에 조예가 대단히 깊은 제나라 사람인 모양입니다."

"음, 그런 사람이라면 너도 꼭 한번 찾아보아라. 장차 큰 인물이 되려면 그런 인재들과 두루 사귈 필요가 있느니라. 그건 그렇고, 네가 만약 지휘관이었다면 너는 적을 어디서 맞아 싸우는 것이 유리하겠느냐?"

오거는 작전 계획이 이미 결정되어 있었건만 손자의 실력을 시험해 보려고 의식적으로 그렇게 물었다.

자서가 대답한다.

"여기서 70리쯤 더 가면 병저(甁底)라는 깊은 골짜기가 있습니다. 우리 군사를 그곳에 매복시켜 두었다가 적이 그곳을 통과할 때에 일제히 기습을 감행하면 크게 승리할 것 같사옵니다."

그것은 자신의 작전 계획과 너무도 일치하기에 노장군은 내심 혀를 털면서,

"만약 적이 그곳에 먼저 와 매복해 있다면 어떻게 하는 것이 좋겠느냐?"

하고 엉뚱한 반론을 제기해 보았다.

그러자 자서는 자신만만한 어조로,

"오늘은 그럴 염려는 없을 것이옵니다."

"어째서?"

"적의 선봉장이 다른 사람이 아닌 선곡이라는 장수이기 때문입니다."

"선곡은 매복 작전을 모르는 사람이더냐?"

"그런 것은 아니지만 아까 어르신들께서 말씀하실 때 들으니 선곡이라는 장수는 공명심이 남달리 많을 뿐더러 매사에 몹시 서두르는 성품이라고 하셨습니다. 그런 사람이 우리를 추격해 오다가 말고 한

가롭게 산골짜기에 숨어서 나타나지 않을지도 모르는 우리를 기다리고 있을 리가 없지 않습니까."

"음······."

"두고 보십시오. 우리가 그곳에 매복해 있어도 선곡은 추격에만 급급하여 그 위험한 골짜기를 아무 경계도 없이 단숨에 통과해 버릴 것이옵니다. 우리로서는 그때가 적을 섬멸할 수 있는 절호의 기회인 셈이지요."

"오오. 어느새 적장의 성격까지 감안하여 작전 계획을 세우고 있으니 참으로 놀라운 일이 아닐 수 없구나."

"올바른 작전 계획을 세우려면 무엇보다도 중요한 것이 적장의 성격을 정확하게 파악해야 하는 일인 줄로 알고 있사옵니다."

"참으로 옳은 말이로다. 그러면 오늘은 너의 작전 계획에 따라 싸워 보기로 하자."

오거는 손자의 영기(英氣)를 북돋워 주려고 일부러 그렇게 말했다.

이윽고 병저 계곡에 도착하여 군사를 매복시켜 놓고 나자 자서가 말한다.

"할아버님! 여기서 위계전술(僞計戰術)을 한번 써 보면 어떠하겠습니까?"

"위계전술이라니?"

오거는 손자의 말을 얼른 알아들을 수가 없었다.

자서가 대답한다.

"위장첩자(僞裝諜者)를 적진 속에 침투시켜서, 적의 공명심을 불타오르게 하자는 말씀입니다."

"어떤 방법으로?"

"위장첩자로 하여금 '초군은 선곡 장군에게 겁을 먹고 급히 달아나고 있는 중'이라는 거짓 보고를 올리게 하는 겁니다. 그러면 선곡은 우리를 급히 따라잡기 위해 이 골짜기를 아무런 의구심도 없이 통과하게 될 것이 아니오니까. 그 기회를 포착하여 기습을 감행하면 싸움이 크게 유리할 것이옵니다."

그와 같은 위계는 미처 생각지 못했던 일이어서, 오거는 또 한번 감탄해 마지않았다.

"실로 놀랍고도 재미있는 계획이로다. 그러면 네 계획을 실천에 옮겨 보아라."

자서는 곧 위장첩자 몇 사람을 적진을 향해 내보냈다.

이윽고 가짜 첩자는 진군을 만나자,

"초군은 선곡 장군의 용맹에 겁을 먹어, 지금 신속하게 후퇴를 하고 있는 중이오."

하고 고하니 선곡은 기세가 더욱 등등해져,

"적이 국경을 넘어가기 전에 모조리 때려잡아야 한다. 모든 군사는 일사천리로 추격하라!"

하고, 달리는 말에 박차를 가했다.

얼마 후에 병저 계곡이 눈앞에 다가오자 부장(副將) 황진(黃鎭)이 선곡에게 말한다.

"저 계곡에 혹시 적의 복병이 있을지도 모르니 한번 수색을 해보고 나서 통과하는 것이 옳지 않겠습니까?"

부장으로서는 너무도 당연한 조언이었다. 그러나 적을 포착하기에만 급급한 선곡은 오히려 화를 벌컥 내면서,

"겁에 질려 쫓겨가는 놈들이 어떻게 복병을 숨겨둔단 말이냐? 저들이 국경을 넘기 전에 촌각을 다투어 따라잡아야 한다. 모두들 지체 말고 나의 뒤를 따르라."

사슴을 쫓는 자는 산을 보지 못한다(逐鹿者不見山)고 하던가. 우장(愚將) 선곡은 오자서의 계략에 송두리째 말려 들어가고 있었다.

이윽고 선두 부대가 비좁은 골짜기를 어지럽게 통과하기 시작하였다.

초군은 숲 속에 죽은 듯이 숨어서 그 광경을 지켜보고 있다가 적의 부대가 3분의 1쯤 통과했을 무렵 불시에 전후좌우에서 함성을 올리며 열화와 같이 봉기하였다. 그리하여 창검을 닥치는 대로 후려갈기니 죽음의 비명을 토해내는 소리로 비좁은 골짜기는 아비규환을 이루었다.

계곡을 먼저 통과한 선곡은 그제야 복병에게 기습당한 것을 알고,

"아차, 속았구나!"

그러나 때는 이미 늦었다.

숲 속에서 오자서가 질풍신뢰와 같이 말을 달려나오며 장검을 번쩍 후려갈기니 선곡의 머리가 그대로 땅바닥에 뒹굴어 버리는 것이 아닌가.

"선곡은 죽었다. 후속 부대를 가차 없이 섬멸하라!"

진의 군사들은 안심하고 협곡을 통과하다가 복병들에게 날벼락을 당하는 바람에 저마다 혼비백산하여 줄행랑을 치기 시작하였다.

협곡을 이미 통과한 1천여 명의 병사들은 등뒤에서 엄습해 오는 복병들의 창검에 찔려 비명을 지르며 쓰러졌고, 계곡을 통과하려던 4천여 명의 병사들은 발길을 돌려 후방으로 도망을 치기 시작했다. 그러나 도망치는 병사들을 그냥 살려 보낼 복병들이 아니었다.

한편에서는 하늘이 무너질 듯한 함성을 지르며 쫓아오고, 다른 한편에서는 징소리를 요란스럽게 울리며 덜미를 눌러 오니 진병(晉兵)들은 사정없이 휘둘러대는 창검에 찔려 일진광풍에 나뭇잎 날리듯 쓰

러져 죽어갔다.

그와 같은 일방적인 추격전을 계속하기를 무려 20여 리, 오호(敖鎬)에 진을 치고 있던 원수 순림보가 급보를 듣고 급히 달려 나와 싸우려 하였다. 그러나 노도처럼 몰려오는 패잔병들이 앞을 가로막아서 병사들을 끌고 나갈 길이 없지 않은가. 순림보는 어쩔 수 없어 눈물을 머금고 황하까지 후퇴하라는 군령을 내렸다.

후속 부대의 좌익장군(左翼將軍) 사회는 전쟁이 불리하다는 비보가 날아오자 황하 강가에 군선 8백여 척을 대비시켜 놓고 있었다. 그것만은 참으로 잘한 일이었다. 그러나 전세가 도처에서 불리하여 15만 대군이 일시에 배 있는 곳으로만 몰려오는 데는 수습할 길이 없었다.

병사들이 제각기 배에 먼저 오르려고 아귀다툼을 하다가 그대로 침몰된 군선만도 무려 50여 척이나 되었고, 물에 빠져서 사람 살리라고 고함을 지르며 죽어가는 자도 수백 명이었다.

그와 같은 아비규환의 장면이 벌어졌을 바로 그때 진작부터 황하에 선착하여 공격의 기회를 노리고 있던 심윤(沈尹), 투월 등의 초군 부대마저 일시에 전후좌우에서 함성을 울리며 까마귀 떼처럼 엄습해 왔다. 그리하여 혹자는 창에 찔려 죽고, 혹자는 겁에 질려 스스로 강으로 뛰어들어 죽기도 하여 그야말로 황하는 진병이 흘린 피가 바다를 이루었다.

난살(亂殺)에 난살을 거듭하기 장장 너덧 시간, 고국을 떠날 때에는 15만이나 되었던 진군 중에서 황하를 무사히 건넌 병사들은 기병(騎兵) 8백여 기와 보병 2만을 넘지 못했다

그로써 진에게 오랫동안 업신여김을 당해 오던 초국은 국위가 크게 선양되었고, 장왕의 이름도 중국 천하에 크게 떨쳐지게 되었다.

장왕은 고국에 돌아오자 원수 손숙오와 대장 오거를 비롯하여 많은

장수들에게 상금을 후하게 내렸다. 오거는 상금을 받아 들고 집에 돌아와 손자 자서에게 웃으면서 말한다.

"오늘은 네가 받아야 할 상을 내가 받은 셈이로다."

"할아버님께서는 무슨 말씀을……. 저도 언젠가는 할아버님처럼 전공상을 받을 날이 있을 것이옵니다."

"하하하, 물론 그래야지! 너는 언젠가는 반드시 큰 인물이 될 것이로다."

개선장군들에게 논공행상(論功行賞)을 베푼 바로 그날 밤, 장왕은 그들과 술을 나누며 손숙오와 오거에게 말한다.

"손 영윤과 오 대부의 덕택에 우리가 전고에 없는 승리를 거두어 참으로 기쁘오. 이만 했으면 왕의 권위가 정립되었다고 볼 수 있겠소?"

손숙오가 머리를 조아리며 아뢴다.

"그 옛날 우리는 송(宋)나라를 쳐들어갔다가 진(晋)의 구원병 때문에 실패하고 돌아온 일이 있사옵니다. 그러므로 이번 기회에 송나라까지 쳐서 진을 고립시켜 버리면 중원의 패권은 우리한테 절로 돌아오게 될 것이옵니다."

"영윤의 생각이 그러시다면 지금이라도 송나라를 치기로 합시다. 송을 치기는 정을 치기와 마찬가지로 쉬운 일이 아니겠소?"

장왕은 곧 출동 명령을 내렸다. 송은 워낙 빈약한 나라여서 아무 저항도 못한 채 모든 성이 초군에게 포위되고 말았다.

송나라 군주 문공(文公)이 성에서 나와 항복하려고 하자 좌사구(左司寇) 악려(樂呂)가 반대하며 말한다.

"옛날에도 우리는 초병에게 포위되었다가 진의 구원을 얻어 항복을 면한 일이 있었습니다. 이제 만약 초에게 항복하면 후일 진 경공

(景公)의 노여움을 무엇으로 막아낼 수 있겠나이까?"

"그러나 우리가 항복을 아니 하면 초군이 성 안으로 쳐들어와 백성들이 크게 다칠 것이니 이 일을 어찌했으면 좋겠소?"

약소 국가의 비애는 비참할 정도로 심각하였다.

악려가 다시 말한다.

"성문을 굳게 걸어 잠그고, 진나라에 급사를 보내 구원을 급히 청하면 될 것이옵니다."

"그러면 누가 진에 급사로 가 주겠소?"

우대부(右大夫) 악영제(樂嬰齊)가 나서며 말한다.

"신을 사신으로 보내 주시옵소서."

"고맙소, 그러면 시급히 다녀와 주오."

악영제는 성문으로 총알같이 빠져 나와 초군의 포위망을 결사적으로 뚫고 진나라에 무사히 도착하였다.

진나라 경공은 그러잖아도 초에게 이를 갈고 있던 중인지라 즉시 출병시켜 송을 구원하려 하였다. 그러나 하대부 백종(伯宗)이 정면으로 반론을 들고 나온다.

"우리가 그러잖아도 오호 전투에서 초에게 15만의 대군을 잃었는데, 이제 다시 군사를 일으켜 본들 초의 예기(銳氣)를 무슨 재주로 꺾을 수 있으오리까. 전쟁을 감정으로 수행할 수는 없는 일이옵니다."

거기에 대해서는 경공도 할 말이 없었다.

"그러나 차제에 우리가 송을 구해 주지 않으면 우리의 패권을 무엇으로 유지할 수 있단 말이오?"

"……"

백종은 아무 대꾸도 아니 하고 한동안 깊은 생각에 잠겨 있을 뿐이었다.

경공은 생각할수록 답답한지,

"무슨 묘책이 없겠소? 어서 말해 보오."

하고 백종에게 다시 묻는다.

백종은 그제야 고개를 들며,

"변술(辯術)이 능한 사람을 송나라에 보내, 구원병을 곧 보내 줄 것처럼 안심시켜 항복을 아니 하도록 속임수를 써보면 어떠하겠습니까? 구원병이 온다고 하면 초가 겁이 나서 철수를 할지도 모르는 일이 아니옵니까? 만약 초가 끝까지 싸우려고 들면 그때에 가서 대책을 강구해도 늦지는 않을 것이옵니다."

예속 국사에게 속임수를 쓴다는 것은 졸렬지책(拙劣之策)임은 말할 것도 없었다. 그러나 사정이 워낙 다급하고 보니 진 경공은 백종의 제안을 듣고 크게 기뻐하며,

"다른 방도가 없으면 그렇게라도 해봅시다. 그러면 누구를 사신으로 보내는 게 좋겠소?"

그러자 늙은 충신 해양(解楊)이 자원하고 나선다.

"노신을 보내 주시면 목숨을 걸고 사명을 다하도록 하겠습니다."

이리하여 노장 해양은 중대 임무를 띠고 곧 송나라로 길을 떠났는데 목적지에 도달하기도 전에 초나라 척후병들에게 붙잡히는 몸이 되고 말았다.

"너는 뭐하는 놈이냐?"

"나는 송 군주를 만나러 가는 진나라의 사신이다."

해양이 정정당당하게 대답하니 초병들은 크게 놀라 즉시 포박(捕縛)을 지워 장왕에게 올려 바쳤다.

장왕이 대부 오거와 함께 만나 보니 해양은 첫눈에 보아도 보통 인물이 아니었다. 머리에는 아관(峨冠)을 쓰고 허리에는 박대(博帶)를

띠고 있는데, 안색이 장엄해 보이는 것이 거물급 인물임이 틀림없어 보였다.

장왕은 포박을 즉시 끄르게 하여 대청으로 모셔 놓고 말한다.

"대부는 어디로 가시는 길이오? 철없는 부하들이 현인을 몰라보고 결박을 함부로 지웠던 경솔을 용서하시오."

해양은 자기를 구워삶으려는 술책임을 알고, 새삼 근엄한 어조로 대답한다.

"나는 왕명을 받들고 송나라에 가서 초에게 항복을 못하도록 하려는 진나라의 사신이오."

장왕이 웃으면서 말한다.

"대부는 무척 현명해 보이는 어른이니 송나라에 가거든 빨리 항복하여 성 안 백성들에게 무고한 피해가 없도록 권고해 보시는 것이 어떠하시겠소?"

해양은 의연한 자세로 대답한다.

"대왕은 진나라의 원한을 사지 않으려거든 군사를 빨리 철수하여, 무고한 백성들에게 피해가 미치지 않도록 하소서. 만약 그렇지 않으면 구원병이 올 때까지 나 자신이 송나라 군사들을 몸소 지휘해 가면서 목숨을 걸고 싸우기로 하겠소."

옆에서 듣고 있던 오거가 참다못해 장왕에게 큰소리로 아뢴다.

"대왕은 어찌하여 저런 놈의 목을 당장 베어 버리지 아니하시옵니까?"

해양은 오거의 말을 듣더니, 오거를 매우 못마땅한 눈매로 바라보며 이렇게 나무란다.

"나는 신하된 몸으로서 내 나라의 왕명에 충실하게 복종하고 있을 뿐이오. 그것을 어찌하여 장왕에게 대한 거역이라고 말씀하시오. 역지사지(易地思之), 입장을 바꿔 생각을 해보시오. 대인이 만약 충신이라면 반드시 나와 같은 태도를 취할 수밖에 없을 것이오."

오거는 말문이 막히고 말았다.

장왕이 너털웃음을 웃으면서,

"그것은 옳으신 말씀이오. 그러나 지금 송성(宋城)을 에워싸고 있는 우리 군사가 백만이 넘어서, 우리는 언제라도 성 안으로 쳐들어갈 수 있소. 그때에는 무고한 백성들이 비참하게 희생을 당하게 될 것이오. 그러하니 대인이 송왕에게 항복을 권고하여, 전화(戰禍)를 미연에 방지하는 것은 매우 현명한 일이 아니고 뭐겠소."

해양은 군주의 명을 배반해 가면서 송 문공에게 항복을 권고할 생각은 꿈에도 없었다. 그러나 눈앞의 곤욕(困辱)에서 벗어나 왕명을 충실하게 실천하려면 일시적으로 거짓말을 꾸며댈 수밖에 없을 것 같았다. 그리하여 심사숙고하는 척하다가,

"알겠습니다. 될지 안 될지 모르지만 그렇게 하도록 노력해 보지요."

하고, 해양은 거짓 약속을 해보였다.

"내 말을 들어 주시겠다니 고맙소. 그러면 송 문공을 만나 곧 항복하게 해주시오."

장왕은 해양을 마차에 태워 송성으로 보내 주었다. 그러면서도 어딘가 믿어지지 않아 비밀리에 장사 몇 사람으로 해양의 행동을 엄밀히 감시하게 하였다.

해양은 초군의 포위망을 뚫고 송나라 성문 앞에 이르자 성루를 올려다보며 큰소리로 외친다.

"나는 칙명을 받들고 온 진나라의 사신이다. 송 군주는 지금 곧 성에 오르셔서 우리 주군의 말씀을 들으시도록 아뢰어라."

송 문공이 성루에 올라와 굽어보자 해양은 정중하게 허리를 굽혀 인사를 올리고 나서 목이 찢어질 듯한 큰소리로 외친다.

"저희 주군께서는 구원병을 수일 내로 보내 드린다고 하셨습니다. 그러므로 군주께서는 어떤 고초를 겪으시더라도 항복을 하지 마시옵소서. 그 점 거듭 명심하시기 바라옵니다."

그는 장왕과의 약속을 뒤엎고 진나라 군주의 명령을 곧이곧대로 전한 것이다.

그러자 미행을 하며 감시하던 초나라 장사들이 번개같이 달려들어 해양에게 결박을 지웠다. 성루 위에서 그 광경을 목격한 송 문공은 부하들과 함께 초병들에게 화살을 빗발치듯 쏘아 갈겼다. 그러나 초군 장사들 중에는 양유기(養由基)라는 명궁수(名弓手)가 있어 그가 성루를 향하여 화살을 쏘아 올리니 송 문공은 그 자리에서 쓰러져 버렸다.

초군 장사들은 해양을 본진으로 끌고 돌아와 장왕에게 올려 바쳤다.

장왕은 해양의 행실에 대한 자초지종을 듣고 크게 노하여,

"저놈이 나와의 약속을 어겼으니 당장 끌어내어 목을 베어라!"

하고 추상 같은 명령을 내렸다. 그러나 해양은 추호도 겁내지 아니하고 장왕에게 이렇게 말한다.

"군주가 신하를 명령으로 다스리는 것을 의(義)라 하고, 신하가 왕명을 충실히 받드는 것을 신(信)이라 한다고 들었소이다. 나는 진나라의 신하인 까닭에 우리 주군의 명령을 충실하게 받들었을 뿐이오. 내가 어찌 초왕의 명령을 받들 수 있겠소이까?"

"저런 고약한 놈을 보았나? 저놈을 당장 끌어내어 목을 베지 못하겠느냐!"

장왕의 진노는 극도에 달하였다. 그러자 영윤 손숙오가 나서며 말한다.

"대왕께서는 진노를 거두어 주시옵소서. 해양은 충신의 기상을 가진 인물이 틀림없사옵니다. 무릇 신하된 자, 자기 나라 군주의 명령을 충실히 받드는 것은 당연한 일, 비록 남의 나라 사람일지라도 충신을 죽이는 것은 옳지 못한 일인 줄로 아뢰옵니다."

"음…… 그러면 영윤이 알아서 처리하시오."

장왕이 쓰디쓴 입맛을 다시며 내전으로 들어가 버리자 손숙오는 해양을 수레에 태워 곧 진나라로 돌려보내 주었다.

그리고 나서,

"진의 구원병이 언제 올지 모르니 모든 군사는 오늘로서 송성을 총공격하여 이틀 안에 모든 성을 점령해 버리도록 하라!"

하고 서릿발 같은 군령을 내렸다.

총공격은 개시되었다. 성 안에 있는 송나라 백성들은 식량조차 부족하여 기아에 허덕이는데다가 적진에서 화살이 빗발처럼 날아오므로 비명의 소리는 하늘을 찌르는 듯하였다.

마침내 하대부 화원(華元)이 송 문공의 명을 받들고 성 위에 올라와 초진을 향해 큰소리로 외친다.

"우리 주군께서 곧 성문을 열고 나오셔서 항복 문서를 올릴 테니 초군은 잠시 공격을 멈추도록 하오."

공격이 중지되자 부상중인 송 문공이 소복 차림으로 성문을 열고 나오더니 무릎을 꿇고 장왕에게 항복 문서를 올리는 것이었다.

장왕은 측은한 생각이 들어서 송 문공을 손수 부축하여 일으켜 세웠다.

초의 하대부 반숭(潘崇)이 말한다.

"송 문공이 이미 항복을 했으니 먼 곳으로 정배(定配)를 보내 버리고, 송나라를 깨끗이 없애 버리는 것이 어떠하겠습니까?"

그러나 장왕은 고개를 좌우로 흔들었다.

"항복만 받았으면 그만이지 사직(社稷)까지 없애 버리는 것은 너무 가혹한 일이 아니오?"

그런 다음 이번에는 송 문공에게 말한다.

"이제 앞으로는 진과 손을 깨끗이 끊어 버리고 우리와 긴밀하게 협조해 주시오."

그로써 초는 중원에 더욱 위세를 떨칠 수 있게 되었다.

진(秦)의 기계(奇計)

초의 장왕이 진(晉)을 대파하고 나자 천하의 패권은 일시 초에게 귀착(歸着)되는 듯이 보였다. 그러나 변화무궁(變化無窮)한 것이 당시의 열국 정세여서, 장왕과 손숙오, 오거 등이 연이어 죽고 나자 초의 세력은 급작스럽게 기울기 시작했다.

물론 오거의 아들 오사와 손자 오자서처럼 뛰어난 인물이 없는 것은 아니었으나 불행하게도 7, 8년 사이에 신왕이 세 번씩이나 연달아 바뀌었고, 새로 왕위에 오른 영왕(靈王)이 현명한 편이 못 되어 국정은 날이 갈수록 어지러워졌다. 그러나 아버지의 벼슬자리를 그대로 물려받은 대부 오사는 초나라를 왕년의 강대국으로 부활시켜 보려고 자서와 함께 갖은 노력을 다 기울였다.

지략이 풍부하기로 소문난 청년 장수 오자서는 어느 날 아버지에게 이런 제안을 하였다.

"아버님! 지금 우리나라에는 지략 있는 인물이 부족하니 만천하에서 현인을 널리 모셔 오는 것이 어떠하겠습니까? 인재가 없어서는 왕년의 위세를 회복하기가 매우 어려울 것 같사옵니다."

"현인이 있다면 물론 모셔 와야겠지. 혹시 네가 아는 사람 중에 모셔 올 만한 현인이 있느냐?"

"제가 직접 만나 본 일은 없어도 제(齊)나라에 손무라는 병학가가 있사옵니다. 그 사람에 대해서는 돌아가신 할아버님께도 한 번 여쭌 일이 있습니다."

"손무라? 처음 들어 보는 이름이로구나. 어떤 사람인데 네가 그토록 마음에 두고 있었느냐?"

여기서 오자서는 손무라는 인물에 대해 자기가 직접 겪은 이야기를 자세하게 설명했는데 그 내용은 다음과 같다.

지금부터 7, 8년 전에 오자서는 제나라에 있는 천주산 고전장(古戰場)의 지세를 알아보기 위해 여자를 간첩으로 보낸 일이 있었다. 그때에 여자를 간첩으로 이용한 것은 오자서의 독창적인 창안이었다. 그런데 그때, 손무라는 사람은 여간첩을 대번에 알아보고 그를 돌려보내 주면서,

"고국에 돌아가거든 오자서라는 사람한테 이렇게 일러라. 제나라에는 손무라는 사람이 있으니 함부로 간첩을 보내서는 안 될 것이라고."

그때 여간첩에게서 그 말을 전해들은 오자서는 손무의 무서운 통찰력에 모골이 송연했던 적이 있었다.

'도대체 손무라는 자가 어떤 인물이기에 내가 여자 간첩을 보냈다는 것까지 알고 있었을까?'

오자서는 손무라는 인물이 몹시 두렵기도 했지만 다른 한편으로는 그도 역시 자기와 같은 젊은 사람이라는 점에서 은근히 친밀감조차 느껴졌다. 그리하여 오자서는 그때부터 오늘에 이르기까지 7, 8년 동

안이나 손무의 정체를 알아내려고 은연중에 노력을 기울여왔다. 그러나 손무의 정체는 좀처럼 알 길이 없었다.

'나는 손무가 어떤 사람인지를 전혀 모르고 있는데, 그는 나를 송두리째 알고 있는 모양이니 세상에 이처럼 경계해야 할 존재가 어디 있으랴!'

오자서는 제나라 사람을 만나기만 하면 손무라는 사람의 이야기를 미주알고주알 캐어물었다. 그리하여 여러 사람들의 이야기를 종합해 보고 대략 다음과 같은 몇 가지 윤곽을 포착할 수 있었다.

첫째, 손무는 제나라 명문가의 후예라는 점.

둘째, 손무는 학문이 박학다식할 뿐만 아니라 특히 강태공의 육도(六韜)라는 병서에는 무불통달(無不通達)하다는 점.

셋째, 손무는 어느 나라를 막론하고 왕년의 격전지를 일일이 찾아다니면서 현지답사를 통해 이론과 실전을 체계적으로 연구 검토하고 있다는 점.

넷째, 손무는 욕심이 없어 천하의 표랑객을 자처하며 살아가고 있다는 점.

다섯째, 손무는 자기 나름대로의 경륜을 가지고 있기는 하면서도 그것을 남에게 좀처럼 말하지 않는다는 점 등등…….

이상과 같은 몇 가지 특징을 종합해 보면 손무라는 사람이 비범한 인물인 것만은 틀림없어 보였다. 그래서 오자서는 손무라는 사람을 직접 만나 보려고 지난 몇 해 동안 아무도 모르게 그의 행방을 추적해 보았다. 그러나 손무는 마치 구름처럼 동서남북으로 떠돌아다니고 있어서 도무지 행방을 알 길이 없었다.

오자서가 아버지에게 거기까지 설명하고 나자 오사는 고개를 끄덕이면서,

"그렇다면 그 사람은 현인인지는 몰라도 최소한 기인(奇人)임에는 틀림이 없는 것 같구나. 나이도 너와 비슷하게 됐다니까 꼭 한번 만나 보도록 하거라. 장래에 큰 인물이 되려면 그런 사람을 많이 알아 둬야 하느니라."

하고 말했다.

"저 역시 어쩐지 그 사람을 꼭 만나보고 싶습니다. 제가 만약 그 사람을 찾아낸다면 아버님께서는 그를 중용해 주실 수 있겠습니까?"

"그 사람을 쓰고 안 쓰는 것은 주공께서 결정하실 일이니까 확언하기는 어렵지만 이 아비도 그렇게 하도록 노력은 해보겠다."

"고맙습니다, 아버님. 그러면 손무라는 사람을 꼭 찾아내도록 하겠습니다."

"그렇게 하거라. 어쩐지 요새 진(秦)나라의 동태가 심상치 않아서 우리의 앞날이 매우 걱정스럽다."

오사는 그렇게 말하며 자기도 모르게 한숨을 지었다. 그러면 오사가 걱정하는 '진의 동태'라는 것은 무엇을 말하는 것일까.

그 무렵 진(秦)은 진(晋), 초(楚)와 더불어 3대 강국의 하나였다. 그런데 진(晋)과 초가 쇠퇴해 가는 기색이 보이자 진(秦) 애공(哀公)이 기회를 틈타 천하의 패권을 자기가 빼앗아 보려는 야망을 품기 시작했던 것이다.

진 애공은 어느 날 중신들을 한자리에 모아 놓고 다음과 같은 중대 문제를 제의하였다.

"우리나라는 동관(潼關)에서 서쪽으로 8백여 리나 되는 광대한 국토를 점유하고 있는 대국일 뿐만 아니라, 병력도 백만을 넘게 가지고 있소. 그럼에도 오늘날까지 진(晋)과 초(楚)에게 눌려 패권을 장악해 본 일이 한 번도 없었는데, 이제 다행히 진이 초에게 패하여 쇠약해져 버렸고, 초 역시 지금은 국정이 매우 어지러워졌으니, 이제야말로 우리가 천하를 호령할 때가 온 것 같구려. 우리의 목적을 달성하려면 어떤 수단을 쓰는 게 좋겠소? 중신들은 좋은 계책이 있거든 말해 주시오."

진 애공의 야망은 불길처럼 타오르고 있었다.

중신 공손후(公孫后)가 머리를 조아리며 말한다.

"신에게 계책이 있사옵니다."

"무슨 계책이오? 어서 말해 보오."

"진이 초에게 패하여 맥을 못 추고, 초의 신왕(新王)이 또한 무능하기 짝이 없으니 이 기회에 열국 제후들을 우리나라로 초청해 연락(宴樂)을 베풀어주면서, 이제 앞으로는 모든 제후들이 우리에게 조공(朝貢)을 바치도록 유도해 보는 것이 좋을 것 같사옵니다."

"열국 제후들로 하여금 우리에게 조공을 바치게 한다……? 그들이 그렇게만 해준다면 우리가 사실상 종주국(宗主國)이 되는 셈이니 그보다 더 좋은 일이 어디 있겠소. 그러나 우리가 초청하더라도 어지간한 제후는 참석해 줄 리도 만무하거니와 어느 누가 우리에게 조공을 바치려 하겠소."

공손후가 다시 입을 열어 말한다.

"우리 이름으로 초청하면 진이나 초, 제 같은 강대국 제후들은 물론 오려고 하지 않을 것이옵니다. 그러므로 그들도 참석하지 않을 수 없도록 반드시 뚜렷한 대의명분을 내세워야 합니다."

"대의명분이라는 것은 어떤 것을 말하는 것이오?"

"우리들의 종주국인 동주(東周)가 낙양으로 옮겨간 이후에는 열국 제후들이 조공을 보낸 일이 거의 없었습니다. 그러므로 이 기회에 우리가 종주국과 사전 타합을 해서 열국 제후들을 천자(天子)의 이름으로 소집하면 어느 누가 감히 안 올 수 있겠습니까? 회의에 참석할 때에 반드시 조공을 가지고 오도록 하면 결과적으로는 제후들의 조공을 우리가 받는 셈이 될 것이 아니옵니까?"

진 애공은 그 말을 듣고 무릎을 치며 감탄하였다.

"그것 참 기막힌 묘책이구려. 종주국 천자의 이름으로 열국 제후를 초청하면 감히 어느 누구도 거절하지 못할 것이오. 그러면 누구를 낙양에 보내 천자와 사전 타합을 시키는 게 좋겠소?"

"주공께서 허락하신다면 소신이 직접 다녀오겠습니다."

공손후는 그 책임까지 자기가 떠맡고 나섰다.

공손후가 중대 사명을 띠고, 종주국인 동주로 천자를 찾아간 것은 그로부터 며칠 후의 일이었다.

그 당시 동주의 천자는 경왕(景王)이었다.

공손후가 많은 조공을 가지고 천자를 찾아가니, 조공을 오래간만에 받아 본 경왕은 눈물겹도록 고마움을 표하며 감격스러워하였다.

공손후는 조공을 진상한 후에, 국궁배례하며 말한다.

"열국 제후들이 폐하께 조공을 바치지 않은 지가 이미 오래이온데, 이는 신의(臣義)에 어긋나는 일이라고 아니 할 수가 없사옵니다. 진공(秦公)께서는 그 점을 크게 우려하신 나머지 이번에 열국 제후들을 진나라에 소집하여 종주국에 조공 바치는 제도를 부활시키고자 하오니, 폐하께서는 거기에 대한 조서를 내려 주시옵기 바라옵니다."

천자는 말만 들어도 흐뭇하고 기뻤다.

"진공이 짐을 그처럼 염려해 주신다니, 이런 고마운 일이 어디 있겠소. 열국 제후들을 소집한다는 조서를 곧 써줄 테니 경이 직접 가지고 돌아가도록 하오."

천자는 조서를 써줄 뿐만 아니라 보검(寶劍), 금패(金牌), 백모, 금술(金鉥) 등등 진귀한 선물까지 진 애공에게 보내 주었다.

천자의 조서를 입수한 진 애공은 마치 천하를 얻은 듯 기뻐하였다.

"이 조서를 열국 제후들이 받아 보면 어느 누구도 감히 안 오지는 못할 것이오."

"그러하옵니다. 만약 조서를 받고도 참석하지 않은 제후가 있다면 그 사람을 역적으로 몰아붙이고 여러 제후들이 힘을 합해 즉시 정벌해야 합니다."

"물론 큰일을 도모하자면 그만한 강압 술책이 필요할 게요. 그러면 열국 제후들을 언제 어디로 모이게 하는 게 좋겠소?"

"3월 1일에 우리의 서울 여읍(驪邑)에서 모이게 하되, 그 모임의 이름을 '투보회(鬪寶會)'라고 부르게 하는 편이 좋을 것 같사옵니다."

"투보회란 무슨 뜻이오?"

"각자가 자기 지방 토산품 중에서 가장 값진 보물을 조공으로 가지고 오게 하려고 일부러 그런 이름을 붙여 본 것이옵니다. 그리고 그날은 회의장에서 가까운 금부산(金斧山) 숲 속에 천여 명 가량의 군사를 매복시켜 둘 필요가 있사옵니다."

"군사는 왜……?"

"주공을 얕잡아 보고 조공을 의식적으로 아니 가져오는 제후가 있을지도 모르오니, 그런 자는 돌아가는 길에 쥐도 새도 모르게 없애 버려야 하겠기 때문입니다."

"음, 옳은 말씀이오. 천하를 호령하려면 그만한 처사는 반드시 필요할 거요."

참으로 무서운 계획이었다. 동주라는 허수아비 같은 종주국을 대의명분으로 내세워 열국 제후들을 일시에 굴복시켜, 천하를 독점하려는 계획이었던 것이다.

진 애공은 열국 제후들에게 사신을 보내 천자의 조서를 일일이 돌려주었다.

열국 제후들은 뜻밖의 조서를 받아 보고, 모두들 경악과 의구심을 금할 길이 없었다. 진 애공이 천자의 이름으로 무슨 흉계를 꾸미고 있음이 분명했기 때문이다. 그러나 공식적으로는 어디까지나 천자의 조서이므로 그냥 묵살해 버릴 수도 없어서 제각기 조공물을 준비하기에 바빴다.

천자의 조서가 초왕(楚王)에게도 보내졌음은 말할 것도 없다. 초왕 영공(靈公)은 조서를 읽어보고, 곧 대부 오사를 불러 물어 본다.

"진 애공이 천자의 이름으로 이런 조서를 보내왔는데, 경은 이것을 어떻게 생각하시오?"

오사는 조서를 신중히 검토해 보고 나서 대답한다.

"진은 이번 회합을 '종주국에 조공을 바치기 위한 투보회'라고 말하고 있사오나 실상인즉 열국 제후들을 한자리에 모아 놓고 한꺼번에 항복을 받아내려는 흉계임이 틀림없사옵니다."

"경은 어떤 근거로 그렇게 말씀하시오?"

"지금 천하대세를 살펴보옵건대 국토가 광활한 점에 있어서나 또 백만 군사를 가지고 있는 점에 있어서나 진을 당해낼 나라가 없사옵니다. 진(秦)은 진작부터 천하에 군림할 야심을 품고 있었사오나 진(晉)과 초 때문에 뜻을 이루지 못했던 것이옵니다. 그런데 근자에 두 나라의 국력이 미약해진 틈을 타 이런 흉계를 꾸민 것이 틀림없사옵니다. 이번 모임에는 분명 무서운 계략이 숨어 있음이 확실합니다. 그러하니 주공께서 이번 모임에 섣불리 참석하셨다가는 돌이키기 어려운 곤욕을 치르게 되실지도 모르옵니다."

오사는 천하의 모사인지라 사물을 판단하는 통찰력이 매우 예리하였다.

초왕은 그 말을 듣고 얼굴이 창백해지며,

"그렇다면 숫제 그 모임에 참석을 아니 하면 될 게 아니오?"

그러나 오사는 고개를 흔들었다.

"천하를 호령해 온 우리가 그 모임에 참석을 아니 하면 진은 우리를 겁쟁이로 몰아붙여 비웃을 것이니 반드시 참석은 하셔야 하옵니다."

"목숨을 걸고라도 가야 한다는 말씀이오?"

"주공께서 가시기는 가시되, 만일의 경우에 대비하여 문무를 겸비한 인사들을 많이 거느리고 위세가 당당하게 참석하셔야 합니다. 그래야만 저들도 우리가 두려워 함부로 덤비지 못할 것이 아니옵니까?"

초왕은 오사의 말을 옳게 여겨, 군신들을 한자리에 모아 놓고 전후 사정을 자세하게 설명한 뒤에,

"나와 함께 진나라에 가서 만일의 경우 나를 끝까지 호위해 줄 사람이 없겠소?"

하고 물었다.

좌중에는 호걸풍의 백전노장들이 수두룩하건만 얼른 대답하고 나서는 용사가 아무도 없었다.

초왕은 군신들을 굽어보며 문득 처량한 생각이 들었다. 지금 눈앞에는 호걸노신(豪傑老臣)들이 기라성처럼 늘어앉아 있건만 목숨을 걸고 왕의 신변을 호위해 주려는 용사가 한 사람도 없다는 것은 얼마나 처량한 일인가.

"우리나라에는 나를 호위해 줄 용사가 한 사람도 없다는 말이오?"

초왕은 군신들을 굽어보며 노기 어린 어조로 다시 물었다.

"……"

군신들은 그래도 대답이 없었다.

그러자 저 멀리 말석(末席)에 앉아 있던 젊은 장수 하나가 손을 번쩍 들어 보이며,

"소신이 목숨을 걸고 대왕을 진나라로 모시고 가겠사옵니다."

그 청년은 대부 오사의 아들 오자서가 아닌가. 나이는 아직 30세 전이나 키가 8척이 넘게 늠름한 기상이어서 누가 보아도 믿음직스러운 인물이었다.

초왕은 크게 기뻤다.

"오오, 그대가 나를 따라가 준다면 내 무엇을 두려워하리오. 그러면 조공물은 무엇을 가지고 가는 게 좋을 것 같은가?"

오자서가 대답한다.

"진나라 군주를 만나러 가시면서 대왕께서 공물을 가지고 간다는 것은 당치 않은 말씀이시옵니다. 그런 모임에 대왕께서 친히 참석하셨다는 그 자체를 그들이 다시없는 영광으로 알도록 인식시켜야 하실 것이옵니다."

아버지 오사는 아들의 말을 듣고 회심의 미소를 지었다.

어전에 열좌(列坐)해 있던 노신들도 감탄의 고개를 끄덕여 마지않았다. 젊은 장수 오자서의 지략이 그토록 노숙한 줄은 아무도 몰랐기 때문이다.

그로부터 며칠 후 초왕은 오자서를 보가장군(保駕將軍)으로 봉하고 진(秦)을 향하여 출발했다. 진나라에 입국하려면 동관이라는 험준한 관문을 통과해야 한다. 동관까지 와 보니 마침 진(晋)의 평공(平公)과, 제(齊)의 경공(景公) 등도 그 모임을 참석하려고 와 있었다.

제의 대부 안평중(晏平仲)이 초왕과 진왕을 보고 말한다.

"진 애공은 호랑지상(虎狼之相)을 가진 사람이므로 우리가 뿔뿔이 흩어져서 들어가다가는 도중에 무슨 변을 당할지 모르옵니다. 그러하

니 이곳에 며칠 동안 체류하면서 모든 제후들을 죄다 모아 일시에 회의장으로 가는 것이 좋을 듯하옵니다."

모두들 그 말을 옳게 여겨 5, 6일 체류하는 동안 열국 제후들이 하나 둘 모여들었다.

그때 동관으로 모여 든 국왕들은 노(魯), 제(齊), 진(晋), 송(宋), 위(衛), 정(鄭), 연(燕), 초(楚), 채(蔡), 조(曹), 진(陳), 등(藤), 설(薛), 허(許), 거(莒) 등등이었고, 남쪽의 독립 국가인 오(吳)와 월(越)까지 합한 17명의 국왕들이었다.

그중에서는 초가 가장 강대한 국가였으므로 열국 제후들은 모두들 초왕을 찾아와 초면 인사를 올리기도 하고, 혹은 구면 인사를 나누기도 하였다.

초왕은 제후들과 환담을 나누는 중에,

"진공(秦公)이 이번에 천자의 이름으로 투보회를 개최하는 것은 반드시 무슨 흉계가 있기 때문일 게요. 그러하니 우리들은 행동을 통일하여 어느 한 사람도 그들의 흉계에 말려들지 않도록 해야 하겠소."

하고 경고하니 모두들 숙연히 고개를 끄덕였다.

그로부터 일동이 여읍을 향하여 막 출발하려고 하는데, 오국공자(吳國公子) 희광(姬光)만은 수심에 잠긴 채 길을 떠나려고 하지 않았다.

"귀공은 어찌하여 떠날 준비를 아니 하오?"

초왕의 질문에 희광은 한숨을 지으며 대답한다.

"저는 부왕(父王)을 대신하여 참석하는 길이온데, 산호 베개(珊瑚睡枕)를 조공물로 가지고 오다가 현상산(玄象山) 산속에서 강도들에게 빼앗겨 버렸으니, 빈손으로 어찌 그 모임에 참석할 수 있겠나이까?"

초왕이 그의 사정을 측은하게 여겨 잠시 말이 없는 중에, 초마(哨馬)가 급히 달려오더니,

"현상산에는 전웅(展雄)이라고 하는 강도의 수괴가 있사온데, 그자들은 열국 제후의 보물을 모조리 빼앗으려고 지금 길목에서 일행을 기다리고 있는 중이라고 하옵니다."

하고 아뢰는 것이 아닌가.

초왕은 그 말을 듣고 크게 노하여,

"우리들은 각국 제후로서 보물을 모아 천자에게 바치려고 하는데, 무엄하게도 강도의 무리가 보물을 빼앗으려고 길목을 지키고 있다니 이럴 수가 있느냐? 내가 홍금전포(紅錦戰袍) 한 벌을 상품으로 내놓을 테니 누가 전웅이라는 강도 놈을 붙잡아 오시겠소?"

하고 말하며 붉은 비단 전포 한 벌을 드높이 들어 올려 보인다.

제나라 공자 강탁(姜鐸)이 손을 들며 말한다.

"전웅이라는 놈을 제가 생포해 오겠습니다."

제후들은 그의 용기를 가상하게 여겨 모두들 치하의 말을 보내 주었다. 그리하여 그를 보내 놓고 하회를 기다리고 있노라니 얼마 후에 초마가 급히 달려오더니,

"강탁 공자께서 강도 놈들에게 생포를 당하셨다고 하옵니다."

하고 보고하는 것이 아닌가. 일동은 대경실색을 하였다.

초왕도 경악해 마지않으며,

"누구, 강도의 무리를 처치할 용장이 없으시오?"

그러자 9척 장신의 무시무시한 장수 한 사람이 손을 번쩍 들어 보이더니,

"본인은 정나라의 중군도위(中軍都尉) 변장(卞莊)이라 하옵니다. 강도의 무리를 소인이 토벌하게 해주시옵소서."

하고 우락부락한 목소리로 외친다. 보아하니 얼굴이 우람스럽게 생기고 눈이 왕방울처럼 두드러지게 튀어나와 있어 어린아이들이 보면

질겁을 할 정도로 험상궂은 인상이었다.

초왕은 적이 믿음직스러워,

"듣자하니 도둑의 괴수가 보통내기가 아닌 모양인데 자신이 있는가?"

하고 다져 물었다.

장수 변장은 어깨를 으쓱 치켜올리더니, 떡메같이 커다란 주먹 하나를 불끈 움켜쥐어 눈앞에 들어 올리며 이렇게 장담한다.

"소인은 일찍이 두 마리의 호랑이가 한꺼번에 덤벼드는 것을 이 주먹으로 때려잡은 일이 있사옵니다. 전웅이란 놈이 제아무리 장사이기로, 저의 주먹을 어찌 당해낼 수 있겠나이까. 여러 말씀 마시옵고 소인을 보내 주시면, 그자를 틀림없이 생포해 오겠사옵니다."

그 말에, 열국 제후들은 한결같이 박수와 갈채를 보냈다.

그러나 정작 정왕(鄭王) 간공(簡公)만은 전웅의 효용(驍勇)을 진작부터 잘 알고 있는지라 내심 은근히 걱정스러워서,

"여보게 변 도위! 자네가 어쩌려고 그런 만용을 부리고 나서는가? 기어이 가려거든 하군도위(下軍都尉) 관수(管竪)를 데리고 가도록 하게!"

하고 특별 지시를 내렸다.

이윽고 변장이 깊은 산속으로 말을 30리 가량 달려들어가니, 저 멀리 숲 속에서 멧돼지같이 사납게 생긴 백여 명의 무리가 붉은 깃발을 앞세우고 구름 떼처럼 몰려나왔다.

변상은 마주 달려나오며 우레 같은 호령을 내질렀다.

"이놈들아! 너희 놈들은 뭐하는 자들이냐?"

그러자, 선두를 달려오던 두억시니 같은 자가 산울림 같은 고함을 내지른다.

"나는 산중 왕자 전웅이다. 목숨이 아깝거든 몸에 지니고 있는 보물을 모조리 내놓아라!"

"이놈, 잘 만났다. 나는 그러잖아도 네놈이 빼앗아 간 산호 베개를 찾으러 온 길이다. 목숨이 아깝거든 산호 베개를 당장 내놓아라."

두 장사는 그대로 싸움이 붙었다.

그야말로 용호상박(龍虎相搏)이라고나 할까. 상호간에 몸을 번개처럼 날려가며 쫓고 쫓기는데, 창검에서는 그때마다 불꽃이 번쩍번쩍 튀겼다. 글자 그대로 난형난제(難兄難弟)요, 막상막하(莫上莫下)의 대결이었다.

이윽고 전웅이 거짓 쫓기니, 우직스러운 변장은 승리감에 들떠 덜미를 바짝 눌러 쫓는다. 변장이 바야흐로 전웅의 덜미를 움켜잡으려고 했을 바로 그때였다. 전웅이 몸을 날래게 비키며 구절동편(九節銅鞭)을 벼락같이 후려치니, 변장은 대번에 피를 토하며 땅으로 곤두박질쳐 버리는 것이 아닌가.

다행히 뒤에서 쫓아오던 관수가 목숨만 붙어 있는 변장을 가까스로 구해 무사하게 돌아오기는 하였다. 그러나 희소식이 있기를 고대하고 있던 열국 제후들은 변장의 실패담을 듣고 모두들 수심이 가득해졌다.

초왕이 다시 말한다.

"17개국의 영웅호걸들이 모여 있으면서 도둑의 괴수 하나를 처치하지 못해 이 꼴이니 참으로 한심스럽구려. 누구든 전웅이란 자를 토벌하는 자에게는 산호 베개를 상으로 주기로 합시다. 누가 없겠소?"

그러나 좌중은 쥐 죽은 듯 대답이 없다. 초왕은 울화통이 터질 것만 같아 좌중을 돌아보며 탄식한다.

"열국 군주들이 도둑놈 하나 때문에 발이 묶여 오도 가도 못하고 있으니 이야말로 하늘이 부끄러울 일이구려."

그러자 진국(陳國) 대부(大夫) 추호(秋胡)가 얼굴을 들며 말한다.

"본인이 세 치의 혀로 전웅을 자진 항복하도록 설복해 볼까 하옵나이다."

추호는 변설(辯舌)이 능하여, 사람을 감복시키기로 유명한 사람이었다.

"부디 부탁하오."

초왕은 크게 기뻐하며 정중하게 수레까지 내주었다.

추호가 수레를 타고 적진으로 들어가니 전웅이 달려나오며 고함을 지른다.

"너는 어떤 놈이기에 남의 진중(陣中)에 함부로 들어오느냐?"

추호가 대답한다.

"나는 진국 대부 추호다. 장군을 만나러 왔노라."

"무슨 일로 나를 만나겠다는 말이냐?"

"열국 제후들의 뜻을 받들어, 장군과 강화를 맺고자 왔노라."

"강화의 조건을 제시해 봐라."

여기서 추호는 그의 능란한 변설을 펴기 시작하였다.

"내가 알기로 인자(仁者)는 사람을 살리는 것으로서 덕을 삼고, 의자(義者)는 일을 순조롭게 해결하는 것으로서 의를 삼는다고 들었다. 장군은 산중의 왕자로서, 위명(威名)이 사해(四海)에 떨치고, 지금 이 순간에는 17개국의 제후들까지 완전히 제압하고 있는 것은 사실이다. 그러나 그것은 일시적인 현상일 뿐이지, 영명(令名)이 후세에까지 길이 남을 일은 못 된다. 이제 만약 장군이 오국(吳國)에서 빼앗은 보물을 깨끗이 돌려주는 동시에, 열국 제후들로 하여금 투보회에 참석할 길을 열어 준다면 장군의 영명은 천자에게까지 상문(上聞)되어 반드시 양장(良將)의 직업을 내림으로써 그 이름이 청사에 영원히 빛날 것이 아니겠는가. 장군은 그 점을 재삼 고려해 보기 바란다."

전웅이 노기 어린 어조로 대꾸한다.

"내가 알기로 인자는 부자가 못 되고, 부자는 인자가 되지 못한다고 들었다. 지금 같은 난세(亂世)에 강포(强暴)하지 않아서야 어찌 몸을 부지할 수 있다는 말이냐. 나의 심장은 철석과 같아 그대가 아무리 변설에 능하기로 내 마음을 움직이지 는 못하리라. 나는 그대의 목을 당연히 베어 버리고, 그대의 졸도들은 생포하여 부하로 삼을 것이로되, 벼슬아치의 체면을 보아 살려 줄 테니 목숨이 아깝거든 잔말말고 썩 돌아가거라."

추호는 걸음아 날 살려라 하고 줄행랑을 쳐서 면목 없이 돌아오고 말았다.

제후들은 추호의 실패담을 듣고 우수에 잠긴다.

그러자 초의 보가장군 오자서가 분연히 일어서더니 초왕에게 말한다.

"천하의 군주님들이 일개의 적괴(賊魁)에게 제압되어, 가셔야 할 길을 못 가신다는 것은 있을 수 없는 일이옵니다. 대왕께서 조금만 도와주신다면 소신이 그놈을 처치하고 돌아오겠사옵니다."

열국 제후들은 오자서의 늠름한 기상을 보고, 우선 안도의 숨을 내쉬었다.

초왕은 크게 기뻐하며 묻는다.

"무엇을 어떻게 도와주면 되겠는가?"

"제가 그놈을 혼자서 처치할 터이오니, 약간 명의 군사를 귀곡(鬼谷)에 잠복시켜 두었다가 제가 그놈을 그곳까지 유인해 왔을 때에 별안간 좌우에서 봉기하며 함성만 요란스럽게 지르도록 해주시옵소서. 소신의 부탁은 그것뿐이옵니다."

"그거야 쉬운 일이 아닌가? 그대는 기필코 성공할 테니 상으로 주는 이 홍금전포를 미리 입고 나가게!"

오자서는 웃으면서 고개를 흔든다.

"공을 세우기도 전에 어찌 상부터 받을 수 있사오리까. 전웅의 수급을 가지고 돌아올 때까지 그 전포는 잠시 벽에 걸어 두어 주시옵소서."

만반의 준비가 갖춰지자 오자서는 단신 말을 달려 적진으로 향하였다. 이윽고 전웅은 오자서를 보자 장창을 비껴들고 마주 달려 나왔다. 서로를 마주 보는 그들의 눈에서는 불빛이 튀었다.

인마(人馬)가 일체가 되어 동서남북을 번쩍거리며 쫓고 쫓기기를 수없이 거듭하는데, 구름처럼 뭉게뭉게 솟아오르는 먼지 속에 파묻혀 인마는 보이지 아니하고 창과 창만이 기운차게 부딪치는 살기 어린 금속성만이 끝없이 계속될 뿐이었다.

그와 같은 혈투를 계속하기 무려 30여 합. 그래도 싸움은 마냥 계속되고 있었다.

오자서는 본디 전웅을 사로잡거나 아니면 목을 베어올 생각이었다. 그러나 정작 싸워 보니 전웅이 무예에는 도가 통한 명수가 아닌가. 천하의 무예가를 죽이기도 아깝거니와 사로잡다가 욕을 보이는 것도 무사에 대한 대접이 아니라는 생각이 들었다.

그리하여 50여 합을 싸우다가 거짓으로 쫓기기 시작하니 전웅은 물실차기(勿失此機)라는 듯 맹렬히 추격해 왔다.

오자서는 우군이 잠복해 있는 귀곡까지 전웅을 교묘하게 유인하였다. 전웅이 질풍같이 추격해 오며 장창으로 오자서의 어깨를 찌르려고 했을 바로 그때, 숲 속에 잠복해 있던 군사들이 일시에 열화같이 들고일어나며 함성을 무섭게 지르는 것이 아닌가.

때 아닌 함성에 놀란 전웅이 일순간 크게 당황한 빛을 보이며 잠깐 멈칫거리는 순간 오자서가 번개같이 달려들어 전웅의 바른편 어깨를 장창으로 사정없이 후려갈겼다. 마침내 전웅은 마상에서 거꾸러뜨려졌다.

오자서가 가까이 다가가 전웅에게 묻는다.

"아직도 더 싸워 볼 자신이 있느냐?"

전웅은 무릎을 꿇고 자세를 단정하게 바로잡더니,

"깨끗이 항복하옵니다. 대인은 누구시온지 성함이나 알려 주시옵소서."

명인이 명인을 알아보는 법, 전웅의 태도는 그렇게도 공손할 수가 없었다.

"허허허, 승부의 세계에서는 승부만 결했으면 그만인 것, 부질없는 이름은 알아서 무얼 하려는고?"

오자서가 너털웃음을 웃으며 전웅의 손을 잡아 일으키려 하였다. 전웅은 무릎을 꿇은 채 일어서려고 하지 않는다.

"비록 패자일망정 이 몸도 당당한 무사이오니, 욕을 보이지 마시고 어서 목을 베어 주시오."

그 기개가 장하기 이를 데 없었다.

오자서가 웃으면서 말한다.

"그만한 인물이 뭐가 못마땅해 도둑 노릇을 하며 지내는가? 죄로 보아서는 마땅히 효수경중(梟首警衆)해야 할 일이로되, 그대의 기개와 무예가 장하여 목숨만은 살려 주기로 하겠다. 이미 생포해 간 강탁 공자와 산호 베개만 돌려 달라."

"관후하신 처분, 백골난망(白骨難忘)일 뿐이오."

이리하여 포로와 보물을 모두 돌려받아 가지고 돌아오니, 근심에 싸여 있던 열국 제후들은 한결같이 환성을 올리며 오자서의 무공을 칭찬하였다.

그 무렵 진 애공은 회의장에 단(壇)을 만들어 놓고, 그 뒤에는 군사까지 매복시켜 놓고 일행이 나타나기를 기다리고 있었다.

마침내 일행이 도착하자 즉시 일당에 모아 놓고, 마치 훈시라도 하듯이 일장연설을 늘어놓는다.

"오늘은 본인이 천자 폐하의 어명을 받들어 이 모임을 개최하게 되었음을 제공들은 잘 알고 있으리라 믿으오. 이제 모두는 폐하께 진상할 보물들을 이 자리에 내놓도록 하오. 본인 스스로가 일일이 감정하여 경중을 판정하기로 하겠소."

실로 오만하고 횡포하기 짝이 없는 언사였다. 제후들의 기를 죽이려고 협박공갈조로 나오는 것이었다. 약소국 제후들은 끽소리 한번 못하고 보물을 내놓으려고 서두른다.

사태가 그쯤 되고 보니 장내에는 살기가 횡일하였다.

제국(齊國) 대부 안평중은 키가 다섯 자도 못 되는 소인이었다. 그러나 지혜롭기로 소문난 그는 배후에 군사가 매복되어 있음을 직감으로 느끼고 있었다. 진 애공의 횡포를 그대로 용납했다가는 큰일이 나겠기에 그는 감연히 일어서서 말한다.

"자고로 열국 제후들의 모임에는 소정(所定)의 절차와 형식이 정해져 있사옵니다. 오늘도 그 소정의 절차와 형식을 밟아 회의를 공평하게 진행함이 옳을 줄로 아뢰옵니다."

진 애공은 그 말을 듣고 얼굴에 노기를 띠며 꾸짖듯이 반문한다.

"어떤 절차를 말하는 것이오?"

안평중이 대답한다.

"제후들의 모임에는 반드시 공명정대한 장사 한 사람을 미리 선출해 놓았다가 만약 열국간에 시비가 생겼을 때에는 그 사람으로 하여금 공정한 판정을 내리게 하는 법이온데, 그와 같은 책임을 맡고 선출된 사람을 '명보(明輔)'라고 부르옵니다. 그러므로 오늘의 투보회에서도 마땅히 명보를 선출하여 그 사람으로 하여금 보물의 경중을 가리게 하심이 좋을 줄로 아뢰옵니다."

이로(理路)가 정연하였지만 그럴수록 장내에는 살기가 고조되었다.

진 애공이 분노를 억제해 가며 좌중에게 묻는다.

"제공들은 제국 대부의 제안을 어떻게 생각하시오?"

"……."

제후들은 겁에 질려 감히 입도 떼지 못한다. 진(晉)은 그런 대로 강대국인지라 진 평공이 말한다.

"소정의 법도대로 명보를 따로 뽑기로 합시다."

그제야 진 애공도 우격다짐으로 밀고 나가기가 어렵게 되었음을 깨닫고,

"그러면 누구를 명보로 선출하는 것이 좋겠소?"

그러자 강도의 괴수에게 죽을 뻔했던 정나라의 도위 변장이 아직도 기가 살아서,

"소장을 명보로 선임해 주시옵소서."

하고 주책을 부린다.

진 애공이 묻기를,

"그대는 무슨 재주가 있기에 그와 같은 중책을 맡겠다고 하는고?"

"소장은 일찍이 두 마리의 호랑이를 한꺼번에 주먹으로 때려잡은 일이 있사옵니다."

하도 어처구니가 없어 좌중에 때 아닌 폭소가 터졌다.

진 애공도 변장의 소원을 일소에 부쳐 버리고,

"명보의 직책을 완수하려면 지략이 풍부한 사람이라야 할 거요. 그 직책을 우리나라의 대부 공손후에게 맡겨봄이 어떠하겠소?"

하고 맘대로 결정해 버리려는 것이 아닌가. 그러자 초나라의 보가 장군 오자서가 벌떡 일어서며 큰소리로 외친다.

"투보회를 진 애공께서 주재하시므로, 명보의 직책은 마땅히 제3국인을 선출하심이 옳을 줄로 아뢰옵니다."

좌중이 숙연해졌다. 진 애공은 몹시 못마땅했으나 어쩔 수 없이 제후들에게 짜증을 내듯이 묻는다.

"그러면 누구를 선출하자는 것이오?"

오국 태자 희광이 오자서의 은혜를 잊을 수가 없었던지, 손을 들어 말한다.

"초나라 오자서 장군을 명보로 선출함이 좋을 줄로 아뢰옵니다."

그러잖아도 제후들은 오자서의 무예와 용기에 감탄을 마지않았던 터인지라 저마다 찬동의 발언을 하였다. 명보의 명예는 곧 오자서에게 귀착되어 버렸다.

오자서는 명보로 선출되자 단에 올라 신임 인사를 도도하게 말한다.

"부족한 이 사람이 제후들의 은총을 입어, 명보의 중책을 맡게 된 것을 무상의 영광으로 생각합니다. 제가 듣건대 배에 키가 없으면 맴돌기만 할 뿐이고, 저울에 추가 없으면 경중을 가리지 못하는 법입니다. 일단 중책을 맡은 이상 모든 일을 과감하고도 공명정대하게 수행해 나가되, 만약 그에 응하지 않는 분이 계실 경우에는 수하를 막론하고 법으로써 단호하게 다스려 나갈 각오입니다. 만약 그 점을 사전에 용납해 주시지 않는다면 이 자리에서 명보의 직책을 사양하겠습니다."

명쾌하기 짝이 없는 변론이었다. 모든 일을 과감하고도 공명정대하게 수행해 나가겠다는데 어느 누가 싫어할 것인가. 다만 진 애공만은 눈살을 찌푸렸으나 이 경우에는 어찌할 도리가 없었다.

그리하여 법도대로 보검(寶劍) 한 자루를 오자서에게 건네 주며 말한다.

"이 보검으로써 명보의 직책을 완수해 주기 바라오."

오자서는 두 손으로 보검을 받아 들고 맹세하듯 선언한다.

"만약 법을 어기는 이가 있으면 이 보검으로 먼저 처단을 하고, 보고는 나중에 드리도록 하겠사옵니다."

이윽고 오자서가 높다란 전상(殿上)에 올라, 두 손으로 보검을 힘차게 짚고 서자 제후들은 심사를 받으려고 제각기 보물을 들고 나온다.

맨 먼저 진(秦)이 진상하는 보물은 온량잔(溫涼盞). 이 술잔은 겨울에 따르면 술이 따스해지고 여름에 따르면 술이 차가워진다는 진귀하기 짝이 없는 보물이었다.

두 번째로 제(齊)가 진상하는 보물은 야명주(夜明珠). 이 구슬은 캄캄한 밤에 뜰에 내놓으면 찬란한 빛을 발하여 낮처럼 밝혀 주는 보물이었다.

세 번째로 노(魯)가 진상하는 보물은 자웅검(雌雄劍). 자웅검은 두 자루로 쌍을 이루고 있는데, 만약 주인을 해치려는 자가 나타나면 자동적으로 달려들어 요괴(妖怪)의 목을 사정없이 잘라 버린다는 보물이었다.

네 번째로 진(晋)이 진상하는 보물은 수정발(水晶簾). 이 발을 뜰에 걸어 놓으면 바람이 절로 일어나고, 햇볕이 뜨거울 때에는 비를 내리게 한다는 보물이었다.

다섯 번째로 송(宋)이 진상하는 보물은 수심경(水心鏡). 이 거울을 물 속에 넣어 두면 달이 언제든지 물 속에 떠 있게 된다는 보물이었다.

여섯 번째로 정(鄭)이 진상하는 보물은 비진산(飛塵傘). 이 우산을 받으면 비를 한 방울도 맞지 않을 뿐더러, 맑은 날에 받으면 먼지가 없어진다는 보물이었다.

일곱 번째로 오(吳)가 진상하는 보물은 문제의 산호 베개. 이 베개는 취했을 때에 베면 술이 깨고, 아플 때에 베면 병이 낫고, 추울 때에 베면 몸이 따스해진다는 보물이었다.

여덟 번째로 위(衛)가 진상하는 보물은 진풍석(鎭風石). 먼지가 일고 바람이 사나울 때에도 이 돌을 옆에 내놓아 두면 날씨가 거울처럼 맑고 조용해진다는 보물이었다.

아홉 번째로 연(燕)이 진상하는 보물은 여의주(如意珠), 희로애락과 화복을 맘대로 할 수 있다는 보물이었다.

열 번째로 월(越)이 진상하는 보물은 마노반(瑪瑙盤), 겉 빛깔은 오색이 영롱하고, 속에는 오음(五音)이 갖추어져 있어 노래를 언제든지 맘대로 들을 수 있다는 보물이었다.

열한 번째로 조(曹)가 진상하는 보물은 구곡주(九曲珠). 바라보기만 해도 음악 소리가 절로 울려나온다는 보물이었다.

열두 번째로 등(鄧)이 진상하는 보물은 인풍선(引風扇). 이 부채를 손에 들고 있으면 여름에는 서늘해지고, 겨울에는 따뜻해진다는 보물이었다.

열세 번째로 거가 진상하는 보물은 조마경(照魔鏡). 이 거울은 백리 밖을 내다볼 수 있어 비록 요귀라 하더라도 몸을 감추지 못한다는 보물이었다.

열네 번째로 허가 진상하는 보물은 절홍검(截虹劒). 이 검은 무지개도 자르고 풍우(風雨)도 막아낸다는 보물이었다.

열다섯 번째로 설이 진상하는 보물은 서각대(犀角帶). 이 띠를 몸에 띠고 있으면 물에도 빠지지 아니하고, 불에도 타지 아니하고, 모든 병이 절로 낫게 된다는 보물이었다.

이상 열다섯 나라가 보물을 모두 바쳤건만 진(陳), 채(蔡), 초(楚)의 세 나라는 보물을 제출하려고 하지 않았다.

진 애공이 매우 불쾌한 어조로 진, 채 두 군주에게 묻는다.

"어찌하여 어명을 무시하고 보물 준비도 없이 이 자리에 참석하였소?"

진과 채의 두 군주는 손을 비비며 애원하듯 말한다.

"저희 나라는 땅이 비좁은데다가 특출한 보물도 나는 것이 없사옵니다. 그러나 부르심에 응하지 않을 수가 없어 빈손으로 참석했사오니 너그럽게 용서해 주시옵소서."

진 애공은 노기를 띠며 오자서에게 묻는다.

"명보는 이 문제를 어떻게 처리했으면 좋겠소?"

오자서가 대답한다.

"제가 듣자옵건대 그 옛날 우제(禹帝)께서 천하를 아홉 고을로 나눠 다스리실 때에도 반드시 자기 고을에서 나오는 토산물로 조공을 바치게 하셨다 하옵고, 은나라의 무왕도 제후들에게 조공을 바치게 했으나 반드시 보물이 아니더라도 자기 고을의 토산물이면 무엇이든 좋다고 하셨습니다. 진과 채는 국토가 토박한 관계로 보물이 없어서 못 바친다고 하오면 구태여 벌할 바가 못 되는 줄로 아옵니다."

진 애공은 얼굴이 붉으락푸르락해지면서 한동안 말이 없더니 문득 오자서를 힐책이라도 하듯 이렇게 따지고 든다.

"진과 채는 그렇다 치더라도 초는 천승(千乘)의 대국(大國)이어서, 땅도 기름지고 보물도 많이 나는데 어찌하여 아니 가지고 왔소?"

장내에는 아연 긴장이 고조되었다. 반드시 무슨 변란이 일어나고야

말 것 같았기 때문이다. 그러나 오자서는 자세를 바로잡고 태연스럽게 대답한다.

"우리 초국(楚國)에는 보물은 아무것도 없사옵고 오직 선(善)으로서 보물을 삼아올 뿐이옵니다."

진 애공은 그 말을 듣고 크게 노하며 공박한다.

"초의 무왕은 일찍이 등국(鄧國)을 무력으로 토벌하였고, 장왕 역시 강포(强暴)하게도 인접 소국들을 모조리 겸병하고 다녔소. 그런데 어찌 선을 보물로 삼는다는 말이오?"

진 애공이 오자서에게 정면으로 공박을 퍼붓는 바람에 장내의 분위기가 갑작스럽게 살벌해졌다. 그야말로 일촉즉발의 위기였던 것이다.

장내의 모든 시선이 오자서의 얼굴에 집중되었다. 그의 대답 여하에 따라 어떤 분란이 폭발할지 예측할 수 없었기 때문이다. 그러나 정작 오자서는 입을 다문 채 말이 없었다. 대답이 궁해 그러는가 싶어 제후들은 더욱 가슴을 죄었다.

장내는 쥐죽은듯이 조용했으며 적막 속에 살기만이 싸늘하게 감돌았다.

진 애공이 적막을 깨고, 비꼬는 어조로 추궁한다.

"오 명보는 왜 대답을 못하오? 할 말이 있거든 어서 해보시오."

오자서는 궁지에 몰려서 잠자코 있는 것은 아니었다. 다만 감정을 정리하여 마음에 여유를 가지려고 입을 다물고 있었을 뿐이었다.

그는 마음을 가다듬고 나자 차분한 어조로 이렇게 말했다.

"종주국이 낙양으로 천도한 이후 왕령(王令)이 각국에 미치지 못했던 까닭에 제후들은 앞을 다투어 병합(倂合)을 도모해 왔습니다. 그리하여 제는 중원(中原)에서 패권을 잡았고, 진(秦)은 서토(西土)를 모두 병합하였고, 진(晉)은 약소국들을 제패해 왔습니다. 천하대세가 그러했던 까닭에 초는 나라를 보존하기 위해 부득이 군사를 일으켰던 것이온데, 그것을 어찌하여 강포하다고 말씀하시옵니까? 초는 선으로서 보물을 삼는다고 소신이 말씀드린 것은 만약 군신들이 모두 본분을 잘 지켜서 교화(敎化)를 아름답게 이루어 놓는다면, 그것을 어찌 물질적인 보물에 비할 수 있겠나이까?"

제후들은 오자서의 절묘한 능변(能辯)에 모두를 혀를 털며 마음속으로 쾌재를 불렀다.

진 애공은 말문이 막히자,

"조공을 가지고 오지 않았으니 천자 폐하께 뭐라고 상주(上奏)해야 한다는 말이오?"

하고, 어디까지나 물고늘어진다.

오자서가 다시 말한다.

"조공을 가져오지 못한 제후들은 이 자리에서 하늘에 충성을 맹세하는 것으로 족할 것이옵니다."

그런 다음 오자서는 검은 소 한 마리와 백마 한 마리의 목을 베어, 하늘에 피를 뿌리면서 맹세를 이렇게 다지는 것이었다.

"무릇 이 자리에 모인 모든 제후들은 종주국에 한결같이 충성을 다하며 서로 간에 친목을 돈독히 하여 종주국의 번성을 끊임없이 도모할 것이옵니다. 만약 오늘의 맹세를 배반하는 자가 있으면 열국 제후들은 힘을 하나로 모아 그를 철저하게 응징할 것도 아울러 맹세하옵나이다."

진(秦)의 기계(奇計)를 사전에 봉쇄해 버린 기막힌 예방책임은 말할 것도 없었다.

제후들은 그제야 안도의 가슴을 내리쓸었고, 진 애공도 어쩔 수 없어 투보회를 끝내고 주연(酒宴)으로 들어갔다. 그러나 이날의 실패에 이를 갈며 오자서를 숫제 없애 버리려고 결심한 사람이 있었으니 오늘의 기계를 착안했던 진의 대부 공손후였다.

공손후는 자신의 기계가 오자서로 인해 여지없이 유린된 데 분격했다. 그는 주연이 파하고 돌아갈 때에 오자서를 생포해 놓고, 다른 제후들은 쥐도 새도 모르게 모조리 처치해 버릴 생각에 요소요소에 군사를 배치해 놓았다. 그런데 주연이 한창 무르익을 무렵, 공교롭게도 오 공자(吳公子) 희광이 옥술잔을 땅에 떨어뜨려 산산조각으로 깨어지고 말았다.

진 애공이 격노하여 큰소리로 외친다.

"저런 무례한 자를 그냥 둘 수는 없는 일이다. 당장 끌어내어 벌을 내리라."

오자서가 얼른 명보의 자격으로 나서며 만류한다.

"사람은 누구나 실수가 있는 법이옵니다. 그 옛날 진(秦)의 목공(穆公)께서도 말 도둑놈에게 용서를 내리신 일이 있었사옵고, 저희 초나라의 장왕께서도 죄인에게 관대한 처분을 내리신 일이 여러 차례 있었사옵니다. 군주께서도 선왕들의 뜻을 높이 받들어 너그럽게 용서하시옵소서."

그래도 진 애공이 수긍하는 빛을 보이지 아니하자 옆에 있던 공손후가 오자서의 말을 무시해 버린 채 손에 들고 있던 방자(梆子 : 목탁)를 딱딱딱 두드리는 것이었다.

그러자 그 순간, 장막 뒤에서 호랑이같이 험상궂게 생긴 장사 두 명이 번개처럼 달려나오더니 희광을 다짜고짜로 잡아가려고 하는 것이 아닌가. 제후들은 겁에 질려 얼굴이 새파랗게 되었다. 그러나 오자서가 장사들의 앞을 가로막고 나서며 불호령을 지른다.

"진병(秦兵)들은 오 공자에게서 당장 손을 떼라. 이 자리는 제후들의 모임이니 감히 군사들이 나설 곳이 못 된다. 그대들이 만약 제후들에게 함부로 손을 댄다면 이는 결코 남의 일로 치부해 좌시하지 않을 것이다. 이 자리에 모인 17개국 제후들은 이미 그만한 준비를 갖추고 와 있다는 사실을 모르느냐?"

서슬이 너무도 푸르러 오 공자를 체포하러 나왔던 장사들은 자신들도 모르게 몸을 부르르 떨었다. 지략이 풍부하다는 공손후도 이때만은 입을 다문 채 말을 못했다.

오자서가 이번에는 제후들에게 말한다.

"용무는 끝났고, 주연도 고비를 넘었으니 제후들께서는 외지에 오래 머무르지 마시고, 각기 본국으로 돌아가심이 좋을 줄로 아뢰옵니다."

제후들은 그러잖아도 호랑이 굴을 벗어나지 못해 간이 타오르던 판인지라 오자서의 말이 떨어지기 무섭게 돌아갈 채비를 서둘렀다. 오자서도 부하들에게 돌아갈 준비를 서두르도록 눈짓을 해보이고 나서, 이번에는 진 애공에게 머리를 조아리며 말한다.

"오늘은 군주께서 이 모임을 친히 주재해 주신 덕택에 매우 성공적이었습니다. 끝으로 군주 전에 한 말씀 부탁이 있사옵니다."

진 애공은 어설픈 표정으로 반문한다.

"무슨 부탁이오? 어서 말해 보오."

오자서가 정중하게 대답한다.

"지난번에 제후들이 이곳으로 올 때에는 강도 놈들이 동관을 지키고 있어 그곳을 통과하느라 모두들 애를 먹었습니다. 만약 돌아갈 때에도 그와 같은 일을 또다시 당하게 되면 대진국(大秦國)의 명예가 크게 훼손되지 않을까 염려스럽습니다. 그러므로 이번만은 그런 일이 일어나지 않도록 공손후 대부께서 열국 제후들을 그곳까지 친히 전송해 주셨으면 하옵니다."

진 애공은 그 소리를 듣고 크게 웃었다.

"하하하, 나는 제후들 모두가 용장(勇將)인 줄로 알고 있는데, 이제 알고 보니 모두들 겁쟁이구려. 강도 따위가 그렇게도 무섭더란 말씀이오?"

오자서가 웃으면서 대답한다.

"백만대군은 무섭지 않아도 강도만은 모두가 무서운 모양입니다."

"그렇다면 공 대부로 하여금 제후들을 공관까지 전송해 드리도록 하리다."

제후 일행이 여읍을 떠나 동관으로 가는데, 전후 20리 사이에는 복병들이 쫙 깔려 있었다. 그러나 대부 공손후가 선두 마차(先頭馬車)에 타고 앉아 전송이라는 명목으로 볼모로 잡혀 오고 있었으므로 복병들은 감히 손을 쓸 수가 없었다.

오자서는 동관을 무사히 통과해 국경을 완전히 넘어서고 나서야,

"공 대부! 오늘은 수고가 많으셨습니다. 여기서 작별하십시다."

하고, 공손후를 돌려보내 주었다. 각국 제후들은 그제야 마음을 놓으며,

"오자서 장군이야말로 우리들 생명의 은인이시오."

하고 입이 닳도록 고맙게 여겼다. 초왕 영공도 제후들을 둘러보며,

"정말이지, 오 장군의 지략이 없었던들 제후들은 호랑이의 굴을 벗어나기 어려웠을 것이오."

오자서가 머리를 조아리며 말한다.

"과분하신 칭찬, 몸에 넘치는 영광이옵니다. 모두가 대왕의 위복(威福)이옵지 어찌 소신의 공로라 할 수 있으오리까."

그러자 동행했던 대부 원강(遠疆)이 초왕에게 머리를 조아리며 품한다.

"오 장군은 이번에 우리 초국을 강대국으로 인식시켜 주는 데 그 공로가 지대했사옵니다. 대왕께서는 그 공로를 높이 살피시사 오 장군을 무겁게 등용해 주시기를 바라옵니다."

초왕은 고개를 거듭 끄덕이며,

"옳은 말씀이오. 오 장군의 공로를 내 어찌 모르리오."

초왕은 본국으로 돌아오자 오자서를 초국의 요충(要衝)인 당읍(堂邑)의 대부로 봉하고, 그의 아버지인 대부 오사를 상대부(上大夫)로 승진시켰다. 그리하여 오자서 부자는 사실상 초국에서는 없어서는 안 될 동량(棟樑)이 되었다.

고전장(古戰場)에 배우다

　어느 날, 천하의 표랑객 손무는 괴나리봇짐 하나만을 어깨에 걸머지고 표연히 집을 나섰다. 지난 7, 8년 동안 거의 날마다 그러했듯이 오늘도 멀고 가까운 고전장(古戰場)을 찾아다니며 병법을 연구하려는 것이었다.
　때는 바야흐로 난세여서 열국 제후들은 서로 간에 얽히고 설켜 돌아가며 하루도 싸우지 않는 날이 없었다. 그러나 손무는 싸움에는 관심이 없었다. 초가 이기거나 진(秦)이 이기거나, 혹은 제가 이기거나 송이 이기거나, 당분간 천하가 통일되기는 어려운 일이었다. 누가 이기고 지든 결국 엎치락뒤치락하는 일시적인 현상일 뿐이 아니던가.
　대국적으로 보아 전쟁이 근본적으로 끝나기는 어려울 것인지라 손무는 그런 문제에는 아예 관심조차 두지 않으려 하였다. 그러나 열국 제후들의 개별적인 승부에는 관심이 없었지만 병법 그 자체에는 남다른 흥미가 있었다. 전쟁에 관한 실기(實記)를 상세하게 읽어보고 나서, 그에 해당되는 고전장을 실지로 답사해 보노라면 승패의 원인을 눈으로 보는 듯이 명료하게 가려낼 수 있었다. 물론 전쟁의 승패가 한두 가지의 원인만으로 결정되는 것은 아니다. 지휘자의 계략이 부족하여 패할 경우도 있고, 지형을 교묘하게 이용하여 4, 5천밖에 안 되는 병력으로 10만 대군을 격파할 수도 있고, 혹은 모략 선전을 펴서 싸우지도 아니 하고 승리할 수도 있고…….

승패의 원인이 매우 복합적이기는 해도 고전장을 답사하며 실기와 현장을 일일이 대조 분석해 보면 지극히 복합적인 원인을 상세하게 분류해낼 수 있었다.

손무는 지금까지는 강태공의 『육도(六韜)』라는 병서를 어떤 책보다도 애독해 왔다. 그리고 그 책에서 배운 점도 허다했다. 그러나 고전장을 현지답사하면서 얻는 지식에 비하면 『육도』 따위는 문제가 아니었다.

고전장이란 무심코 보는 사람에게는 단순한 산과 들, 계곡에 지나지 않을지 모른다. 그러나 과거에 그곳에서 싸웠던 사람들이 진영(陣營)을 어떻게 구축하였고, 또 쌍방이 어떤 방식으로 싸웠기에 한편이 이기고 졌는지 소상하게 비교 검토해 보면 승패의 원인이 절로 알아지게 되었던 것이다.

결국 병법을 제대로 연구하려면 고전장을 현지답사하는 것이 최고의 길이라는 생각을 품게 되었다. 그래서 숫제 고전장의 현지답사에 미쳐 버리고 만 셈이었다.

오늘도 그 때문에 집을 나섰는데 얼마를 걸어오다 보니 저 멀리 넓은 마당에 난데없이 많은 사람들이 모여 웅성거리고 있는 것이 아닌가.

누가 원숭이한테 재주라도 피우게 하고 있는가.

'난데없이 웬 사람들이 저렇게 많이 모여 있을까?'

무심결에 그쪽으로 걸음을 옮겨가고 있노라니 늙은이 하나가 이쪽으로 걸어오고 있었다.

"노인장, 저곳에 웬 사람들이 저리 많이 모여 있소?"

손무는 지나가는 노인을 붙잡고 물어 보았다.

노인은 코웃음을 치면서,

"모두들 '상갓집 개' 구경을 하느라고 모여 있다오. 당신도 개 구경을 하고 싶거든 어서 가 보시오."

하고 대답하는 것이 아닌가.

손무는 그 소리에 깜짝 놀랐다.

"상갓집 개라뇨? 노나라에서 대사구(大司寇 : 재상) 벼슬을 지내던 공자(孔子)께서 우리나라에 오셨다는 말씀인가요?"

"나는 그가 누구인지도 모르오. 다만 사람들은 그 늙은이를 모두들 상갓집 개라고 부릅디다."

사람들이 모두들 상갓집 개라고 부르는 노인이라면 그는 공자임이 틀림없었다.

'공자가 우리나라에까지 유세를 온 모양이구나. 그렇다면 나도 그의 유세를 한번 들어 봐야지.'

손무는 그쪽으로 걸음을 옮겨가며,

"허허, 상갓집 개라!"

하고, 웃음을 금치 못했다.

그 무렵, 세상 사람들은 천하의 대학자인 공자를 모두들 '상갓집 개'라 부르고 있었다. 공자를 그와 같이 명예롭지 못한 별명으로 부르게 된 데에는 다음과 같은 유래가 있다.

노나라 정공(定公) 14년에 공자는 그의 조국인 노나라를 잘 다스려 보려고 벼슬길에 올랐던 일이 있었다. 관직 생활 10년에 그의 벼슬은 대사구에까지 올랐고, 노나라도 그의 영도 아래 제법 잘 되어 가는 듯 싶었다. 그러나 실권을 장악하고 있는 귀족들이 건건사사에 반대를 하고 나서는 바람에 공자는 몇 번이고 충돌을 거듭하다가 마침내 벼슬을 버리고 야인으로 돌아와 버렸다.

노나라에서는 자신의 포부를 구현할 수 없음을 깨달은 공자는 10여 명의 제자들과 함께 위, 조, 송, 정, 진, 채 등의 여러 나라를 전전하며 자신의 의로운 사상을 만천하에 펴보려고 유세여행(遊說旅行)을 떠났던 것이다. 공자가 이미 70고개를 넘어설 때의 일이었다.

공자는 가는 곳마다 핍박이 심하여, 그의 유세여행은 고생스럽기 그지없었다. 게다가 정나라에 갔을 때에는 어쩌다가 제자들까지 잃어버려 오도 가도 못할 형편에 처하게 되었다. 그리하여 어느 성곽 옆에 쭈그리고 앉아 굶주린 배를 움켜잡은 채 제자들이 찾아와 주기만을 기다리고 있었다.

한편, 스승을 잃어버린 제자들은 사방으로 흩어져서 공자를 찾기에 여념이 없었다. 그러나 동서남북으로 부산스럽게 찾아 헤매어도 스승의 모습은 그 어디에서도 보이지 않았다.

제자의 한 사람인 자공(子貢)이 공자를 찾아 헤매다가 지나가는 선비에게 이렇게 물었다.

"나는 지금 스승님을 찾고 있는 중인데, 혹시 이 부근에서 70객 노인이 지나가시는 것을 못 보셨습니까?"

그러자 그 선비는 비웃는 듯한 미소를 지으면서 이렇게 대답하는 것이었다.

"저쪽 성곽 모퉁이에 70객 늙은이가 하나 앉아 있던데 혹시 그 사람이 당신의 스승인지도 모르겠소."

"어떻게 생긴 분이었습니까?"

"그 얼굴은 성인군자(聖人君子) 같았고, 그 옆모습은 고요(皐陶 : 순임금 때의 명재상)와 비슷하였고, 그 뒷모습은 자산(子産 : 정나라의 명재상)과 흡사합디다. 그러나 그들과 크게 다른 점이 하나 있었는데 풀이 죽어 축 늘어져 있는 품이 마치 상갓집 개와 같은 몰골입디다."

자공이 그 말을 듣고 부리나케 달려가 보니, 과연 성곽 모퉁이에 상갓집 개처럼 풀기 없이 쭈그리고 앉아 있는 사람은 스승인 공자임이 틀림없었다.

자공은 크게 기뻐하며 조금 전에 생면부지의 선비에게서 들은 말을 공자에게 그대로 전했다. 공자는 껄껄껄 웃으면서 이렇게 말했다.

"다른 말들은 모두가 나에게 과분한 말이었지만 나를 두고 상갓집 개와 같다고 표현한 것만은 과연 옳은 말이로다."

이상과 같은 일화가 널리 알려지자 그때부터 세상 사람들은 공자를 '상갓집 개'라는 별명으로 부르게 되었던 것이다.

손무가 가까이 다가가 보니 사람들이 울타리처럼 겹겹이 둘러서 있는 한복판에 수염이 허연 70객 노인이 군중을 상대로 이야기를 나누고 있었다. 밥을 제대로 먹지 못한 탓인지 몸은 수척하지만 수염이 아름답고 무척이나 인자해 보이는 인상이었다.

손무는 사람들 틈에 끼여 공자의 말에 귀를 기울였다.

누가 무슨 말을 물었는지 몰라도 공자는 마침 군중을 상대로 다음과 같은 말을 하고 있었다.

"곧은 사람을 등용하여 굽은 사람들 위에 놓으면 아무리 못된 사람도 절로 곧아지게 되는 법이오. 그러므로 세상을 바로 잡으려면 현인을 찾아내어 높이 등용해야 하오."

손무는 그 말에 얼른 수긍이 가지 않았다. 만약 현인을 써서 나라가 잘 될 수 있다면 공자 자신은 대사구의 벼슬까지 지내면서 어찌하여 노나라를 바로잡지 못하고 '상갓집 개'의 신세가 되었단 말인가.

손무는 군중 속에서 손을 들어 공자에게 물어 보았다.

"선생께서는 인(仁)을 숭상하시는 줄로 알고 있는데, 도대체 인이란 어떤 것을 말하는 것이옵니까?"

공자는 그 질문이 마음에 들었는지 손무의 얼굴을 쳐다보며 빙그레 미소를 짓더니 이렇게 대답한다.

"귀공은 참으로 좋은 말을 물어주었소. 인이란 모든 욕심을 떠나 순수한 마음으로 남을 사랑함을 말하는 것이오. 내가 남을 사랑하면 남도 나를 사랑하게 될 것이니 서로 사랑하는 사람들 사이에 어찌 다툼이 있을 수 있겠소. 가정이 평화롭고, 나라가 평화롭고, 만천하가 평화로우려면 누구나 인의 마음을 가져야 하는 것이오."

"그러면 지혜로운 것이란 어떤 것을 말하는 것이옵니까?"

공자가 다시 대답한다.

"의로운 사람과 못된 사람을 제대로 알아보아 의로운 사람을 높이 쓰고 못된 사람을 그 아래에 두어 착한 사람으로 교화(敎化)시켜 나가면, 그 사람을 바로 지혜로운 사람이라 말할 수 있을 것이오."

손무는 그 말에도 쉽게 납득이 가지 않았다. 공자의 말은 흠잡을 데가 없는 이상론임에 틀림이 없었다. 그러나 이상론이 현실과 반드시 부합되는 것은 아니다. 현실을 무시한 이상론이라면 공리공론(空理空論)과 무엇이 다르랴 싶었다.

손무는 다시 물어 본다.

"한 말씀만 더 여쭙겠습니다. 선생께서 친히 다스리시던 노나라에도 도둑이 많다고 들었습니다. 그것은 어찌된 일이옵니까?"

공자의 허점을 신랄하게 찔러 본 질문이었다.

아무러한 공자도 이때만은 대답이 곤란했던지 잠시 어색한 표정을 짓다가 이렇게 대답한다.

"그것은 벼슬하는 사람들이 물욕을 내고 있기 때문이오. 벼슬아치들이 물욕을 내지 않았다면 백성들은 상을 준다 해도 도둑질을 하지 않을 것이오."

손무가 보기에 공자는 현실을 완전히 무시한 철두철미한 이상론자(理想論者)라고 규정지을 수밖에 없을 것 같았다.

몇 해 전에 손무가 진나라에 여행하느라 없었을 때 공자가 노나라 대사구의 자격으로 제나라에 왔던 일이 있었다. 그때 제나라 군주 경공(景公)이 공자에게,

"임금이 정치를 잘하려면 어떡해야 합니까?"

하고 묻자, 공자는 이렇게 대답했다고 들었다.

"임금이 임금 노릇을 잘하고, 신하가 신하 노릇을 잘하고, 아비가 아비 노릇을 잘하고, 자식이 자식 노릇을 잘하면 되는 것이옵니다."

손무는 후일에 그 얘기를 전해 듣고 혼자 웃은 일이 있었다.

공자의 말은 옳았다. 상하가 제각기 자기 분수를 충실하게 지켜 주기만 한다면 세상이 어지러워질 리가 만무하지 않은가.

공자의 말은 마치,

"풍년이 들게 하려면 어떡해야 합니까?"

하는 질문에 대해,

"풍년이 들려면 비가 알맞게 오고 바람이 순조롭게 불어야 합니다."

하는 대답과 무엇이 다르랴.

문제는 비가 고르지 못하고 바람이 순조롭지 않기 때문에 흉년이 드는 것이 아니던가. 공자의 말은 벼슬아치들이 도둑질을 아니 하면 백성들도 반드시 도둑질을 아니 하게 된다는 이론이었다. 그 말을 뒤집어 놓으면 상탁하부정(上濁下不淨)이라는 이론이 된다.

그 말은 원칙적으로는 옳다. 요제(堯帝)와 순제(舜帝)가 깨끗한 임금님이 아니었던들 그들의 시대가 태평성대일 수는 없었을 것이다. 그러나 만인이 모두 다 요순 같은 성인일 수도 없는 일이거니와 물욕은 누구나 타고난 본성이 아니던가. 그러므로 나라를 다스려 나가는 데 있어서 교화라는 것은 반드시 필요하다. 그러나 교화의 힘에도 스스로 한계가 있으므로, 교화로도 다스려지지 않는 사람은 처벌로 다스릴 수밖에 없지 않던가. 그래서 나라에는 법이라는 것이 필요하고, 국가를 보존해 나가기 위해서는 군대라는 것이 필요하지 않던가.

그처럼 복잡 미묘한 것이 인간 사회다. 가령 동물의 경우를 두고 생각해 보자. 꿩과 오리는 다 같은 조류이면서도, 꿩의 새끼는 알에서 부화되어 나오기가 무섭게 산으로 기어올라가고, 오리 새끼는 알에서 부화되어 나오기가 무섭게 물을 찾아 강가로 달려가지 않던가. 누가 가르쳐 주어 그렇게 되는 것이 아니라 선천적으로 타고난 본성인 것이다.

사람의 경우도 그와 같아 교화로 선도할 수 있는 사람이 있는 반면 백 번 교화해도 타고난 버릇을 고치지 못하는 사람이 있다.

공자는 그런 점을 전연 도외시하고 오로지 인(仁)이라는 것을 만병통치(萬病通治)의 영약(靈藥)처럼 내세우고 있는데, 손무는 그 점을 도저히 수긍할 수가 없었다.

공자의 이론은 이상론일지는 몰라도 현실에 적응시킬 수 있는 이론은 아니다. 악한 자는 법으로 다스려야 하고, 부당하게 침략을 감행하는 국가는 무력으로 무찔러 버려야 한다. 오직 그것만이 인간 사회를 평화롭게 이끌어 나갈 수 있는 길이다.

손무는 생각이 거기에 미치자 공자의 말을 그 이상 들어 볼 흥미가

느껴지지 않았다. 부질없는 공리공론에 시간을 빼앗기기보다는 고전장으로 돌아다니며 병법을 연구하는 편이 훨씬 현실적이라고 생각되었던 것이다. 그러나 공자는 군중들에게 아직도 외치고 있었다.

"부(富)와 귀(貴)는 사람들이 바라는 것이오. 그러나 정당한 방법으로 얻은 것이 아니면 거기에 머물러 있어서는 안 되오. 빈(貧)과 천(賤)은 사람들이 싫어하는 것이오. 그러나 정당한 방법으로 얻은 부귀가 아니면 빈천에서 떠나서는 안 되오."

손무는 그 말도 역시 이상적인 공론이라고 단정할 수밖에 없었다. 자고로 병가(兵家)에는 '승즉군왕(勝則君王)이요, 패즉역적(敗則逆賊)'이라는 명언이 있지 않던가.

손무는 공자의 말을 더 이상 들어 볼 흥미가 느껴지지 않아 발길을 막 돌려 나오려고 하는데, 문득

"손무! 자네가 여긴 웬일인가?"

하고, 손을 덥석 붙잡는 사람이 있었다. 손무는 무심코 돌아보다가 깜짝 놀랐다. 눈앞에 서 있는 5척 단구의 왜소한 인물, 그는 바로 이 나라의 재상인 안평중(晏平仲)이었기 때문이다.

"아니, 안 대부께서 여긴 웬일이십니까?"

안평중과 손무는 이웃간의 숙면이었다.

"공자가 가두유세(街頭遊說)를 하고 계시다기에 무슨 말씀을 하시는가 싶어 잠깐 들어 보려고 나왔던 길이네. 오래간만이니 우리 얘기나 좀 할까?"

일국의 재상이 거동할 때에는 구종별배(驅從別陪)가 따라야 하는 법이다. 그러나 안평중은 한 명의 호위병도 거느리고 있지 않았다. 그런 점이 안평중다운 점이었다. 손무가 그를 진심으로 존경하는 이유도 바로 그런 점에 있었다.

두 사람은 걸음을 나란히 걸어 나간다. 한 사람은 50여 세요, 한 사람은 30을 갓 넘은 망년지우(忘年之友).

한 사람은 6척 장신의 거인인데 반해 한 사람은 5척 단구의 소인이어서 마치 키다리와 난쟁이가 가두행진을 하는 것같이 기괴한 풍경이었다.

5척 단구가 6척 거인에게 묻는다.

"자네는 공자의 유세를 들어본 소감이 어떤가?"

"글쎄올시다. 한 마디로 말해 공자의 말씀은 물에 물 탄 소리와 같은 느낌이었습니다."

"하하하, 물에 물 탄 소리라? 그것 참 기막힌 명담인걸. 그러나 물이라는 것은 별로 맛은 없어도 누구에게나 없어서는 안 될 소중한 물질이 아닌가?"

"지금과 같은 난세에 인의예지(仁義禮智)만 내세우고 있으니, 그런 말씀이 요즘 사람들의 생리에 맞을 리가 없지 않습니까?"

"그것도 자네 말이 옳아. 그러나 공자의 말씀은 물과 같기 때문에 생명력은 오래 갈 걸세."

"공자의 말씀이 일반 사람들에게는 별로 탐탁하게 여겨지지 않았기 때문에 그를 두고 '상갓집 개'라고 부르게 된 것이 아니겠습니까?"

"일반 사람들은 그를 상갓집 개라고 부르지만 공자를 '짚으로 엮은 개'라고 말한 사람도 있다네."

"짚으로 엮은 개요? 금시초문인데요. 누가 그런 소리를?"

"그렇게 말한 사람은 노나라의 악관(樂官)인 사금(師金)이라는 사람이었어."

"노나라의 악관이 어째서 자기 나라의 재상 벼슬까지 지낸 공자를 두고 그와 같은 모욕적인 말을 했다는 말씀입니까?"

손무는 얼른 납득이 가지 않아 걸음을 멈추며 반문하였다.

"악관 사금이 어째서 공자를 '짚으로 엮은 개'라고 말하게 되었는지 자네는 그 연유를 모르는가?"

"모릅니다. 그 말씀을 좀 들려주십시오."

"그러지! 마침 저기 정자나무가 있으니 그늘에서 쉬어 가면서 얘기하세."

안평중은 커다란 느티나무를 향하여 걸음을 옮겼다.

정자나무 밑에 놓여 있는 나무걸상에 털썩 걸터앉은 안평중은 '짚으로 엮은 개'의 유래담을 말하기 시작했다.

"공자가 정치에 실패하고 위국(衛國)으로 유세여행을 떠났을 때 공자의 제자인 안연(顔淵)이 악관 사금을 보고 '저희 선생님께서 이번에 유세여행을 떠나셨는데, 그 결과가 어떻게 될 것 같습니까?' 하고 물었더니, 사금이 대답하기를 '그 노인이 고생만 죽도록 했지, 별로 효과는 없을 것이오' 하고 대답하더라는 거야. 그래 그 이유를 캐어물어 보았더니 사금이 다시 말하기를 '제사 지낼 때에는 짚으로 엮은 개를 제웅으로 만들어 제사상에 진열하는 법이야. 그 제웅을 대나무 상자 속에 넣어서 비단보로 싸가지고 목욕재계한 제관(祭官)이 정중하게 다룰 때에는 대단한 영험이 있어 보이는 법이지. 그러나 일단 제사를 끝내고, 그 제웅을 내버렸을 때에는 누구나 발로 마구 밟고 지나가게 되거든. 공자 자신도 그렇거니와 공자의 학설도 역시 그런 것이야. 요순시대의 정치 학설을 아직도 그대로 고집하고 있으니, 그게 어디 될 말인가' 하고 말했다는 거야."

손무는 그 말을 듣고 고개를 끄덕였다.

"악관 사금의 말에는 저도 동감입니다. 전시에는 싸움을 잘하는 사람이 최고이지 인의예지를 내세워 본들 무슨 소용입니까."

"공자의 말씀은 인간 사회의 근본을 말하는 것이니 그것은 그것대로 필요하지 않은가. 그러나 지금 같은 전시에는 인의예지보다는 병법 연구가 더 시급한 것이겠지. 참 자네는 지금도 병법을 열심히 연구하고 있는가?"

"별로 할 일이 없기에 지금도 여기저기 떠돌아다니고 있기는 합니다. 며칠 후에는 초나라에 한번 다녀올 생각입니다."

"초나라에는 왜?"

"초나라에는 홍수(泓水)라는 유명한 고전장이 있지 않습니까?"

"있지! 초와 송이 싸운 곳이지."

"거기에 현지답사를 가 보려는 것입니다."

"음……."

안평중은 무엇을 생각하는지 잠시 말이 없더니, 문득 고개를 들면서,

"자네가 초나라에 간다니 말인데, 초에는 장래가 크게 촉망되는 청년이 한 사람 있다네. 오자서라고 하는데 나이에 비해 지략과 용기가 대단하더란 말야. 이왕 가거든 자네도 한번쯤 만나 보는 게 좋을 걸세. 자네하고라면 통하는 점이 있을걸."

"오자서라면 저도 이름은 알고 있습니다."

손무는 천주산의 여자 간첩 이야기를 안평중에게 들려주고 나서,

"대부께서는 오자서를 어떻게 아십니까?"

하고 물었다.

"나는 오자서를 직접 만나 보았다네. 그러면 오자서의 이야기를 좀 더 자세하게 들려줄까? 자네, 바쁘지 않은가?"

"천하의 표랑객으로 자처하는 제가 뭐 그리 바쁘겠습니까? 이왕이면 그 말씀까지 들려주십시오."

안평중은 지난날을 회고하는 듯, 푸른 하늘을 잠시 올려다보다가 입을 열어 말했다.

"오자서는 초나라의 2대 충신인 오거의 손자요, 오사의 둘째 아들인데, 아직 30도 채 안 된 청년이 놀랍도록 지혜롭고 용감하더란 말일세. 얼마 전에 17개국의 열국 제후들이 투보회(鬪寶會)에 참석하느라고 진(秦)나라에 모였던 일이 있었다네. 만약 그때에 오자서가 없었으면 17명의 열국 제후들이 진 애공의 손에 고스란히 몰살을 당할 뻔했어. 그러고 보면 오자서가 열국 제후들에게는 생명의 은인인 셈이네."

안평중은 오자서에 대한 칭찬이 대단하였다.

손무도 오자서가 예사 청년이 아닐 것이라는 점은 짐작하고 있었으나 천하의 지략가인 안평중조차 그토록 경탄해 마지않는 인물일 줄은 몰랐다.

"투보회란 무슨 모임이었으며 오자서가 어떻게 해서 열국 제후들을 몰살에서 구출했다는 말씀입니까?"

손무가 영문을 몰라 캐어묻자 안평중은 투보회에서 일어났던 일들을 자세하게 들려주고 나서,

"오자서야말로 지용(智勇)을 겸비한 효장(驍將)이더란 말일세. 그 사람이 있는 한 초나라는 누구도 범접하기가 어려울 걸세."

손무는 안평중의 말을 듣고 있는 동안 오자서에게 머리가 절로 숙여지는 느낌이었다.

"오자서가 그처럼 훌륭한 청년이라면 저도 한번 만나보고 싶습니다. 그 사람이 열국 제후들의 생명의 은인이라면 대부께서도 초나라를 직접 찾아가셔서 한번쯤 사은의 뜻을 표하고 돌아오시는 것이 예의가 아니겠습니까?"

안평중은 그 소리를 듣더니 고개를 크게 끄덕이며,

"자네 말을 들어 보니 과연 그렇구먼. 내가 왜 진작 거기까지 생각이 미치지 못했던가. 이제 깨달았으니 머지않아 나도 초나라에 꼭 한번 다녀오도록 하겠네."

"수고스러우시더라도 한번 다녀오시는 것이 여러 가지 면에서 좋으실 것입니다."

"자네 말은 잘 알아들었네."

손무가 안평중에게 초나라의 예방을 권고한 이면에는 그런 기회에 초나라의 내정을 직접 살펴보아 두는 것도 매우 유익한 일이 아니겠느냐는 뜻이 포함되어 있었다. 안평중도 그와 같은 언외(言外)의 뜻을 대번에 알아듣고, 고개를 끄덕이며 혼잣말로 중얼거린다.

"내가 왜 미처 그 생각을 못했던가. 어떤 일이 있어도 초나라에는 내가 직접 다녀와야 하겠는걸."

그 문제에 대해서는 그 이상 누구도 언급하지 않았다. 다만 무언중에 오가는 깊은 뜻을 그들은 오로지 마음과 마음만으로 주고받았을 뿐이었다.

손무는 고개를 들어 안평중을 새삼스러이 우러러보았다.

외모로 보아서는 일국의 재상이라고 말하기에는 너무도 초라한 체구다. 그러나 난마(亂麻)와 어지럽던 제나라의 국정을 바로잡아 놓은 사람도 안평중이었고, 쓰러져 가는 제나라를 강대국으로 일으켜 세운 사람도 다름 아닌 안평중이 아니었던가.

손무는 문득 몇 해 전에 있었던 안평중의 비화가 머리에 떠올라 자기도 모르게 고개를 숙였다.

지금으로부터 7, 8년 전.

안평중이 진(晋), 초 등과 싸워 제의 국위를 크게 떨쳤을 때, 제나라에는 자기들의 무훈(武勳)을 지나치게 자세(藉勢)하는 세 명의 골치 아픈 존재가 있었다. 공손접(公孫接), 전개강(田開疆), 고야자(古冶子) 등의 세 장수가 바로 그들이었다.

전쟁이 끝나자 그들은 무공을 앞세워 세도를 부리기가 이를 데 없었다. 정작 최대의 공로자인 안평중은 촌부처럼 겸손했건만 그들 세 사람은 왕과 안평중조차 깔보도록 방자스러웠던 것이다.

국가의 기강이 그처럼 문란해서는 나라의 안녕과 질서를 제대로 유지할 수가 없는 법이다. 이에, 제왕(齊王)은 대부 안평중을 불러 물어본다.

"공손접, 전개강, 고야자 등의 횡포를 그냥 내버려두어서는 안 될 것 같은데 경은 어떻게 생각하오?"

안평중은 그들에 대해 이미 결심한 바가 있는지, 즉석에서 단호한 어조로 이렇게 대답한다.

"그들의 무훈은 애석하지만 국가의 장래를 위해서는 이 기회에 그들을 단호히 제거해 버려야 하옵니다."

"나도 동감이오. 그러면 대부가 알아서 처리해 주오."

"분부대로 거행하겠습니다."

다음날 안평중은 하인을 시켜 시중에서 복숭아 두 알만 구해 오라고 일렀다. 그리하여 복숭아 두 알을 커다란 접시에 담아 놓고, 문제의 인물들을 한자리에 불렀다.

"내가 오늘은 세 분 용장들의 무공을 찬양해 드리고 싶어 이 자리에 오시라고 하였소. 마침 내 집에 희귀한 복숭아 두 알이 생겼는데 내가 먹어 버리기는 너무도 아까워 세 분에게 대접할 생각이오. 그러나 사람은 세 분인데, 복숭아는 두 알뿐이니 세 분 중에서 자기 무공이 누구보다도 혁혁하다고 자신하는 분이 이 복숭아를 한 개씩 집어 자시도록 하오."

안평중의 입에서 그 말이 떨어지기 무섭게 세 사람은 거의 동시에 복숭아 접시에 손을 내밀었다. 그러나 공손접과 전개강이 재빠르게 복숭아를 집어 가는 바람에 고야자는 허탕을 치고 말았다.

이에 고야자는 크게 분노하여 공손접과 전개강에게 호통을 지른다.

"자네들의 무공이 뭐가 대단하다고 나를 제쳐놓고 복숭아를 가져 가는가?"

고야자가 시비조로 나오니 두 사람도 가만있을 턱이 없었다.

"자네의 무공이야말로 뭐가 대단하다고 돼먹지 못하게 우리한테 호통을 치는가?"

이리하여 세 사람의 싸움이 대판 벌어졌다. 처음에는 오가는 말이 거칠기만 하더니 나중에는 차마 입에 담기 어려운 욕설까지 난무하였다.

안평중은 듣고만 있다가 오랜 시간이 경과한 뒤에야,

"내가 들어 보니 세 분의 무공은 모두가 혁혁하여, 우열을 가리기가 매우 어렵겠구려. 이런 경우에는 전공록(戰功錄)에 의하여 경중을 판가름할 수밖에 없을 것이오."

하고 말하며, 벽장 속에서 전공록을 꺼내왔다. 안평중은 전공록을 세 사람 앞에 제시해 보이며 말한다.

"이 책에는 모든 장수들의 전공이 상세하게 기록되어 있소. 물론 세 분의 전공도 빠짐없이 기록되어 있으니 이 책을 가지고 전공의 경중을 가려 보기로 합시다."

세 장수도 거기에는 이론이 있을 수가 없었다. 그리하여 전공록에 의해 그들의 무공을 엄밀하게 조사해 보니 공손접과 전개강이 무공을 세울 수 있었던 것은 고야자가 그들의 배후에서 적의 응원 부대를 모조리 섬멸시켜 주었던 덕택이 아닌가.

공손접과 전개강은 고야자의 무공이 자기네보다 훨씬 컸던 것을 그제야 깨닫고 크게 부끄러웠다. 그리하여 그날 밤 집에 돌아오자 수치감을 견디지 못해 자살을 하고 말았다. 다음날 아침에 고야자가 그 소식을 듣자 그도 역시 자살을 해버렸다. 그도 그럴 것이 자기는 순전히 안평중의 작전 명령에 따라 싸웠을 뿐이므로 만약 무공이 있다면 그 명예는 마땅히 안평중에게 돌려야 할 것이기 때문이었다.

안평중은 쓴 소리 한 마디 아니 하고, 순전히 깊은 계략으로 세 명의 장수들을 고스란히 제거해 버릴 수 있었던 것이다. 그 계략이 얼마나 절묘했던지 훗날 불세출의 모사였던 제갈공명(諸葛孔明)도 안평중의 계략에 탄복한 나머지 다음과 같은 시를 읊은 일이 있다.

하루아침에 거짓임을 밝혀내어
복숭아 두 알로 세 사람을 죽였도다.
그런 계략을 누가 능히 쓸 수 있으랴.
제나라의 재상 안평중뿐이리라
一朝被讒言
二桃殺三士
誰能爲此謀
相國齊晏子

그처럼 비상한 계략가인 안평중이 오자서를 또다시 칭찬한다
"아무튼 초나라에 가거든 오자서를 꼭 만나보도록 하게. 오자서는 칼 한번 휘두르지 아니하고 열국 제후들의 목숨을 고스란히 구해 주었으니, 그 얼마나 뛰어난 계략가인가!"
손무는 그 말을 듣는 순간 불현듯 기발한 생각이 번개같이 머리에

떠올랐다. 그리하여 자기도 모르게 손뼉을 치며 이렇게 외쳤다.

"대부님! 저는 지금 대부님의 말씀을 듣고 있는 중에, 기막히게 좋은 생각이 머리에 떠올랐습니다. 어쩌면 이것은 모든 병법의 대본(大本)이라고도 말할 수 있는 생각인지도 모를 일이옵니다."

"이 사람아! 무슨 생각이 떠올랐기에 그처럼 야단법석인가?"

"아닙니다. 어언 10년 가까이 병법을 연구해 왔지만 깨닫고 보니 지금껏 지엽말단적(枝葉末端的)인 것만 붙잡고 늘어졌을 뿐이지 정작 근본적인 것은 전연 모르고 있었습니다. 그런데 그걸 오늘에야 깨달았다는 말씀입니다."

손무는 마치 어린아이처럼 기뻐 어쩔 줄을 몰라 하는 것이었다.

손무가 그처럼 대견스럽게 나오니 안평중도 궁금하지 않을 수가 없었다.

"이 사람아! 무슨 생각이 떠올랐기에 그러는가? 그처럼 좋은 생각이라면 나도 한번 들어 보세그려."

"좋습니다. 말씀드리죠."

손무는 신바람이 나는 듯 연방 웃어 가면서,

"병학(兵學)이란 싸워서 이기는 방법을 연구하는 학문이 아니겠습니까?"

"그야 그렇지. 그게 어쨌다는 건가?"

"전쟁이라는 것은 이기기 위한 수단일 뿐이지, 전쟁 그 자체가 목적은 아니지 않습니까?"

"물론이지. 새삼스럽게 왜 그런 유치한 질문을 하는가?"

손무는 문득 근엄한 표정을 지으며,

"저는 지금까지 병법을 연구해 오면서 승리라는 것은 반드시 싸워야만 얻어지는 것으로 생각해 왔습니다. 백전백승(百戰百勝)이야말로 선지선(善之善)이라고 믿어왔습지요. 그런데 지금 대부님의 말씀을 듣고 있는 동안 제 생각이 크게 잘못되었다는 것을 깨달았습니다."

"백전백승은 선지선이 분명한데, 뭐가 잘못되었다는 말인가?"

안평중도 얼른 이해가 가지 않는지 고개를 갸우뚱거리며 반문한다. 손무가 대답한다.

"백전백승은 차선(次善)일 뿐이지, 결코 선지선은 아닙니다."

"백전백승이 선지선이 아니면 뭐가 선지선인가?"

"선지선은 싸우지도 아니 하고 이겨야 하는 것이옵니다. 예를 들자면 대부께서 호통 한 번 안 치시고 세 명의 장수를 깨끗이 제거하신 일이라든지, 오자서가 칼 한번 뽑지 아니하고 진왕(秦王)의 흉계를 송두리째 무찔러 버린 일을 말하는 것입니다. 그런 경우가 바로 싸우지도 아니 하고 승리를 거둔 최고의 병법이 아니고 무엇입니까?"

안평중은 그 말에 크게 감탄하며 손무의 손을 덥석 움켜잡는다.

"이 사람! 나는 무심코 지껄인 말이었는데, 자네가 내 말에서 병법의 중대 원리를 깨달았다니 그 얼마나 놀라운 일인가."

"제가 만약 후일에 병서를 쓴다면, 다음과 같은 말을 반드시 써넣겠습니다. '백전백승은 선지선이 아니다. 싸우지 아니하고 남의 군대를 굴복시키는 것이 선지선이다(百戰百勝非善之善者也 不戰而屈人之兵善之善者也)'라고 말입니다."

안평중은 그 말을 듣고 다시금 감탄한다.

"그 말은 만고의 명언일세. 자네가 오늘로 죽는다 해도 지금 그 말만은 인류와 더불어 영원히 남을 명언이 될 걸세."

그리고 안평중은 자리에서 일어나며,

"자, 그런 의미에서 내 집에 가서 술이나 한잔씩 나누세."

손무도 따라 일어서며 고개를 좌우로 흔들었다.

"말씀은 고마우나 대부님께 이만 작별을 고해야겠습니다. 오라는 데는 없어도 저 또한 바쁜 몸이니까요. 하하하."

손무는 푸른 하늘을 향하여 소리내어 웃어 보이며, 아무 미련도 없이 안평중에게 작별을 고하는 것이었다.

그로부터 며칠 후, 손무는 홍수라는 고전장을 현지답사하려고 단신으로 초나라를 찾아갔다. 홍수는 초와 송의 국경선을 이루는 황하의 지류로 일찍이 초와 송이 싸웠던 유명한 고전장이었다.

당시 두 나라 군사는 홍수를 사이에 두고 정면으로 대치해 있었다. 초군은 20만인데 송군은 5만 정도에 불과하였다. 병세(兵勢)의 다과(多寡)를 막론하고 적전에서 강을 건넌다는 것은 병법상으로는 말도 안 되는 소리였다. 그렇건만 초군은 송군을 무시하고 적전도강(敵前渡江)을 감행하였다. 송나라의 모사 자어(子魚)가 그 광경을 보고 크게 기뻐하며 송왕에게 품한다.

"적은 지금 강을 건너오고 있사온데, 지금이라면 제아무리 대군이라도 완전히 섬멸시킬 수가 있사옵니다. 대왕께서는 공격 명령을 내려 주시옵소서."

그러나 송왕 양공(襄公)은 그릇된 자비심에 현혹되어 있던 어리석은 위인인지라 고개를 흔들며 이렇게 말한다.

"아무리 적이기로 물 속에 들어 있는 사람을 어떻게 공격하오."

초군은 강을 건너와서도 진형을 갖추지 못해 한동안 좌왕우왕하고 있었다.

자어가 송왕에게 다시 진언한다.

"이 기회를 놓치면 적을 공격할 기회를 영영 잃게 됩니다. 대왕께서는 급히 공격 명령을 내려 주시옵소서."

"아무리 적이기로 진영을 제대로 갖추기도 전에 어떻게 공격을 가

하오. 군자(君子)는 곤경에 빠져 있는 사람을 함부로 괴롭혀서는 안 되는 법이오."

자어는 화가 머리끝까지 치밀어 올라서,

"전쟁이란 본디 사생결판(死生決判)의 놀음인데, 전쟁판에서 무슨 놈의 자비심이란 말씀이오."

자어는 그 한 마디를 남기고 숫제 도망을 쳐버리고 말았다. 물론 그 후 송나라가 초군에게 무자비하게 유린을 당한 것은 말할 것도 없다. 그러기에 후세의 사람들은 송왕 양공의 어리석은 자비심을 '송양지인(宋襄之仁)'이라는 말로 비웃어오기까지 했던 것이다.

손무는 그와 같이 유서 깊은 고전장을 샅샅이 둘러보았다. 홍수의 지리적 조건으로 보아 만약 그때에 송왕이 자어의 말대로 공격 명령만 내렸더라면 초군은 모두 고기밥이 되고 말았을 것이다. 왜냐하면 초군이 제아무리 많아도 수중에서는 용을 쓸 수가 없기 때문이었다. 그럼에도 송왕은 어설픈 자비심에 사로잡혀 승리의 기회를 놓쳐 버리는 바람에 결국 패배의 고배를 마시게 되지 않았던가.

손무는 강가에 머물러 서서 푸른 강물을 굽어보며 옛날 일들을 회상해 보다가 문득 자기도 모르게 실소를 짓고 말았다. 왜냐하면 며칠 전에 만나 보았던 공자의 모습이 불현듯 눈앞에 떠올라 보였기 때문이다.

전쟁이란 이유 여하를 막론하고 반드시 이겨 놓고 봐야 하는 것. 공자가 부질없이 '인(仁)'이라는 것을 유세하고 돌아다닌 바람에 송왕은 결국 인으로 인해 희생의 제물이 되어 버리지 않았는가.

손무는 홍수의 강변을 배회하며 '인'과 전쟁에 관해 잠시 생각해 보았다. '인이라는 것은 사람이 사람답게 살아가기 위해서는 반드시 필요한 덕목인지 모른다. 공자가 말하는 인을 부정할 생각은 추호도 없다. 그러나 인이라는 것은 공자가 주장하듯 반드시 만병통치(萬病通治) 약은 아닌 것이다.

'인이 남에게 자비심을 베푸는 것이라면 전쟁은 사람을 죽이는 일이다. 얼른 보기에는 인과 전쟁은 상반되는 개념인 것처럼 보인다. 그러나 결코 그렇지 않은 법. 인이 싸움을 피하며 평화롭게 살아가기 위한 수단이라면, 전쟁은 싸워서 평화롭게 살아가기 위한 수단이다. 세상이 혼란해졌을 때, 전쟁이 아니면 무엇으로 세상을 평화롭게 할 수 있더란 말인가. 그러므로 인과 전쟁은 수단만이 다를 뿐이지 그 목적은 둘이 아니고 하나이다.'

결국 인류의 평화를 위해서는 인을 주장하기보다도 병법을 연구하는 편이 훨씬 적극적인 방법으로 여겨졌다. 그리하여 손무는 고전장을 샅샅이 돌아보고 나서, 거기에서 얻은 병법의 이론을 다음과 같이 기록하였다.

싸워야 할 땅을 알고, 싸워야 할 때를 알면 반드시 싸워야 한다. 만약 그것을 모르면 비참하게 패배할 수밖에 없는 것이다.

『손자병법』「허실편(虛實篇)」

그러나 그뿐이랴. 초군이 적전 상륙이라는 졸렬한 작전을 했음에도 승리할 수 있었던 것은, 송왕이 자기 자신을 모르고 상대방도 몰랐기 때문이다. 거기에서 '저를 모르고 나를 모르면 싸움마다 반드시 패한다(不知彼 不知己 每戰必敗 · 『손자병법』「모공편(謀攻篇)」)' 라는 귀중한 결론도 얻을 수 있었다.

손무는 그 이론을 근거로 여러 가지 경우를 생각해 보았다. 그리하여, '저를 알고 나를 알면 백 번 싸워도 위태롭지 아니하다(知彼知己

百戰不殆)', '저를 모르고 나를 알면 한 번 이기고 한 번 진다(不知彼而知己 一勝一負)' 등등의 새롭고도 귀중한 명제도 창출해낼 수 있었다.

고전장을 몇 번이고 둘러보며 깊은 사색에 잠겨 있는 동안 어느덧 날이 저물어 강에는 노을이 비쳤다. 조금 전까지도 검푸르게 출렁이던 강물에 어느새 노을이 물들어 홍수는 붉은 바다로 변해 버렸다. 게다가 저 멀리서 범선 세 척이 구성진 뱃노래를 부르며 돌아오고 있지 않은가.

'홍수의 석양 풍경은 참으로 아름답구나. 대자연이란 이렇게도 아름다웠던가!'

손무의 입에서는 자기도 모르게 감탄사가 튀어나왔다. 그는 오늘 아침 집을 나올 때, 풀잎에 맺혀 있는 이슬방울을 보았다. 풀잎에 맺혀 있는 이슬방울이 수정구슬처럼 아름답기 그지없었다. 그런데 풀잎에 맺혀 있던 이슬방울도 물이었다면, 지금 눈앞에 보이는 불바다 같은 강물도 역시 물임에는 틀림이 없지 않은가!

손무는 붉게 물들어 있는 강물을 바라보며 문득 물의 신비를 새삼스러이 깨달은 느낌이었다. 온도에 따라 안개로도 변하고, 이슬로도 변하고, 구름으로도 변하고, 비로도 변할 수 있는 것이 물이 아니던가. 적게 갈라지면 이슬이 되고, 많이 모이면 실개천이 되고, 그보다도 더 많이 모이면 강이 되고 바다가 될 수 있는 것도 역시 물이 아니던가. 그러나 그뿐이랴. 둥근 그릇에 담으면 둥글어지고, 모난 그릇에 담으면 모난 형태가 되는 것 역시 물이 아니던가.

물은 아래로 아래로만 흐른다. 물이 위로 거슬러 흐르는 것은 아무도 보지 못했다. 아래로만 흘러갈 뿐 아니라 돌과 바위가 있으면 피해 가면서 흐르는 것이 물이다. 저항이라는 것을 모르도록 부드럽고 자유로운 것이 물이다. 그렇다고 해서 물이 반드시 부드럽고 연약하기만 한 것은 아니다. 공중에 떠도는 수기(水氣)가 한번 성을 내면 뇌성벽력(雷聲霹靂)이 되어 천지를 진동시키고, 바다의 물이 한번 노하면 해일이 되어 모든 땅을 뒤엎어 버리지 않던가.

"위대하도다, 물이여!"

손무는 문득 제의 명재상이었던 관중(管仲)의 말을 연상하였다.

관중은 물에 대해 이렇게 말했다.

"물은 대지의 혈기(血氣)다. 고대의 문화는 모두가 큰 강의 유역에서 발생하였고, 그 문명은 강에 의해 지배되고 발전되었다."

손무는 공자와 쌍벽을 이루는 초나라의 대학자인 노자(老子)의 말도 머리에 떠올렸다.

노자는 물에 대해 이런 말을 한 적이 있었다.

"최상의 선(善)은 물과 같은 것이라야 한다. 물은 모든 생물에 이로움을 주면서 다투지 않는다. 그러면서도 사람들이 싫어하는 낮은 곳으로만 흐른다."

그리고 또,

"천하에서 가장 부드러운 물이 천하에서 가장 단단한 바위를 향하여 돌진하고, 형체도 없는 기(氣)는 빈틈이 없는 곳에도 침투한다."

노자는 물에 대하여 또다시,

"천하에 물보다 더 부드럽고 약한 것은 없다. 그러나 굳고 강한 것을 공격하는 데는 물보다 더 나은 것이 없다. 어떤 것도 물과 바꿀 만한 것이 없다."

하고 말하지 않았던가.

노나라의 공자는 인을 세상에 널리 펴려고 하였다. 그러나 초나라의 노자는 공자보다 나이는 젊었지만 생각하는 차원이 달라 무위(無爲)의 사상을 고취하였다. 모든 것에 대해 작위(作爲)를 가하지 말고 물이 자연스럽게 흘러가듯 모든 것을 있는 그대로 받아들이며 살아가야 한다는 것이 노자 사상의 근저였다.

손무는 그런 사상에 대해서는 별로 흥미가 없었다. 다만 '굳고 강한 것을 공격하는 데는 물보다 더 나은 것이 없다'라는 말에서 문득,

"물의 본성을 병법에 응용하여 새로운 병법을 창출해낼 방도가 없을까?"

하고, 골똘히 생각해 보았다.

손무는 물의 본성에 기반한 새로운 병법을 고안해 내려고, 도도하게 흘러가는 강물을 오랫동안 유심히 바라보고 있었다. 강폭이 넓은 곳에서는 물이 넓게 퍼져 흘러가는 속도가 느리다. 그러나 강폭이 좁고 경사가 급한 곳에서는 급히 흘러내리며, 크고 작은 돌들을 마구 아래로 흘려보내는 것이 아닌가.

"음……."

손무는 그와 같은 광경을 보는 동안 뭔가 좋은 생각이 떠오를 것 같으면서도 좀처럼 착상이 되지 않았다.

마침 그때, 하늘에 유유히 떠돌아가던 독수리 한 마리가 별안간 급전직하(急轉直下)로 땅에 떨어지는 듯싶더니 눈 깜짝할 사이에 병아리 한 마리를 채 가지고 올라가는 것이 아닌가.

"그래, 바로 저것이다. 싸움에서 적을 공격할 때에는 바로 저런 식으로 공격해야만 승리할 수 있다. 급히 흐르는 물이 돌과 바위를 흘려보낼 수 있는 것도 바로 저런 기세가 아니었던가."

손무는 생각이 거기에 미치자 즉석에서 필구를 꺼내 다음과 같은 글귀를 적어 넣었다.

빨리 흐르는 물이 돌을 흘려보내는 것은 기운이 생긴 덕택이요, 빨리

나는 독수리가 순식간에 먹이를 움켜 챌 수 있는 것은 그 시간이 짧기 때문이다. 그러므로 싸움을 잘하는 자는 그 기세가 험하고 그 시간이 짧아야 한다(激水之疾 至於漂石者 勢也 鳥之疾 至於改折 節也 是故 善戰者 其勢險 其節短).

『손자병법』「병세편(兵勢篇)」

손무는 이상과 같은 병법을 고안해 내고, 거기서 한 걸음 더 나아가 병법의 기본 원리를 이렇게 기록하였다.

대저 군사의 진형은 물처럼 자유자재로 변화할 수 있는 형태라야 한다. 물이 높은 데를 피하여 낮은 데로만 흐르듯, 싸움도 실을 피하고 허를 쳐야 한다(夫兵形象水 水之形 避高而趨下 兵之形 避實而擊虛).

『손자병법』「허실편(虛實篇)」

손무로서는 홍수에 현지답사를 왔다가 커다란 수확을 얻은 셈이었다. 어느덧 날이 저물어 사방이 어두워왔다. 손무는 이왕 초나라에 왔던 김에 오자서를 한번 만나보고 싶었다. 그리하여 다음날 4백여 리 길을 멀다 않고 오자서의 집으로 찾아가 보았다. 그러나 하인이 나오더니,

"오 대부께서는 지금 오나라로 여행 중이시옵니다. 돌아오시면 어떤 분이 찾아오셨다고 아뢸까요?"

"나는 제나라의 손무라는 사람이오. 아무 용건도 없이 지나는 길에 들렀더라고 일러 주시오."

손무는 그 한 마디를 남기고 표연히 행길로 나섰다.

'모처럼 찾아왔다가 못 만나게 된 것을 보면 오자서와 나는 인연이

없는 사이인가 보구나.'

그런 느낌이 들었으나 그것조차 별로 섭섭하게 여겨지지는 않았다. 손무는 해탈자(解脫者)의 면목이 약여(躍如)한 천하의 표랑객이었던 것이다.

안평중의 호기(豪氣)

초왕 영공(靈公)은 진(秦)나라의 투보회에 다녀오면서부터 기세가 급작스럽게 등등해졌다. 그도 그럴 것이 자신의 직속 부하인 오자서가 열국 제후들에게 생명의 은인이 되어 버렸기 때문이다.

'열국 제후들이 우리 덕분에 생명을 구할 수 있었으니 이제 감히 어느 누가 내 앞에서 머리를 들 수 있으랴!'

그들은 본국으로 돌아가자 제각기 사은(謝恩)의 뜻을 표하기 위해 사신을 보내왔다. 초왕은 그들을 친히 접견하고 반드시 다음과 같은 말을 들려주기를 잊지 않았다.

"그때 만약 내가 오자서에게 제후들을 도와드리라는 명령을 내리지 않았던들, 그대 나라의 군주는 꼼짝 못하고 진 애공(哀公)의 손에 죽고 말았을 것이오. 돌아가거든 주군에게 나의 말을 꼭 전해 주오. 투보회의 일을 잊어서는 안 된다고 말이오."

초왕의 콧대는 날이 갈수록 높아만 갔다. 오자서가 구해 준 열국 제후의 수효는 도합 17명이었다. 초왕 자신을 제외하더라도 사은사를 보내와야 할 나라가 16개국이나 되었는데, 그중 몇몇 나라는 아직도 보내오지 않고 있었다. 강대국인 제나라도 그중의 하나였다. 초왕은 그것이 비위에 거슬려 태대부(太大夫) 오사를 불러 물어 본다.

"제가 사은사를 보내오지 않으니 배은망덕한 소회를 그냥 내버려 둘 수 없는 일이 아니오."

그러나 오사는 침착하게 대답한다.

"사은이란 저편에서 알아서 할 일이지 이편에서 강요할 성질의 것은 아니옵니다. 주공께서는 그런 일에 너무 신경을 쓰지 마시옵소서."

"그냥 내버려두다니요? 은혜를 모르는 놈인데 이쪽에서 버르장머리를 고쳐 줘야 할 게 아니오?"

초왕의 기세는 등등하기 이를 데 없었다.

"제는 강대국인 까닭에 체면을 생각해 아직 보내오지 않았지만 안평중이 대부로 있으므로 반드시 사은사를 보내올 것이옵니다. 조금만 더 두고 보십시다."

"그렇다면 모르지만……"

초왕은 천하무적의 대왕이 되었다는 교만심이 생기자 왕궁에서 멀리 떨어진 곳에 '장화대(章華臺)'라는 전각을 새로 지어 놓고, 낮이나 밤이나 그곳에서 미녀들과 더불어 음률과 주색만 즐기기 시작하였다. 그러고도 부족하여 장화대 주변에는 '비록 죄인이라 하더라도, 이 경내에 들어오기만 하면 누구를 막론하고 체포하지 못한다'라는 특별 방문까지 써 붙이게 하였다. 글자 그대로 장화대를 신성불가침의 성역으로 만들어 버렸던 것이다.

태대부 오사가 극구 간했으나 교만심이 극도에 달한 초왕은 그 말을 들으려 하지 않았다. 초나라의 고관들 중에는 하대부(下大夫)의 벼슬을 지내는 신무우(申無宇)라는 사람이 있었다. 학식이 풍부하고 성질이 괴팍스러워 누구 앞에서든 바른말 잘하기로 소문난 사람이었다. 그토록 청렴강직한 사람이고 보니 초왕의 허랑방탕한 생활을 못마땅하게 여겼을 것은 두말할 것도 없다.

어느 날 신무우의 집에 도난 사건이 발생하였다. 종놈이 은제 식기를 몽땅 훔쳐 가지고 도망을 친 것이었다. 신무우가 그 사실을 알고 긴급히 수색해 보니, 종놈은 붙잡히지 않으려고 장화대의 경내로 들어가 버렸다는 것이 아닌가.

장화대는 신성불가침의 성역이었다. 그러나 신무우는 '이 경내에서는 누구도 죄인을 잡지 못한다'는 방문이 뚜렷하게 나붙어 있음에도 장화대 울타리 안으로 들어가 종놈을 체포하고야 말았다.

경비병들이 급히 몰려와 큰소리로 호통을 친다.

"이 울타리 안에서는 누구도 죄인을 잡지 못하오. 그 사람을 놓아주고 썩 밖으로 나가시오."

그러나 신무우는 오히려 경비병들을 이렇게 책망하였다.

"왕이 무도(無道)하여 국가의 재물을 털어 쓸데없는 전각을 지었을 뿐만 아니라 경내에서 죄인을 못 잡게 하고 있으니, 이는 모든 백성들을 불충불효로 만드는 것과 무엇이 다르랴. 나는 왕에게 잘못을 깨닫게 하려고 일부러 이곳에 들어와 죄인을 붙잡았노라."

경비병들은 신무우를 우격다짐으로 끌어다가 왕에게 바쳤다.

초왕이 크게 노하여 신무우를 꾸짖는다.

"그대는 어찌하여 왕명을 어기고 이곳에서 죄인을 잡았는고?"

신무우가 정색을 하고 대답한다.

"국왕은 마땅히 생활을 검소하게 하고 충과 효를 높이 받들어야 나라가 옳게 되는 법이옵니다. 그런데 대왕께서는 국고(國庫)를 기울여 사치를 하실 뿐만 아니라 마땅히 엄하게 다스려야 할 불충불효의 도

적배를 두둔해 주고 계시니, 이는 도저히 있을 수 없는 일이옵니다. 신은 비록 백 번 죽는다 하더라도 장화대를 파하고 죄인을 엄히 다스리시기를 바라옵니다."

신무우는 이미 죽음을 각오한 듯 거침없이 말하니 초왕도 이때만은 할 말이 없었다. 사태가 그 지경에 이르고 보니 초왕도 약간은 깨달은 바가 있는지 신무우를 차마 죽이지는 못하고 즉석에서 파면만 시켜 버렸다. 신무우는 파면된 그날로 낙향해 버렸음은 말할 것도 없다.

그로부터 며칠 후 초왕에게는 기쁜 소식이 하나 전해져 왔다. 제나라의 재상 안평중이 사은예방(謝恩禮訪)을 하고 싶은데, 어느 때가 좋겠느냐고 하는 문의 편지가 왔던 것이다.

초왕은 제나라의 편지를 받아 보고 더욱 콧대가 높아졌다.

'그러면 그렇지! 제까짓 것들이 나한테 사은예방을 아니 하고 배겨 낼 수 있는가. 더구나 재상이 직접 찾아오겠다는 것을 보면 겁이 되게 나는 모양이구나.'

마침 그때 하대부 원계강(遠啓彊)이 나타났다. 초왕은 원계강에게 묻는다.

"제나라에서 사은사를 보내오겠다는 기별이 왔는데 경은 알고 계시오?"

"지금 막 제나라의 사자(使者)한테서 자세한 이야기를 들었사옵니다. 제나라에서는 안평중 재상이 직접 대왕을 만나 뵈러 온다고 하옵니다."

"마땅히 그래야 할 게요. 나를 만나러 오는데, 재상이 아닌 다른 사람을 보내온다면 내가 만나 주기나 하겠소."

초왕은 큰소리를 한번 쳐놓고 나서 이렇게 말한다.

"경도 알다시피 제나라의 안평중은 천하가 다 우러러보는 현사(賢

土)라 하오. 그러나 내가 투보회에서 직접 만나 본 바로는 키가 다섯 자도 채 못 되고, 풍채도 형편없이 초라합디다. 이번 기회에 그를 단단히 골려 내 앞에서 감히 머리를 못 들도록 해놓았으면 싶은데 무슨 묘책이 없겠소?"

원계강이 자신만만한 어조로,

"안평중 하나쯤 욕을 보이기는 결코 어려운 일이 아니옵니다. 우리 조정에는 호걸지사(豪傑志士)가 기라성같이 많사오니 대왕께서는 그 일을 소신에게 맡겨 주시옵소서."

초왕은 크게 기뻐하며,

"그러면 경에게 맡길 테니 모든 것을 알아서 처리해 주오."

원계강은 그날부터 안평중을 골려 줄 계략을 짜기에 분망하였다. 초나라에서는 왕성(王城)의 정문을 형문(荊門)이라고 부른다. 원계강은 형문이라는 버젓한 정문이 있음에도 그 옆에다가 난쟁이나 드나들 수 있는 조그마한 문 하나를 별도로 만들어 놓았다.

안평중이 오거든 정문은 닫아 두고 새로 만든 조그마한 문으로 들어오게 함으로써 노골적으로 모욕을 주려는 계획이었던 것이다.

며칠 후 안평중 일행이 초나라에 들어오는데, 그들 일행은 인원도 단출하려니와 행장도 검소하기 짝이 없었다. 안평중은 수레 위에 조용히 앉아 아름다운 이국 풍경을 둘러보며 시흥(詩興)에 잠겨 있을 뿐이었다.

원계강이 성문 밖까지 영접을 나왔다. 안평중이 원계강과 수인사를 나누며 살펴보니 정문은 굳게 잠겨 있고, 그 옆에 조그만 문을 새로 만들어 놓지 않았는가.

'아하, 너희들은 몸이 왜소한 나에게 수모를 주려고 일부러 이런 짓을 하고 있구나.'

안평중은 재빠르게 눈치를 챘지만 겉으로는 어디까지나 시치미를 떼고 있었다.

원계강은 안평중을 조그마한 문 앞으로 정중하게 모시고 와서 말한다.

"대왕께서 기다리고 계시니 어서 이 문으로 들어가십시오."

그러나 안평중은 그 자리에 딱 버티고 서서, 원계강에게 이렇게 말한다.

"이 문은 개나 드나드는 개구멍이 아니오? 외국 사신을 개구멍으로 드나들게 하는 것은 개나라에나 있는 풍습일 것이오. 설마 초국이 개나라일 리는 없지 않소? 귀국의 체면을 생각해서라도 나는 정문으로 들어가야겠소."

원계강은 안평중에게 욕을 보이려다가 오히려 호되게 망신을 당한 꼴이 되고 말았다. '개나라'란 얼마나 신랄한 독설인가. 섣불리 반격을 가하려다가는 또 무슨 수모를 당하게 될지 몰라 원계강은 꼼짝 못하고 안평중을 정문으로 모시고 들어왔다.

정문 안에 들어서니 유건(儒巾)을 쓴 수십 명의 유신(儒臣)들이 좌우에 나란히 도열해 있었다. 안평중은 그것도 무슨 술책인지 대번에 알아차렸다. 그러나 태연하게 그들에게 일일이 인사를 나누기를 잊지 않았다.

그리하여 중간쯤 왔을 때에 늙은 유신 하나가 안평중의 앞을 가로막고 나서며 묻는다.

"대인이 바로 제나라의 안평중 재상이시오?"

"그렇소이다. 대인은 뉘시오"

"본인은 이 나라의 중군참모(中軍參謀) 투자길(鬪子吉)이오. 안 대부에게 한 말씀 물어보고 싶은 말씀이 있소이다."

무엇인가 끈덕지게 물고늘어지려는 계략이 분명했다.

안평중은 상대방의 성이 투씨(鬪氏)라는 말을 듣는 순간, 문득 투백비(鬪伯比)라는 이름이 번개같이 머리에 떠올랐다.

아득한 그 옛날 초나라의 투백비라는 자가 제나라에 사신으로 왔던 일이 있는데, 그자가 얼마나 무례한 언사를 지껄였던지 당시의 태대부(太大夫)였던 관이오(管夷吾)가 참다못해 마침내 투백비를 때려죽이게 한 일이 있었다.

안평중은 그와 같은 과거지사가 머리에 떠올라 투자길에게 얼른 이렇게 물어 보았다.

"투씨라면 이 나라의 충신이었던 투백비 장군의 후예가 아니시오?"

그 말은 투자길의 가슴을 찌르는 비수와 같은 질문이었다. 왜냐하면 제나라에서 분사(憤死)한 투백비는 투자길의 직계 조상이었기 때문이다. 투자길은 그러잖아도 제나라에 철천지한을 품은 부모 원수를 갚는 셈치고 안평중을 골탕 먹일 계획이었는데, 오히려 상대편에서 아픈 상처에 칼을 찌르듯 선수를 치고 나오니 기가 질릴 수밖에 없었다. 그러나 투자길은 얼굴을 붉으락푸르락 하면서도 끝까지 물고 늘어지려는 듯,

"이런 자리에서 남의 집 족보는 무엇 때문에 캐려고 하오? 내가 물어 보고 싶은 말이 있으니 그 말이나 들어 주시오."

하고 나온다.

안평중은 아무 일도 없었던 것처럼 투자길의 얼굴을 웃는 낯으로 바라보며,

"아참, 나에게 물어 보고 싶은 말씀이 계시다고 하셨지요? 내가 깜박 잊어버리고 있었소. 무슨 말씀인지 어서 말씀해 보시오."

그야말로 어린애 다루듯 능소능대한 솜씨였다.

투자길은 그럴수록 화가 치밀어올라 거친 목소리로 씹어 뱉듯이 말한다.

"내가 알기로 제나라는 강태공이 후백으로 있었던 동방의 요충으로 병력도 진(秦)이나 초(楚)에 맞먹는 대국이라고 들었소. 더구나 제 환공(桓公)과 재상 관중이 재위 시에는 오패국(五霸國) 중에서도 가장 강대한 나라였소. 그런데 그로부터 수십 년이 지나는 동안 국력이 날로 피폐해 오다가 오늘날에는 형편없는 나라가 되어 버렸으니, 이는 현 군주 영공(靈公)이 환공만 못하고, 지금의 재상 안 대부가 지난날의 재상이었던 관중만 못한 증거가 아니고 무엇이겠소. 안 대부는 어찌하여 제나라의 영광된 전통을 계승해 나갈 생각은 하지 못하고 부질없이 일신상의 명리에만 급급하여 강대국의 노예가 되려고 우리나라를 찾아오셨소? 세상 사람들은 제나라의 재상 안평중 하면 마치 천하의 현사처럼 말하고 있지만 내가 보기에는 그야말로 아무 데도 쓸모없는 일개의 주유(侏儒)에 불과한 것 같으니, 거기에 대한 대답을 좀 들어 봅시다."

투자길은 안평중에게 수모를 주려고 모욕적인 언사를 주저 없이 퍼부었다. 그러나 안평중은 짐짓 미소를 지어가며 투자길을 점잖게 꾸짖는다.

"언사에는 반드시 예의가 따라야 하는 법이오. 그대는 불학무식하게도 어쩌면 무례한 말을 함부로 지껄이시오. 만약 어떤 고관이 그런 말을 씨부렸다면 이 안평중은 결단코 용서를 아니 했을 것이오. 그러나 일개 중군참모에 불과한 그대의 말을 탓한다면 나 역시 소인배가 되어 버리고 말 것이므로, 모든 것은 불문에 부쳐 버리기로 하겠소. 그러나 열국간의 대세추이(大勢推移)에 대해서는 계몽하고 싶은 말이 있으니 내 말을 잘 들어 보오."

그리고 안평중은 잠시 뜸을 들였다가 다시 입을 열어 말한다.

"시무(時務)를 아는 자를 준걸(俊傑)이라 하고, 기변(機變)에 통한 자를 영호(英豪)라고 하오. 종주국인 주(周)나라가 멀리 동방으로 천도를 해버리자 열국 제후들은 중원의 패권을 번갈아 가며 장악하고 있는데, 이는 누구도 어쩔 수 없는 시운인 것이오. 제나라는 군신천운(君臣天運)의 성쇠(盛衰)를 알고, 시무의 기변에 통달한 까닭에 이번에도 인근 제국과 교분을 두텁게 하려고 찾아온 길인데, 그것을 어찌하여 어리석게도 노예적인 행위라고 생각하시오?"

비록 체구는 왜소해도 구변만은 도도한 열변이었다. 투자길은 안평중의 기합에 눌려 아무 소리도 못하고 얼굴만 붉힌다. 그러자 이번에는 반대편에 서 있던 유신이 한 걸음 나서며 공박을 가해 온다.

"나는 안평중 하면 제나라에서는 군주 다음 가는 권력자로 알고 있는데, 재상까지 지내는 사람이 어쩌면 그처럼 인색한 졸때기시오?"

얼굴을 들어 보니 그는 초나라의 상군참모(上軍參謀) 굴건(屈建)이었다.

안평중은 웃으면서 말한다.

"굴 장군은 어찌하여 나를 인색한 사람이라고 말씀하시오."

"안 대부는 돈도 많겠지만 대국의 재상이 아니오. 일국의 재상이 외국에 사신으로 올 때에는 행차도 호화롭고 차림새도 화려해야 할 것이오. 그런데 안 대부는 행차도 초라하지만 지금 입고 있는 갑옷은 20년 전부터 입고 다니는 것이니 그보다 더 인색한 깍쟁이가 어디 있겠소."

사람을 힐뜯으려니까 별의별 소리가 다 나온다. 안평중은 얼굴을 쓰다듬으며 소리내어 웃었다.

"나는 초나라에 고맙다는 인사를 하러 왔을 뿐이지 장가를 들러 온 것도 아닌데 무슨 옷치장이 필요하오. 그도 그렇거니와 무릇 재상 정도 되는 사람이라면 백성들에게 검소한 기풍을 진작시키기 위해서라도 누구보다 청빈하게 살아야 하는 법이오. 이것을 어찌하여 인색하다고 말씀하시오?"

굴건이 말문이 막히자 이번에는 다른 사람이 조롱하듯 이렇게 말한다.

"그 옛날 은나라의 제왕이었던 성탕은 키가 9척에 힘도 만인력(萬人力)을 가지고 있는 명장이었소. 옛날의 명군달사(名君達士)들은 모두가 한결같이 체구가 괴위(魁偉)하고 기력이 웅대하여 대기(大器)가 되었던 것이오. 그런데 안 대부는 키가 다섯 자에도 미치지 못하고, 힘은 한 마리 닭의 힘에나 견줄 정도인데, 다만 변설 하나만이 능할 뿐이 아니오. 그러므로 설혹 흉중에 국가 경륜의 대계(大計)를 품고 있다 하더라도, 강대국의 재상으로는 뜻을 펴기가 대단히 어려우리라고 생각되오. 그 점을 어떻게 생각하시오?"

안평중의 체구가 왜소한 것을 비웃는 수작임은 말할 것도 없었다. 안평중이 빙그레 미소를 지어 보이며 대답한다.

"저울은 아무리 작아도 천 근의 무게를 달 수 있고, 삿대는 아무리 길어도 물에서만 쓸모 있는 것인데, 키가 작은 것이 무슨 상관이오. 귀국의 공자(公子)는 키가 열 자가 넘고 힘도 장사였건만 지난날 언릉대전(鄢陵大戰)에서 진(秦)에 생포되어 20여 년간이나 고생을 한 일도 있지 않았소. 키가 크고 작은 것이나 힘이 강하고 약하다는 따위는 생각할 필요조차 없는 일이오."

누구도 당해낼 수 없는 능변이었다.

마침 그때 문 밖에서 소란스러운 소리가 나더니 상군태대부(上軍太

大夫) 오사가 수레를 급히 몰아 형문 안으로 달려 들어오고 있었다. 태대부 오사가 형문으로 황급히 달려온 것은 지금 제나라의 사신 안평중이 형문 안에서 유신들에게 희롱을 당하고 있다는 소리를 들었기 때문이었다. 외국 사신에게 설마 그런 어리석은 짓이야 하랴 싶으면서도, 혹시나 하고 수레를 급히 몰아와 보니 과연 안평중은 수십 명의 유신들에게 둘러싸여서 우롱을 당하고 있는 중이 아닌가.

오사는 그 광경을 목격하는 순간 등골에 소름이 끼쳤다. 그리하여 자기도 모르게 유신들에게 벼락 같은 호통을 질렀다.

"이 불한당 놈들아! 존귀하신 손님에게 이 무슨 망발들이냐! 게 누구 없느냐? 이놈들을 모조리 끌어다가 당장 금부(禁府)에 가두어라."

추상 같은 일갈(一喝)이 떨어지자 유신들은 혼비백산하여 삽시간에 사방으로 줄행랑을 놓아 버린다.

오사는 미처 환영 인사를 나눌 정신도 없는 듯 안평중 앞에 두 손을 읍하고 머리를 거듭 숙여 보이며 정중하게 사과한다.

"원래(遠來)의 귀객에게 철없는 것들이 용서받기 어려운 죄를 범하여, 뭐라고 사과의 말씀을 드려야 좋을지 모르겠습니다. 몰지각한 것들은 어느 나라에나 있는 법이오니 안 대부께서는 너그럽게 양해해 주시옵소서."

안평중은 유쾌하게 웃으면서 오사의 손을 반갑게 붙잡는다.

"오늘은 평소에 사모해 오던 오 대부를 이렇게 만나 뵙게 되어 참으로 기쁩니다. 오 대부께서는 어리석은 무리들을 이끌고 초 대국(楚大國)을 다스려 나가시느라 노고가 대단하시리라는 것을 오늘에야 제 눈으로 보았습니다."

"고맙습니다. 과부 사정은 과부가 안다고 저의 고충을 안 대부께서 몰라주신다면 누가 알아주시겠습니까."

간담상조(肝膽相照)하는 안평중과 오사였다. 비록 소속되어 있는 나라는 달라도 저가 나를 알고 내가 저를 알아서, 대장부와 대장부의 참된 우정을 서로 간에 느낄 수 있었던 것이다.

안평중은 안동으로 초왕을 만나러 가며 오사에게 말한다.

"투보회에서 영윤(令胤)을 만나 본 일이 있는데, 오 대부께서는 참으로 훌륭한 아드님을 두셨습니다. 이번 기회에 영윤을 꼭 한번 만나 보고 싶습니다."

"과분하신 말씀. 그러잖아도 그 애가 집에 있으면 영접을 같이 나왔을 텐데 공교롭게도 지금 오국(吳國)에 여행 중이옵니다. 불일간 돌아올 예정이니 떠나시기 전에 돌아오면 꼭 찾아뵙도록 하겠습니다."

정담을 나누며 대궐로 들어오니 초왕 영공은 왕좌에 높이 앉아 안평중을 기다리고 있었다.

안평중이 어전에 부복하여 투보회 때의 사은사를 올리니 초왕은 고개를 끄덕이며,

"은혜를 잊지 않으셨다니 매우 신통하시오."

하며 어디까지나 거드름을 피운다. 안평중은 초왕의 거만에 비위가 거슬렸지만 여전히 웃는 낯으로,

"은혜는 어디까지나 은혜이온데, 군자(君子)가 어찌 은혜를 잊을 수 있으오리까. 오늘 대왕을 이렇게 찾아뵈러 온 것도 은혜를 잊지 않고 있기 때문입니다."

하고 말했다.

"하하하, 고맙소. 안 내부는 역시 사물을 명절하게 판단하시거든!"

오사는 초왕이 안평중에게 또 무슨 실언을 할지 몰라 불안스러워 견딜 수 없었다. 그리하여 한 자리 나앉으며,

"안 대부께서 원로에 오시느라고 수고가 많으셨습니다. 마침 다과

상이 준비된 모양이오니 대왕께서는 다과를 나누시면서 말씀하시옵소서."

"아 참, 그거 좋은 생각이오. 그러면 다과상을 곧 들여 오라 하시오."

초왕과 안평중이 다과상을 앞에 놓고 정면으로 마주 앉고, 오사가 그 옆에 배석하였다. 다과상에는 오만 가지 과실들이 즐비하게 놓여 있었다. 초왕은 그중에서 귤 한 개를 손수 집어 들더니 안평중에게 내밀어 주며 말한다.

"이것은 남방국인 우리나라에서만 나는 귤이라는 과실이오. 맛이 매우 좋으니 하나 들어 보시오."

안평중은 처음 보는 과실인지라 먹을 줄을 몰라서 껍질도 벗기지 않은 채 통째로 입에 넣고 깨물었다. 초왕은 그 광경을 보고 통쾌하게 웃으며 말한다.

"허허허, 어찌하여 귤을 껍질도 벗기지 아니하고 그냥 자시오?"

말할 것도 없이 안평중의 무식을 비웃어 주려는 계획적인 수작이었다. 그러나 안평중은 당황하는 빛을 추호도 보이지 아니하고 태연자약한 표정으로 이렇게 대답하였다.

"자고로 군왕(君王)께서 내려 주시는 과실은 껍질을 벗기지 않고 먹는 것이 예의인 줄로 알고 있사옵니다. 대왕께서 껍질을 벗겨 먹으라는 분부가 안 계셨기 때문에 그대로 먹은 것이옵니다."

임기응변(臨機應變)으로 둘러댄 대답이었지만 그 말 중에는 모든 책임을 상대방에게 둘러씌우는 역습의 뜻도 포함되어 있었다.

옆에서 보고 있던 오사는 안평중의 응구첩대(應口輒對)의 명답변에 혀를 내두르며 감탄한다. 초왕도 안평중의 능수능란한 말솜씨에 감탄의 고개를 끄덕이며,

"과인이 불민한 탓으로 귤을 껍질째 자시게 하여 미안하오."

마침 그때 어떤 무사가 포승으로 묶은 죄수 한 명을 끌고 어전에 나타나더니,

"대왕전에 아뢰오."

하고 말한다. 옆에 있던 오사가 그 광경을 보고 깜짝 놀라며 호통을 지른다.

"여기가 어디라고 죄수를 끌고 오느냐? 썩 물러가지 못할까."

그러나 초왕은 미리 약조가 있었으므로,

"내버려두시오. 그래, 무슨 일이냐?"

하고 무사에게 묻는다. 무사가 초왕에게 머리를 조아리며 아뢴다.

"대왕마마! 죄수를 한 놈 잡아왔사온데, 이놈을 어떻게 처분하오리까?"

"어디에서 온 놈이냐?"

"제나라 사람이옵니다."

안평중은 그 말을 듣는 순간, 모든 것은 자기에게 욕을 보이기 위한 술책임을 의심할 여지가 없었다. 옆에 있는 오사가 몹시 난감한지 무언중에 얼굴을 찌푸린다.

그러나 초왕은 시치미를 떼고,

"뭐야? 제나라 사람? 그자가 무슨 죄를 지었더냐?"

"남의 물건을 훔친 도둑놈이옵니다."

초왕은 안평중을 의미심장한 시선으로 건너다보며,

"제나라 사람들은 도둑질을 잘 하는 모양이지요?"

하고 농담 비슷이 물어 오는 것이 아닌가. 안평중도 농담 비슷이 웃으면서 대답한다.

"제가 듣사옵건대 남쪽 나라에서만 자라는 귤을 북쪽 나라에 옮겨다 심으면 귤이 아닌 탱자가 되어 버린다고 하옵니다. 말할 것도 없

이, 그것은 기후와 풍토가 다르기 때문일 것이옵니다. 제나라에는 도둑이 한 명도 없사온데, 제나라 사람이 이 나라에 와서 도둑질을 했다면 그것은 초와 제의 풍토가 다르기 때문이 아닌가 하옵니다."

초왕은 호되게 당하는 바람에 아무 소리도 못하고 입을 굳게 다물어 버린다.

오사는 이럴 수도 없고 저럴 수도 없어 안타깝기만 하였다. 안평중이 천하의 능변가임은 알고 있었지만, 설마 남의 나라 국가 원수에게 그토록 대담하게 반격을 가해 올 줄은 몰랐던 것이다.

초왕은 안평중의 능변에 손을 바짝 들었는지, 이윽고 차를 권하며 묻는다.

"귀국에는 안 대부와 같은 현사가 몇 분이나 계시오?"

안평중이 대답한다.

"우리나라 조정에는 공손유(公孫臾), 진수무(陳須無)처럼 주옥 같은 현인들이 이루 헤아릴 수 없을 정도로 많습니다. 그들에 비하면 저 같은 불초(不肖)는 말석에도 끼지 못하옵니다."

"그러면 어찌하여 공손유라는 사람을 사신으로 보내오지 않았소?"

안평중이 다시 대답한다.

"제나라에서 외국에 사신을 보낼 때에는 규정에 의하여 사람을 선정하기 때문에 부득이 제가 오게 된 것이옵니다."

"규정이라뇨? 어떤 규정 말이오?"

"제나라에서 현국(賢國)에 사신을 보낼 때에는 현신(賢臣)을 택하고, 불초지국(不肖之國)에 사신을 보낼 때에는 불초지신(不肖之臣)을 보내는 규정이 있사옵니다. 그런 까닭에 제가 오게 된 것이옵니다."

초왕은 그 말에, 마침내 손을 바짝 들고 말았다.

그리하여 크게 웃으면서 말한다.

"안 대부가 천하에 둘도 없는 능변가라기에 단단히 골려 줄 생각이었는데, 나의 재주로는 도저히 당해낼 재간이 없구려. 천하의 현자를 만나니 정말로 반갑고 기쁘오."

이리하여 초왕은 안평중을 어떤 손님보다도 융숭하게 대접하게 되었다.

초왕과 안평중이 환담을 나누고 있는 중에, 40세 가량 되어 보이는 장정 하나가 불쑥 나타나더니 초왕에게 품한다.

"대왕전에 아뢸 말씀이 있사옵니다."

초왕은 그 사나이를 보더니,

"아, 기질(棄疾)이냐? 마침 잘 왔다."

그러더니 안평중을 가리키며,

"이 어른은 제나라에서 사은사로 오신 안 대부이시다. 인사드려라. 이 사람은 나의 아우인데 이름을 기질이라고 하오."

하고 안평중에게 소개한다.

기질은 안평중에게 인사를 하는 둥 마는 둥 고개를 꾸벅해 보이고 나서,

"원로에 오시느라고 수고가 많으셨소이다. 다른 나라에서는 사은사를 진작 보내왔는데 제나라에서는 이제야 오셨으니 만시지탄(晩時之歎)이 없지 않소이다."

하고 비꼬아대는 것이 아닌가. 실로 무례하기 짝이 없는 언사였다. 보아하니 기질이라는 자는 얼굴도 흉악스럽게 생겼거니와 뒤통수에 반골(反骨)이 툭 튀어나와 가히 상대할 자가 못 되어 보였다.

안평중은 기질의 말을 묵살해 버린 채 자리에서 일어나며,

"대왕께서 정사에 바쁘신 모양이니 저는 이만 물러가겠습니다."

그러자 오사가 천만다행이라는 듯이 얼른 따라 일어서며,

"제가 안 대부를 숙소로 모시고 가겠습니다."

안평중은 오사와 함께 숙소로 돌아오며,

"지금 그 사람이 누구라고 하셨지요?"

하고 오사에게 캐어묻는다. 오사가 대답한다.

"대왕께서 무척 총애하시는 대왕의 서제(庶弟)입니다."

"지금 무슨 벼슬을 지내고 있는 사람입니까?"

"별다른 벼슬은 없고 다만 대왕께서 극진히 사랑하시는 까닭에 가끔 대왕 앞에 나타날 뿐이옵니다."

"내가 관상을 좀 보는데, 그 사람에게 권력을 맡겼다가는 언젠가는 반드시 배반을 당할 것입니다. 오 대부께서는 그 점을 각별히 주의하셔야 하실 것입니다."

"충고의 말씀 고맙습니다. 저 역시 그런 우려가 노상 없는 것은 아닙니다."

사실 안평중의 말대로 기질이라는 자는 성질이 횡포한데다가 야망이 많은 인물이어서, 오사는 진작부터 그를 은근히 경계해 오고 있었다.

숙소에 돌아와 한동안 환담을 나누다가 오사를 돌려보내고 잠시 쉬고 있는데, 천만뜻밖에도 오자서가 예물을 가지고 찾아왔다.

"오나라에 여행 중이라던 오 장군이 이게 웬일이오? 그러잖아도 이번 길에 오 장군만은 꼭 만나보고 싶었소."

"지금 막 여행에서 돌아오는 길이온데, 안 대부께서 오셨다는 말씀을 듣고 선 자리로 달려왔습니다."

오자서는 방안에 들어와 머리를 조아려 큰절을 올린다. 안평중은 오자서에게 투보회 때의 탁월했던 지략을 진심으로 치하해 주고 나서,

"오나라에 다녀오셨다고 하는데, 지금 그쪽 정세는 어떻게 돌아가

고 있습디까?"

하고 물어 보았다.

"지금 오나라와 월나라는 이웃 간이면서도 원수처럼 등이 져서, 두 나라 사이에서 전쟁이 언제 일어날지 모르는 형편이었습니다."

"음, 그쪽은 그쪽대로 분쟁이 계속되고 있으니, 도대체 2백여 년간이나 계속되어 온 천하의 분쟁이 언제나 끝나려는지 모르겠구려."

"안 대부께서 그러하시니 말씀인데 제가 보기에 열국간의 각축전은 아직도 1, 2백 년은 더 지속될 것 같사옵니다."

"그 생각에는 나도 동감이오. 어느 한 나라가 온 천하를 통일할 만큼 세력이 두드러지게 강해야만 전쟁이 끝나는 법이지요. 열국 세력이 모두들 힘이 비슷한데다가 천하를 통일해 보겠다는 야망만은 저마다 가지고 있으니 전쟁이 오래 지속될 수밖에 없을 게요. 나는 이미 늙었지만 오 장군은 전도가 양양하니 천하정세를 잘 관망하여 대사를 도모해 보도록 하시오. 천하통일이라는 것도 결국은 사람이 해야 할 일이 아니겠소."

피차간에 국적이 다르고 이해는 상반되어도 천하대세를 관조하는 점에 있어서는 의기가 상통하는 그들이었다.

"과분하신 말씀, 명심하여 받들도록 노력해 보겠습니다."

오자서는 거기까지 말하다가 문득 생각난 듯이,

"참, 제가 없는 동안 귀국의 병법가이신 손무라는 분이 저의 집에 다녀가신 모양인데, 혹시 안 대부께서는 그분을 알고 계십니까?"

"알다뿐이오. 나하고는 망년지우(忘年之友)인걸. 그 사람이 초나라의 고전장을 현지답사하기 위해 초나라에 온다는 말은 들었지만 어느새 다녀갔던가요?"

"제가 없는 사이에 저의 집에까지 다녀가신 모양입니다. 제가 평소에 꼭 만나 뵙고 싶던 분인데 못 만나 뵙게 되어 얼마나 애석한지 모르겠습니다."

"손무가 아직 나이는 젊어도 병법 연구에 있어서는 당대의 일인자일 게요. 일전에도 노상에서 우연히 만나 잠시 병법 이야기를 나눈 일이 있었는데, 그 사람의 병법 이론을 들어보면 깜짝 놀랄 일이 한두 가지가 아니라오. 만약 손무와 오 장군이 손을 마주 잡는다면 어떤 큰 일이라도 능히 해낼 수 있을 것이오."

안평중이 손무와 오자서를 동시에 추켜올리는 데는 나름대로 여러 가지 의도가 포함되어 있었다. 제나라에는 손무같이 우수한 병법가가 있다는 것을 과시함으로써 초로 하여금 제를 함부로 넘겨다보지 못하게 하는 동시에, 오자서의 환심을 사두는 것도 제를 위해 유익하다고 생각되었기 때문이다.

오자서가 고개를 들며 말한다.

"안 대부 전에 어려운 부탁이 하나 있사옵니다."

안평중이 웃으면서 오자서에게 말한다.

"오 장군같이 지략이 풍부하신 분이 나 같은 늙은이에게 무슨 부탁이 있다는 말씀이오?"

오자서가 비록 나이는 어려도 그의 지략이 대단한 것을 알고 있는 까닭에 안평중은 그의 인격을 어디까지나 존중해 주었다.

"안 대부께서는 철없는 저에게 어찌 그런 말씀까지 하시옵니까."

오자서는 치하의 말에 고개를 정중하게 숙여 보이고 나서,

"실은 제가 평소부터 손무라는 분을 꼭 한번 만나 뵙고 싶었습니다. 그분도 저를 어떻게 보셨는지 집에까지 찾아오신 적이 있다하니, 저로서는 답례의 뜻에서라도 그분을 찾아뵙지 않을 수 없는 형편입니다. 안 대부께서 이번에 귀국하실 때에 저에게 동행할 수 있는 영광을

베풀어주시면 그보다 더 고마운 일은 없겠습니다."

안평중은 그 말을 듣고 무릎을 칠 듯이 감탄하며 말한다.

"미래는 언제든지 젊은이들의 것이오. 두 젊은이는 피차간에 일면식도 없으면서도 간담(肝膽)이 상조(相照)하고 의기(意氣)가 상투(相投)하여 마치 애인과 같은 사모의 정을 느끼고 있는 모양이니, 이는 천하대세를 위해서도 크게 경하해야 마땅한 일이오. 오 장군과 손무가 상호간에 그처럼 흠모하고 있다니 이번에 나와 함께 그 사람을 만나러 가십시다."

"안 대부께서 쾌히 승낙해 주시니 이보다 더 고마운 일이 없사옵니다."

오자서는 머리를 조아리며 고마워하였다. 안평중이 통쾌하게 웃으며 말한다.

"무슨 말씀을……. 제와 초가 비록 국가가 다르다고는 하지만 눈을 크게 떠보면 모두가 일우(一宇)인 한핏줄이 아니오. 그럼에도 소리소욕(小利小慾)에 얽매어 나부터도 아옹다옹 싸움만 일삼고 있으니 생각하면 한심스럽기 짝이 없는 일이오. 이제 만약 병법에 투철한 제나라의 손무와 지략이 비상한 초나라의 오자서, 두 젊은이가 종래의 편협한 관념에서 벗어나 손을 마주 잡는다면 이는 진실로 경천동지(驚天動地)의 경사가 아니고 뭐겠소."

안평중은 체구는 비록 다섯 자도 못 되게 왜소하여도, 그 기상만은 중원대륙을 뒤덮고도 남을 만큼 호기로웠다.

오사서는 안병승의 말을 듣고 눈앞에 가려 있던 검은 구름이 일시에 걷혀 버리는 것 같은 상쾌함을 느꼈다.

"안 대부의 말씀을 듣고, 많은 것을 배웠습니다."

안평중은 손을 휙휙 내저으며,

"오 장군답지 않게 무슨 그런 말씀을 하시오. 나 같은 늙은이한테서는 아무것도 배울 것이 없으니, 어서 손무를 만나러 길을 떠날 준비나 하시오."

이리하여 오자서는 안평중과 함께 제나라로 손무를 만나러 떠나게 되었다.

그로부터 며칠 후, 안평중은 오자서를 제나라로 데리고 오며 손무를 이렇게 칭찬하였다.

"손무가 일전에 '백 번 싸워 백 번 이겨도 선지선(善之善)이라고는 말할 수 없다. 싸우지도 아니 하고 적을 굴복시켜야만 선지선이라고 할 수 있는 것이다' 라고 말한 일이 있었는데, 그런 말은 천고의 명언일 것이오."

오자서도 그 말에는 탄복을 마지않으며,

"과연 명언 중의 명언입니다. 우리 같은 범인들이야 싸워서 이기는 것만을 능사로 삼았지, 싸우지도 아니 하고 이기는 것까지야 어찌 생각인들 해보았겠습니까."

그 모양으로 오자서는 자기도 모르는 사이에 손무를 점점 존경하게 되었다.

안평중은 오자서를 집으로 데리고 와서 손무를 곧 만나게 해주었다. 오자서는 손무에게 큰절을 올리며 말한다.

"선생을 만나 뵙게 되어 진실로 영광스럽습니다."

손무는 오자서의 손을 황망히 잡아 일으키며,

"오 장군께서는 천하의 표랑객에게 이 무슨 과분한 말씀을 하시오. 저야말로 오 장군을 한번 만나보고 싶었는데, 원로에 이처럼 찾아 주시니 기쁘기 한량없소이다."

초면이면서도 백년지기(百年知己)와 같은 그들이었다. 수인사가 끝나자 안평중은 자리를 비켜 주며 말한다.

"오래 흠모해 오던 두 애인이 이제야 만났으니 흉금을 털어놓고 사랑을 마음껏 나눠 보도록 하오, 하하하."

오자서는 손무와 단둘이 있게 되자 오히려 어색한 기분이었다. 그러하여 흉금을 털어놓는 심정으로 이렇게 말했다.

"지금부터 8, 9년 전에 선생은 천주산(天柱山)에서 여자 간첩을 붙잡아 놓고, '너는 초나라의 오자서가 보낸 간첩이 분명하다'고 단정하신 일이 있었는데, 선생은 그 일을 지금도 기억하고 계십니까?"

"그 시절에 여자를 간첩으로 이용한다는 것은 기발하기 짝이 없는 착상이었지요. 그런 기발한 착상은 오 장군처럼 재기발랄한 사람이 아니고서는 해낼 재간이 없지 않겠습니까. 그래서 그런 단정을 내렸던 것이오."

"저는 여자 간첩한테서 그 말을 전해 듣고 까무러칠 듯이 놀랐습니다. 선생은 도대체 저라는 사람을 언제부터 알고 계셨기에 그런 단정을 내리셨습니까?"

"병법을 연구하다 보니, 각국 장수들의 성격과 수완에 대해서도 관심을 아니 가질 수가 없게 되더군요. 오 장군의 이름도 그런 연유로 알게 되었지요."

"그때까지만 해도 저는 선생을 전연 모르고 있었는데, 선생은 저를 알고 계셨으니, 선생이야말로 무섭기 짝이 없는 분이십니다. 하하하."

"하하하……. 그러나 정작 만나 보시니 아무것도 아닌 사람이지요?"

두 사람은 마음을 허락하는 뜻으로 통쾌하게 웃었다.

오자서가 손무에게 말한다.

"여러 해를 두고 선생을 사모해 오다가 오늘에야 만나 뵙게 되었으니, 이제부터는 선생에게 많은 것을 배우고 싶습니다. 부디 버리지 말아 주시옵소서."

손무가 웃으면서 대답한다.

"오 장군은 초나라를 주름잡는 천하의 모사요. 나는 세상을 등지고 살아가는 일개의 표랑객일 뿐이오. 내가 오 장군에게 무엇을 가르칠 수 있겠소. 다만 세상이 난세여서 사람다운 사람이 몹시 귀하게 되었으니, 우리 두 사람만이라도 마음을 터놓고 친구가 되어 봅시다."

"고마우신 말씀, 명심하겠습니다."

오자서는 거기까지 말하다가 문득 생각난 듯이,

"참, 선생은 '백 번 싸워서 백 번 이겨도 선지선이라고 말할 수 없고, 싸우지 아니하고 이겨야만 선지선이라고 말할 수 있다'라고 말씀하셨다는데, 저는 안 대부한테서 그 말씀을 듣고 커다란 감명을 받았습니다."

그러자 손무는 소리를 내어 웃으며,

"그것은 다른 사람 아닌 오 장군한테서 배운 철리(哲理)라오."

"옛? 저한테서 배운다뇨? 그게 무슨 말씀입니까?"

오자서는 어리둥절한 표정으로 반문할 수밖에 없었다.

손무는 여전히 웃으면서,

"오 장군은 진(秦)나라의 투보회 석상에서 칼 한번 쓰지 아니하고 진왕(秦王)의 흉계를 분쇄해 버린 일이 있지 않았소? 나는 안 대부한테서 그때의 얘기를 듣고, 그런 철리를 깨닫게 되었던 것이오. 오 장군은 무의식중에 싸우지도 아니 하고 적을 이겨내셨는데, 나는 다만 그것을 이론적으로 전개했을 뿐이니 선생은 내가 아니라 오 장군 자신이란 말씀이오."

오자서는 그 말을 듣고 크게 기뻐하였다.

"나는 무심중에 그런 행동을 취했을 뿐인데 선생은 나의 무심한 행동에서 병법의 최고의 진리를 발견해 내셨소. 역시 손 선생은 대가이십니다."

"나는 오 장군을 대가로 알고 있는데, 오 장군은 나를 대가로 여기시니 이 또한 즐거운 일이 아닐 수 없구려, 하하하."

오자서는 손무와 함께 한바탕 유쾌하게 웃다가 문득 눈을 들어 보니 바람벽에 다음과 같은 글이 써 있었다.

아침의 기는 날카롭고, 낮의 기는 권태롭고, 저녁의 기는 끝난다. 그러므로 용병을 잘하는 자는 그 날카로움을 피하고 그 권태로움을 쳐야 한다(朝氣銳 晝氣惰 暮氣歸 故善用兵者 避其銳利 擊其惰氣).

『손자병법』「군쟁편(軍爭篇)」

오자서는 이상의 글을 읽어보고는 거듭 감탄하면서 말한다.

"선생은 병법을 자연의 운행에 따라서 연구하시는 모양이니 참으로 놀랍습니다. 선생이 저술하신 병서를 저에게도 좀 보여 줄 수 있겠습니까?"

"아직도 쓰고 있는 중에 있으니 완성되거든 보여드리기로 하고 오늘은 술이나 마십시다."

두 사람은 모든 것을 잊어버리고 술잔을 나누었다. 진실로 간담상조하는 그들이었다.

기질의 찬역(簒逆)

투보회에 참석했던 열국 제후들이 모두들 초왕에게 사은사를 보내왔는데 유독 약소국가인 진(陳)과 채(蔡)만은 끝내 보내오지 않았다. 투보회 사건이 있은 이후로 극도로 교만해진 초왕은 진과 채의 무성의에 크게 분노하였다.

"그놈들은 투보회 때에 꼼짝 못하고 죽게 된 것을 내가 살려 주었는데, 그 은혜를 배반하고 사은사도 보내오지 않는구나. 그런 놈들을 그냥 내버려 둘 수는 없는 일이다. 차제에 군사를 일으켜 그놈들을 아예 멸망시켜 버리리라."

대부 오사가 크게 걱정하며 간한다.

"대왕의 위엄은 지금 천하에 떨치고 있사옵니다. 우리가 만약 투보회 때에 열국 제후들과 맺은 동맹을 무시하고 아무런 명분도 없이 약소국가들을 함부로 유린하면 후일에 반드시 화가 미칠 것이므로 군사를 일으켜서는 절대로 아니 되옵니다."

그러나 교만심이 극에 달한 초왕은 그 말을 듣지 않고, 서제(庶弟)

인 기질(棄疾)에게 군사 5만을 내주면서 이렇게 명했다.

"그대는 먼저 진나라를 쳐부수고, 다음에는 채나라를 쳐 없애도록 하라. 두 나라를 모두 정복해 버리면 그때에는 그대를 그곳의 후백(侯伯)에 봉하리라."

대부 오사는 자신의 간언이 용납되지 아니하자 그날부터 병을 빙자하고 정청(政廳)에 나가지 아니하였다. 야망가인 기질은 초왕에게서 뜻하지 않았던 행운의 명령을 받자 원엄(遠掩)을 부장(副將)으로 삼아 5만 군사를 이끌고 용약(勇躍) 진나라로 쳐들어갔다.

그 당시 진나라 애공(哀公)은 중병으로 자리보전하고 누워 있었다. 그리하여 태부(太夫) 추호(秋胡)를 병상에 불러서,

"내가 죽거든 맏아들 언사(偃師)에게 왕위를 계승시켜서, 태부가 새 군주를 끝까지 보필해 주도록 하오."

하고 간곡히 부탁하였다. 애공에게는 규초(嬀招), 규과(嬀過)의 두 아우가 있었다. 두 형제는 애공의 유언을 전해 듣고 크게 불만스러워 형 규초가 아우 규과를 불러 이런 모의를 하였다.

"주군은 며칠 안으로 죽을 터인데, 형이 죽은 뒤에 조카 언사가 주군의 자리에 오르면 우리들은 뭐란 말이냐? 차라리 이 기회에 조카 언사를 죽여 버리고 우리가 그 자리를 차지하면 어떻겠느냐?"

아우 규과가 고개를 가로 저으며 말한다.

"저도 형님 말씀에 굳이 반대할 생각은 없습니다. 그러나 태부 추호가 언사를 보필하고 있어 죽이기가 그리 쉬운 일이 아닐 것이오."

"그렇다고 해서 조카를 군주의 자리에 올려놓고 그 밑에서 굽실거리며 살아갈 수는 없는 일 아니냐?"

"그도 그렇기는 하지만……."

동생 규과는 고개를 가로 저으며 잠시 궁리에 잠겨 있다가 문득 얼

굴을 힘 있게 들며 말한다.

"형님! 좋은 수가 있소. 이렇게 하면 어떻겠소?"

권력에 눈이 어두워진 규초는 '좋은 수가 있다'는 아우의 말에 눈이 번쩍 뜨이는 것만 같았다.

"좋은 수라니? 무슨 수가 있다는 말이냐? 어서 말해 보아라."

규과가 대답한다.

"지금 초나라의 왕제(王弟) 기질이 5만 군사를 이끌고 우리나라를 쳐들어오고 있는 중인데, 우리가 국내에서 그들과 내통을 하면 언사 하나쯤 죽여 버리기는 어려운 일이 아닐 것이오."

"그거 참 좋은 계책이다. 그러나 그들과 내통하여 언사를 죽여도 군위(君位)를 우리한테 물려주지 않는다면 큰일이 아니냐?"

"그것은 기질에게 사전에 언약을 받아 놓으면 될 게 아니오."

"음, 그러면 네가 기질을 만나 그런 언약을 받아 올 수 있겠느냐?"

"기질을 내가 만나보고 오도록 하리다."

욕심이 앞서면 사리판단에 눈이 어두워지는 법이어서 규과는 형을 위해서가 아니라 자기 자신이 군주가 되어 보려는 속셈에서 비밀리에 적진 속으로 기질을 찾아 들어갔다.

규과가 마음속 비밀을 모두 털어놓으니, 기질은 속으로 코웃음을 치지 않을 수 없었다. 그도 그럴 것이 정작 진나라의 군위는 자기 자신이 노리고 있었기 때문이다.

솔직히 말해 규초나 규과 따위는 경쟁 상대가 되지 않았다. 그러나 기질은 신중을 기하려고 모사(謀士) 관종(觀從)을 따로 불러 그 일을 논의하였다.

모사 관종이 대답한다.

"하늘이 우리를 돕기 위해 규과라는 자를 우리에게 보내 주신 것이옵니다. 우리는 목적을 달성하기 위해 그자를 끝까지 이용해야 합니다."

"그러나 군위를 준다는 약속까지 해놓으면 후일에 곤란한 일이 생길 게 아니오."

"언사만 죽여 없애면, 그때부터는 모든 일이 우리의 마음대로 될 터인데 무슨 걱정이십니까."

기질은 그 말에 크게 기뻐하며 규과를 다시 만나 이렇게 말했다.

"모든 것은 뜻대로 이루어 줄 테니 그대들 형제는 모든 성문을 활짝 열어 우리 군사를 반갑게 맞아들이는 동시에 군사를 일으켜 진 애공과 그의 아들 언사를 그대들의 손으로 살해해 버리라."

규초와 규과 형제는 그 말을 그대로 믿고, 그로부터 며칠 후에 모든 성문을 활짝 열어 초군을 반갑게 맞아들이는 동시에 병중에 있는 진 애공과 조카 언사를 죽였다. 수백 년을 누려 오던 진나라가 일조에 멸망을 하고 만 것이었다.

규초와 규과 형제는 형과 조카를 죽이고 나자 이번에는 제각기 군주가 되려고 앞을 다투어 초장 기질을 찾아갔다.

"진왕 부자를 우리 손으로 죽였으니, 이제는 약속대로 군위를 우리에게 물려주십시오."

그러나 그것은 호랑이한테 날고기를 뵈는 것과 마찬가지로 허무맹랑하기 짝이 없는 수작이었다. 기질은 애시당초 규초나 규과 따위에게 군위를 넘겨 줄 생각은 꿈에도 없었다. 그러나 그는 시치미를 떼고 그들에게 이렇게 말했다.

"군주의 자리는 하나밖에 없는데 형제가 서로 군주가 되겠다고 하니 군위를 누구에게 물려주는 것이 좋을지 모르겠구려."

그러자 형제는 제각기 군주가 되겠다고 핏대를 올려가며 입씨름을 하기 시작하였다. 규초는 대사를 발론(發論)한 장본인인 만큼 군위는 마땅히 자신이 물려받아야 한다고 주장하였고, 아우 규과는 기질에게서 언약을 받아온 사람이 자신이니 군위를 물려받아야 할 사람은 자신이라고 고집하는 것이었다.

그들은 오르지도 못할 자리를 앞에 놓고 결사적으로 싸우고 있었던 것이다. 기질은 그들의 싸움을 구경만 하고 있다가 빙그레 미소를 지으며,

"형제간에 제각기 일리(一理)가 있어서 나로서는 판단하기가 어려우니, 우리의 모사 관종의 의사를 들어 결정하기로 합시다."

하고 관종을 불러 물어 보았다.

관종이 펄쩍 뛸 듯이 놀라며 말한다.

"저자들은 나라를 팔아먹은 매국노이옵니다. 저자들 같은 불충지도(不忠之徒)를 왕으로 받들어 모시다니 그게 무슨 당치 않은 말씀이옵니까? 저런 놈들은 마땅히 목을 베어 세상 사람들에게 경계를 삼아야 하옵니다."

말할 것도 없이 그것은 미리 짜놓은 각본이었다. 기질은 그 말에 깨달은 바가 있는 듯 고개를 크게 끄덕이더니,

"모사의 말씀을 들어 보니 과연 그러하구려. 여봐라! 저놈들을 당장 거리로 끌어내어 만인이 중시하는 가운데서 효수형에 처하도록 하라!"

하고 추상 같은 호령을 내렸다.

이리하여 군주가 되려고 나라를 배반한 규초와 규과는 형장의 이슬로 사라져 버렸으니, 그들의 비참한 운명이야말로 자업자득(自業自得)이요, 자작지얼(自作之孽)이었다. 그리하여 진은 나라가 망했을 뿐만 아니라 왕가의 종친들조차 모두 살해된 셈이었다. 나라가 망할 때는

종친뿐만이 아니라 중신들 간에도 반드시 비극이 따르게 마련이다.

진의 태부 추호에게도 웃지 못할 비극이 있었다. 진 애왕과 태자 언사가 규초와 규과의 손에 한꺼번에 죽어 버리자 태부 추호는 신변에 위험이 느껴져 자기 고향으로 도망을 가려고 성문을 비밀리에 빠져 나왔다.

추호는 본시 노나라 사람이었는데 결혼한 지 닷새 만에 어머니와 신부를 고국에 내버려 둔 채 단신으로 진나라에 와서 벼슬을 얻어 태부라는 재상의 자리에까지 오른 인물이었다. 말하자면 추호는 부귀와 영화를 누리기 위해 어머니와 아내조차 돌아보지 않은 것이다. 진나라가 망국의 길에 접어든 것도 따지고 보면 그토록 신의 없는 사람을 재상으로 등용했기 때문이었는지도 모른다.

나라가 망했을 때에는 재상으로 있던 자는 도의적 책임을 지고 자살이라도 해야 옳은 일이다. 그러나 진나라의 재상을 지낸 추호는 나라가 망하자 자기 목숨만 건지려고 고국 노나라로 도망을 치기 시작하였다.

국경을 넘어 노나라로 들어와 얼마를 걸어오다 보니, 때마침 한길가 뽕나무밭에서 젊은 여인이 뽕을 따고 있었다. 무심코 바라보니 나이가 서른이 되었을까 말까한 천하절색의 여인이었다.

추호는 여인의 얼굴을 보자 불같은 욕정이 솟구쳐 올랐다. 게다가 주위에는 아무도 보는 사람이 없지 않은가.

"나는 이웃나라에서 재상 벼슬을 지내던 사람이오. 부인의 얼굴이 하도 아름다워 이 자리를 떠날 수가 없구려. 나와 함께 이야기라도 좀 나눠 보기로 합시다."

그러나 여인은 들은 체도 아니 하고 뽕만 따고 있었다.

추호는 하도 몸이 달아올라 호주머니에서 금덩어리 한 개를 꺼내 여인에게 건네 주며 이렇게 말했다.

"부인! 농사를 짓는 것은 곡식을 얻기 위함이고, 뽕을 따는 것은 비단을 얻기 위함이 아니오. 진종일 뽕을 따 보았자 몇 광주리밖에 못 딸 터이니, 이 금덩이를 받고 재상인 나와 가까이 하는 것이 이득일 것이오."

추호는 본시 구변이 좋은 사람인지라 여인을 꾀는 수작이 제법 그럴 듯하였다. 그러나 여인은 여전히 뽕을 따면서 단호한 어조로 대답한다.

"뽕을 따서 비단을 짜고 부지런히 일해 시어머니를 받드는 것은 여자의 본분입니다. 저는 남편이 있는 몸인데, 재상을 지내셨다는 분이 어찌 남의 집 유부녀를 농락하려 하시옵니까? 두 말씀 마시고 빨리 이곳을 떠나 주시옵소서."

추호는 낙심천만하며 그 자리를 떠나는 수밖에 없었다. 이윽고 집에 돌아오니, 노모가 아들을 눈물로 맞이하며 말한다.

"네가 결혼한 지 닷새 만에 새색시를 내버려 둔 채 진나라에 가서 벼슬길에 오른 지 어언 10년이 넘었다. 집에 돌아오기가 왜 이다지도 늦었느냐?"

"죄송합니다, 어머니. 그동안 고생이 얼마나 많으셨습니까?"

"네 처가 누에를 쳐서 비단을 짜 가지고 돈을 많이 벌어들인 덕택에 나는 고생을 모르고 편하게 살아왔다. 우리 며느리같이 효성이 극진한 여자는 하늘 아래 둘도 없을 게다."

"그 사람은 지금 어디 가고 집에 없습니까?"

"뽕을 따러 갔으니 곧 돌아올 게다. 일구월심으로 너를 기다리고 있었으니 오늘은 얼마나 기뻐하겠느냐."

마침 그때, 젊은 여인이 머리에 뽕 광주리를 이고 대문 안으로 들어서는데 보니, 조금 전에 뽕나무밭에서 자기가 음흉한 수작을 걸었던 바로 그 여인이 아닌가.

'아니, 추잡스러운 저 남자가 웬일로 우리 집에까지?'

여인도 추호의 얼굴을 보고 소스라치게 놀라는 눈치였다. 그도 그럴 것이 결혼한 지 닷새 만에 10여 년이나 헤어져 있어 여인은 남편의 얼굴을 알아보지 못했던 것이다.

노모는 그런 내막도 모르고 며느리를 반갑게 맞아들이며 말한다.

"아가! 네가 오매불망으로 보고 싶어하던 네 남편이 이제야 돌아왔다. 어서 반갑게 맞아라."

여인은 그 소리에 또 한번 소스라치게 놀랐다. 그러다가 다음 순간, 얼굴에 분노의 빛이 충만해지더니 냉철한 어조로 남편을 이렇게 꾸짖는 것이었다.

"내 남편이 설마 당신 같은 더러운 사람일 줄은 몰랐소. 당신은 결혼한 지 닷새 만에 어머니와 나를 버리고 집을 나갔던 사람이오. 이제 10년 만에 집에 돌아오다가 뽕밭에서 외간 여인에게 눈이 어두워 어머니를 봉양해야 할 돈으로 남의 집 유부녀를 꾀려고 했으니, 그보다 더한 불효는 없을 것이오. 게다가 색을 좋아하여 행실이 더러우니 그것은 불의에 해당하는 일이오. 부모에게 불효하고, 불의를 밥 먹듯이 저지르는 사람이 임금님에겐들 어찌 충성스러울 수가 있었을 것이오. 당신 같은 사람을 남편으로 둔 것이 부끄러워 살 수 없으니, 당신은 다른 여자를 얻어 살도록 하시오. 나는 오늘로서 이 집을 나가오."

여인은 그 한 마디를 남기고 뒷문으로 달려나가 스스로 강물에 몸을 던져 자살을 해버렸다.

추호는 그제야 자신의 잘못을 크게 뉘우치며 아내의 시체를 거두어 정중하게 장사 지내 주었다. 그리고 다시는 벼슬을 탐내지 않았다. 그

후 노나라 사람들은 그 여인의 거룩한 행실에 크게 감동하여 강가에 '결부사(潔婦祠)'라는 사당을 지어 놓고 해마다 춘추(春秋)로 제사를 지내 주었다.

한편, 진을 정복하고 난 기질은 채를 토벌하기 위해 군사를 이동시켰다. 그러자 모사 관종이 말한다.

"진나라는 내부 반란으로 쉽게 정벌할 수 있었습니다. 그러나 채는 상하가 모두 단합되어 있는데다가 방위력도 만만치 않아 섣불리 건드렸다가는 큰일납니다."

그러나 기질은 고개를 좌우로 흔든다.

"채나라까지 정복해야만 내가 제후가 될 수 있을 게 아니오? 조그만 나라가 강하면 얼마나 강하겠소. 내친 김에 쳐들어갑시다."

"우리 군사가 5만뿐인데 채의 군사는 정병이 6만이 넘으니, 무력으로 정복하려다가는 반드시 실패합니다. 그러니 계교를 써서 정복해야 합니다."

"어떤 계교 말이오?"

"채나라 군주를 사로잡아 버리면 싸우지 않고도 정복할 수 있을 게 아니옵니까?"

"채나라 군주를 무슨 재주로 사로잡을 수 있겠소?"

"……."

한동안 깊은 생각에 잠겨 있던 관종이 문득 고개를 들며 말한다.

"제가 단신으로 채나라에 들어가 채왕을 직접 만나 보도록 하겠습니다."

기질은 그럴수록 궁금하여,

"채나라 군주를 만나 어떻게 하겠다는 것이오?"

관종이 대답한다.

"채나라에서 사은사를 보내오지 않았기 때문에 초왕이 매우 노여워하고 계시니 장화대로 찾아가 노여움을 풀어드리라고 하면, 채나라 군주는 반드시 저를 따라나설 것입니다. 장군께서는 도중에 군사를 매복시켜 두셨다가 채나라 군주를 사로잡도록 하시옵소서."

기질은 그 말을 듣고 크게 기뻐하였다.

"그거 참 명안이오. 그러면 채나라로 속히 떠나도록 하오."

관종은 그날로 채나라 군주 영후(靈侯)를 찾아가 만났다.

채 영후가 관종에게 묻는다.

"대인은 무슨 일로 오셨소?"

관종이 대답한다.

"열국 제후들이 투보회 때의 일로 모두들 초나라에 사은사를 보내왔사온데, 진(陳)과 채만이 사은사를 보내오지 않아 초왕께서 몹시 노여워하고 계시옵니다. 그리하여 기질 장군으로 하여금 진·채의 두 나라를 섬멸시켜 버리라는 엄명을 내리셨습니다. 기질 장군은 진을 수일 전에 섬멸시켜 버렸고, 이제는 채나라를 섬멸시킬 차례입니다. 그러나 귀국하고는 옛날부터 친분이 두터웠던 관계로 차마 병마(兵馬)로서 유린할 생각이 없으니 채왕께서는 지금 곧 장화대로 초왕을 찾아뵙고 사과의 말씀을 올리십시오. 그러면 채국은 패망을 면할 수가 있을 것이옵니다. 사직(社稷)의 존망이 달려 있는 중대사이오니 깊이 살피시옵소서."

채 영후는 그 말을 듣고 크게 걱정스러워, 곧 대부 채유(蔡洧)를 불러 물어 본다.

"관종이 나더러 장화대로 초왕을 만나러 가자고 하는데 이 일을 어찌했으면 좋겠소?"

채유가 대답한다.

기질의 찬역(篡逆) 179

"초나라 사람들은 옛날부터 거짓이 많기로 소문이 나 있습니다. 더구나 관종은 꾀가 많은 사람이어서 무슨 술책을 쓰고 있을지 모르오니 주군께서는 절대 따라가셔서는 아니 되옵니다."

"내가 초왕에게 사과하러 가지 않으면 기질이 군사를 이끌고 쳐들어온다고 하니 그것도 큰일이 아니오?"

"성문을 굳게 닫아 놓고 총력을 기울여 지키면 기질의 군사가 아무리 쳐들어와도 겁낼 것이 없사옵니다."

그러나 채 영후는 본디 겁이 많은 사람인지라 관종의 엄포와 감언이설에 속아 많은 선물을 가지고 장화대로 초왕을 직접 찾아가겠다고 고집한다.

대부 채유가 울면서 만류한다.

"주군께서 장화대로 가시는 것은 섶을 지고 불 속으로 뛰어드는 것과 다름이 없사오니, 어떤 일이 있어도 가셔서는 아니 되옵니다."

그러나 고지식한 채 영후는 채유의 말을 듣지 않고 기어코 장화대를 향하여 길을 떠났다.

채 영후 일행이 선물 수레를 이끌고 사자산(獅子山)이라는 산중에 이르렀을 때, 난데없는 장사의 무리가 나타나 앞을 가로막는다.

"그대들은 무엇 때문에 남의 앞길을 가로막는 거요?"

감때사납게 생긴 텁석부리 장사가 앞으로 나서며 대답한다.

"나는 초나라 기질 장군의 가전대장(駕前大將)으로, 이름을 투자기(鬪子旗)라고 하오. 장군의 명령으로 채 영후의 마중을 나온 것이오."

채 영후는 적이 마음이 놓여, 수레에서 내려와 인사를 나누었다.

수인사가 끝나자 투자기가 말한다.

"먼 길 오시느라고 수고가 많으셨으니, 선물 수레는 나의 부하들에서 맡기시고 군주께선 나와 함께 길을 속히 떠나십시다. 초왕께서 몹시 기다리고 계시오."

채 영후는 그 말을 믿고 투자기와 함께 길을 재촉하는데 깊은 산중에 이르자 투자기가 별안간 태도를 표변하여,

"나는 대부 관종의 명령에 의하여 그대들을 사로잡는다."

하고 채 영후와 그의 일행을 모조리 포박해 버리는 것이 아닌가.

채 영후는 그제야 대부 채유의 만류를 듣지 않은 것을 뉘우쳤지만 때는 이미 늦었다. 채 영후를 사로잡아 오니 기질은 즉석에서 목을 베어 진 애공의 수급(首級)과 함께 초왕에게 보냈다.

초 영왕은 서제 기질의 성공을 크게 기뻐하며 채후(蔡侯)에 봉하였다. 그리고 채 영후와 진 애공의 수급을 장화대의 성문 위에 높이 걸어 놓고,

"누구든지 초나라에 충성하지 않는 자는 모두가 진이나 채처럼 멸망을 당하게 되리라."

하고 열국 제후들에게 엄포를 늘어놓았다.

콧대가 더욱 높아진 초왕은 국사를 돌볼 생각은 아니 한 채 낮이면 사냥으로 세월을 보내고, 밤이면 주색으로 밤을 새웠다.

한번은 초왕이 우태부(右太夫) 정단석(鄭丹夕)을 보고 말했다.

"내가 투보회에 참석했을 때 알고 보니 진(晋)나라에는 수정렴(水晶簾)이라는 보물이 있었고, 노나라에는 자웅검(雌雄劍)이라는 보물이 있었고, 제나라에는 야명주(夜明珠)라는 보물이 있었고, 위나라에는 진풍석(鎭風石)이라는 보물이 있었소. 그러나 그 나라들보다 강대국인 우리나라에는 그와 같은 보물이 하나도 없소. 나도 그런 보물을 갖고 싶은데, 이 일을 어찌 했으면 좋겠소?"

백성들에게 선정을 베풀 생각은 아니 하고 남의 나라 보물에만 탐을 내고 있는 것이었다.

우태부 정단석이 왕의 비위를 맞추려고 이렇게 대답한다.

"지금 대왕의 위세는 천하에 떨치고 있사옵니다. 만약 대왕께서 그런 보물을 보내라고 하신다면 어느 나라도 감히 거절하지 못할 것이옵니다."

초왕은 우태부 정단석의 말을 듣고 통쾌하게 웃으며 말한다.

"경이야말로 나의 위력이 천하에 군림하고 있음을 제대로 알아주는구려, 하하하. 그러면 오늘로 네 나라에 사자(使者)를 보내 진귀한 보물들을 모조리 구해 오도록 합시다."

그러나 정단석은 신중을 기하며 대답한다.

"너무 서두르지 마시옵고, 신중하게 일을 도모하심이 좋을 것 같사옵니다. 상대국이 우리의 요구에 응해 주지 않을 경우에는 무력으로 정복해 버릴 준비가 갖추어져 있어야 하옵니다. 그 전에는 사자를 함부로 보낼 수 없는 일이옵니다."

"나의 요구를 들어 주지 않을 경우에는 물론 무력으로 정복해 버려야지요. 나의 명령을 거역하는 자를 그대로 내버려 둘 수는 없는 일이니까요."

"그런데 지금은 엄동(嚴冬)인 까닭에 군사를 일으키려면 여러 면으로 어려운 점이 많사옵니다. 그러므로 겨울 동안 만반의 준비를 갖추어 놓았다가 봄이 되거든 대사를 도모하심이 좋을 줄로 생각되옵니다."

"과연 좋은 말씀이오. 그러면 겨울 동안에 준비를 갖추어 가도록 합시다. 그동안 태부는 나와 더불어 술이나 마음껏 마시면 됩니다."

그날부터 장화대에서는 낮이나 밤이나 가무와 주연이 벌어지지 않는 날이 없었다.

그와 같은 소문이 멀리 떨어져 있는 채후 기질의 귀에도 들어갔다.

기질이 모사 관종을 불러 묻는다.

"가형(家兄) 초왕이 대주황음(大酒荒淫)하여 국정이 크게 어지러워져 가는 모양인데, 초국의 운명이 장차 어찌될 것 같소?"

그러자 모사 관종이 천만뜻밖의 말을 들려준다.

"이제야 말씀이지만 초왕이 주공을 채후로 봉하여 먼 곳으로 보내 버린 것은 어느 시기에 가서는 주공을 제거해 버릴 생각에 그리 한 것이 아닌가 짐작되옵니다. 아뢰옵기 거북한 말씀이오나 초왕은 관상학상으로 보아 낭호(狼虎)의 상이기 때문에, 능히 그런 계획을 할 수 있는 인물입니다. 주공과 초왕은 형제지간이라고는 하지만, 따지고 보면 서로가 미워하기 쉬운 이복형제(異腹兄弟)간이 아니옵니까? 신은 벌써부터 그 일을 걱정하고 있었사옵니다."

기질은 그 말을 듣고 등골에 소름이 끼쳤다. 생각해 보니 초왕이 이복동생인 자기를 각별히 사랑한 것도 반드시 까닭이 있어 보였다.

'제가 그렇게 나온다면 나라고 가만히 있을 수는 없는 일이 아닌가.'

전에 안평중이 본 대로 기질은 반골을 타고난 인물이었다. 그 순간부터 기질은 반란을 일으켜 왕위를 탈취해 버릴 결심을 품게 되었다.

기질이 관종의 손을 의미심장하게 움켜잡으며 말한다.

"경이 그런 충고를 들려주시니 말인데 나도 진작부터 형의 왕위에 욕심을 품고 있었소. 그러나 형제간의 정의(情誼)를 생각해 은인자중해 왔던 것이오. 이제 형이 나를 제거하려 한다면 나 또한 곱게 물러설 수는 없는 일이 아니겠소. 경은 나와 손을 마주 잡고 큰일을 도모해 보기로 합시다. 성사만 되면 경의 은공은 죽을 때까지 잊지 않을 것이오."

요컨대 역적도모(逆賊圖謀)를 같이 하자는 소리였다.

기질의 찬역(篡逆) 183

관종은 마음속으로 회심의 미소를 지었다. 애시당초 거짓말을 꾸며 대어 기질과 초왕을 이간질시킨 것은 기질로 하여금 반역심(反逆心)을 일으키게 하려는 술책이었던 것이다. 기질을 초왕으로 만들어 놓으면 그 밑에서 한평생 부귀영화를 누릴 수 있을 것이기 때문이었다. 그러나 꾀가 많은 관종은 기질의 유혹에 쉽사리 동조할 기색을 보이지 아니하였다.

"주공을 위하는 일이라면 어찌 목숨인들 아끼겠나이까? 하오나 너무도 엄청난 말씀을 하시는 까닭에 소신은 오직 눈앞이 막막해 올 따름이옵니다."

그야말로 병 주고 약 주는 소리였다. 관종이 얼른 동조할 기색을 보이지 아니하자 이제는 기질이 애원할 수밖에 없었다.

"사람이 한 번 죽지 두 번 죽겠소. 이왕지사 내친 김에 한번 큰일을 도모해 보십시다. 패하면 역적이 되겠지만 성공하면 나는 초왕이 되고 경은 왕의 다음 가는 귀인으로서 부귀와 영화를 영원히 누리게 될 게 아니오. 부디 나의 부탁을 쾌히 승낙해 주오."

"……."

관종은 대답을 아니 하고 기질의 얼굴을 우러러보며 고개만 정중하게 끄덕였다.

"아, 승낙해 주신다니 얼마나 고마운 일인지 모르겠구려."

기질은 관종의 두 손을 힘차게 움켜잡아 흔든다. 관종은 기질에게 새삼스러이 머리를 조아려 보이며,

"대왕마마! 소신의 목숨을 오직 대왕마마 전에 바칠 따름이옵나이다."

"고맙소. 내 어찌 오늘 경의 은공을 잊어버릴 수 있겠소. 이제는 죽으나 사나 생사를 같이해야 할 우리들이오."

기질은 공동 운명체가 되었음을 다시 한번 강조하고 나서,

"초왕을 시해하고 보위를 찬탈하려면 어떤 방법으로 거사하는 것이 좋겠소?"

하고 구체적인 계략을 문의하였다. 관종은 역적도모의 계략이 진작부터 수립되어 있었다. 그러나 자신의 존재 가치를 좀더 높이기 위해 신중한 어조로 이렇게 말했다.

"오늘, 밤을 새워 가며 계략을 수립하여 내일 아침에 상주하겠나이다."

다음 날, 관종은 새벽같이 기질을 찾아 들어왔다. 기질은 관종의 얼굴을 보기가 무섭게 반가워하며 묻는다.

"어젯밤에 좋은 계략이 생각나셨소?"

"대왕마마, 간밤에 안녕히 주무셨사옵니까?"

관종은 머리를 조아리며 새삼스러이 아침 인사를 올렸다.

"왕위에도 오르기 전에 대왕마마라니? 누가 들으면 큰일 날 소리를 하시는구려, 하하하."

기질은 만족스럽게 웃고 나서,

"실상인즉 나도 생각이 많아 간밤을 뜬눈으로 새웠다오. 그래, 좋은 계략이 서셨소?"

관종은 국궁배례하고 나서 대답한다.

"초왕은 지금 장화대에 체류 중입니다. 영도(郢都)는 기후가 한랭한 까닭에 초왕은 겨울 동안 영도로 돌아가지 아니하고 줄곧 장화대에만 머물러 있을 것이옵니다. 그러하니 우리는 영도로 먼저 쳐들어가 모든 국가 기관을 장악하고 나서, 장화대로 군사를 보내 초왕을 시해하면 모든 일을 쉽게 성취할 수 있을 것이옵니다."

기질은 관종의 계략을 듣고 크게 기뻐하였다.

"참으로 기가 막히게 좋은 계략이오. 그러나 영도는 지금 초왕의 동복동생(同腹同生)인 자간(子干)과 자철(子哲) 등이 지키고 있는데, 그들이 나에게 영도를 곱게 내줄 리 없지 않소?"

"그 점에 대한 계략도 꾸며 놓았습니다. 우리가 군사를 이끌고 영도로 들어가기 전에, '현왕(現王)이 황음무도(荒淫無道)하여 폐위시키고, 당신을 왕으로 모시기 위해 군사를 이끌고 영도로 입성(入城)하겠노라'라는 편지를 자간에게 미리 보내는 겁니다. 그러면 자간은 우리 군사를 적대시하기는커녕 우리의 입성을 쌍수를 들어 환영할 것이옵니다. 자기를 왕으로 받들어 모시겠다는데 누가 싫다고 하겠습니까? 영도만 무혈점령해 버리면 그때부터는 무슨 일이나 대왕마마의 맘대로 되실 것이 아니옵니까?"

기질은 관종의 계략을 듣고 어쩔 줄을 모르도록 기뻐하였다.

"경은 참으로 하늘 아래 둘도 없는 명모사(名謀士)요. 그러면 경의 계략대로 군사를 곧 일으키기로 합시다."

투자기와 원엄, 두 장수를 총대장으로 삼은 기질은 휘하 5만여 명의 정병을 총출동시켜 영도로 원정의 장도에 올랐다. 건곤일척(乾坤一擲)의 일대 모험을 감행하려는 것이었다. 그러나 '낮말은 새가 듣고, 밤말은 쥐가 듣는다'는 속담이 있듯이 세상에 비밀이라는 것은 있을 수가 없었다. 그러기에 '발 없는 말이 천 리를 간다'는 속담도 있지 않던가.

어느 날, 영도를 지키고 있는 자간에게 척후병 하나가 급히 달려와 이렇게 보고하는 것이 아닌가.

"채후 기질이 5만 병력을 이끌고 불일간 영도로 쳐들어온다고 합니다."

수도 경비의 책임을 맡고 있던 자간은 만조백관(滿朝百官)들을 긴급 소집하여 반란군에 대한 비상 대책을 강구하였다. 어떤 자는 성문을 굳게 걸어 닫고 수비만 하는 것이 상책이라고 말하고, 또 어떤 자는 적극적으로 싸워 반란군을 송두리째 분쇄해 버려야 한다고 주장하여, 중론이 하나로 통일되지 않았다.

마침내 자간은 수비에 치중할 것을 결심하고, 원개강(遠開疆)을 총대장으로 임명하여 사대문을 굳게 지키라는 긴급 명령을 내렸다.

게다가 성곽을 둘러싸고 있는 늪을 깊이 파내려 적이 접근을 못해 오게 하였다. 그리고 장화대로 급사를 보내 초왕에게 그 사실을 알리는 것도 잊지 않았다.

그로부터 이틀 후에 기질의 반란군이 드디어 영도에 도착하였다. 그러나 자간이 워낙 성을 견고하게 수비하고 있어서 내부와 연락을 취할 길이 없지 않은가.

관종이 기질에게 말한다.

"주공의 이름으로 자간에게 급히 편지를 보내 주시옵소서. 만약 초왕이 후방으로 군사를 몰고 오면 우리는 앞뒤로 협공을 당하게 되옵니다."

"편지를 보내고 싶어도 성 안으로 사람을 들여보낼 수가 없으니 어떡하오?"

"편지를 써 주시면 소신이 성 안으로 들여보내도록 하겠습니다."

관종은 기질에게서 써 받은 편지를 화살대에 잡아매어 성 안으로 날려보냈다.

그 편지는 곧 자간에게 전달되었다.

친애하는 자간 형님!

장형인 초왕이 황음무도하여, 조국이 누란(累卵)의 위기에 처하게 되었습니다. 이에 소제는 조국을 구하려는 애국 충정에서, 장형을 폐위시키고 자간 형님을 왕으로 받들어 모시고자 멀리서 군사를 이끌고 성하에 이르렀습니다. 형님께서 왕이 되시고 못 되시는 것은 초국의 흥망과 직결되는 일이오니, 즉시 성문을 활짝 열어 주시어 등극의 기회를 일실(逸失)하지 말도록 하시옵소서.

아우 기질 올림

자간은 그 편지를 읽고 가슴이 뛰도록 기뻤다. 그러나 그것은 누구에게도 말할 수 없는 기밀이 아닌가. 자간은 그 편지를 즉석에서 불살라 버리고, 한밤중에 아무도 모르게 답장을 써서 화살을 쏘아 성 밖으로 날려보냈다.

기질과 관종이 한자리에서 그 편지를 개봉해 보니, 자간의 답장은 다음과 같았다.

오늘 밤 내가 동문(東門)을 지키고 있을 테니, 인시(寅時)에 동문으로 쳐들어오도록 하라.

기질과 관종은 날뛸 듯이 기뻐하였다.
"이제는 성사가 다 된 거나 다름없사옵니다."
"모두가 경의 기발한 계략의 덕택이오."
다음날, 기질은 인시를 기해 원엄, 투자기 등과 더불어 동문으로 쳐들어오니 자간은 거짓 패한 듯 성문을 열어 놓고 멀리로 피해 버린다.
성 안으로 들어선 원엄과 투자기는 관군을 닥치는 대로 무찔러 죽였다.
서문(西門)과 북문(北門)은 초왕의 아들인 녹(祿)과 적(敵)이 지키고 있었다. 두 공자는 반란군이 동문으로 쳐들어온다는 급보를 받자 군사를 그쪽으로 몰고 와 반란군을 격퇴시키려 하였다. 그러나 원엄과 투자기는 번개같이 마주 달려와 녹과 적을 제각기 한 사람씩 목을 베어 죽였다.

이에 대장을 잃어버린 성 안의 군사들은 어둠 속에서 저마다 아우성을 치며 좌충우돌, 그야말로 아비규환(阿鼻叫喚)을 이루었다.

모사 관종이 그 광경을 보고 기질에게 급히 고한다.

"사태가 험악하오니 임시로 자간을 왕으로 모신다고 선포하시옵소서. 그래야만 민심을 속히 수습할 수 있을 것이옵니다."

기질은 곧 자간을 불러다가 왕으로 추대하는 동시에, 초왕의 황음무도한 죄상을 들어 폐위를 선포해 버렸다. 다른 한편으로는 대장 투자기를 건계(乾谿)로 보내 장화대를 포위하고, 다음과 같은 방문(榜文)을 장화대 안팎에 널리 살포하였다.

초왕이 황음무도하여 부득이 폐위시키고, 영도에서는 이미 왕제(王弟) 자간이 신왕으로 등극하셨다. 영도를 수비하던 녹(祿)과 적(敵)의 두 공자는 이미 살해되었으니, 모든 장수와 백성들은 자진 투항하여 목숨을 구하도록 하라. 먼저 항복하는 자는 벼슬로써 상을 후하게 내려 줄 것이로되, 항거하는 자는 수하를 막론하고 가차 없이 처단하리라.

백성들과 군사들은 그 방문을 보고 앞을 다투어 투항해 왔다.

초영은 방문을 보고 크게 분노한다.

"내가 기질을 각별히 사랑했거늘, 그놈이 나에게 이럴 수가 있느냐?"

초왕은 대성노호(大聲怒號)하며 갑주(甲胄)를 갖추고 출진하려 하였다. 그러나 이제는 그를 따라나서는 무리가 백 명도 채 못 되지 않는가.

"아아, 나를 따르는 자가 이렇게도 적으니 나는 부하들에게 그렇게도 미움을 사고 있었더란 말이냐!"

초왕은 크게 탄식하며 싸우기를 단념하고 도망을 치려고 하는데 투자기가 창검을 휘두르며 비호같이 엄습해 오는 것이 아닌가. 그러자 가보대장(駕保大將) 자혁(子革)이 앞을 가로막고 나서며 고함을 지른다.

"이 역적놈아! 싸울 테면 나하고 싸우자!"

두 장수가 서로 어울려 싸우는데, 10합 20합을 싸워도 승부가 나지 않았다. 초왕은 그 틈을 타서 도망을 치기 시작하였다. 그러나 이제는 그를 따르는 자가 한 사람도 없었다.

"아아, 천승지국왕(千乘之國王)이던 내가 이제는 어디로 가야 한다는 말이냐!"

이미 일개의 패잔병으로 전락해 버린 초왕은 그래도 목숨이 아까워 갑옷과 투구를 미련 없이 벗어 던지고 한 사람의 촌부(村夫)로 변장하였다.

어젯밤에도 주색에 빠져 끼니를 굶었는지라 이제는 배가 고파 견딜 수 없었다. 날이 저물 무렵에 산중에 있는 촌가로 찾아 들어가니, 마침 농군 한 사람이 언덕 위에서 풀을 깎고 있었다.

초왕은 그 앞에 다가와 머리를 숙여 보이며 애걸하듯 말한다.

"혹시 댁에 찬밥이 있거든 한술 얻어먹게 해주십시오."

농군은 초왕의 얼굴을 유심히 바라보다가 적이 놀라며,

"혹시 장화대에 계시던 초왕이 아니시옵니까?"

하고 물어 오는 것이 아닌가.

초왕은 크게 당황하여 놀라며,

"당신이 나, 나를 어떻게 아시오?"

"아, 역시 대왕마마이시옵군요. 대왕마마께서 이게 웬일이시옵니까?"

"도대체 다, 당신이 누구이기에 나를 알아보느냐 말이오?"

초왕은 상대방의 정체를 알기 전에는 불안스러워 견딜 수 없었던 것이다. 농군은 그제야 초왕의 심정을 짐작하고, 머리를 조아리며 말한다.

"소인은 일찍이 조정에서 하대부(下大夫)로 봉직했던 신무우(申無宇)의 아들 신해시(申亥是)라고 하옵니다. 소신의 아비가 대왕의 엄명을 거역하고 장화대에서 도둑을 붙잡은 죄를 범했사온데, 대왕께서 관용을 베풀어주신 은혜를 소인은 아직도 잊지 못하고 있사옵니다."

초왕은 눈앞의 촌부가 신무우의 아들이라는 사실을 알자 눈물이 걷잡을 수 없이 솟구쳐 올랐다.

그리하여 기질에게 배반당한 이야기를 말해 주고 나서,

"아아, 내가 그때 신무우의 충고를 곱게 받아들였던들 오늘날의 이 같은 수모는 없었을 터인데……."

하고 한동안 흐느껴 울다가,

"그래, 춘부장은 지금도 안강하신가?"

"아니옵니다. 지난 여름에 돌아가셨사옵니다."

초왕은 그 말을 듣고 또다시 설움이 북받쳐 올랐다.

신해시는 초왕을 집으로 모시고 와서 정성을 다해 저녁상을 차려 내왔다. 그러나 초왕은 음식이 목에 넘어가지 않았다.

"대왕은 너무 상심하지 마시옵소서. 만약 대왕께서 허락해 주신다면 신은 동지들을 규합하여 대사를 도모해 보도록 하겠습니다. 대왕께서 가친에게 내리신 은총에 대한 보답으로서도 소신은 마땅히 그래야만 옳을 줄로 알고 있사옵나이다."

초왕으로서는 뼈에 사무치도록 고마운 말이었다. 그러나 그는 흐느껴 울면서 고개를 가로 저었다.

"온 세상이 모두 나를 버렸는데 이제 누가 내 뒤를 따라오려고 하겠는가?"

"초나라에서 대왕을 도와드릴 사람이 없다면, 멀리 진(秦)이나 진(晉)나라에 청병을 해도 될 것이 아니옵니까?"

신해시는 아버지를 닮아 어디까지나 충성심이 넘쳐 있었다.

"……"

초왕은 잠시 깊은 생각에 잠겨 있었다. 마음 같아서는 무슨 수단을 써서라도 역적 도배들을 깨끗이 소탕해 버리고 싶었다. 그리고 다시 왕위에 오른다면 그때에는 주색을 멀리하고 누구보다도 명군(名君)이 되어 보고 싶었다. 그러나 열국 제후들을 노예처럼 멸시해 왔던 이 마당에 어느 나라가 자기를 곱게 보고 군사를 보내줄 것인가.

"오랫동안 맹주로 군림해 오던 내가 이제 무릎을 꿇고 청병을 해본들 누가 군사를 보내 주겠나? 부질없는 치욕만 남기게 될 뿐이니 아예 그런 생각은 하지도 말게."

산해시도 초왕의 심정을 이해하고, 눈물을 뿌리며 말한다.

"그러면 저의 집에 유하시면서 대세를 관망하도록 하시옵소서. 이곳은 워낙 두메산골인 까닭에 신변에 위험은 추호도 없을 것이옵니다."

이날 밤 초왕은 초저녁부터 잠자리에 들었으나 자정이 넘도록 잠을 이루지 못하고 흐느껴 울기만 하였다. 그러다가 새벽녘이 되어서야 방안이 조용해졌기에 방문을 열고 보니 대들보에 목을 매고 자살을 한 것이 아닌가. 천하를 호령하던 사람으로서는 너무도 비참한 말로였다.

한편 투자기는 자혁과 승부를 결하고 또다시 초왕을 추격하기 시작했다. 그런데 초왕의 갑옷과 투구가 길바닥에 내던져 있을 뿐 사람의 행방은 찾을 길이 없었다. 투자기는 갑옷과 투구를 가지고 돌아와 기질에게 바쳤다.

"초왕은 갑옷과 투구까지 벗어 던지고 산속으로 깊이 숨어 버린 모양이옵니다."

"뭐요? 그 사람을 살려 두어서는 안 되오. 이제라도 군사를 풀어 기필코 붙잡아 죽여 없애야 하오."

그러자 관종이 말한다.

"영왕이 단신으로 도망을 갔으니 무슨 후환이 있을 것이옵니까? 보나마나 열흘이 못 가 자결을 하고 말 것입니다. 그보다도 시급한 일은 신왕으로 받들어 모신 자간에 대한 처치 문제이옵니다. 자간을 오래도록 왕으로 받들어 모시다가는 그 자리가 그대로 굳어져 주공의 계획이 수포로 돌아가게 될지도 모르는 일이옵니다."

기질은 그 소리를 듣고 얼굴에 분노의 빛이 불길같이 떠오른다.

"그렇다면 자간을 오늘밤이라도 죽여 없애면 될 게 아니오?"

"그것은 안 될 말씀이옵니다."

"어째서 안 된다는 말이오? 이제는 모두가 내 세상인데, 이 판국에 뭐가 두려워서 그러오?"

"자간을 죽이기가 어려워서 그러는 것이 아니옵고, 백성들의 이목이 두려워서 그러는 것이옵니다. 만약 우리 손으로 신왕을 죽이고 왕위에 오르신다면 주공은 역적의 누명을 면하시기가 어려울 것이오니, 그 어찌 두려운 일이 아니오리까."

들어 보니 과연 옳은 소리다.

"그러면 이 일을 어찌 했으면 좋겠소?"

관종이 기질에게 말한다.

"지금이라도 신왕을 죽여 없애고, 주공께서 왕위에 오르시기는 지극히 쉬운 일이옵니다. 그러나 무리한 방법으로 왕위에 오르시면 민심의 이반을 막을 길이 없사옵니다. 그러므로 신왕이 자결을 하게 만든 뒤에, 주공께서 부득이 왕위에 오르시는 형식을 취해야만 민심이 주공한테로 돌아올 것이옵니다."

"음, 들어 보니 과연 옳은 말씀이오. 그러면 어떻게 해야 자간이 자결을 하도록 만들 수 있겠소?"

"그러한 계략은 소신에게 맡겨 주시옵소서. 신이 오늘 밤 안으로 모든 문제를 해결하겠습니다."

"모든 문제를 경에게 맡길 테니, 만의 하나라도 실수가 없도록 하오. 이 일이 뜻대로 되면 경의 공로는 평생을 두고 잊지 않을 것이오."

기질은 관종의 손을 힘차게 붙잡으며 간곡히 부탁하였다.

관종은 곧 투자기를 불러 귓속말로 오늘밤의 계략에 대한 비밀지령을 내린다.

그날 밤 삼경이 지났을 무렵이었다. 영도성의 동서 사방에서는 별안간 난데없는 함성이 요란스럽게 일어나고 있었다. 그와 때를 같이 하여 투자기가 헐레벌떡 대궐로 달려 들어왔다.

"대왕마마, 큰일났사옵니다. 폐왕(廢王)이 대왕마마를 살해하고자 만여 명의 군사를 이끌고 지금 성 안으로 쳐들어오고 있는 중이옵니다."

잠에서 깨어난 신왕 자간은 전신을 와들와들 떨며,

"뭐야! 폐왕이 나를 죽이러 온다고? 기질은 어디 갔느냐? 이 사실을 기질에게 급히 알려라."

"대왕마마, 기질 장군은 이미 폐왕의 손에 살해되고 없사옵니다. 사태가 매우 위급하오니 빨리 피신을 하셔야 하겠습니다."

"뭐야? 기질이 폐왕의 손에 살해되었다고?"

신왕 자간은 절망적으로 울부짖으며 일어서려고 하다가 그 자리에 맥없이 주저앉아 버린다.

투자기는 얼른 달려와 겨드랑이를 치켜세우며,

"대왕마마! 한가롭게 이러고 계실 때가 아니옵니다. 촌각을 다투는 일이오니 빨리 도망을 치십시다."

"기질이 죽었다면 내가 이제 누구를 믿고 어디로 피신하겠느냐?"

바로 그때 멀리서 함성이 점점 가까워오더니 마침내 대궐 정문 앞에서 수백 명의 소리가 하나로 뭉쳐서,

"가짜 왕을 끌어내어 우리 손으로 쳐죽이자!"

하고 외치는 소리가 연달아 들려오는 것이 아닌가. 이제는 피신할 길조차 막혀 버렸음을 깨닫자 자간은 머리맡에 있던 비수로 자기 가슴을 찌르며 그대로 방바닥에 고꾸라져 버리는 것이었다.

자간이 자결을 하고 나자 기질은 뚜렷한 명분을 내세우고 초왕으로 등극했는데, 그가 바로 초나라 29대 왕인 평왕(平王)이었다.

간신의 농간

기질이 형과 아우들을 모조리 죽여 없애고 왕위에 오르자 모사 관종이 왕에게 아뢴다.

"자고로 어진 군주의 제도는 상은 무겁게 벌은 가볍게(明君之制賞重罰輕) 하는 법이옵니다. 그러므로 대왕께서도 상을 후하게 내리시되 벌은 가볍게 주시옵소서. 그리고 백성들에게도 노역(勞役)을 가볍게 하시고, 조세를 적게 부과하시어 민심을 조속히 수습하시옵소서."

평왕이 관종의 말대로 노역과 조세를 대폭적으로 경감해 주니, 백성들은 크게 기뻐하며 모두들 신왕의 후덕을 찬양하였다.

평왕은 거기서 크게 깨달은 바 있어서 이미 멸망시켰던 진(陳)나라와 채(蔡)나라를 다시 일으켜, 진나라의 태자였던 언사의 아들 조오(朝吳)를 진후(陳侯)로 봉하고, 채 영후의 아들 노(盧)를 채후(蔡侯)로 봉하여 주고, 각각 속국으로 삼았다.

조정의 대각(臺閣)들도 근본적으로 개혁하여 투자기를 영윤(令尹)으로 삼고, 원개강을 상대부(上大夫)로 삼고, 원엄을 하대부(下大夫)로 삼고, 관종을 중군모주(中軍謀主)로 봉하여 사실상의 국정을 총찰(總察)하게 하였다.

또, 맏아들 건(建)을 태자로 봉하고, 충신 오사를 동궁태부(東宮太傅 : 교육관)로 삼고, 비무기(費無忌)를 동궁소부(東宮小傅 : 부교육관)로 삼고, 분양(奮揚)을 태자사마(太子司馬)로 임명하였다.

오사는 신왕이 뜻에 맞지 않아 태부의 자리를 여러 번 사양했으나 평왕은 본인의 고사를 받아들이지 아니하고 억지로 임명했던 것이다.

태자소부(太子小傅)로 임명된 비무기는 마음이 매우 간교한 자로서 평소부터 태자하고는 사이가 좋지 않았다. 그럼에도 동궁소부로 임명되자 이 기회에 태자와 왕의 사이를 갈라놓으려는 마음을 먹고 있었다.

초나라의 정변(政變)이 세상에 널리 알려지자 열국 간에는 그에 대한 반향(反響)이 제각기 구구하였다.

우선 진(秦)나라는 초의 정치 정세가 혼란해진 것을 기화로 대군을 일으켜 초를 치려는 계략을 꾸미고 있었고, 진(晋)도 역시 초의 혼란을 틈타 왕년의 패권을 다시 빼앗아오려는 꿈을 꾸고 있었다. 그러나 다 같은 강대국이면서도 제나라만은 은인자중 천하의 대세를 관망만 하고 있었다.

어느 날 제나라의 재상 안평중은 손무를 집으로 불러 저녁을 같이 먹으며 이렇게 물어 보았다.

"초나라에서는 정변이 일어나 기질이 왕이 된 모양인데, 자네는 그 사실을 알고 있는가?"

"네, 알고 있사옵니다."

손무는 탐탁지 않게 대답하고 술만 마신다. 안평중은 손무에게 술을 권하며 다시 묻는다.

"신왕 기질이 어떤 인물인지 자네는 알고 있는가?"

"직접 만나 본 일은 없지만 현명한 군주가 못 될 것만은 확실합니다."

"허어……. 기질이 현군(賢君)이 못 되리라는 것은 자네도 알고 있네그려. 내가 초나라에 갔을 때 잠시 기질을 만나 본 일이 있다네. 그 사람은 반역의 기질을 타고나서 언젠가는 군주를 시해하게 되리라고 짐작하고 있었는데, 기어이 큰일을 저지르고 말았어. 자네는 초나라의 운명이 장차 어떻게 될 것 같은가?"

"신왕이 현명하지 못해 앞으로 많은 혼란이 일어나기는 할 것입니다. 그러나 초나라는 기초가 워낙 튼튼하기 때문에 천하대세에 별다른 변동이 생기리라고는 보지 않습니다."

"그 점은 나도 동감이네. 그러면 자네는 초나라의 이번 정변에 대해 아무런 관심도 없다는 말인가?"

"별 관심은 없습니다만 저는 초나라의 정변을 통해 병법상(兵法上)으로는 많은 것을 배웠습니다."

"배우다니? 누구한테서 무엇을 배웠다는 말인가?"

"초나라의 정변을 배후에서 조종한 사람은 모사 관종이었는데, 저는 관종의 능수능란한 수법에서 많은 것을 배웠다는 말씀입니다. 그래서 '병은 궤도다(兵者詭道也)'라는 새로운 명제를 확립하게 되었습니다."

"하하하, 자네는 병법 연구에는 철두철미 미쳐 버린 사람일세그려."

안평중은 크게 웃고 나서,

"'병은 궤도'라는 것은 도대체 무슨 소린가?"

"구체적으로 말씀드리면 병법이란 어디까지나 속임수를 연구하는 학문이라는 말씀입니다. 능하면서도 능하지 못한 척하게 보이고(能而示之不能), 쓰고 있으면서도 쓰지 않는 척하게 보이고(用而示之不用), 가까우면서도 멀어 보이게 하고 멀면서도 가까운 척하게 보이고(近而示之遠 遠而示之近), 이득으로써 이를 유인하고(利而誘之), 혼란시켜서 이를 취하고(亂而取之)…… 등등, 저는 관종의 수법을 통해 많은 것을 배운 것입니다."

"하하하, 병법 연구에 미친 사람 같으면서도 기막히게 좋은 소리만 하고 있네그려."

"대부님! 웃을 일이 아닙니다. 관종이 영도성 안으로 쳐들어 갈 때에 자간을 왕으로 모시겠다는 편지를 보내지 않았던들 성문을 제 손으로 열어 주었을 리가 만무하니, 그것은 이로써 적을 유인한 것이옵고(利而誘之), 자간을 자살하게 할 때에는 많은 군사들로 혼란을 일으켜서 죽게 만들었으니, 그것은 혼란을 일으켜 적을 취한 것(亂而取之)이 아니고 무엇입니까. 그런 점으로 보자면 관종은 가볍게 볼 모사가 아닙니다."

손무는 거기까지 열심히 설명하다가 문득 생각난 듯이 얼굴이 우울해지며 이렇게 말한다.

"그러나 초나라의 정변 때문에 저는 걱정스러운 일이 하나 생겼습니다."

안평중은 손무의 말을 신중하게 귀담아 들으려는 듯 정색을 하면서,

"뭐가 걱정스럽다는 말인가?"

하고 반문하였다. 손무는 잠시 침묵에 잠겨 있다가,

"자고로 어진 인군은 인재를 구하는 데 힘써야 한다(賢君勞求人)고 했습니다. 지금 초나라에는 몇 사람의 탁월한 인재가 있사온데 신왕이 과연 그들을 어떻게 취급할 것인지, 그것이 궁금합니다."

안평중은 그 말에 고개를 크게 끄덕이며,

"자네 말은 알아들었네. 오사와 오자서 부자 같은 인재들의 운명이 어떻게 될까 걱정스럽다는 말이구먼?"

"그러하옵니다. 관종이 제아무리 출중한 모사라 할지라도 오자서 부자에게는 비할 바가 못 되건만 신왕이 그것을 알아줄 리 만무하지 않습니까? 오사 같은 탁월한 인재를 겨우 동궁태부로 기용하고 있는 모양이니, 그것은 대들보감을 서까래로 쓰고 있는 것과 무엇이 다르겠습니까."

"자네가 그런 걱정을 하니 말인데, 오사나 오자서가 무서운 박해를 받을 날이 올걸세. 두고 보게. 자고로 명신(名臣)은 우매한 군주 아래에서는 살아남을 수가 없는 법이거든."

안평중이 예언 비슷한 말을 들려주자 손무도 고개를 끄덕이며,

"정말이지 오자서 부자는 기질과 같이 우매한 군주를 섬기기에는 너무도 아까운 사람들이야."

안평중과 손무가 오자서 부자의 운명을 걱정하고 있을 바로 그 무렵, 초나라에게는 만조백관들이 어전회의(御前會議)를 열고 있었다.

초 평왕은 만조백관을 굽어보며 말한다.

"정변이 있었던 관계로 강대국들이 우리를 넘겨다보고 있을 것이 분명하오. 그러므로 우리는 이 기회에 국위를 크게 떨쳐 보여야 할 필요가 있는데 무슨 묘책이 없겠소?"

중신들은 묘책이 얼른 떠오르지 않는지 모두들 고개를 숙인 채 말이 없다. 그런 경우에는 언제나 약삭빠르게 두각을 나타내 보이려고 애쓰는 것이 간신배들이다.

뒤에 앉아 있던 동궁소부 비무기가 머리를 조아리며 큰소리로 아뢴다.

"신, 동궁소부 비무기가 외람되오나 국위를 선양할 수 있는 묘책을 한 말씀 상주하고자 하옵나이다."

그러자 중신들은 일제히 비무기를 바라보며 눈살을 찌푸린다. 왜냐하면 비무기는 아첨 잘하기로 소문난 사람이었기 때문이다. 그러나 그런 사정을 알 턱이 없는 평왕은 귀가 번쩍 뜨이는 듯 비무기를 굽어보며 말한다.

"무슨 묘책인지 어서 말해 보오."

중신들이 눈살을 찌푸리거나 말거나 비무기는 평왕에게 다시금 머리를 조아려 보이며 품한다.

"아뢰옵기 황공하오나 투보회 사건이 있은 이후로 지금 우리를 노리고 있는 나라는 제도 진(晋)도 아니요, 오직 진(秦)이 있을 뿐이옵니다. 첩자들의 정보에 의하면, 진(秦)은 지금 우리가 혼란에 빠져 있는 기회를 틈 타 대군을 일으켜 쳐오려고 준비를 서두르고 있는 중이라고 하옵니다."

"그 정보는 나도 듣고 있소. 그러니 어떻게 해야 진(秦)을 회유할 수 있을지 묘책이 있거든 말해 보시오."

"소신에게 좋은 묘책이 있사옵니다."

"있거든 어서 말해 보오."

"황공무비하옵나이다."

비무기는 거듭 머리를 조아려 보이고 나서,

"진(秦) 애공에게는 방기(芳紀) 16세인 무상 공주(無祥公主)라는 따님이 있사옵니다. 진 애공은 그 따님을 눈에 넣어도 아프지 않아 하도록 사랑하고 있사온데, 만약 우리의 동궁이신 미건 태자(米建太子)와 무상 공주를 결혼시키면, 진나라에 대한 걱정은 절로 해결될 것이옵니다."

그 기상천외한 제안에는 중신들도 한결같이 감탄하였다.

평왕도 고개를 크게 끄덕이며,

"참으로 기발하기 짝이 없는 착상이오. 우리 태자와 진의 공주로써 백년가약을 맺게 하면 그 이상의 좋은 화친책(和親策)은 없을 것이오. 그러나 진 애공이 과연 우리의 요구를 들어 줄는지가 의문이구려."

이때다 싶어서 비무기는 목소리를 한층 가다듬어,

"그 문제라면 모든 것을 소신에게 맡겨 주시옵소서. 소신이 목숨을 걸고 진나라로 가서 그 문제를 해결하겠습니다."

하고 말하는 것이 아닌가.

평왕은 그 말에 더욱 감격하였다.

"그대가 나를 위해 그처럼 충성을 다해 주겠다니 이처럼 고마운 일이 없구려. 자칫 잘못하면 목숨을 잃게 될지도 모르는 일인데 그래도 괜찮겠소?"

"거듭 말씀드리옵니다만 소신은 대왕 전에 목숨을 바치기로 결심한 지 이미 오래옵는데 무엇이 두렵겠나이까?"

"고맙소이다. 그러면 내가 진나라 군주에게 보내는 친서를 써줄 터이니, 꼭 성공하고 돌아오도록 하오. 성공을 하고 돌아오면, 그 공로는 결코 잊지 않을 것이오."

그로부터 며칠 후에 비무기가 특사의 자격으로 진나라로 출발하게 되자 만조백관들은 환송연을 성대하게 베풀어주었다. 그러나 그 자리에 반드시 참석을 했어야 할 태자는 평소부터 비무기와 사이가 좋지 않아 끝끝내 나타나지 않았다.

'내가 누구를 위해 진나라로 가는데, 정작 신랑이 될 태자는 전송연에 나오지도 않으니 어디 두고 보자!'

비무기는 혀를 씹으며 태자에게 앙심을 품었다.

그로부터 며칠 후 비무기는 진나라에 가서 진 애공에게 평왕의 친서를 전달하였다. 진 애공은 초왕의 청혼 친서를 받아 보고 중신들을 불러 묻는다.

"초왕은 자기 나라의 태자와 우리 무상 공주를 혼인시키자고 친서를 보내왔는데, 이 문제를 어떻게 처리했으면 좋겠소?"

대부 공손후가 말한다.

"투보회 사건 이후 초나라는 우리에게 불구대천(不俱戴天)의 구적(仇敵)이옵니다. 더구나 초는 형제간에 시해 사건이 있은 이후로 국정이 크게 혼란해져 우리가 원수를 갚을 때는 바로 지금이라고 생각하옵는데, 그들과 국혼(國婚)을 맺다니, 무슨 말씀이시옵니까? 신이 생각하옵기는 비무기라는 자를 포로로 붙잡아 두었다가 후일 우리가 군사를 일으킬 때에 긴하게 이용하심이 좋을 줄로 아뢰옵니다."

공손후는 투보회 때의 원한이 아직도 가슴에 사무치고 있었던 것이다.

"음, 경의 말을 들어 보니 그게 좋을 것 같구려. 그러면 비무기를 돌려보내지 말고 붙잡아 두었다가 후일에 요긴하게 써먹도록 합시다."

그러자 뒤에 앉아 있던 하대부(下大夫) 요사웅(姚思雄)이 성큼 일어서더니 큰소리로 이렇게 품한다.

"소신이 생각하옵기는, 양국간에 국혼을 맺으면 우리가 크게 이로울 듯싶사온데 어찌하여 국가간의 예절까지 무시해 가면서 비무기를 포로로 붙잡아 두려고 하시옵니까? 비무기를 붙잡아 두면 후일에 반드시 화를 입게 되실 것이옵니다."

진 애공은 반대 의견이 나오자 적이 당혹하였다.

"후일에 화를 입다니 무슨 화를 입는다는 말이오?"

"초가 비록 일시적인 혼란에 빠져 있는 것은 사실이오나 신왕(新王)

기질이 민심을 조속히 수습한 수완이 보통이 아닌데다가 오사, 투자기, 관종 같은 지장(智將)들과 오자서, 원개강, 원엄 같은 용장(勇將)들이 많아 결코 얕잡아볼 나라가 아니옵니다. 그러므로 우리가 그들과 국혼을 맺음으로써 교빙(交聘)을 두텁게 하면 이로운 점은 많아도 해로운 점은 없을 것이옵니다."

들어 보니 그 말도 그럴 성싶었다. 비록 왕은 바뀌었다 해도 오사 같은 지략가는 아직도 건재하지 않던가. 더구나 투보회 때에 보니, 오자서는 비록 나이는 어려도 공손후도 당해내지 못할 효장이 아니었던가.

"그러면 경은 초나라의 청혼을 받아들이도록 하자는 말이오?"

"그러하옵니다. 초의 청혼을 쾌히 받아들이는 것만이 국가의 장래를 위하는 만전지책(萬全之策)이라고 생각하옵니다."

진 애공은 요사웅의 의견이 옳은 것 같아 고개를 크게 끄덕였다.

다음날 아침, 진 애공은 비무기를 다시 만나서 말한다.

"초왕은 귀국 태자와 우리나라의 무상 공주와 혼인을 맺게 하자는 청혼 친서를 보내왔는데 요사웅을 허혼사(許婚使)로 보낼 터인즉 귀공이 돌아가실 때에 동행을 해주시오."

"허혼사를 보내신다면 신이 정성껏 모시고 가겠습니다."

며칠 후 요사웅은 비무기와 함께 초나라를 방문하여, 초왕에게 허혼의 답서를 전달하였다. 초왕은 어쩔 줄을 모르도록 기뻐하며 비무기를 불러 이렇게 명한다.

"경은 그토록 어려운 일을 성사시켰으니 이 공로는 청사에 길이 빛날 것이오. 진나라 공주를 태자비로 영접해 오는 데 있어서도 경을 특사로 보낼 터인즉, 경은 은금보화(銀金寶貨)와 청단홍단(靑緞紅緞) 등등 각종 폐백(幣帛)을 골고루 갖추어 가지고 곧 떠나도록 하오."

이리하여 비무기에 대한 평왕의 총애는 더할 나위 없이 두터워졌다. 그로부터 얼마 후에 비무기는 다시 진나라로 들어가 무상 공주를 태자비로 맞아오는데, 그때에 은금보화와 각종 폐백을 실은 수레가 1백 대가 넘었고, 공주가 데리고 오는 종인(계집종)이 50명이나 되었다.

비무기가 태자비를 모시고 오다가 채련(彩輦) 속을 들여다보니, 신부 무상 공주는 이 세상에 둘도 있기 어려운 천하의 미인이 아닌가.

'아아, 무상 공주는 정말로 놀라운 미인이로다. 저런 절세미인을 그 아니꼬운 태자에게 주는 것은 돼지에게 진주를 던져 주는 것과 무엇이 다르랴!'

비무기는 자기도 모르게 주먹 같은 침을 꿀꺽 삼켰다. 그와 동시에 자기가 진나라로 떠나올 때에, 태자가 전송도 나오지 않았던 사실이 번개같이 머리에 떠올랐다.

'안 된다! 하늘 아래 둘도 없는 저런 미인을 그런 놈에게 주어서는 안 된다!'

비무기는 속으로 그렇게 부르짖었다. 그러나 무상 공주를 태자에게 주지 않으면 누구에게 줘야 할 것인가. 비무기는 우선 자기 자신을 생각해 보았다. 무상 공주와 같은 미인을 소실로 데리고 살 수 있다면 그 이상 바랄 것이 없을 것 같았다. 무상 공주가 만약 여염집 여자라면 무슨 수단을 써서라도 손에 넣었으리라. 그러나 그녀는 진나라 군주의 공주로서 초국의 태자비로 맞아 오는 터이니 자기로서는 언감생심(焉敢生心)이었다.

'어쨌거나 무상 공주를 태자한테만은 줄 수 없는 일이다. 그렇다면 어떻게 해야 하나.'

비무기는 수레를 타고 돌아오며 오랫동안 골똘히 궁리하다가 별안간 회심의 미소를 지으며,

'그렇다······. 이렇게 하면 되리라.'

하고 소리를 내어 중얼거렸다.

아첨 잘하기로 소문난 비무기가 별안간 회심의 미소를 지은 것은 도대체 어떤 생각이 떠올랐기 때문이었을까. 그것은 비무기처럼 간교한 사람이 아니고서는 어느 누구도 착상할 수 없는 기상천외한 생각이었다.

'무상 공주를 태자에게 줄 것이 아니라 초왕의 후궁(後宮)으로 들여보내자. 그러면 왕도 좋아할 것이고, 나도 덕을 보게 될 것이 아닌가.'

기상천외한 착상이란 바로 그것이었다. 물론 태자비로 데려온 여자를 후궁으로 들여앉히자고 하면 초왕도 처음에는 펄쩍 뛰면서 거부할지도 모른다. 그러나 이 세상에 미녀를 싫어하는 남자가 어디 있던가. 더구나 초왕은 어리고 아리따운 계집이라면 사족을 못 쓰는 호색한이 아니던가.

비무기는 무상 공주를 후궁으로 들여앉히게 만들 자신이 있었다.

'만약 무상 공주를 후궁으로 들여앉히기만 하면, 나는 그 공로(?)로 부귀와 영화를 한평생 누릴 수 있을 것이 아니겠는가.'

비무기는 자기 자신의 기상천외한 착안에 스스로 탄복해 마지않았다. 그러나 그렇게 하려면 태자에게 안겨 줄 가짜 공주가 필요한데 그 문제도 비무기 자신이 해결해야만 했다.

무상 공주가 데리고 오는 계집종은 무려 50명이나 되었다. 그중에 마아미(馬亞美)라고 부르는 계집종이 있었다. 마아미는 무상 공주와 나이도 동갑이거니와 용모도 쌍둥이같이 흡사하였다.

'그렇다! 태자에게는 공주 대신 마아미라는 종년을 안겨 주자!'

무슨 일이나 한번 결심하면 주저 없이 실천에 옮기는 비무기였다. 비무기는 마아미를 비밀리에 불러, 금은보화를 선물로 주면서, 그녀의 신상을 알아보았다.

"너는 어떤 연유로 무상 공주의 몸종이 되었느냐?"

마아미가 대답한다.

"소녀는 본시 제나라 사람이온데, 진(秦)나라에서 성장한 관계로 지금은 궁중으로 불려 들어와 소의(昭儀)라는 벼슬을 지내고 있는 몸이옵니다."

"허어, 단순한 몸종이 아니라 당당한 여관(女官)이라는 말이지?"

비무기는 더욱 다행스럽게 여기며,

"실상인즉 조금 전에 진나라 군주로부터 밀사가 왔는데, 무상 공주는 초왕의 후궁으로 삼도록 하고, 태자비로 공주 대신에 너를 들여보내 달라는 특별 분부가 계셨다. 그것은 국가와 국가 간의 기밀이기 때문에 누구에게도 발설할 수 없는 일이니, 너만 알고 있거라. 공주 대신으로 태자비가 되는 데 대해 너는 어떻게 생각하느냐?"

"……"

너무도 엄청난 말이어서 마아미는 대답할 바를 몰랐다.

비무기가 다시 말한다.

"태자비란 머지않아 국모(國母)가 될 자리다. 뜻하지 못한 엄명이 내린 것으로 보아 너는 국모의 대운을 타고났음이 분명하니, 아무 말 말고 운명에 순종하도록 해라. 그 대신 이런 일이란 누구한테도 발설을 해서는 안 된다."

무서운 음모였다. 마아미도 태자비가 되는 것이 싫을 리가 없었다. 그러나 무상 공주에 대한 의리가 걱정스러워,

"공주께서도 이런 사실을 알고 계시옵니까?"

하고 물었다. 비무기가 대답한다.

"고국의 밀사가 공주를 직접 만나보고 돌아갔으니 응당 알고 계실 것이다. 그러나 공주가 알든 모르든 이런 일이란 국가와 국가 간의 기

밀에 속하는 중대사이다. 따라서 누구한테도 발설을 할 수 없다. 그런 줄 알고 너는 입을 굳게 다물고 내가 시키는 대로만 하거라."

간지(奸智)에 능한 비무기는 그날부터 무상 공주와 마아미를 대면조차 못하도록 다른 수레에 태워 가지고 돌아왔다. 초왕에게 귀국 보고를 올리니 평왕은 크게 기뻐하며 묻는다.

"막중한 사명을 성공적으로 완수하느라 수고가 많으셨소이다. 그래 공주의 용모가 어떠합디까?"

비무기는 대견스러운 표정을 지어 보이며,

"대왕마마! 공주의 용모는 말로는 표현할 수가 없을 정도로 아름답사옵니다. 한편에는 해가 돋고, 한편에는 달이 돋았다고나 할까요. 보면 볼수록 눈이 부실 정도로 아름답습니다. 게다가 눈은 샛별처럼 총명해 보이고, 살결은 비단결같이 보드라워 보이고, 목소리는 은쟁반에 구슬을 굴리는 듯 아름다웠습니다."

하고 입에 침이 마르도록 떠벌려 놓았다.

"허어! 공주의 용모가 그렇게도 아름다운가?"

초왕은 말만 들어도 회가 동하는 모양이었다. 비무기는 그런 눈치를 채자 얼른 평왕의 옆으로 바싹 다가와서 속삭이듯이 이렇게 말했다.

"대왕마마! 무상 공주를 태자에게 주기에는 너무도 애석한 생각이 드옵니다. 차라리 대왕께서 후궁으로 맞아들이시는 것이 어떠하겠습니까?"

아무러한 초왕도 그 말에는 펄쩍 뛸 듯이 놀라며,

"진나라 공주를 태자비로 맞아오는 것은 태자도 이미 알고 있는 일인데 부자지간에 그럴 수는 없는 일이 아니오?"

하고 고개를 좌우로 흔든다. 그러나 그런 정도의 거부 반응으로 후퇴할 비무기가 아니었다.

"대왕마마! 소신도 그 점을 고려하지 않은 것은 아니옵니다. 거기에 대해서는 이미 대책을 강구해 놓았사오니 대왕께서는 공주를 후궁으로 맞아 들여 노후를 마음껏 즐기도록 하시옵소서."

"대책을 강구하다니? 무엇을 어떻게 해놓았다는 말이오?"

비무기는 마아미와의 밀약을 상세하게 설명해 주고 나서,

"태자는 마아미를 진짜 공주로 알고 기쁜 마음으로 받아들일 것이오니 대왕께서는 안심하고 공주를 후궁으로 맞아들이시옵소서. 이 사실은 누구도 알지 못할 것이옵니다."

초왕은 그제야 지극히 만족스러운 듯 이렇게 말했다.

"음! 내게 있어 경처럼 충성스러운 신하는 없을 것이오."

평왕은 무상 공주를 후궁으로 맞아들인 그날부터 정사(政事)는 돌보지 아니하고, 낮이나 밤이나 여색에만 빠져 지냈다. 동궁태부 오사는 무상 공주를 바꿔치기 하는 비밀을 눈치 채고 죽음으로써 간언을 올리려고 했으나 비무기가 훼방을 놓아 왕을 만날 수조차 없었다.

비무기는 정적인 태자와 오사를 숫제 제거해 버릴 생각에 어느 날 평왕에게 이렇게 품했다.

"대왕마마! 우리나라는 대왕께서 선정을 베푸시는 덕택에 국위가 날로 고양되어 가고 있사옵니다. 그러나 북방의 수비만은 다소 허술한 감이 없지 않사오니 태자를 성보진수(城堡鎭守)로 임명하시어 북방 수비를 완벽하게 하심이 좋을 것 같사옵니다. 더구나 태자비가 진나라 출신인 관계로 자칫 잘못하다가는 국가의 기밀이 진나라로 새나갈 우려도 없지 않사오니, 그런 점으로 보아서도 태자를 지방으로 보내심이 좋을 줄로 사료되옵니다."

"음, 경의 의견이 그렇다면 그렇게 합시다."

평왕은 태자비를 가로챈 죄가 있는지라 태자를 멀리 보내 버리는

것이 마음이 편할 것 같아 즉석에서 동의하였다.

왕명이 태자부(太子府)로 내려가자 장본인보다는 오사가 분개한다.

"태자를 변방으로 쫓아내는 것은 국가의 체통상 있을 수 없는 일이다. 이는 비무기의 농간임에 분명하니 내가 대왕을 직접 찾아뵙고 간언을 올리리라."

오사는 죽음을 각오하고 대궐로 달려 들어왔다. 이날도 평왕은 무상 공주를 옆에 앉혀 놓고 술을 마시고 있었다.

오사가 술상 앞에 엎드려 간한다.

"신이 듣자옵건대 부자유친(父子有親)과 부부유별(夫婦有別)은 인륜의 대강(大綱)이옵고, 예의와 염치를 존중하는 것은 국가의 대유(大維)라고 하옵니다. 그러하온데 대왕께서는 간신배의 참언에 현혹되시어 먼저는 부부간의 윤리를 어지럽히시더니, 이제는 간신배의 참언을 믿으시고 부자간의 의리조차 끊으시려 하시니 이러고서는 나라가 망하지 않을 수 없사옵니다. 엎드려 바라옵건대 대왕께서는 간신 비무기에게 참형을 내리시옵고, 태자에게 내린 분부를 거두어 국가의 기틀을 바로잡아 주시옵소서. 신은 죽음을 각오하고 간언을 올리옵니다."

평왕은 총애하는 무상 공주의 눈앞에서 자기를 모독하는 말에 분노를 참지 못해,

"여봐라! 게, 누구 없느냐? 저 늙은 놈을 당장 끌어내어 능지처참을 시켜라!"

하고 뇌성벽력 같은 불호령을 내리는 것이었다.

일령지하, 호랑이 같은 무사 10여 명이 비호처럼 달려들어 늙은 오사를 개처럼 끌어낸다.

비무기가 그 소식을 듣고 대궐로 급히 달려 들어와 평왕에게 머리를 조아리며 아뢴다.

"대왕마마! 오사는 이 나라의 충신이오니 죽여서는 아니 되시옵니다."

"왕에 대한 예의범절조차 모르는 놈이 무슨 충신이란 말이오? 더구나 오사는 경과 같은 충신을 간신이라 비방하고 있으니 군신을 이간시키는 간신배가 아니고 뭐란 말이오?"

비무기는 물론 오사를 죽이는 데 이론이 있을 턱이 없었다. 오사를 죽여 없애고 싶은 마음은 누구보다도 간절한 비무기였다. 그럼에도 오사의 참형을 극구 반대하고 나선 것은 후환이 두렵기 때문이었다.

오사에게는 자상(子尙)과 자서(子胥)라는 두 아들이 있었다. 맏아들 오자상은 별로 두려워할 인물이 못 되지만 둘째아들 오자서는 감당하기 어려운 효장이 아니던가. 오사를 경솔하게 죽였다가는 그들의 보복을 무엇으로 당해낼 수 있을 것이랴. 그러므로 오사를 죽이려면 아들 형제도 같이 죽여야만 했다. 비무기는 그런 점을 계산에 넣고 있었던 것이다. 게다가 오사를 경솔하게 죽여서는 안 될 이유가 또 하나 있어 비무기는 평왕을 다시 만류한다.

"오사를 죽이시더라도 지금 당장 죽여서는 아니 되시옵니다."

"어째서 지금 죽여서는 안 된다는 말이오?"

"실상인즉 무상 공주를 바꿔치기 한 비밀을 오사만은 알고 있사옵니다. 오사는 그 일을 알고 있으면서도 지금까지 일체 발설을 아니 했지만 만약 그를 죽이게 되면 죽기 전에 그 비밀을 태자에게 알려줄 염려가 없지 않사옵니다. 그렇게 되면 일이 크게 벌어지게 될 것이옵니다."

사실 오사는 태자비로 내정되었던 무상 공주를 비무기가 후궁으로 바꿔치기 한 비밀을 진작부터 알고 있었다. 그러면서도 일체 발설을 아니 한 것은, 입을 함부로 놀렸다가는 왕가(王家)에 부자상잔(父子相

殘)의 참변이 일어날 것이 두려웠기 때문이다.

아무러한 평왕도 그 소리에는 기가 뚝 꺾인다.

"그러면 오사를 어떻게 처리했으면 좋겠소?"

"당분간은 살려두시되, 지금 당장은 성보진(城堡鎭)으로 태자를 모시고 가 있도록 하심이 좋을 것 같사옵니다."

이를테면 지금은 죽여 없애지 말고, 변방으로 쫓아 보냈다가 다음 기회를 보도록 하자는 것이었다.

"음, 경의 뜻이 그렇다면 그렇게 합시다. 모든 것을 경에게 맡길 테니 맘대로 처리해 주오."

입맛을 쓰디쓰게 다시는 평왕도, 실상인즉 마음속으로는 그 나름대로 고민이 없지 않았다. 왜냐하면 무상 공주를 후궁으로 맞아들인 것까지는 좋았으나 이 천하일색의 미녀는 웬일인지 1년이 넘도록 한번도 웃는 얼굴을 보여준 일이 없었기 때문이다.

무상 공주는 어찌하여 '웃음을 잃어버린 미녀'가 되어 버렸을까. 그녀는 고국을 떠날 때에 초국의 태자비로 간택되어 오는 줄로 알고 있었다. 그러나 정작 초국에 당도해 보니 태자 비가 아니라 늙은 평왕의 후궁이 되어 버린 것이 아닌가. 왕비가 된다 해도 모를 일인데 일개의 후궁으로 전락되어 버렸으니 웃음이 나올 턱이 없었다.

무상 공주는 후궁으로 들어온 지 1년 후에 아들을 낳았다. 이름을 진(珍)이라고 불렀으나 왕위를 물려받을 자격조차 없으니 시름은 날이 갈수록 짙어만 가고 있었다.

어느 날 평왕이 무상 공주에게 묻는다.

"그대가 왕궁에 들어온 지 이태가 가깝도록 한번도 웃는 얼굴을 못 보았으니 어찌된 일인가?"

무상 공주가 쓸쓸한 표정으로 대답한다.

"신첩은 오직 진(秦)·초(楚) 양국을 위해 청춘을 희생시켜 오고 있을 뿐이옵니다. 원망하는 것은 아니오나 대왕의 춘추가 이미 육순(六旬)에 가까우시니 신첩이 앞으로 무슨 희망이 있겠나이까? 나이가 어린것이 원망스러울 따름이옵나이다."

평왕이 웃으면서 달랜다.

"우리가 이렇게 만난 것은 전생부터의 인연이 분명하니, 그대는 모든 원한을 풀고 즐겁게 살아가도록 하자."

그렇게 말하는 평왕에게도 양심의 가책이 노상 없는 것은 아니었다.

태자의 생모인 왕비 채 부인(蔡夫人)은 도량이 넓고 부덕(婦德)이 풍부한 여인이었다. 채 부인만은 무상 공주가 비무기의 농간으로 바꿔치기 당한 비밀을 진작부터 알고 있었다. 그러나 부자간에 상극(相剋)이 생길까 두려워 그녀 역시 그 비밀만은 굳게 지켜 오고 있었다. 그런데 무상 공주는 날이 갈수록 수심이 가득할 뿐만 아니라 기회가 있을 때마다 미건 태자의 이야기를 미주알고주알 캐어묻기까지 하는 것이 아닌가.

언젠가는 채 부인에게 이런 말로 물었다.

"소첩은 입궐한 지 3년이 가깝도록 아직 태자의 얼굴조차 뵈온 일이 없사옵니다. 왕비께서는 소첩에게 태자의 얼굴이라도 한번 뵈올 수 있게 해주시옵소서."

그처럼 간곡한 부탁을 받고 나자 채 부인은 같은 여자의 입장에서 동정과 연민의 정을 금할 길이 없었다.

그리하여 자기도 모르게,

"실상인즉……."

하고, 태자비로 간택되어 왔던 무상 공주가 비무기의 농간으로 후궁으로 바꿔치기 당한 비밀을 사실대로 토설해 버리고 말았다.

무상 공주는 그 말을 듣자 통곡을 하며 말한다.

"비무기처럼 악랄한 놈을 그냥 살려둘 수는 없사옵니다. 소첩은 지금 당장 고국으로 돌아가 부공(父公)에게 모든 사실을 낱낱이 고하여, 첩의 신세를 망쳐 놓은 비무기란 놈을 능지처참을 시키도록 하겠나이다."

드디어 일이 크게 벌어졌다. 채 부인은 입이 가벼웠던 것을 몹시 뉘우쳤지만 한번 엎지른 물을 다시 주워 담을 수는 없는 일이 아닌가.

그 엄청난 비밀이 진나라 측에 알려지면 진·초간에 전쟁이 일어날 것도 두려웠지만 부자간에도 혈투가 벌어질지 모를 일이 아닌가.

이에 채 부인은 무상 공주의 손을 붙잡고, 눈물을 흘리며 간곡히 호소한다.

"모든 것은 이미 지나가 버린 일이니 빈은 사랑하는 진 왕자와 초나라 왕가의 체통을 생각해 분노를 참아 주오. 나는 빈을 믿고 말한 것인데 본국으로 돌아가 부왕에게 비밀을 고하면 진·초 양국은 반드시 피바다가 되어 버릴 것이오. 옛날부터 여자는 참는 것을 부덕으로 일러 오고 있으니, 빈은 모든 것을 운명으로 돌리고 나를 보아서라도 고정해 주오."

채 부인이 울면서 애원하는 바람에 무상 공주는 차마 자식까지 버리고 본국으로 돌아갈 수는 없었다. 그러나 그날부터 무상 공주는 울지 않는 날이 단 하루도 없었다.

한편, 성보진수로 가 있는 미건 태자에게도 아들이 하나 생겼다. 가짜 무상 공주인 마아미의 몸에서 태어난 자식이었다. 그 아이의 이름은 승(勝)이라고 하는데, 무상 공주의 아들인 진 왕자와는 석 달 차밖에 없는 동갑이었다.

태자는 성보진수로 떠나간 지 6년 만에 부왕의 회갑수연(回甲壽宴)

에 참석하기 위해, 자식을 데리고 영도로 오게 되었다. 궁중에서 회갑 잔치가 있는 날, 미승과 미진의 두 아이들은 함께 어울려 놀다가 싸움이 붙었다. 그리하여 진 왕자가 조카인 승에게 매를 두들겨 맞고 울면서 돌아오는 꼴을 보자, 무상 공주는 화가 치밀어 올라서,

"태자는 제 여편네 하나도 제대로 차지하지 못하는 주제에 어쩌자고 어린것들에게 싸움만 붙이는지 모르겠구나!"

하고 씹어 뱉듯이 말했다. 그 말이 곧 태자의 귀에 들어갔다.

'여편네 하나도 제대로 차지하지 못하다니? 그게 무슨 소리지? 그 말은 반드시 무슨 곡절이 있는 말임이 분명하다!'

태자는 그 말을 그대로 들어 넘길 수가 없어 곧 생모인 채 부인을 찾아와 묻는다.

"어머님! 빈(嬪)이 나를 두고 '여편네 하나도 제대로 차지하지 못하는 위인'이라고 하더라는데 그 말이 무슨 뜻이옵니까? 그 말에는 반드시 곡절이 있는 듯하온데, 어머님은 알고 계실터인 즉, 소자에게 그 연유를 말씀해 주시옵소서."

일은 점점 크게 벌어져 가고 있었다.

"……."

채 부인은 너무도 난처하여 아무 대꾸도 못했다. 그러자 태자가 족치듯이 따지고 든다.

"어머님이 말씀해 주시지 않으면 소자는 이 자리에서 자결을 하고 말겠습니다."

비밀 고수도 중대할지 모르나 어머니로서는 사랑하는 아들을 차마 눈앞에서 죽게 할 수는 없었다. 그렇다고 부자간의 추잡스러운 과거를 차마 자기 입으로는 말할 수가 없어서 채 부인은 생각다 못해,

"나한테 물어 볼 게 아니라 집에 돌아가 네 아내한테 물어 보아라.

네 아내는 모든 비밀을 다 알고 있느니라."

하고 대답해 주었다. 태자는 그 대답을 듣자 부왕에게는 작별 인사도 고하지 아니하고, 성보진으로 부랴부랴 돌아와 버렸다.

태자가 왕에게 인사도 아니 하고 별안간 격분한 기색으로 돌아갔다는 소식이 전해지자 비무기는 불안한 생각이 들었다.

'혹시 무상 공주와의 비밀이 알려져서 그런 것은 아닐까? 그렇지 않다면 부왕에게 인사도 없이 격분한 기색으로 돌아갈 리가 만무하지 않은가?'

생각이 거기에 미치자 비무기는 걱정스러워 견딜 수 없었다.

'에라! 화근을 뿌리째 뽑아 버리기 위해 차라리 이 기회에 태자를 완전히 제거해 버리기로 하자.'

비무기는 그렇게 결심하고 평왕에게 고한다.

"근자에 신이 듣자옵건대 태자와 오사는 성보진에 있으면서 송·정 등과 교분을 두텁게 하고 제·진 등과도 제휴하여, 대왕에게 모반할 계획을 꾸미고 있는 중이라 하옵니다. 대왕께서 방비책을 미리 강구하지 않으시면 국기가 위태로워질 것이옵니다."

"그건 괜한 소문일 게요. 태자가 설마 아비를 배반할 리가 있겠소?"

비무기는 고개를 크게 흔든다.

"태자에게 그런 의도가 없다면, 대왕전에 고별인사도 없이 격분한 기색으로 돌아갔을 리 만무하지 않사옵니까. 태자는 무상 공주와의 비밀을 알고 대왕에게 모반을 도모할 결심으로 급격히 돌아간 것이 분명하옵니다."

그 말에는 평왕도 당황하지 않을 수 없었다.

"만약 그 비밀이 탄로되었다면 어찌 하면 좋겠소?"

"그 비밀을 알고 있는 사람이 내부에는 채 왕비가 계시고, 외부에는 오사가 있을 뿐이옵니다. 그러므로 우선 채후(蔡后)를 폐위시키고 진빈(秦嬪)을 왕비로 삼으시옵고, 오사를 급히 불러다가 옥에 가두시옵소서. 태자가 아무리 반란을 일으키고 싶어도 오사가 없으면 감히 대사를 도모하지 못할 것이옵니다."

평왕은 비무기의 말을 옳게 여겨, 성보진으로 사람을 보내 오사를 급히 불러올리게 하는 동시에 '오늘 부로 왕비 채후를 폐위하고, 진빈(秦嬪)을 왕후로 봉한다'는 벼락 같은 조서를 선포하였다. 그야말로 제정신이 아닌 처사였다.

평왕이 어이없는 조서를 내리자 영윤 투자기가 격분하여 급히 달려와 간한다.

"대왕은 내란을 평정하시고 국정을 안정시켜야 할 중대한 이 시기에 며느리로 삼으려던 여인을 후궁으로 들여앉힌 것만도 커다란 잘못이었사온데 이제는 태자까지 버리려고 하시니 그것은 너무도 잘못된 처사이옵니다. 게다가 충신 오사까지 급히 불러다가 죽이실 모양이니, 열국 제후들이 이 사실을 알면 모두들 힘을 모아 반드시 우리나라로 쳐들어오게 될 것입니다. 초국이 이대로 망하는 꼴을 보지 않으시려거든 지금이라도 이미 선포하신 조서를 다시 거두어들이시옵소서!"

평왕은 그 말을 듣고 울화가 머리끝까지 치밀어 올랐다.

"이제 알고 보니, 네놈도 태자와 함께 역적을 도모하려는 놈이 분명하구나. 여봐라! 이놈을 당장 끌어내 목을 베어라!"

이리하여 한평생 생사고락을 같이해 온 투자기를 효수형에 처하고, 채 왕후는 운성(鄖城)으로 축출하여 감금시켜 버렸다. 그리고 금후에는 수하를 막론하고 왕에게 간언을 올리는 자는 모조리 효수형에 처한다는 포고까지 내렸다.

마침 그때 오사가 붙잡혀왔다. 평왕이 오사에게 묻는다.

"그대에게 태자를 올바르게 교육시켜 달라고 부탁했는데, 어찌하여 교육은 시켜 주지 않고 태자와 함께 모반을 도모하였는고?"

오사는 머리를 조아리며 아뢴다.

"대왕은 자부가 될 여인을 후궁으로 삼으시고, 태자를 변방으로 쫓아내셨습니다. 이는 삼강오륜(三綱五倫)을 송두리째 유린하신 처사이시옵니다. 신은 간언을 올렸다가 죄를 받고 다시는 입을 열지 않았습니다. 그런데 아직도 간신배의 말을 믿으시고, 태자를 돕는 일을 모반이라고 말씀하시니 이는 이성을 몰각하신 말씀이시옵니다."

평왕은 그 말에 더욱 격분하여 오사를 하옥시키고, 당장 군사를 보내 태자가 있는 성보진성(城堡鎭城)을 포위하라는 명령을 내린다.

비무기가 왕에게 품한다.

"오사가 없어서 태자 혼자서는 반란을 일으키지 못할 것이니, 군사를 보내실 필요는 없사옵니다. 그보다는 구변이 능한 사람을 보내시어, 태자를 이리로 꾀어다가 오사와 함께 처형하시면 모든 일은 끝날 것이옵니다."

"음…… 그것 참 좋은 생각이오. 그러면 태자한테 누구를 보내는 게 좋겠소?"

"태자를 유인해 오려면 동궁사마(東宮司馬)로 있던 분양이 가장 적임자일 것이옵니다."

평왕은 즉석에서 분양을 불러들여 태자를 유인해 오도록 명하였다.

한편, 태자는 부왕에게 고별인사도 올리지 아니하고 성보진으로 돌아오기 무섭게 아내를 방 안으로 불러들였다. 자기가 모르고 있는 비밀을 한시라도 빨리 알아내고 싶었기 때문이다.

미건 태자는 가짜 무상 공주인 마 부인을 눈앞에 불러 앉혀 놓더니,

가슴에 품고 다니던 비수를 꺼내 놓으며, 살기 어린 표정으로 이렇게 따진다.

"부인과 나 사이에는 남모르는 비밀이 있소. 그 비밀이 어떤 것인지 이 자리에서 사실대로 고하시오. 만약 이실직고(以實直告)하지 않으면 단칼에 목숨이 남아나지 못할 것이오."

마 부인은 모든 비밀이 탄로되었음을 직감하고 몸을 와들와들 떨었다. 이미 사태가 이 지경에 이른 이상 숨기려고 애써 보았자 소용이 없을 것 같아 흐느껴 울면서,

"실상인즉……."

하고, 비무기의 농간으로 무상 공주와 자기가 바꿔치기 당한 사실을 하나도 숨김없이 실토해 버리고 말았다.

태자는 무서운 비밀담을 다 듣고 나더니 이를 바드득 갈고 전신을 와들와들 떨며 부르짖는다.

"며느리를 후궁으로 가로챈 자는 아비가 아니다. 그런 짐승 같은 자를 내 손으로 목 베어 버리고, 비무기란 놈도 내 손으로 배를 갈라 간을 씹어 먹으리라. 게 누구 없느냐? 태부 오사를 급히 불러오너라."

측근이 부리나케 달려와 고한다.

"태부께서는 오늘 아침에 왕명으로 영도로 붙잡혀 올라가셨사옵니다."

"뭐야? 오 태부가 영도로 붙잡혀 갔다고?"

태자는 비무기의 마수가 이미 오사에게까지 미쳤음을 알고 눈앞이 아득하였다.

'그렇다면 내 운명도 경각에 달려 있다고 보아야 옳을 것이 아닌가.'

태자가 어찌할 바를 모르는 채 격분에 잠겨 있는데, 호위가 급히 달려와 고한다.

"전에 사마(司馬)로 계시던 분양 장군이 대왕의 조서를 가지고 왔 사온데, 어찌된 일인지 현당(縣堂)에는 들어오지 아니하시고 성문 밖에 엎드려 통곡만 하고 계시옵니다."

"뭐야? 분양 장군이 조서를 가지고 왔는데, 현당에는 들어오지 아니하고 성문 밖에서 통곡만 하고 계시다구?"

"예, 그러하옵니다."

왕사(王使)로 왔다는 사람이 성문 밖에서 통곡만 하고 있다면, 말 못 할 곡절이 있음이 분명하지 않은가.

태자가 성문 밖으로 부리나케 달려 나와 보니 분양은 땅에 엎드린 채 울면서,

"군주께서 혼매(昏昧)하시와 먼저는 간신의 꼬임에 넘어가 부자간의 천륜을 유린하시더니, 이제는 태자를 태부 오사와 함께 처단해 버리시려고 소신더러 영도까지 유인해 오라고 하시옵니다. 매우 위급한 상황이오니 태자께서는 지체하지 말고 몸을 피하시옵소서."

하고 말하는 것이 아닌가. 분양이 왕명까지 거역해 가며 사태의 위급성을 알려주는 바람에 태자는 눈물이 솟았다.

그렇다고 사내대장부로서 이 판국에 도망을 칠 수는 없었다. 태자는 분양의 손을 잡아 일으키며 비장한 어조로 말한다.

"나는 군사를 일으켜 혼매한 군주를 내 손으로 죽여 없애고, 간신 비무기의 배를 갈라 그놈의 간을 씹어 먹어야만 직성이 풀리겠소. 나의 각오가 이미 그러하거늘 사마는 어찌하여 나더러 도망을 가라고 하시오."

분양은 고개를 좌우로 흔들며 대답한다.

"동궁께서 분노하시는 심정은 알고도 남음이 있사옵니다. 그러나 부자간의 천륜은 워낙 무거운 것이옵니다. 부왕께서 비록 불의를 저

지르셨다 하나 그로 인해 아드님이 불효를 범하셔서는 아니 되시옵니다. 게다가 정부의 군사가 워낙 막강하여 동궁께서 반란을 도모해 봐야 양(羊)이 범에게 덤벼드는 것과 다름이 없사옵니다. 결국은 혼군(昏君)을 제거하지도 못하고 역적의 누명만 쓰게 될 것이오니, 일시의 분노를 참으시고 외국으로 피신을 하셨다가 주공께서 돌아가시기를 기다려 대위(大位)에 오르도록 하시옵소서. 간신에 대한 원수는 그 후에 갚으셔도 족할 것이옵니다."

태자는 분양의 명철한 충언이 너무나 고마워 흐느껴 울며 말한다.

"사마의 말씀이 뼈에 사무치도록 고맙소이다. 그러나 하늘의 버림을 받은 내가 가기는 어디로 간단 말씀이오? 게다가 나의 피신을 도와준 사실이 발각되면 사마도 무사하지 못할 터인데, 그 일은 또 어찌하려오?"

"소신은 문제를 알아서 처리할 터이니 동궁께서는 한시 바삐 떠나셔야 하옵니다. 시간을 지체하면 영도에서 대군이 몰려와 돌이킬 수 없는 변을 당하게 되실지도 모르옵니다."

분양은 태자를 내당(內堂)으로 데리고 들어와 태자비와 어린 아이들까지 같이 떠나도록 재촉하였다.

태자는 처자식과 함께 분양에게 작별을 고하여 말한다.

"내가 만약 후일에 고국에 다시 돌아오게 되면 사마의 은혜는 무슨 일이 있어도 갚도록 하겠소."

"무슨 말씀을! 소신은 다만 신하의 직책을 다하고 있을 뿐이지 어찌 후일의 보답을 바라오리까. 동궁께서는 다른 나라로 가지 마시옵고 송나라로 가시옵소서. 송나라는 동궁을 두말없이 받아들여 주실 것이옵니다."

태자와 분양은 작별에 임하여 손을 마주 잡고 대성통곡을 하였다.

분양은 태자일행을 무사히 탈출시켜 버리자 그 길로 영도로 돌아와 평왕 앞에 석고대죄(席藁待罪)를 하고 아린다.

"동궁은 외국으로 피신을 하셨사옵니다."

평왕은 그 말을 듣고 벼락 같은 소리로 꾸짖는다.

"태자를 잡아오라고 한 것은 너와 나만이 알고 있는 사실이지 않더냐? 그런데 태자가 그 사실을 어찌 알아채고 달아났다는 말이냐? 태자를 도망치게 만든 것은 바로 네놈이 한 짓이렷다?"

그러자 분양은 태연히 이렇게 대답한다.

"그러하옵니다. 동궁을 도망치게 한 것은 바로 소신이옵나이다."

분양이 너무도 솔직하게 대답하자 평왕은 전신을 와들와들 떨었다.

"이 주리를 틀어 죽일 놈아! 네놈은 나의 녹(祿)을 먹으면서 모반을 도모한 대역죄인을 도망치게 했다는 말이냐?"

분양은 침착한 어조로 대답한다.

"대왕께서 소신을 태자사마로 임명할 때 '태자 섬기기를 과인(寡人)을 섬기듯 하라'고 말씀하셨습니다. 게다가 동궁은 모반할 뜻이 전연 없었음에도 대왕께서는 동궁을 체포해 오라고 하셨습니다. 소신은 대왕께서 지난날 말씀하신 뜻을 충실히 받들어 동궁을 피신하게 했을 뿐이옵니다. 소신의 처사가 잘못된 일인지는 모르오나 이미 지나간 일이오니 이제는 어찌할 수가 없게 되었습니다."

"이놈아! 네가 태자를 도망치게 해놓고 무슨 낯짝으로 내 앞에 다시 나타났느냐? 이왕이면 네놈도 태자와 함께 도망을 가버릴 일이지 어찌하여 예까지 다시 왔느냐?"

분양이 머리를 조아리며 대답한다.

"소신은 왕명을 받들고 동궁을 체포하러 갔으나 동궁이 무고한줄 알고 왕명을 어겨 가면서 도망을 치게 하였습니다. 이미 그 한 가지만으로도 커다란 죄를 범한 셈이온데, 동궁과 함께 도망을 쳤다면 그것은 두 번째 죄를 범하는 꼴이 될 것이 아니오니까? 왕명을 한 번 거역한 것만으로도 용서받지 못할 죄인이온데, 어찌 두 번씩이나 범할 수 있으오리까? 소신은 다만 대왕의 준엄하신 처벌을 기다릴 뿐이옵니다."

분양이 그토록 충직한 태도로 나오니 평왕도 덮어놓고 죽여 버릴 수는 없는 노릇이었다. 그리하여 군신들에게 물어본다.

"분양을 어떻게 처리했으면 좋겠소?"

70이 다 된 노신이 두 손을 읍하고, 비장한 어조로 대답한다.

"분양이 지엄한 왕명을 어긴 것은 사실이오나 계획적인 처사가 아니었음은 본인이 이 자리에 직접 나타난 것만 보아도 알 수 있는 일이옵니다. 일시적인 잘못은 누구에게나 있을 수 있는 일이오니 대왕께서는 각별히 관대한 처분을 내려 주시도록 하시옵소서."

"음, 그러면 저놈을 죽이지 말고 살려 두란 말이오?"

그러자 옆에 있던 또 한 사람의 노신이 국궁배례하며 말한다.

"아뢰옵기 황공하오나 대왕께서는 분양에게 관대한 처분을 내려 주시옵소서. 노신도 간곡히 부탁드리옵니다. 만약 분양과 같이 충성스러운 신하를 가혹하게 처벌하시면 금후에 누가 대왕전에 충성을 다하려고 하겠나이까?"

평왕은 그 말이 옳은 듯싶어 입맛을 쓰게 다시며 명한다.

"그러면 분양을 살려 주어 원직에 그냥 머물러 있게 하라."

이리하여 분양은 죽음을 면할 수 있게 되었다.

쫓는 자, 쫓기는 자

미건 태자가 국외로 도피한 사실이 알려지자 누구보다도 놀란 사람은 간신 비무기였다. 비무기는 그 말을 전해 듣기가 무섭게 평왕에게 달려와 말한다.

"태자가 국외로 도망을 쳤다니, 이제는 오사를 살려 두었다가는 큰일나겠사옵니다."

"오사를 지금 당장 죽여 없애는 게 좋겠다는 말이오?"

"죽이기는 죽이되, 지금 죽이면 후환이 두려우니 일단 석방을 해주시옵소서."

"죽여야 할 사람을 석방하라니, 그건 또 무슨 소리요?"

"오사만 죽이면 그의 두 아들인 오자상과 오자서가 반드시 외국으로 탈출하여 아비의 원수를 갚으려고 할 것이옵니다. 결국 오사를 죽이려면 아들 형제도 같이 죽여야 하는데, 그런 기회를 만들려면 임시 방편으로 오사를 석방하는 수밖에 없겠습니다."

비무기는 그렇게 말하고 나서 오사 삼부자를 몰살시킬 계획을 평왕에게 자세히 설명해 주었다.

　평왕은 계략을 듣고 매우 만족스러워하며, 곧 오사를 불러 말한다.

　"그대는 태자와 짜고 모반을 도모했으므로, 마땅히 참형에 처해야 옳을 일이다. 그러나 선대부터 나라에 공이 많았고, 투보회 때에는 아들 오자서의 공로가 컸으므로 지난날의 죄를 묻지 않고 석방해 주기로 하겠다."

　"홍은이 망극하옵나이다."

　오사는 아무 표정도 없이 머리만 조아릴 뿐이었다. 평왕이 다시 말한다.

　"그대는 나이가 많아 관직을 다시는 주지 않을 터인즉, 석방되는 대로 고향에 돌아가 여생을 편히 보내도록 하라. 그러나 그대의 두 아들은 나라에서 크게 써야 할 인물들이니, 집에 돌아가거든 곧 그들에게 편지를 내어 나에게 꼭 들르도록 하라. 나는 그들에게 커다란 벼슬을 내리리라."

　두말할 것도 없이 그것은 비무기의 사주에 의한 감언이었다. 오사는 물론 평왕이 자기네 삼부자를 모조리 죽여 없애기 위해 수단을 쓰고 있음을 잘 알고 있었다. 그러나 오사는 신하의 몸으로 왕명을 거역할 수 없어 옥에서 석방되어 나오자마자 곧 당주(棠州)에 멀리 떨어져 있는 아들 형제에게 다음과 같은 편지를 썼다.

　"이 아비는 반역죄로 영어에 갇혀 있다가 대왕으로부터 각별한 은전을 입어, 이제 자유의 몸이 되었다. 대왕께서는 너희 형제에게 각별히 높은 벼슬을 내려 주시겠다고 하시니, 이 편지를 받아보는 대로 곧 대왕전에 배알(拜謁)토록 하여라."

　오사의 부인이 그 편지를 읽어보고 몹시 불안한 표정으로 남편에게 묻는다.

"왕이 우리 아이들을 죽여 버리려고 만나자는 것이 아닐까요?"

"……"

오사는 눈을 무겁게 감은 채 가타부타 대답이 없었다. 오사 부인은 자식들에 대한 불길한 예감을 억제할 길이 없어 남편에게 다시 묻는다.

"그 아이들이 이 편지를 보고 왕한테 올까요? 그 애들이 와서는 안 될 터인데……"

오사는 오랫동안 말이 없다가 문득 혼잣말 비슷이 대답한다.

"큰아이는 워낙 고지식한 편이어서 반드시 올 게요. 그러나 작은아이는 생각이 깊으니 오지 않을 것이오."

"만약 큰애가 온다면 그 애의 운명은 어떻게 될까요?"

"본디 천라지망(天羅地網)은 사람의 힘으로 피할 수 없는 일이니 부인은 너무 상심하지 마오."

오사는 그 한 마디를 남기고, 문제의 편지를 문 밖에서 기다리는 사자에게 조용히 전해 주었다.

얼마 후 맏아들 오자상이 아버지의 편지를 받아 보았다. 그러나 아무리 읽어보아도 자기로서는 진의를 파악하기 어려워, 곧 아우 자서에게 편지를 내보인다.

자서가 편지를 읽어보고 형에게 말한다.

"왕이 아버님의 죄를 용서하고 우리들에게 벼슬을 내려 주려면 조서를 보내야 옳을 일인데, 아버님더러 편지를 쓰시게 한 것이 괴이합니다. 지금까지 왕이 법도를 어기고 삼강을 유린한 것은 모두가 비무기란 자 때문이었지요. 그자는 아버님만 죽였다가는 복수가 두려워, 우리 삼부자를 한꺼번에 죽여 없애려고 이런 간계를 쓰고 있음이 분명하오."

그러나 형은 동생의 말을 믿지 않았다.

"네 말이 사실이라면 아버님께서 우리들을 죽게 하려고 이런 편지를 쓰셨겠느냐?"

"아버님은 왕명에 의해 마지못해 이 편지를 쓰셨을 것이오. 그러나 배후에서 이런 편지를 쓰도록 조종한 사람은 비무기라는 자임을 알아야 합니다."

"그럴까?"

"형님이 내 말을 믿지 못하겠다면 내가 사자를 이 자리에 불러다가 진상을 밝혀내도록 하리다."

오자서는 편지를 갖고 온 자를 방안으로 불러들여 따지듯이 묻는다.

"우리 아버님에게 이런 편지를 쓰게 한 사람은 비무기가 아니냐?"

사자는 시치미를 떼고,

"저는 심부름만 왔을 뿐이지 내막은 잘 모르옵니다."

하고 대답하는 것이 아닌가.

"뭐야? 내막을 잘 모른다고?"

오자서는 허리에 차고 있던 장검을 쭉 뽑아들더니, 추상같이 호령한다.

"이놈아! 네가 비무기의 심복임을 다 알고 있는데, 내막을 모른다는 게 말이 되는 소리냐? 사실대로 고하지 않으면 이 칼에 목숨이 남아나지 못할 테니 당장 이실직고하거라."

사자는 얼굴이 하얗게 질리더니 몸을 신장대처럼 와들와들 떨기만 했다.

오자서는 사자의 가슴에 칼을 겨누고 다시 따진다.

"겁내지 말고 내가 묻는 말을 똑똑히 들어라. 우리 아버님한테 이런 편지를 쓰게 한 놈이 비무기란 놈이 분명하렷다? 그 대답만 분명하게 들려주면 너를 죽이지는 않을 테니 안심하고 대답하거라."

사자는 죽이지 않는다는 말에 정신이 번쩍 드는지 오자서 형제에게 머리를 굽실거리며 이렇게 중얼거렸다.

"비무기가 춘부장에게 그런 편지를 쓰게 한 것은 사실이옵나이다."

오자서는 그 말을 듣더니 장검을 높이 치켜들고 하늘을 우러러 맹세하듯 울부짖는다.

"비무기, 이놈! 너와 나는 불구대천지원수(不俱戴天之怨讐)로다. 하늘에 맹세하거니와 나는 반드시 네놈의 배를 가르고, 간을 꺼내 내 입으로 씹어 먹으리라."

그러고는 주먹 같은 눈물을 하염없이 흘렸다.

맏아들 자상이 아우에게 말한다.

"사정이 어떻든 간에 우리들은 아버님을 구하기 위해서라도 영도로 떠나야 할 것이 아니겠느냐?"

그러나 자서는 머리를 가로 흔든다.

"제가 혼자 가서 원수를 갚겠습니다. 형님은 가셔서는 아니 됩니다."

그러자 자상이 펄쩍 뛰면서 말한다.

"혼자 가려면 맏아들인 내가 가야지, 네가 왜 간다는 말이냐? 누가 가도 지금 당장 원수를 갚기는 어려울 게다. 나는 아버님과 함께 죽을 각오로 떠날 테니 너는 뒤에 남아 원수를 갚아다오."

"형님이 가셔서는 아니 되십니다. 제가 아버님과 함께 죽을 각오로 떠날 테니, 형님은 뒤에 남아서 원수를 갚아 주십시오."

형과 아우는 서로 간에 양보하지 않는다. 그러자 형이 아우에게 타이르듯이 말한다.

"누가 가든 간에, 우리 형제 중에서 한 사람은 반드시 살아 남아 원수를 갚아야 한다. 원수를 갚는 데는 나보다도 네가 지략이 훨씬 능하지 않느냐? 너는 왜 그런 점까지 고려하지 않고 감정에만 치우치느냐?"

오자서는 그 말을 듣자 아무 대꾸도 못하고 대성통곡을 하였다.

오자상도 울면서 아우에게 말한다.

"나는 곧 길을 떠날 테니 너도 지금 곧 국외로 도망을 가거라. 네가 원수를 갚거든 후일에 저승에서 반갑게 만나자. 아버님께는 모든 사실을 자세히 말씀 올리겠다."

생별(生別)이 즉 사별(死別)이므로, 두 형제는 서로 부둥켜안고 한없이 흐느껴 울었다. 울어도울어도 끝없는 슬픔이었다.

"나도 떠날 테니 너도 어서 떠나거라."

자서는 눈물을 닦으며 말한다.

"형님이 먼저 떠나십시오. 형님이 떠나시는 것을 보고서야 저도 떠나겠습니다."

"그렇다면 너를 빨리 보내기 위해서도 내가 먼저 떠나기로 하겠다."

형제는 헤어지면서도 서로 간에 수없이 돌아다보며 울었다.

오자상이 영도에 당도해 보니, 아버지는 집에 있지 않고 옥(獄)에 갇혀 있었다. 아들에게 편지를 쓰게 하려고 속임수로 잠시 석방해 주었다가 다시 옥에 가두어 버렸던 것이다.

오자상이 옥으로 찾아가 아버지를 부둥켜안고 통곡하니, 오사는 아들의 등을 두드려 주며 말한다.

"내가 예측했던 대로 너만 오고, 네 아우는 역시 오지 않았구나."

오자상은 아버지와 함께 칼을 쓰고 앉아서 이렇게 말했다.

"아버님! 소자가 대왕전에 표(表)를 올려, 아버님의 원죄(冤罪)를 진정해 보면 어떠하겠습니까?"

그러나 오사는 고개를 좌우로 흔든다.

"모두가 부질없는 일이다. 이제는 죽음으로써 충성을 보여드리는 일이 남아 있을 뿐이니라."

오사는 오래 전부터 오늘이 있을 것을 각오하고 있었던 것이다.

오자상이 붙잡혀 왔다는 보고를 받은 평왕이 비무기를 불러 명한다.

"형제 중에서 한 놈은 도망을 가고, 한 놈만 잡아온 모양이니 이제는 두 놈만이라도 참형에 처하도록 하오."

비무기는 오자서를 붙잡아 오지 못한 것이 천추의 유한이었다. 그러나 이제는 어찌할 수 없게 되었으므로, 오사 부자를 네거리 한복판에 끌어내어 중인환시하(衆人環視下)에 옷까지 벗겨 참형에 처하려 하였다.

오자상이 젊은 혈기에 울화가 치밀어올라 비무기에게 침을 뱉으며 욕설을 퍼부으니 오사가 아들을 꾸짖어 말한다.

"나라가 위태로울 때에 임금을 위해 목숨을 바치는 것은 신하된 도리이니라. 군주를 현혹하게 만든 간신의 죄는 후세의 공론이 처단할 것이니 너는 꼴사납게 욕설을 퍼붓지 말아라. 다만 내가 걱정하는 것은 네 아우가 죽지 않고 살아 있어서 이 나라의 군신들이 안면(安眠)을 취하기가 어려울 것이라는 점뿐이로다."

오사가 그와 같은 말을 남기고 아들과 함께 형장의 이슬로 사라져 버리자 인산인해를 이루었던 구경꾼들은 마치 자기네의 가족이 처형된 듯 오열의 바다를 이루었다. 하늘도 무심치 않았던지 멀쩡하게 갰던 날씨가 이때 따라 급작스럽게 흐려지며 난데없는 바람이 모질게 불기까지 했다.

오사 부자가 처형당했다는 보고를 받은 평왕이 비무기에게 묻는다.

"오사가 죽을 때에 나를 원망하지 않았소?"

"대왕을 원망하는 말은 한 마디도 없었사옵고, 다만 작은 아들이 살아 있어 대왕과 군신들이 밤잠을 편히 자지 못하게 되리라는 말을 했다고 하옵니다."

평왕은 말만 들어도 등골이 오싹해 왔다.

"어떤 일이 있어도 오자서만은 잡아 죽여야 하오."

"그러잖아도 그놈을 체포해 보려고, 소신의 아우 비사명(費師明)에게 정병 5천을 주어 당주로 보냈으니 금명간에 반드시 잡혀올 것이옵니다."

비무기는 오사 부자를 참살하고 나니 이제 남은 문제는 오자서를 잡아죽이는 일뿐이었다. 오자서는 워낙 지용(智勇)을 겸비한 천하무적의 맹장이어서 잡아죽이기 전에는 마음을 놓을 수가 없었던 것이다.

오자서의 복수가 두렵기는 평왕도 역시 마찬가지여서,

"어떤 일이 있어도 오자서는 잡아 죽여야 하오. 그놈이 살아 있으면 꿈자리가 사나워 잠을 잘 수 없을 것이오."

하고 말한다. 비무기가 자신만만하게 대답한다.

"대왕마마! 안심하시옵소서. 오자서를 잡으려고 물샐틈없는 수배를 해놓았으니 틀림없이 잡혀 올 것이옵니다."

평왕은 그래도 불안스러워,

"어떤 수배를 해놓았기에 그런 장담을 하시오? 경도 알다시피 오자서는 호랑이 같은 놈이오."

"소신이 어찌 그것을 모르오리까. 그러기에 제 아우 비사명을 당주로 급파하는 동시에, 누구든지 오자서를 잡아오는 사람에게는 상금으로 백만대금(百萬大金)을 준다는 방문까지 전국 각지에 써 붙여 놓았습니다. 게다가 그놈이 국외로 탈출할 경우에 대비해 국경수비를 물샐틈없게 하라는 엄명까지 내려놓았으니 이제 놈은 독 안에 든 쥐나 다름이 없사옵니다."

"참으로 잘 하셨소. 나는 경만 믿을 테니 만의 하나라도 실수가 없도록 하오."

"목숨을 걸고 어명을 받들 것이옵니다. 다만 한 가지 미비한 점이 있사온데, 그 일은 대왕께서 친히 협조를 해주셔야 하겠사옵니다."

"그게 뭐요?"

"오자서란 놈이 재주가 워낙 비상하여 경비망을 교묘하게 뚫고 국외로 탈출할지도 모르니 그 경우에 대비하여 열국 제후들에게도 대왕의 이름으로 편지를 한 통씩 보내 주시면 고맙겠나이다."

"어떤 내용으로 편지를 써야 하는 것이오?"

"만약 오자서란 놈이 찾아가거든 즉시 체포하여 우리나라로 돌려보내 달라고 하면 됩니다. 만약 그런 부탁을 무시하고 오자서를 보호하는 나라가 있을 경우 군사를 일으켜 멸망시켜 버리겠다고 하면 누구도 감히 대왕의 부탁을 거역하지는 못할 것이옵니다."

"그건 어려운 일이 아니오. 그러면 열국 제후들에게 곧 편지를 써 보내도록 합시다."

비무기는 곧 평왕의 이름으로 편지를 써 인접 국가들에 사신을 급파하였다.

"대왕전하! 오자서가 제아무리 비상한 재주가 있어도 이제는 뛰어 보았자 벼룩이요, 날아 보았자 하루살이에 불과하오니 대왕께서는 부디 안심하시옵소서."

그러나 말은 그렇게 하면서도 비무기는 오자서의 시체를 자기 눈으로 확인하기 전에는 잠을 편히 잘 수 있을 것 같지 않았다.

한편 오자서는 가형(家兄)과 최후의 이별을 나누자 국외로 탈출할 결심을 품고 집으로 돌아와 부인 가씨(賈氏)에게 지금까지의 경과를 자세하게 말해 주었다. 그런 다음 최후로 이렇게 말했다.

"나는 목숨을 걸고 아버님과 형님의 원수를 갚아야 하겠소. 그러자면 일단 외국으로 피신을 해야만 하오."

가씨 부인이 눈물을 흘리며 말한다.

"대장부가 어찌 부형의 원수를 갚지 않을 수 있으오리까. 당신께서는 외국으로 한시바삐 탈출하셔서 원수 갚을 방도를 강구하시옵소서."

"당신이 그렇게 말해 주니 얼마나 고마운지 모르겠구려. 그런데 당신을 두고 떠나자니 그놈들에게 붙잡혀 죽을 것이 걱정스럽고, 당신을 데리고 떠나자니 앞길이 더디어 무사하기가 어려울 것 같으니, 이 일을 어찌 했으면 좋겠소?"

가씨 부인은 의연한 자세로 꾸짖듯이 말한다.

"당신은 무슨 말씀을 그리 하시옵니까? 부형의 원수를 갚는 것은 대의에 입각한 큰 일이옵고, 아내를 생각하는 것은 극히 작은 일에 불과합니다. 작은 일 때문에 큰 일을 도모하는데 주저하신다면 그것은 저까지 불효자식으로 만드는 것과 무엇이 다르옵니까? 저 역시 목숨을 아끼기보다는 가문의 명예를 소중하게 여기오니 주저 마시고 떠나주시옵소서."

아내로서는 당연한 말일지 몰랐다. 그러나 사랑하는 아내를 사지에 내버려두고 혼자 떠나자니 오자서로서는 차마 발길이 떨어지지 않았다. 그리하여 여전히 주저하고 있노라니 가씨 부인이 결연한 태도로,

"소첩의 문제는 자력으로 해결할 터이오니 당신께서는 빨리 떠나셔야 합니다."

그 한 마디를 남기고 담장 옆으로 달려가더니 돌에 머리를 부딪쳐 즉석에서 자결해 버리는 것이 아닌가.

오자서는 아내의 시체를 부둥켜안고 통곡을 하였다.

"평왕과 비무기는 나의 아버님과 형님만 죽인 게 아니라 사랑하는 아내까지 죽게 만들었구나. 내 어떤 일이 있어도 당신의 원수를 갚아 주리다."

아내의 시체를 땅에 묻느라 시간을 지체하고 있는데 별안간 군사들이 요란한 함성을 울리며 노도와 같이 안마당으로 밀어닥쳤다.

비사명이 5천 군사를 이끌고 어느새 오자서의 집으로 습격해 온 것이다. 오자서는 크게 당황하여 담장을 뛰어넘어 도망을 치기 시작하였다. 비사명의 군사가 집 안팎을 샅샅이 뒤져보았으나 오자서는 이미 도주한 뒤였다.

"조금 전까지 집에 있었다는 너의 주인이 어디로 갔느냐?"

비사명이 하인들을 붙잡아 물어 보니, 하인 하나가 대답한다.

"조금 전에 담을 넘어 도망을 치셨습니다."

비사명은 하인의 대답을 듣기가 무섭게 말을 달려 오자서를 뒤쫓는다. 오자서는 담을 뛰어넘어 눈앞의 위기는 모면했으나 도망을 치려고 해도 말이 없지 않은가. 그렇다고 도망을 아니 갈 수도 없어서 죽을힘을 다해 달리고 있노라니까 저 멀리 비사명이 일단의 군졸들을 몰고 맹렬하게 추격을 해오고 있지 않은가.

위기일발! 오자서는 마지못해 커다란 나무 위로 재빠르게 기어올랐다. 그리하여 어깨에 메고 있던 화살 한 대를 쏘아 갈기니 쏜살같이 달려오던 비사명이 이마에 화살을 맞고 비명을 지르며 꼬꾸라져 버렸다.

오자서가 나무 위에 있음을 보고 군졸들이 나무를 에워싸고 생포하려고 덤벼들었다. 일난거(一難去)에 일난래(一難來)로, 생사의 위기가 또다시 눈앞에 닥쳐온 것이었다.

오자서는 군졸들의 동태를 민첩하게 살펴보다가 별안간 비사명이 타고 있던 말 잔등 위로 뛰어내리는 동시에 말의 배때기를 맹렬하게 걷어차며 동북 방면으로 비호같이 달려나갔다.

"저놈 잡아라!"

"저놈 잡아라!"

군졸 10여 명이 고함을 지르면 맹렬하게 추격해 왔다.

오자서는 달리는 말 위에서 뒤로 돌아 앉아 화살을 연거푸 쏘아 갈기니, 추격해 오던 군졸들이 산적꽂이 모양으로 가슴에 화살을 맞고 연달아 쓰러져 버린다.

"이놈들아! 나의 원수를 갚기 위해서라도 한 놈도 살려 보내지 않으리라."

군졸들은 그제야 기가 질려 다시는 추격해 오려 하지 않았다.

20리쯤 달려가다 보니 저 멀리 정체불명인 일단(一團)의 인마(人馬)가 행진해 오는 것이 문득 눈에 띄었다.

'저것들은 또 무엇이냐?'

오자서가 나무 그늘에 말을 멈추고 관망하니, 그 인마는 친구인 신포서(申包胥)가 외국에 사신으로 갔다가 돌아오는 일행이었다.

오자서와 신포서는 평소에 막역한 친구였다. 신포서가 오자서를 보고 적이 놀라면 묻는다.

"자네가 무슨 일로 혼자서 예까지 와 있는가?"

오자서는 말에서 내려 울면서 아버지와 형이 평왕에게 살해된 사실을 말해 주었다.

신포서는 그 말을 듣고 눈물을 흘리며 오자서에게 묻는다.

"그래서 자네는 지금 어디로 가려고 하는가?"

오자서도 울면서 대답한다.

"옛날부터 부모를 죽인 자는 불구대천지 원수라고 일러 오지 않는가? 나는 외국으로 탈출하여 군사를 빌어 영도로 다시 쳐들어갈 생각이네. 그리하여 평왕을 내 손으로 잡아죽이고 비무기의 배를 가르고 간을 꺼내 내 입으로 씹어 먹음으로써 아버님과 형님의 원수를 갚을 생각이네."

말만 들어도 비장하기 짝이 없는 각오였다. 오자서의 비장한 각오를 듣고 신포서는 심각한 표정으로 말이 없었다. 그러다가 조용히 입을 열어 말한다.

"평왕이 아무리 무도하기로 군주임에는 틀림이 없고, 자네는 그 사람의 녹을 먹고 살아오던 신하가 아닌가? 신하된 몸으로 어찌 군주에게 원한을 품고 원수를 갚으려 하는가?"

오자서가 대답한다.

"평왕은 며느리를 왕후로 삼고 태자를 죽이려고 한 놈이네. 게다가 간신의 참소를 믿고 충신을 죽였으니, 그런 더러운 자를 어찌 군주라 말할 수 있겠는가? 내가 외국에서 군사를 빌릴 수만 있다면 초나라를 위해서라도 깨끗이 놈을 소탕해 버릴 작정이네. 천지신명에게 맹세코 나는 평왕을 내 손으로 죽여 버릴 결심이야."

오자서는 거기까지 말한 뒤에 말을 타고 몇 걸음 달려나가다가 다시 신포서한테로 돌아와 말한다.

"나는 초왕에게 원수를 갚으려고 외국으로 도망가는 몸이라네. 그러나 자네는 초나라에 충성을 다하는 사람이니, 일단 초왕을 만난 뒤에는 나를 체포하기 위해 군사를 이끌고 내 뒤를 추격해 오게 될 걸세. 차라리 그럴진대 이 자리에서 나를 체포해 주게!"

오자서는 말에서 내려 신포서 앞에 꿇어앉았다. 신포서가 오자서의 손을 잡아 일으키며 말한다.

"자네와 나는 평소부터 막역한 친구가 아닌가? 내가 어찌 군사를 이끌고 자네를 잡으러 올 수 있겠는가? 나는 자네를 만나지 않았던 것으로 해둠세. 다만 자네한테 한 가지만은 미리 말해 둘 게 있네."

"그것이 무엇인가?"

"내가 지금 자네의 도주를 내버려두는 것은 사사로운 우정에 불과한 것이고, 후일에 자네가 군사를 이끌고 초나라를 쳐들어 왔을 때, 그것을 막아내려고 내가 응전을 하는 것은 국가와 군주에 대한 신하로서의 의리라는 것을 알아주게."

"새삼스럽게 그런 말은 왜 하는가?"

"나는 나대로의 입장을 밝혀 두기 위해 미리 말한 것일세. 자네는 초나라를 뒤집어엎겠다고 했지만 나는 어떤 일이 있어도 지켜 나갈 것이고, 자네는 초나라를 멸망시키겠다고 했지만 나는 무슨 일이 있어도 반드시 안정시켜 놓도록 하겠네. 우리 두 사람의 입장이 이미 그처럼 달라졌다는 말일세. 자, 그럼 어서 가 보게! 나도 그만 가겠네."

대장부와 대장부의 명쾌한 대담이었다. 해야 할 말을 다하고 난 신포서는 말머리를 돌려 길을 떠나 버린다.

오자서는 신포서의 뒷모습을 우러러 감사하다가 그 역시 말머리를 돌려 떠나간다.

'자, 어디로 가야 할 것인가?'

오자서는 말을 재촉해 달려나가면서도 행방이 아득하였다. 중원 천지가 아무리 넓다 해도 자기를 반갑게 맞아들일 나라가 있을 것 같지 않았던 것이다.

'나는 어디로 가야 하나?'

쫓기는 몸으로 갈 곳이 없으니 기가 막힐 노릇이었다. 오자서는 무작정 말을 달려나가다가 문득 제나라를 생각하였다. 제나라에 가면 재상 안평중과 심우(心友) 손무 등이 있어 신변의 안전을 꾀할 수 있을 것 같았다. 그러나 오자서가 지금 도망을 치는 것은 살기 위해서가 아니라 부형의 원수를 갚기 위해서가 아니었던가.

평왕과 비무기에게 복수를 하려면 손무처럼 뛰어난 병법가의 도움도 필요하다. 그러나 무엇보다도 긴요한 것은 무력이었다. 무력이 있어야만 초나라를 정복할 수 있을 것이고, 초나라를 정복해야만 평왕과 비무기를 잡아죽일 수 있을 것이 아니겠는가. 그러나 현명하기 짝이 없는 제나라의 안평중 재상이 초나라에 원수를 갚으라고 오자서에게 군사를 빌려 줄 리 만무하였다.

'그렇다! 제나라에 가 보았자 소용없는 일이다.'

오자서가 착잡하고도 처량한 심정으로 말을 달려나가다가 문득 깨닫고 보니 행길 여기저기에 난데없는 방문들이 붙어 있었다. 무심코 읽어보니 '오자서라는 자를 잡아오는 사람에게는 상금으로 백만대금을 주리라' 는 내용이 아닌가.

'비무기란 놈은 악랄하게도 어느새 방방곡곡에 이런 방문까지 써 붙였구나!'

오자서는 새삼스러이 입술을 깨물며 이를 갈았다. 이러나 저러나 그런 방문까지 나붙었으므로 이제는 촌가에 찾아 들어가도 밥 한 술 얻어먹기 어렵게 되었다.

어느덧 석양이 되어 들에는 노을이 짙어 오고 있었다. 얼마를 가노라니 촌로 하나가 밭두렁에 주저앉아 흙덩이로 장단을 치며 노래를 부르고 있었다. 수상스러워 귀 기울여 들어보니,

"초왕이 무도하여 적사(嫡嗣)를 쫓아냈으니, 이는 나라에 커다란 화근이로다."

하는 노래가 아닌가. 오자서는 그 노래를 듣자 불현듯 미건 태자의 소식이 궁금하였다.

'미건 태자는 나보다도 며칠 앞서 망명의 길에 올랐는데, 어느 나

라로 갔을까? 태자를 만나면 둘이 힘을 합하여 원수를 갚을 수 있을 터인데!'

오자서는 생각이 거기에 미치자 촌로 앞으로 다가가,

"노인장께서는 혹시 미건 태자라는 분을 알고 계십니까?"

하고 단도직입적으로 물어 보았다.

촌로는 노래를 멈추고 오자서의 얼굴을 멀거니 바라보더니 문득,

"혹시 장군은 오 명보(吳明輔)라는 분이 아니시오?"

하고 반문하는 것이 아닌가.

오자서는 너무도 뜻밖의 질문에 간담이 서늘해 왔다. 오자서는 가슴이 철렁했지만, 이제는 모든 것을 털어놓고 말하는 수밖에 없었다.

"나는 오 명보가 틀림없습니다. 노인장께서는 나를 어떻게 알고 계십니까?"

그러자 촌로는 오자서의 얼굴을 경애의 눈으로 바라보며 고개를 두어 번 끄덕이더니,

"미건 태자가 수 일 전에 처자를 데리고 도망을 가시다가 나에게 부탁한 말씀이 계셨소."

"네? 태자께서 노인장에게 부탁 말씀을?"

오자서는 귀가 번쩍 틔는 것 같아 눈을 커다랗게 뜨며 반문하였다.

촌로는 경계하는 눈초리로 사방을 한번 둘러보고 나서 나지막한 목소리로 말한다.

"태자의 말씀이 '오 명보가 며칠 후에 이곳을 지나가게 될 것 같은데, 만약 오 명보를 만나거든 송나라로 가라고 일러 주시오. 나도 송나라로 가는 길이니 함께 만나 큰일을 도모해 보자고 하더라고 꼭 일러 주시오' 하시더란 말씀이오."

오자서는 태자의 행방을 알게 되자 크게 기뻐 촌로의 손을 움켜잡

고 백배 사례한 뒤 즉시 송나라로 길을 떠났다.

그 당시 송나라의 군주는 원공(元公)이었다. 그러나 재상 화해(華亥)가 권력이 강대해지자 원공을 우습게 여겨서 국정이 몹시 문란하였다. 그러므로 미건 태자는 송나라에 들어와서도 원공을 만나지 못하고, 남문 밖 민가에 은거하고 있었다.

오자서는 송나라에 도착하자 태자의 거처를 백방으로 탐문하여 마침내 만날 수 있게 되었다. 서로를 부둥켜안고 한바탕 울고 나서 오자서가 묻는다.

"태자께서는 이곳에 오신 지 며칠이나 되시옵니까?"

"내가 이 나라에 온 지 어느덧 열흘이 넘었소."

"그러면 어찌하여 아직도 송나라 군주를 만나 보지 않고, 이처럼 누추한 곳에 숨어 계시옵니까?"

"이 나라는 지금 군주와 재상이 권력다툼을 하는 바람에 국정이 어지럽기가 말이 아니오."

"그러면 송나라는 우리에게 아무런 도움도 되지 못할 것이 아니옵니까?"

"자기 발등의 불을 끄기도 바쁜데, 무슨 힘으로 우리를 도와줄 수 있겠소."

"우리의 목적은 오로지 원수를 갚는 데 있사옵니다. 송나라가 그 꼴이라면 이웃나라인 정나라로 가도록 하십시다."

복수심이 골수에까지 맺혀 있는 오자서는 그날로 미건 태자와 함께 정나라로 향하였다. 망명의 길은 한없이 고달팠던 것이다.

그 당시 정나라의 군주는 정공(鄭公)이었다. 정공은 투보회 때에 만나 본 이후로 오자서를 누구보다도 존경해 오는 사람이었다. 오자서는 정나라에 도착하자 곧 정공에게 면회를 신청하였다

정공은 오자서를 접견하였다.

"내가 평소에 경모(敬慕)하는 오 명보를 다시 만나게 되어 기쁘기 한량없소이다. 이번에는 무슨 일로 이처럼 어려운 걸음을 하셨소?"

하고 물었다.

오자서는 동행한 미건 태자를 소개하고 나서, 자기들이 망명길에 오르게 된 사유를 자상하게 말해 주었다.

정공은 자세한 사유를 듣고 나더니, 동정의 차탄(嗟歎)을 해가면서 이렇게 말한다.

"그러면 오 명보는 군사를 일으켜 원수를 갚을 생각이란 말씀이오?"

"아버님과 형님이 죄 없이 살육을 당하고 그로 인해 가문이 멸망했으니 어찌 원수를 갚지 않을 수 있으오리까. 대왕께서 소생을 불쌍히 여기사 일개여사(一個旅師)의 군사만 빌려 주시면 일생을 두고 은혜를 갚을 것을 천지신명 앞에 굳게 맹세하옵니다."

오자서는 방바닥에 엎드려 울면서 간청하였다. 정공이 머리를 무겁게 끄덕이며 말한다.

"내, 중신들과 상의해 볼 테니 오 명보는 별실에 잠깐 물러가 계시오."

정공이 즉시 중신들을 불러 상의해 보니, 상대부 자산(子產)이 출반주(出班奏)하여 말한다.

"초왕이 비록 무도하오나 군주임에는 틀림이 없사옵고, 미건 태자와 오 명보가 원죄(怨罪)를 입고 망명했다 하나 신하임에는 틀림이 없사옵니다. 그러므로 우리가 오 명보에게 군사를 주어 원수를 갚게 한다면 그것은 신하를 도와 군주를 치게 하는 것이니 결코 옳지 못한 일이옵니다."

하대부 자피(子皮)가 뒤를 받아서 품한다.

"초왕이 워낙 무도하기 때문에 오자서를 도와 원수를 갚게 하기로 별로 지탄받을 일은 아니라고 생각되옵니다. 그러나 오자서가 평왕을 죽이고 나면 미건 태자를 초왕으로 옹립할 터인데, 우리에게 무슨 이로움이 있다고 군사를 빌려 줍니까?"

"그러면 경은 군사를 빌려 주어서는 안 된다는 말씀이오?"

"형편에 따라서는 군사를 빌려 주어도 무방하겠지만 거기에는 반드시 조건을 선행(先行)해야 하옵니다."

"조건이라니? 그 조건이란 어떤 것을 말하오?"

하대부 자피가 주위를 살펴보고 나서 낮은 목소리로 말한다.

"신의 소견으로는 먼저 미건 태자를 없애 버리고 나서 오자서에게 군사를 주어 초를 치게 해야 합니다. 그래서 만약 성공을 거두면 그때에는 오자서를 초공(楚公)으로 삼되, 형주(荊州) 땅의 절반 가량은 우리와 나눠 가지도록 해야 합니다."

참으로 무서운 권모술수였다. 무릇 국가 간의 외교 관계란 순전히 자국의 이해득실에 따라 변화무쌍하게 운행되어 왔던 것이다.

정공은 하대부 자피의 깊은 계략에 감탄의 고개를 끄덕이며 말한다.

"참으로 기발한 계책이오. 그러나 미건 태자를 죽이려다가 오자서에게 발각되면 죽도 밥도 안 될 터인데 무슨 수로 죽일 수 있다는 말이오?"

자피가 대답한다.

"대왕께서 내일 미건 태자를 부르셔서, 우리는 군사를 빌려 주고 싶어도 군량이 부족하니 진나라에 가서 양곡을 교섭해 오라고 말씀하시옵소서. 진(晋)나라는 예부터 초와 패권을 다투어온 적국입니다. 미건 태자가 그 말을 듣고 진나라에 간다면 틀림없이 죽음을 면하기 어려울 것입니다. 우리가 손을 대지 않고도 미건 태자를 죽여 없앨 방도는 오직 그 방법밖엔 없사옵니다."

정공은 그 말을 듣고 크게 기뻐하며, 곧 미건 태자를 불러 말한다.

"우리는 태자를 도와 군사를 빌려 주고 싶어도 나라가 워낙 가난하여 군량이 몹시 부족하오. 만약 태자가 진나라에 가서 양곡을 교섭해 온다면 우리는 태자가 목적을 달성할 때까지 얼마든지 군사를 동원시켜 주겠소이다."

미건 태자는 그 말을 듣고 약간 불안스러워 하였다.

"진과 초는 예부터 원수지간인데 내가 가서 교섭해 본들 과연 들어줄 수 있겠습니까?"

"진과 초는 원수지간이기 때문에, 초를 치기 위해 군량이 필요하다면 얼마든지 빌려 줄 수도 있는 겁니다. 태자도 한번 생각해 보시오. 나의 원수를 남이 때려 눕혀 주겠다는데 누가 그 사람을 도와주려고 하지 않겠소이까?"

그 말을 듣고 보니 일리가 있어 보였다.

"군후의 말씀을 들어보니 저도 자신이 생깁니다. 그러면 제가 진나라에 가서 교섭을 해보도록 하겠습니다."

미건 태자는 오자서에게 알리지도 아니 하고 그날로 진나라를 향하여 길을 떠났다. 오자서에게 아무 말도 아니 한 것은 나름대로 비밀리에 공을 세워 나중에 치하를 받고 싶었기 때문이다.

그로부터 잠시 후, 오자서가 그 사실을 알고 기절초풍을 할 듯이 놀란다.

'미건 태자가 정나라의 계략에 빠져 죽을 것도 모르고 진나라로 군량 교섭을 갔다니, 그 무슨 어리석은 짓인가!'

오자서는 펄쩍 뛰면서 곧 말을 달려 미건 태자의 뒤를 급히 추격했다. 그리하여 중도에서 미건 태자를 따라잡자 꾸짖듯이 말한다.
"태자는 어찌하여 저와 상의도 없이 진나라로 가시옵니까? 태자가 진나라로 가시는 것은 굶주린 호랑이에게 양을 던져 주는 것과 다름없는 위험한 일이옵니다."

미건 태자는 오자서의 깊은 뜻을 알아듣지 못해 오히려 나무라는 자세로 나온다.

"내가 진나라에 가는 것이 뭐가 그토록 못마땅해서 그러시오?"

오자서는 미건 태자를 타이르듯이 말한다.

"정나라는 태자를 죽여 없애기 위해 진나라로 보내는 것이옵니다. 진나라에 가시면 그들은 태자를 죽일 것이 확실합니다. 정나라는 태자를 진나라의 손으로 죽이게 하고 나서, 초나라를 치려는 계획을 세우고 있는 것이옵니다. 그런데 태자께서는 그같은 무서운 계략이 숨어 있다는 걸 모르시고 어찌 경솔하게 진나라에 가려고 하시는 것이옵니까?"

그러나 미건 태자는 오자서의 말에 얼른 납득이 가지 않았다.

"초와 진은 예부터 원수지간이오. 초를 치기 위해 군량을 빌려 달라고 하는데 진이 어찌하여 나를 죽인다는 말씀이오?"

오자서는 안타깝기 그지없다는 듯 머리를 흔들며 말한다.

"태자는 다른 나라가 아닌 초나라의 태자이십니다. 초나라의 태자가 자기 나라를 바로잡기 위해 군량을 빌려 달라고 하는데, 진나라가 어찌 빌려 줄 수 있겠습니까? 태자께서 가시기만 하면 진나라는 단번에 죽이고 나서 군사를 일으켜 초를 송두리째 먹어 버리려고 할 것이옵니다."

미건 태자는 그제야 말뜻을 알아들은 듯싶었다. 그러나 다음 순간, 그는 고개를 좌우로 흔들며 결연하게 말한다.

"오 명보의 말씀은 충분히 알아들었소. 그러나 나는 이미 정나라 군주와 약속을 굳게 맺고 떠나온 길이오. 죽음이 두려워 약속을 배반하고 되돌아가면 금후에 누가 나를 도와주려고 하겠소?"

"그건 절대로 안 될 일이옵니다."

그러나 미건 태자의 결심은 강경하였다.

"나는 생사를 걸고 가볼 테니 앞길을 막지 말아 주오. 다만 한 가지 부탁이 있소. 내가 만약 진나라에 가서 죽고 돌아오지 못하거든 오 명보는 수고스러운 대로 나의 처자식들을 돌봐 주시오. 나의 마지막 부탁이오."

미건 태자는 그 한 마디를 남기고 쏜살같이 말을 달려나가는 것이 아닌가. 오자서는 미건 태자를 만류하려고 얼마간 쫓아가 보다가 결국은 단념하고 돌아서며 하늘을 우러러 탄식하였다.

'아아, 나는 전생에 무슨 죄를 지었기에 이승에서 이렇게도 많은 고초를 겪어야만 하는가!'

한편, 미건 태자는 밤낮을 가리지 아니하고 말을 달려 진나라의 수도 강주(絳州)에 도착하여 다음과 같은 표(表)를 올렸다.

초나라 태자 미건은 정나라의 힘을 빌려 초를 칠 계획이오니, 대왕께서는 군량을 도와주시기 바라옵니다.

진 경공은 미건 태자의 표를 받아 보고 크게 노한다.

"우리의 숙적인 초나라의 태자가 제 발로 걸어왔으니 그자를 당장 체포하여 죽여 없애라!"

그러자 상향(上鄕) 순오(筍吳)가 머리를 조아리며 간한다.

"미건 태자를 죽이는 것은 우리가 정나라의 계략에 말려드는 결과가 되오니, 그 점을 깊이 고려하심이 좋을 줄로 아뢰옵니다."

"정나라의 계략에 말려들다니 그게 무슨 말씀이오?"

백발이 성성한 순오가 대답한다.

"정나라는 미건 태자를 죽여 없애고 나서 초를 칠 계획인 것입니다. 미건 태자를 자기네가 직접 죽이면 오자서의 보복을 받을 것 같으니 우리더러 죽이게 하려고 계획적으로 우리나라에 보낸 것이옵니다."

"음, 그럴까요?"

"그것만은 틀림없사옵니다. 대왕께서도 아시다시피 오자서는 천하의 호걸이어서 어느 나라에 가도 높이 쓰일 수 있는 인물입니다. 그런데 우리가 그러한 사정을 모르고 미건 태자를 함부로 죽였다가 장차 오자서의 무서운 보복을 무엇으로 당해낼 수 있으오리까?"

진왕은 그 말을 듣고 깨달은 바가 있었다.

"그러면 미건 태자를 어떻게 처리해야 좋겠소?"

순오가 오랫동안 심사숙고하다가 다시 대답한다.

"정나라에는 자피 같은 현사가 있어 근자에 국세(國勢)가 놀랍도록 강대해졌사옵니다. 만약 정나라가 초를 쳐 패권을 잡게 되면 우리가 정과 초를 장악할 기회를 영영 잃게 될지도 모르옵니다. 그러므로 우리는 이 기회에 미건 태자를 역이용하여 정을 꺾어 버려야 합니다."

"어떻게 하자는 말씀이오?"

"우선 미건 태자를 우리 사람으로 포섭해 그에게 거짓 군량미를 주어 정나라로 되돌려 보내야 합니다. 그러면 정나라는 초를 치려고 조정이 어수선해질 터이니 그때를 이용해 군사를 일으켜 정나라를 치면 우리는 일거양득(一擧兩得)을 하게 되는 것이옵니다. 미건 태자를 죽이는 것은 그 후에 해야 할 일이옵니다."

"그것 참, 기가 막히게 좋은 계략이오. 그러면 미건 태자를 내 사람으로 포섭하기로 합시다."

경공은 미건 태자를 곧 궁중으로 불러들여 성대한 환영연을 베풀어 주며 말한다.

"태자가 우리나라를 방문해 주시니 이처럼 영광스러운 일이 없소이다. 태자가 정나라와 손을 잡고 초를 치려고 우리더러 군량을 빌려 달라고 하지만, 정나라는 워낙 빈약한 소국이기 때문에 초를 도저히 당해내지 못할 것입니다. 그러므로 태자가 기어이 원수를 갚으시려거든 차라리 정나라와 손을 끊고 우리와 손을 잡으심이 어떠하겠소이까?"

너무도 뜻밖의 말에 미건 태자는 눈을 커다랗게 뜨며 놀란다.

"정나라와 손을 끊으면 대왕께서 저를 도와주시겠다는 말씀이십니까?"

"태자께서 그런 의사만 계시다면 우리는 국력을 기울여 태자를 도와드릴 용의가 있소이다."

미건 태자는 너무도 감격스러워 어찌할 바를 몰랐다. 어차피 남의 힘을 빌릴 바에는 약소국인 정나라보다 강대국인 진나라의 힘을 빌리는 편이 훨씬 유리할 것 같았기 때문이다.

미건 태자는 너무도 감격하여 경공에게 술잔을 올리며 말한다.

"대왕께서 도와주신다면 소생으로서는 그보다 더 고마운 일이 없겠나이다."

그 말을 들은 경공은 회심의 미소를 지으며,

"태자께서 나를 믿고 찾아오셨으니 내 어찌 태자를 도와드리지 아니할 수 있으리까. 말이야 바른말이지만 정나라처럼 조그만 나라와 손을 잡아 보았자 무슨 일이 제대로 되겠소이까? 이왕 남의 힘을 빌리려거든 우리 같은 강대국과 어울려야만 만사가 형통하는 법이지요. 사실이 안 그렇소? 하하하."

미건 태자는 워낙 귀동자로 자라난 철부지인지라 남을 의심할 줄을 몰랐다. 그러기에 경공의 무서운 계략을 추호도 의심치 아니하고 감지덕지하게 여기며,

"지당하신 말씀이시옵니다. 대왕께서 도와주신다면 정나라 하고는 언제든지 손을 끊을 용의가 있사옵니다."

하고 말했다.

진왕이 다시 말한다.

"그런데 우리가 초를 치려면 애로사항이 하나 있소이다."

"무엇이옵니까?"

"태자께서도 아시다시피 정나라는 우리와 초나라와의 중간에 끼여 있는 나라입니다. 따라서 우리가 초로 쳐들어가려면 반드시 정나라 땅을 통과해야만 한단 말씀이오. 그러므로 초나라로 가는 길을 얻기 위해서는 정을 쳐야 한다는 말씀입니다. 내 말을 알아들으시겠소이까?"

"알겠습니다. 소생은 무슨 일이든 대왕의 분부대로 복종할 터이니 끝까지 도와주시옵소서."

노회(老獪)한 경공은 너털웃음을 웃어 가면서,

"그러면 이렇게 하기로 합시다."

하고 다음과 같은 계략을 들려주었다.

즉, 염초(焰草 : 화약) 50량을 군량미로 가장하여 줄 터이니, 미건 태자는 마부로 변장한 진나라 장수들과 함께 일단 정나라로 돌아간다. 그리하여 적당한 기회에 모든 병사(兵舍)에 불을 지르면 군사들이 크게 당황할 터인즉, 진나라는 국경지대에 대군을 미리 대기시켜 두었다가 노도와 같이 밀고 들어가 정나라를 하루 사이에 쑥밭을 만들어 버리겠다는 것이었다.

"정나라를 쳐부수고 나서, 그 여세를 몰아 초로 쳐들어가면 초나라

군사들은 기가 죽어 항복을 아니 할 수가 없을 것이오."

단순하기 짝이 없는 미건 태자는 말만 들어도 통쾌한 기분이었다.

"모든 것을 군후의 분부대로 하겠습니다."

그리하여 미건 태자는 군량미로 가장한 염초 수레를 이끌고 정나라로 되돌아오는데, 군량미 운반의 총책임자는 마부로 가장한 진나라의 용장 배염(裵炎)이었다.

한편, 정나라는 많은 첩자들을 진나라에 파견하여 미건 태자가 살해되었다는 소식을 알려오기만 학수고대하고 있었다. 그런데 그로부터 며칠 후 첩자들로부터 정보가 들어오는데, 미건 태자가 살해되기는커녕 군량미를 50수레나 얻어 가지고 무사히 돌아오고 있다는 소식이 아닌가.

정나라로서는 너무도 기대에 어긋난 정보였다.

"우리는 미건 태자가 진나라 측의 손에 살해될 것을 기대하여 보냈는데 살해되기는커녕 군량미를 50수레나 얻어 가지고 무사히 돌아오는 중이라니 이 문제를 어떻게 해석해야 하겠소?"

상대부 자산이 머리를 조아리며 아뢴다.

"진나라로서는 마땅히 죽여 없애야 할 미건 태자에게 군량미까지 빌려 주면서 그를 살려 보낸다고 하니 참으로 이해하기 어려운 일이옵니다. 미건 태자를 살려서 돌려보내는 데는 진나라의 깊은 계략이 숨어 있음이 분명합니다. 미건 태자가 돌아오는 대로 엄중히 조사해 봐야 할 일이옵니다."

이리하여 미건 태자가 돌아오기를 기다리고 있는데, 바로 그날 밤 정공은 매우 흉악한 꿈을 꾸었다. 정공은 기분이 매우 불쾌하여 상대부 자산에게 물어본다.

"내가 어젯밤에 매우 흉악한 꿈을 꾸었는데, 상대부는 그 꿈이 어떤 꿈인지 해몽을 좀 해주시오."

"어떤 꿈을 꾸셨사옵나이까?"

"어제 밤중에, 붉은 옷을 입은 장사 하나가 양손에 횃불을 들고, 좌우에 두 마리의 용을 거느리고 서북 방면으로부터 나한테로 덤벼왔소. 그 용은 짧은 옷을 입고 있었소. 장검을 휘두르며 어떻게나 맹렬하게 덤벼드는지 쫓겨 달아나면서 소리를 지르다가 놀라 깨어 보니 꿈이었소. 그 꿈이 길몽인지 흉몽인지 자세하게 풀어 보아주시오."

자산은 오랫동안 깊은 명상에 잠겨 있다가 문득 얼굴을 들며 대답한다.

"매우 불길한 꿈이옵니다."

"어떻게 불길하다는 말씀이오?"

"용(龍)이 옷을 입고 있었다면 그것은 '용(龍)' 자와 '의(衣)' 자를 합친 '습(襲)' 자임이 분명하오니, 머지않아 외적이 습격(襲擊)해 올 꿈이옵니다."

"누가 감히 우리한테 습격을 해온다는 말씀이오?"

자산이 다시 대답한다.

"꿈에 나타난 장사가 붉은 옷〔緋衣〕을 입고 있었다면, 그자의 성은 '배(裵) 씨' 임이 분명하옵고, 손에 횃불 두 개를 들고 있었다고 하오니, 그자의 이름은 '염(炎)' 즉 '배염(裵炎)' 이라는 자가 분명합니다."

자산의 해몽은 누구도 흠잡을 수가 없도록 이로(泥路)가 정연하였다. 자산의 명해몽(名解夢)에 정공은 경악을 마지않으며 다시 묻는다.

"배염? 도대체 그 장수가 어느 나라 사람이오?"

자산이 대답한다.

"배염이라는 자는 진(晋)나라의 장수인 줄로 알고 있사옵니다. 꿈에 그자가 서북 방면으로부터 습격해 왔다는 것만 보아도 진나라의 장수임이 분명하지 아니하옵니까?"

정공은 격노해 마지않으며,

"그러면 어떻게 해야 그자의 습격을 분쇄할 수 있겠소?"

"전하의 꿈으로 미루어 보자면 진나라는 미건 태자와 짜고서 우리를 치려는 계획임이 분명합니다. 따라서 미건 태자가 얻어 온다는 군량미는 어쩌면 군량미를 가장한 염초인지도 모르옵니다. 게다가 그 물건을 운반해 오는 마부들 중에는 '배염'이라는 자가 반드시 끼여 있을 것이옵니다. 그러므로 우리는 미건 태자가 도착하거든 엄중히 취조해 보는 동시에 마부 놈들을 불문곡직하고 모조리 잡아 죽여야만 화근을 방지할 수 있을 것이옵니다."

"경의 말씀을 들어 보니 모골이 송연해 오는구려. 그러면 경이 알아서 모든 일을 실수가 없도록 선처해 주기 바라오."

"분부대로 거행하겠사옵니다."

자산은 곧 자피, 자우의 두 장수에게 정병 5백 명씩을 주어 사대문을 굳게 지키게 하는 동시에 수하를 막론하고 검문검색을 엄격하게 하라는 엄명을 내렸다.

미건 태자가 돌아온 것은 바로 그날 오후의 일이었다. 그는 수레마다 붉은 깃발을 펄럭이는 50대의 차량을 거느리고 선두에서 말을 타고 돌아오는데 위풍당당하기 이를 데 없었다.

군량 부대의 선두 차량에 타고 있는 마부는 진나라의 맹장 배염임은 말할 것도 없었다.

일행이 도착하자 파수병들이 앞을 가로막으며 말한다.

"저 수레에 실려 있는 물건은 검사해 보기 전에는 성 안으로 들여보내지 못하겠습니다."

그러자 미건 태자가 눈알을 부라리며 호통을 지른다.

"내가 왕명을 받들고 진나라에 가서 군량미를 조달해 오는 길인데, 네놈들이 감히 검사를 하겠다니 그게 무슨 소리냐?"

그러나 수문장들도 물러서지 않았다.

"어떤 물건이든 간에 검사를 해보지 않고서는 성문을 통과시키지 말라는 왕명이 계셨습니다."

그 모양으로 미건 태자와 수문장들 사이에 아귀다툼이 벌어졌는데, 검사를 받기 전에는 성문을 통과할 가망이 전혀 없어 보였다.

진장(晋將) 배염은 마부로 가장하고 선두 차머리에 앉아 그 광경을 보고 있다가 크게 당황하였다. 인화물질임이 탄로 나면 큰일이므로 그는 참고 보다 못해 마침내 벼락같이 달려들어 수문장들을 모조리 때려눕히고, 수레를 성 안으로 몰아 들어가기 시작했다.

진장 배염이 미건 태자와 함께 성안으로 수레를 몰아 들어가는데, 때마침 순찰 중이던 자피, 자우 두 장수가 그 광경을 목격하고 번개같이 달려와 배염을 한칼에 자살(刺殺)해 버렸다.

그러자 마부로 가장하였던 다른 진장들이 일제히 들고일어나 대항을 하려 했으나 맨주먹으로 당해낼 수 없어 그들 역시 모조리 살해되었다.

미건 태자는 비밀이 탄로 나자 도망을 치려 했으나 자피의 칼에 어이없게 목숨을 잃고 말았다.

자피, 자우 두 장수는 미건 태자와 진장들을 깨끗이 살해하고 나서 수레에 실려 있는 물건을 검사해 보니 과연 그것은 군량미가 아니고 염초가 아닌가.

이에 두 장수는 크게 분노하여,

"이는 오자서란 놈이 뒤에서 조종한 것이 분명하다. 오자서란 놈을 당장 죽여 없애야 한다."

하고는 오자서의 숙소로 말을 달렸다.

그보다 조금 앞서 오자서는 미건 태자가 정나라에서 돌아온다는 소식을 듣고 그를 영접하려고 서문으로 향하는데, 부하 하나가 급히 달려오더니,

"미건 태자가 염초를 군량미로 속여 가지고 오시다가 조금 전 서문 안에서 살해되셨습니다. 장군께서는 빨리 피신을 하셔야겠습니다."

하고 알려주는 것이 아닌가.

오자서는 크게 당황하여 숙소로 돌아와 태자비 마(馬) 부인에게 사실을 알려주며,

"지금 곧 아드님을 데리고 저와 함께 도망을 떠나야 하겠습니다."

하고 말했다. 그러나 마 부인은 남편이 죽었다는 소리를 듣고 목을 놓아 통곡하며,

"초왕이 비무기란 놈 때문에 무도를 범하고, 오 명보의 부 형도 그 때문에 살해되시었소. 이제 태자까지 살해되셨다고 하니, 나 같은 것이 살아남은들 무슨 희망이 있다고 도망을 가겠소이까."

그런 다음 열 살짜리 아들 미승을 내맡기면서,

"이 아이야말로 장차 초나라의 왕위를 계승할 아이입니다. 오 명보께서 부디 이 아이를 끝까지 돌봐 주시기 바라옵니다."

마침 그때 자피, 자우 두 장수가 많은 군사들을 거느리고 노도와 같이 몰려오며 함성을 울리는 소리가 들렸다.

오자서는 정세가 다급해지자 마 부인더러 급히 도망가기를 권했으나 마 부인은,

"오 명보는 아이를 데리고 빨리 피해 주시오."

그 한 마디를 남기기 무섭게 대문 기둥에 머리를 부딪쳐 그대로 쓰러져 버리는 것이었다.

오자서는 어쩔 수 없어 미승 소년만을 옆에 끼고 말 위에 오르기 무섭게 담장을 넘어 도망을 치기 시작하였다.

자우가 오자서를 발견하고 맹렬히 추격해 오며 외친다.

"배은망덕한 오자서란 놈아! 네가 가면 어디를 가느냐!"

오자서는 들은 척도 아니 하고 쏜살같이 달려나가는데, 이번에는 맞은편에서 자피의 군사가 마주 달려오는 것이 아닌가. 뒤에서 자우의 군사가 추격해 오고, 앞에서는 자피의 군사가 요격(邀擊)해 오는 형세였다. 앞뒤로 협공을 당하게 되고 보니 이제는 죽기 살기로 싸울 수밖에 없었다.

오자서는 미승 소년을 왼편 가슴에 부둥켜안고 오른손으로 장검을 휘둘러 나오며,

"자피야! 용기가 있거든 나와 겨뤄보자."

태산이 무너질 듯한 함성을 지르며 마주 달려나가는데 신속하기가 번갯불과 같았다.

자피가 너무도 다급스러워 몸을 옆으로 피하니, 오자서는 그 사이에 10여 명의 군사들을 마치 풀을 베듯이 쓰러뜨려 버리는 것이 아닌가.

다음 순간, 자피가 자세를 가다듬어 싸움을 걸어오는데, 어느새 뒤에서는 자우가 후면 공격을 해오고 있었다.

오자서가 앞뒤로 덤벼오는 두 장수들과 어울려 싸우기를 무려 20여 합, 사방에서 구름처럼 몰려드는 수많은 군사들은 혼자 막아내기가 너무나 힘겨워 위기가 눈앞에 닥쳐왔다고 체념하려는 바로 그 순간, 저 멀리 숲 속에서 난데없는 수백 명의 무리가 나타나더니,

"오 명보를 해치려는 놈들이 누구냐? 네놈들은 내 손에 한 놈도 살아남지 못하리라."

하고 외치며 자피와 자우의 군사를 뒤에서부터 닥치는 대로 죽여

대고 있는 것이 아닌가.

후방으로부터 기습을 받은 자피와 자우의 병사들은 크게 당황하여 사방으로 흩어져 버렸다.

장수 하나가 그 틈을 타 오자서에게 내달려오더니,

"오 명보, 저를 따르시옵소서. 이 순간을 놓치면 도망가실 기회를 영원히 잃게 될 것이옵니다."

하고 도망갈 것을 재촉하는 것이 아닌가.

오자서는 누구인지도 모르면서 덮어놓고 그와 함께 달려나갔다.

4, 50리 가량 달려와서야 겨우 마음의 여유를 얻어,

"도대체 누구이신데 죽어 가는 나를 구해 주셨소?"

하고 물어 보았다. 그 장수가 대답한다.

"소생은 오 명보의 부친이신 대부 오사의 의자(義子)인 온룡(溫龍)이옵니다. 오사 장군께서 일찍이 고향에 돌아와 계실 때, 소생을 극진히 사랑하시와 의자로 삼으신 것이옵니다. 그러하니 오 명보는 저의 의형(義兄)이 되시옵는데, 이렇게 직접 만나 뵙기는 오늘이 처음이옵니다. 형님께서는 지금이라도 의제(義弟)의 큰절을 받아 주시옵소서."

오자서는 그 말을 듣고 크게 감격하였다.

"아아, 그러면 자네가 바로 온룡이란 말인가? 자네 얘기는 돌아가신 선친한테서 여러 차례 들어서 잘 알고 있네. 자네를 이런 데서 이렇게 만날 줄이야 그 누가 알았겠는가!"

오자서는 의제 온룡의 도움으로 사지에서 구출된 것을 진심으로 고맙게 여기며,

"내가 여기 있는 것을 어떻게 알았으며, 자네가 거느리고 온 저 사람들은 대체 누구인가?"

하고 온룡에게 물어 보았다. 온룡이 대답하는데, 그 사연은 이러하

였다.

오사는 워낙 덕망이 높아 고향에 내려가 있는 동안 많은 청년들이 그를 친아버지처럼 따랐다. 후일 그가 간신배의 참소로 억울하게 살해되었다는 소식이 전해지자 평소에 그를 추앙해 오던 고향 청년들은 온룡을 중심으로 오사의 원수를 갚으려는 결사대를 조직하였다. 그리하여 오자서를 만나려고 송나라로 찾아와 보니, 오자서는 그 사이 정나라로 가 버렸다는 것이 아닌가.

결사대는 다시 정나라로 넘어와 오자서를 찾고 있는 중이었는데, 때마침 대원 한 사람이 주막에서 술을 마시다가 오 명보가 위급(危急)에 처해 있다는 급보를 알려와 긴급 출동을 하게 되었다는 것이었다.

오자서는 말만 들어도 가슴이 미어지는 듯한 감격을 느꼈다. 그러나 아직도 위경(危境)을 벗어나지 못한 그로서는 한가롭게 감격에만 잠겨 있을 형편이 못 되었다.

오자서는 결사대 일동에게 머리 숙여 감사하며 말한다.

"그대들이 가친(家親)의 원수를 갚아 주려고 이곳까지 나를 찾아왔다니 고맙기 한량없소이다. 그러나 나는 아직도 위경을 벗어나지 못했으니 언제 또다시 적의 추격을 받게 될지 모르오. 나는 한시바삐 국경을 넘어 진(陳)나라로 갈 터인즉, 여러분은 일단 고향으로 돌아가 주기를 바라오."

그러자 온룡을 비롯한 결사대원들의 불평이 이만저만이 아니었다.

"오 명보와 함께 원수를 갚아드리기 위해 여기까지 찾아온 우리들더러 고향으로 되돌아가라니 그게 무슨 말씀이오?"

오자서는 눈물을 흘리며 결사대원들에게 호소한다.

"여러분의 충정을 내 어찌 모르리오. 그러나 망명의 길에 오른 이 몸이 많은 인원과 같이 다니면 어느 나라가 우리를 받아 주겠소. 그러므로 원수를 갚으려는 우리들의 목적을 달성하기 위해서는 눈물을 머금고 일시적인 이별을 아니 할 수가 없다는 말씀이오. 그러나 후일 때가 오거든 여러분과 함께 원수를 갚을 것을 굳게 맹세하겠소."

결사대원들은 그제야 오자서의 깊은 의도를 알아듣고 이별을 나누게 되었다. 2백 명 가까운 결사대원들은 저마다 오자서를 부둥켜안고 눈물의 바다를 이루었다.

끝없는 형극의 길

제나라의 병법 연구가 손무는 오늘도 바랑 하나만 둘러메고 고전장(古戰場)으로 떠돌아다니며 연구 자료를 수집하기에 여념이 없었다.

손무가 이즈음 주로 연구하고 있는 과제는 전쟁이란 싸우는 장소의 지형(地形)이나 지세(地勢)에 따라 싸우는 방법도 달라져야 한다는 점이었다.

손무가 연구한 바에 의하면, 싸우는 장소를 지형이나 지세나 혹은 자연적인 여건에 따라 대체로 아홉 가지로 나누어 볼 수 있었다.

그 아홉 가지란 즉 산지(散地), 경지(輕地), 쟁지(爭地), 교지(交校), 구지(衢地), 중지(重地), 비지(圮地), 위지(圍地), 사지(死地) 등이다.

'산지(散地)'란 싸움이 산만해지기 쉬운 지형을 말함이요,

'경지(輕地)'란 피차간에 격전을 전개하기에는 적합하지 않은 지형을 이름이요,

'쟁지(爭地)'란 전략상 매우 요긴하여 서로 간에 빼앗으려고 애쓰는 지형을 말함이요,

'교지(交地)'란 출입하기가 쉽고 교통이 편한 지형을 말함이요,

'구지(衢地)'란 지세가 험악하여 교통이 불편한 곳을 말함이요,

'중지(重地)'란 지세가 험악하여 교통이 불편한 곳을 말함이요,

'비지(圮地)'란 드나들기가 매우 곤란한 밀림지대 같은 곳을 말함이요,

'위지(圍地)'란 사방이 산이나 강으로 둘러싸여 군사 이동이 심히 불편한 곳을 말함이요,

'사지(死地)'란 사방이 첩첩 태산으로 둘러싸여 한번 들어가면 여간해서는 빠져 나오기 어려운 곳을 말함이었다.

싸우는 장소의 지형과 지세에 따라 싸움터를 이상과 같이 아홉 가지로 나눠 볼 수가 있는데, 싸우는 방법도 거기에 따라 제각기 달라야 한다는 것이 손무의 주장이었다.

이제 그 중에서 두세 가지 구체적인 예를 들어보면,

비지에는 오래 머물러 있지 말고 즉시 빠져 나와야 하고(圮地則行),

위지에서는 정당하게 싸우려고 할 것이 아니라 적의 의표(意表)를 찌르는 계략을 써서 싸워야 하고(圍地則謀),

사지에서는 이유여하를 막론하고 결사적으로 싸워야만(死地則戰) 살아남을 수가 있다는 것이었다.

이상과 같은 이론은 지금까지 어느 누구도 착상조차 못했던 기발하기 짝이 없는 연구였다.

손무는 그것을 단순히 추상적인 이론으로 전개한 것이 아니라 허다한 고전장의 지형과 실전들을 구체적으로 열거해 가면서 체계적으로 전개해 놓았던 것이다.

그러기에 제나라의 재상 안평중은 손무가 저술중인 병법의 일부만 읽어보고도 '천지간에 전쟁이 있는 날까지 자네의 이 병서(兵書)는 영

원한 보감(寶鑑)이 될걸세'라며 극구 찬양한 바 있었다. 그러나 그처럼 병법 연구에만 열중하는 손무에게 걱정스러운 일이 있었으니 그것은 심우(心友) 오자서에 대한 것이었다.

손무는 물론 어려서부터 오자서와 친분이 두터웠던 것은 아니었다. 오자서는 초나라 사람이요, 손무는 제나라 사람이었으니 동문수학을 한 것은 더더구나 아니었다. 그럼에도 오자서의 신변에 각별한 관심을 가지게 되었는데, 단 한번 만났을 뿐이지만 백년지기(百年知己)와 같은 신뢰감을 느꼈기 때문이었다.

손무가 보기에 오자서는 지략과 용맹을 겸비한 당대 수일(當代隨一)의 명장이었다. 게다가 충성심과 신의도 두터운 인물이었다. 다시 말해 오자서는 한 세기에 한번쯤 나올까 말까 한 호걸이라고 생각되었다.

오씨 일문은 3대에 걸쳐 초국에 피눈물나는 충성을 다해 왔었다. 오늘날 초나라가 강대국으로 성장한 것도 따지고 보면 오씨 일문의 헌신(獻身) 덕택이었다고 해도 과언이 아닐 것이다. 그러나 역대 초왕은 그들을 끊임없이 핍박해 오다가 마침내 오사 부자를 참형에 처하고 오자서마저 죽이지 못해 혈안이 되어 있는 것이 아닌가. 그러니 정의감이 강한 손무가 오자서에 대한 초국의 가혹한 처사에 의분을 느끼는 것은 어쩌면 당연지사였다.

마침 그 무렵 오자서로부터 손무에게 한 통의 밀서(密書)가 전달되었다.

오자서는 간신 비무기의 참소로 오씨 문중이 전멸되었음을 알리고 나서,

……소생은 그들에게 복수를 하기 위해 끝까지 살아남아야 하겠다고

생각했사온데, 정작 국외로 탈출을 하자니 맨 먼저 머리에 떠오르는 사람이 손 선생의 얼굴이었습니다. 제나라에만 가면 신변도 안전하겠지만 소생이 복수를 하는 데도 선생의 도움이 절대로 필요했기 때문입니다. 그러나 저는 선생을 찾아가기를 단념하고 송나라로 발길을 돌렸습니다. 왜냐하면 안평중 재상은 워낙 현명하신 어른이어서 저에게 복수를 하라고 군사를 빌려 주실 리 만무하기 때문입니다. 소생이 이제 앞으로 살아갈 유일한 목적은 오직 초나라에 대한 복수 일념이 있을 뿐이옵니다. 그 목적이 5년 후에 이루어질지 혹은 10년 후에나 이루어질지 지금으로서는 예측을 불허하는 형편이오나 그때에는 손 선생의 절대적인 응원이 필요합니다. 선생께서는 그 점을 염두에 두시고 소생을 끝까지 잊지 말아 주시기를 간곡히 부탁드리옵니다. 지금은 송나라에 잠시 기거하고 있사오나 이 나라의 국정도 매우 복잡하여 불원간 다른 나라로 옮겨가야만 할 것 같사옵니다. 망국자의 도피행은 무지 괴롭사오나 남아의 일념을 달성할 때까지 어떤 고초라도 참고 견딜 각오이옵니다.

송나라에서 오자서 올림

    손무가 이상과 같은 밀서를 받은 것은 20여 일 전의 일이었다. 손무는 오자서의 편지를 읽어보고 자기도 모르게 눈물을 흘렸다. 오자서의 비통한 심정이 가슴에 사무쳐 오는 것만 같았기 때문이다.
    그러면서도 오자서의 현명한 판단에 새삼 감탄하였다. 오자서가 제나라로 찾아오지 않은 것은 참으로 잘한 일이었다. 지혜로운 안평중 재상이 남의 나라 내분에 말려드는 과오를 범할 리가 없지 않은가.
    생각하면 오자서의 앞길은 너무도 험난해 보였다. 어느 나라가 개인적인 원수를 갚으라고 군사를 빌려 줄 것인가. 물론 진(晉)나라 같은 강대국은 오자서를 이용해 숙적인 초나라를 때려부수고 싶은 욕망이 없지 않으리라. 그러나 진나라에는 그처럼 원대한 계략을 꾸밀 만한 인물이 없지 않은가.

손무는 오자서가 의탁할 만한 나라들을 여러모로 검토해 보다가,
"그래도 오나라로 찾아가는 것이 가장 유리할 거야!"
하고 혼잣말로 중얼거렸다.

손무는 오자서의 비통한 친서를 받아보고 나서 그의 너무도 애절한 호소에 일종의 정신적인 부담을 아니 느낄 수 없었다. 그로부터 얼마 후 오자서로부터 두 번째 편지가 전달되었다. 이번에는 정(鄭)나라를 탈출하여 진(陳)나라로 가면서 보내온 편지였다.

그 편지에는, 미건 태자가 정나라와 진(晋)나라의 권모술수에 말려들어 무참하게 살해된 경위를 설명하고 나서,

……천하에 나라는 많아도 망명객이 몸을 의탁할 나라는 아무데도 없는가 보옵니다. 다행히 구사일생으로 정나라를 탈출하여 진나라에 오기는 했으나, 이 나라에는 또 어떤 고난이 도사리고 있을지 모르겠습니다. 그러나 고난이 겹쳐올수록 저의 복수심만은 점점 치열하게 불타오르고 있사오니, 손 선생께서 언젠가는 소생을 꼭 도와주시옵소서. 그날이 한시바삐 오기를 고대하며 다시 한번 간곡한 부탁을 드리옵니다.

백년지기로 여겨오는 오자서로부터 간곡한 부탁을 연거푸 들어오다 보니 손무는 그가 원수를 갚는데 자기도 협력을 해야 할 의무감 같은 것이 느껴지는 것이었다.

'그렇다! 오자서가 나를 이처럼 믿고 있다면, 나도 그에 대한 응분

의 보답이 있어야 할 것이 아닌가. 생각이 거기에 미치자 손무는 고전장의 현지답사를 이번에는 진(陳)나라로 가보기로 작심하였다. 현지답사라는 명목으로 진나라에 가서 오자서를 직접 만나 위로라도 해주고 싶었기 때문이다.

한편 오자서는 온룡 등과 눈물의 작별을 하고 진(陳)에 무사히 도착하였다. 진나라의 애공(哀公)은 그 옛날 투보회 때에 보물을 가지고 가지 않았다가 진왕(秦王)의 손에 죽을 뻔했는데 오자서가 살려 준 사람이었다.

오자서는 진나라에 도착하는 길로 곧장 애공을 만나려고 하였다. 그러나 투보회 때에 자기가 도와준 애공은 이미 세상을 떠나고 지금의 군주는 그의 손자 혜공(惠公)이라는 것이 아닌가.

"아아, 내가 가는 길에는 왜 이다지도 차질(蹉跌)이 중첩(重疊)하는고!"

오자서는 하늘을 우러러 탄식하다가 투보회 때에 만났던 태부(太夫) 요소(姚素)를 찾아보았다.

요소는 오자서를 반갑게 맞아들이며,

"오 명보께서 아무 통보도 없이 혼자 찾아오셨으니 이게 웬일이시옵니까?"

하고 묻는다. 오자서는 지금까지의 경위를 소상하게 말해주고 나서,

"혜공께서 나를 어떻게 생각하고 계실지 모르겠으나 가능하면 귀국에서 많은 도움을 주었으면 합니다."

하고 말했다.

태부 요소는 오자서를 진심으로 측은하게 여기며 말한다.

"염려 마십시오. 선군께서 오 명보의 은혜를 갚지 못해 항상 염려하고 계셨으니 금상(今上)인들 은덕(恩德)을 어찌 모르시오리까. 제가

내일 아침 주군 전에 사뢰어, 원수를 갚으시는 데 힘이 되어드리도록 하겠습니다."

다음날 요소는 입궐하여 혜공에게 품한다.

"오자서는 선군에게 생명의 은인일 뿐만 아니라 천하의 명장이기도 하옵니다. 이제 만약 우리가 그를 예의로써 우대하여 그의 소망인 원수를 갚는 데 힘이 되어준다면 그도 우리나라를 위해 많은 공적을 남겨 줄 것이옵니다. 그러므로 대왕께서는 기필코 오자서를 중용(重用)해 주시옵소서."

혜공은 그 말을 듣고 크게 기뻐하며 오자서를 높이 쓰려고 하였다. 그러나 상대부 윤숙황(尹叔皇)이 정면으로 반대하고 나선다.

"오자서는 조국을 배반하고 정처 없이 떠돌아다니는 자로서, 송나라와 정나라에서도 받아들이지 않았기 때문에 우리나라에까지 굴러 들어온 사람입니다. '오자서를 두둔하는 나라는 어떤 나라임을 막론하고 멸망을 시켜 버리겠다'는 초왕의 경고장까지 와 있는 판국에 그런 자를 등용했다가 무슨 수로 후환을 감당해낼 수 있겠나이까?"

상대부 윤숙황이 반대하고 나선 것은 오자서를 등용하면 자기 세력이 꺾일 것이 두려웠기 때문이다.

혜공은 윤숙황의 말에 겁을 집어먹고 결단을 내리지 못했다. 그러자 태부 요소가 다시 말한다.

"우리가 만약 선군의 은인인 오자서를 다른 나라로 쫓아 보내면 그것은 배은망덕을 저지르는 것과 무엇이 다르오리까. 오자서는 어느 나라에 가도 높이 쓰여질 인물입니다. 그를 쫓아 보내는 것은 절로 굴러 들어온 보배를 남에게 던져 주는 것과 다름이 없사옵니다. 대왕께서는 부디 오자서를 버리지 말아 주시옵소서."

혜공은 오자서가 천하의 명장임을 알고는 있었다. 그러므로 그를

높이 쓰면 나라에 유익하리라는 것도 알았다. 그러나 초나라의 보복이 두려워,

"초 평왕이 오자서를 쓰지 말라는 경고장을 보내 왔기 때문에 그를 등용하기가 매우 난처하구려."

하고 말한다. 그 말에 상대부 윤숙황이 얼른 찬동하고 나선다.

"주군 전하! 그러하옵니다. 만약 오자서를 등용했다가는 후일 초나라로부터 반드시 무서운 보복을 당하게 될 것이옵니다."

그러나 태부 요소는 머리를 힘차게 흔들며 강경한 어조로 이렇게 반박했다.

"우리나라는 초나라의 속국이 아니고 당당한 독립 국가입니다. 따라서 초 평왕이 우리에게 경고장을 보내온 것은 우리의 주권을 모독한 내정간섭입니다. 만약 초의 경고장이 두려워 오자서를 등용하지 못한다면, 그것은 우리가 초나라의 속국임을 스스로 인정하는 것과 무엇이 다르옵니까? 그래 가지고서는 독립 국가의 체통을 어디서 찾으며 국가의 발전을 무엇으로 꾀할 수 있겠나이까? 초 평왕의 경고장 따위는 일소에 붙여 버리시옵고 국가의 백년대계를 위해 오자서를 반드시 등용하시기를 간곡히 부탁드리옵니다."

혜공은 그제야 깨달은 바 있는 듯 머리를 크게 끄덕이며,

"듣고 보니 경의 말씀이 옳소이다. 그러면 오자서를 하대부(下大夫)로 등용하기로 합시다."

이리하여 오자서는 진나라의 하대부로 등용되었다.

태무 요소는 백만대군을 얻은 것처럼 기뻤다. 그러나 상대부 윤숙황이 어떤 모략으로 오자서를 쫓아내려고 할지 모를 일이었다. 그런지라 요소는 윤숙황의 모략을 미연에 방지하려고 어느 날 혜공에게 이런 제안을 하였다.

"전하! 사람이란 사생활이 안정되지 않으면 마음이 동요되기 쉬운 법이옵니다. 지금의 오 명보가 바로 그런 형편이옵니다. 매우 송구스러운 말씀이오나 오 명보를 우리나라에 길이 붙잡아 두려면 덕정 공주(德禎公主)와 혼사를 시키는 것이 어떠하겠나이까?"

덕정 공주는 혜공이 금지옥엽처럼 사랑하는 열아홉 살짜리 외동딸이었다.

"음, 오 명보라면 나무랄 데 없는 호걸이니 나의 부마로 삼으면 좋을 것 같구려."

혜공은 요소의 제안에 즉석에서 찬동의 뜻을 표하며,

"그러나 덕정 공주가 어떻게 생각할지 모르니 내일 저녁 오 명보를 경림원(瓊林苑)에 불러 축하연을 베풀어야겠소. 덕정 공주가 상화대(賞花臺)에서 먼빛으로나마 오 명보의 얼굴을 한번 바라보게 합시다. 그런 다음 덕정 공주의 의사를 들어 보고 결정을 짓기로 합시다."

혜공은 그 길로 내전에 들어가 덕정 공주와 부인 강씨(姜氏)에게 그 계획을 알려주었다.

다음날 저녁 오자서가 환영연에 참석하기 위해 경림원으로 가는데, 때마침 상화대에서 수십 명의 시녀들이 공주 한 명을 에워싸고 오자서를 가리키며,

"공주마마! 저기 오시는 분이 머지않아 공주마마의 부마(駙馬)가 되실 오 명보 장군이시옵니다."

하고 떠들어대는 것이 아닌가.

오자서는 너무도 뜻밖의 말에 크게 놀라 자기도 모르게 공주의 얼굴을 유심히 바라보았다. 첫눈에 보아도 공주의 얼굴은 박색이었다. 아니 단순히 못생겼을 뿐만 아니라 어딘가 모르게 살기가 어려 있는 얼굴이었다. 아무리 공주이기로 아내로 맞아들이기에는 꺼림칙한 인

상이었다. 오자서는 어떤 일이 있어도 공주와 결혼을 아니 할 생각이었다.

이날 밤 연락(宴樂)에서 돌아오는 길에, 태부 요소가 오자서에게 말한다.

"주공께서는 오 명보를 부마로 삼고 싶어하시니 기꺼이 응낙해 주시면 고맙겠소이다."

오자서는 내심 결심한 바가 있었으나 공주의 얼굴이 못생겨서 싫다고는 말할 수 없었으므로 얼른 이렇게 둘러대었다.

"대왕께서 저 같은 뜨내기를 그처럼 대견하게 아껴 주시니 감격스럽기 그지없습니다. 그러나 저는 부형의 원수를 갚기 전에는 결혼을 아니 하기로 결심했으니 군후 전에 그 점을 상주(上奏)해 주시옵소서."

"그것은 오 명보가 잘못 생각하신 것이오. 만약 오 명보가 부마가 되면 우리 주군께서 국력을 기울여서라도 원수를 갚아드리기 위해 애쓰실 것이 아니오?"

"아무튼 저는 원수를 갚기 전에는 결혼을 아니 하기로 굳게 결심한 바 있으니 그것만은 굽힐 수 없사옵니다."

요소는 개탄해 마지않으며, 그 사실을 즉시 혜공의 부인 강씨에게 알렸다.

강씨는 요소의 말을 듣고 길길이 날뛰며 분노한다.

"오자서란 자는 일개의 망국민에 불과한데 제까짓 게 뭐라고 내 딸 덕정 공주와의 혼사를 거절한다는 말이냐?"

강씨는 그런 성도의 매노도는 식성이 풀리지 않아 곧 남편인 혜공에게 이렇게 따지고 들었다.

"오자서가 공주와의 혼인을 거절했다고 하니 그놈은 필시 다른 나라로 가려는 것이 분명합니다. 주공은 어찌하여 그런 배은망덕한 놈에게 공주를 주려고 하셨나이까?"

혜공은 오자서가 공주와의 혼인을 거절했다는 말을 듣고 크게 분노한다.

"부인 말대로 오자서는 다른 나라로 가려는 뜻이 분명한 것 같소. 하마터면 공주의 일생을 망칠 뻔했구려. 가만 있자, 그런 놈을 그냥 살려 두어서는 안 될 테니, 도망가기 전에 아예 죽여 없애야 하겠소."

오자서의 앞길은 갈수록 태산이었다. 혜공은 곧 중신들을 불러 상의한다.

"오자서라는 자가 공주와의 혼인을 거절하는 것을 보면 다른 나라로 도망가려는 뜻이 분명하오. 그자가 도망하기 전에 아예 우리 손으로 죽여 버리는 것이 어떻겠소?"

오자서를 부마로 천거했던 요소는 아무 대꾸도 못했다. 그러자 상대부 윤숙황이 크게 기뻐하며 말한다.

"신이 이미 말씀드린 바와 같이 그자가 언젠가는 우리를 배반할 것이 분명합니다. 그러니 이 기회에 그자를 없애 버리는 것이 지극히 마땅한 일인 줄로 아뢰옵니다."

조정의 중론이 그 방향으로 결정되자 요소는 크게 당황하여 오자서를 비밀리에 만나 그러한 사실을 알려주면서,

"오 명보는 화를 면하려거든 급히 이 나라를 떠나도록 하오. 그러잖아도 초나라에서 또다시 통보가 왔는데, 어느 나라 사람임을 막론하고 오 명보를 잡아오는 사람에게는 상금으로 좁쌀 5만 석에다가 상대부의 벼슬까지 주겠다고 했습니다. 그러하니 오 명보는 어디를 가든 경계를 단단히 하셔야 할 것이오."

하고 간곡한 주의를 주는 것이었다.

"고맙습니다. 오늘의 이 은혜는 죽을 때까지 잊지 않겠습니다."

오자서는 즉시 장사꾼으로 변장하고 미승 소년과 함께 또다시 탈출의 길에 올랐다. 세상의 이목이 두려워 낮에는 숲 속에 숨어 있다가 밤에만 길을 가야 했다. 여러 날 만에 소관(昭關)이라는 국경의 관문에 도달했을 때 미승 소년은 덜컥 병이 나고 말았다. 어린 나이에 이슬에 젖고 찬비를 맞아 몸이 불덩이같이 달아올랐던 것이다. 무슨 일이 있어도 소년의 병만은 고쳐 놓고 봐야 하겠기에 어떤 촌로에게 의원이 있는 곳을 물어 보니,

"저기 보이는 산을 넘어가면 '동고(東皐)'라고 하는 유명한 명의가 있소. 그 사람은 못 고치는 병이 없다 하니 그리 찾아가 보시오."

미승 소년을 등에 업고 태산준령을 넘으니 과연 깊은 산속에 초암(草庵)이 한 채 있었다. 그리로 찾아가니 80객 백발 노인이 마당가에 서성거리다가 오자서의 얼굴을 유심히 바라보더니 대뜸,

"혹시, 공은 초나라에서 오신 오 명보가 아니시오?"

하고 묻는 것이 아닌가. 오자서는 깜짝 놀랐다.

"예, 그러하옵니다. 노인장께서는 저를 어찌 아시옵니까?"

백발 노인은 의미심장하게 고개를 끄덕이면서 말한다.

"나는 동고자(東皐子)라는 늙은이오. 환자 때문에 어제 진도(陳都)에 들렀더니 오 명보가 진나라를 탈출하여 초나라로 망명을 떠났다는 소문이 파다합니다. 진조(陳朝)에서는 초나라와 합심하여 오 명보를 체포하려고 많은 장수들로 소관을 엄중히 수비하고 있는 모양입니다. 소관으로 갔다가는 반드시 붙잡힐 것이오. 나는 그 사실을 알려드리려고 아침부터 여기서 오 명보를 기다리고 있는 중이었소."

그야말로 천우신조(天佑神助)라고 할 수밖에 없었다. 오자서는 백발 노인에게 머리를 조아려 감사의 뜻을 전하며 말한다.

"고맙습니다. 선생의 도움이 아니었다면 저는 소관에서 적장들에

게 반드시 체포되고야 말았을 것이옵니다. 그런데 동행하는 이 소년의 병이 대단하오니 선생께서 병을 좀 고쳐 주시옵소서."

오자서는 그날부터 동고 노인에게 여러 날 신세를 지면서, 미승 소년의 병을 깨끗이 고쳤다. 그리하여 이제는 길을 떠나야 할 형편이기에 노인에게 이렇게 물었다.

"제가 국경을 무사히 넘어가려면 어찌해야 하겠습니까?"

동고 노인은 오랫동안 심사숙고하다가,

"몹시 어려운 일이니, 오늘밤 잘 연구해 보고 내일 아침에 그 방법을 알려드리리다."

다음날 아침, 동고 노인은 오자서에게 이렇게 말했다.

"이 산을 내려가면 조그만 마을에 황보눌(皇甫訥)이라는 사람이 살고 있소. 나하고는 둘도 없는 친군데, 그 사람은 용모와 신장이 모두 오 명보와 흡사합니다. 관문장(關門將)들은 그 사람을 보면 오 명보로 잘못 알고 대뜸 체포해 버릴 것이오. 내가 황보눌을 소관으로 보내도록 하겠나이다. 오 명보는 하인으로 가장하고 황보눌을 따라갔다가 그 사람이 체포되거든 그 북새통을 틈타 관문을 넘어가도록 하시오."

"고맙습니다. 그러나 일면식도 없는 그 어른께 그런 수고를 끼쳐도 괜찮겠습니까?"

"그만한 것은 알 만한 사람이니 아무 걱정 마오. 그 사람을 직접 불러다가 상의해 보도록 합시다."

동자가 곧 황보눌을 불러왔는데 연령의 차이만 있다뿐이지 얼굴이며 키가 과연 오자서 자신과 너무도 흡사하였다.

동고 노인은 오자서를 황보눌에게 소개하면서 말한다.

"오 명보는 부형의 원수를 갚기 위해 오나라로 가는 길로 소관을 무사히 통과해야만 한다네. 그러나 적장들이 소관을 삼엄하게 수비하고 있어 도저히 통과할 수 없는 형편이라네. 다행히 자네가 오 명보와 용모가 흡사하니 내가 시키는 대로 해주면 고맙겠네. 자네가 소관으로 가 대신 붙잡혀 주고 그 틈을 타 오 명보가 국경을 무사히 통과하게 해주도록 하세."

황보눌은 그 말을 듣고 흔쾌히 대답한다.

"남의 간난(艱難)을 덜어 주는 것을 인(仁)이라 하고, 남을 곤란(困難)에서 구해 주는 것을 용(勇)이라 한다고 들었습니다. 오 명보는 초나라에서도 소문난 충신 가문의 후예가 아니오니까. 오 명보를 도울 수 있는 일이라면 무엇인들 사양하겠습니까. 지금이라도 곧 소관으로 가겠습니다."

그러나 동고 노인은 황보눌의 출발을 제지하며 말한다.

"이 사람아. 자네처럼 서두르다가는 실패하기 쉬운 법이네. 매사에는 반드시 치밀한 계획이 필요한 법이야. 우선 오 명보의 옷을 벗게 하고 자네가 그 옷으로 갈아입도록 하게. 그리고 오 명보는 하인으로 분장을 하시지요."

두 사람은 동고 노인이 시키는 대로 하였다. 황보눌이 오자서의 옷을 갈아입고, 오자서는 마부로 분장을 하고 나니 두 사람은 누가 보아도 주종 관계가 분명해 보였다. 동고 노인은 두 사람을 바라보며 만족스럽게 웃는다.

"그만했으면 귀신도 속지 않을 수 없겠는걸, 하하하. 그러면 어서 떠나도록 하오."

그러나 오자서는 황보눌의 일이 걱정스러워서,

"제가 관문을 무사히 넘는다 하더라도 황보 선생의 뒷일은 어찌 되는 겁니까? 그 일을 생각하면 저는 차마 떠날 수가 없습니다."

하고 말했다. 동고 노인이 고개를 설레설레 흔든다.

"그 일은 조금도 걱정 마오. 오 명보가 관문을 무사히 넘어가고 나면, 내가 곧 달려가 황보눌을 풀어내올 것이오. 쓸데없는 걱정 말고 어서 떠나기나 하오."

이윽고 황보눌은 말을 타고, 오자서는 말고삐를 붙잡고 관문을 향하여 산길을 올라가기 시작하였다. 관문 망루에서 파수병들이 산 아래를 살펴보니 수상한 인마가 관문을 향하여 올라오고 있는 것이 아닌가.

초에서 파견되어 온 낭와(囊瓦)가 그 보고를 받고 급히 달려와 보니, 마상의 인물은 먼빛으로 보아도 오자서임이 틀림없었다.

낭와는 크게 기뻐하여 멀리서부터 두 사람을 이중삼중으로 에워싸 쉽게 체포해 버렸다. 그러나 황보눌은 오히려 노여운 기색을 보이며 낭와를 나무란다.

"여보시오? 내가 무슨 죄가 있다고 나를 체포하오?"

그러나 낭와는 황보눌을 다짜고짜 결박지으면서,

"이놈아! 네놈이 아무리 시치미를 떼도 내 눈만은 속이지 못한다. 너는 오자서가 아니더냐? 너를 붙잡았으니 이제는 초나라로 끌고 가 상금으로 좁쌀 5만 석을 받고 상대부의 벼슬자리까지 누리게 될 판이로다!"

하고 어쩔 줄을 모르게 기뻐한다. 오자서가 붙잡혔다는 말이 퍼지자 파수병들이 그의 얼굴이라도 한번 보려고 저마다 달려오는 바람에 관무의 수비가 완전히 공백 상태가 되어 버렸다.

오자서는 그 틈을 타서 미승 소년과 함께 관문을 총총히 통과해 버리고 말았다. 공명심에 달뜬 낭와가 가짜 오자서를 초나라의 서울인 영도로 끌어가려고 하자 황보눌이 정색을 하고 나무란다.

"여보시오, 사람을 잘못 보아도 분수가 있지 나는 저 산 아랫마을에 사는 황보눌이라는 사람이오."

"이놈아! 쓸데없는 수작은 그만 하거라! 네가 무슨 소리를 해도 오자서가 분명하다."

그러나 황보눌은 어디까지나 태연한 자세로 이렇게 말했다.

"내 말을 못 믿겠거든 우리 선생님한테 물어보시오. 우리 선생님이 곧 이곳에 오실 것이오."

낭와는 그래도 믿지 않고,

"너의 선생님이 이곳에 온다구? 도대체 너의 선생님이 어떤 놈이냐?"

황보눌은 이때다 싶어 목소리를 힘차게 가다듬어,

"당신은 천하의 명의 동고 선생도 모르오? 그 어른이 이곳에 곧 나타나실 거란 말이오."

"뭐야? 동고 선생께서 이곳에 오신다고?"

마침 그때 백발이 성성한 노인이 마상에서 산천경계를 유유히 둘러보며 나타났는데, 그는 틀림없는 동고 선생이 아닌가.

낭와는 동고 노인을 보자 황급히 마주 달려오며 반갑게 맞는다.

"아니, 동고 선생께서 이곳까지 웬일이시옵니까?"

동고 노인은 일찍이 낭와 모친의 중병을 고쳐 준 일이 있었다. 그 일 때문에 낭와는 동고 노인을 은인처럼 생각해 오고 있는 터였다.

동고 노인은 낭와를 만나자 짐짓 놀라 보이며,

"아니, 자네가 언제부터 이 관문에 와 있었는가? 참 자당께서는 그 후에 별고 없으신가?"

하고 물었다.

"선생님께서 애써 주신 덕분에 아주 건강하시옵니다."

황보눌은 이때를 이용하여,

"선생님! 이 사람이 저를 오자서로 잘못 알고 이렇게 결박을 지었으니, 세상에 이런 억울한 일이 어디 있사옵니까?"

동고 노인은 깜짝 놀라며,

"자네를 오자서로 알다니 그게 무슨 소린가?"

그런 다음 낭와를 보고 나무란다.

"여보게, 낭와! 자네가 사람을 잘못 보아도 분수가 있지. 이 사람은 나의 친구인 황보눌이라는 사람일세. 이 사람은 오늘 나와 함께 유산(遊山)을 나서는 길인데 나의 동행자에게 이렇게 결박을 지어서 어쩌자는 것인가?"

"옛? 이 사람은 오자서가 아니라는 말씀이십니까?"

"오자서가 어떻게 생겼는지 모르지만 이 사람은 오자서가 아니라 황보눌이 확실하네. 자네는 오자서의 얼굴도 모르면서 생사람을 함부로 포박했단 말인가?"

"제가 오자서를 모를 리 있습니까? 전에 두세 차례 만나 본 일도 있는 걸요."

"그렇다면 이 사람의 얼굴을 좀더 자세히 살펴보게. 얼굴이 비슷할지는 몰라도 어딘가 다른 점이 있을 걸세."

그제서 황보눌의 얼굴을 자세하게 뜯어보니 얼른 보기에는 용모가 흡사해도 오자서가 아닌 것이 분명하였다. 낭와는 황보눌의 포박을 즉시 풀어 주면서, 동고 노인에게 사과한다.

"선생의 친구 분에게 제가 큰 죄를 지었습니다. 너그럽게 용서해 주시옵소서."

"모두가 나라를 위한 일이니 사과까지는 할 것 없네."

낭와가 두 사람을 전송하고 다시 관문으로 돌아오니, 첩자가 급히 달려와 아뢴다.

"오자서가 미승 공자를 데리고 관문을 통과하여 동오(東吳)로 넘어갔다고 합니다."

낭와는 그 말을 듣기가 무섭게 5백 명의 정병을 이끌고 오자서를 급히 추격하였다.

오자서는 미승 소년과 함께 관문을 통과하여 동오 땅으로 넘어오자 우선 안심이었다. 그러나 오강(吳江)을 넘어서기 전에 낭와의 무리에게 추격을 당할지 몰라 큰길을 버리고 숲 속 풀밭으로만 걸었다.

끼니도 굶은 채 밤낮으로 걷기를 사흘 만에 오강에 도달했으나 강을 건너려는데 배가 없지 않은가.

때마침 가을이어서, 강가에 우거진 갈대숲이 바람에 흔들리며 흐느끼듯 처량하게 울부짖고 있었다. 아무리 기다려도 배는 나타나지 않고, 갈잎 우는 소리만이 처량하게 들려와 오자서는 통곡이라도 하고 싶은 심정이었다.

'아아, 나는 고국을 떠난 이후 송나라 · 정나라 · 진나라를 두루 거쳐 이 곳에 이르기까지 얼마나 많은 고초를 겪어 왔던가? 아버님과 형님의 원수를 갚으려고 갖은 고난을 겪으며 이곳까지 이르렀건만 이제는 강을 건널 수 없으니 하늘은 정녕 나에게 이렇게도 무심하신가?'

오자서는 용용(溶溶)하게 흘러가는 강물을 바라보며 마음속으로 비통하게 절규하였다. 이른 아침부터 황혼이 가깝도록 기다려 보았으나 배는 끝내 나타나지 않았다.

오자서는 기한(飢寒)에 떨고 있는 미승 소년이 너무도 애처로워 보여서,

"미승 공자! 차라리 강물에 몸을 던져 나와 함께 죽어 버리고 말까요?"

하고 최후의 말을 씹어 뱉었다. 그러자 미승 소년이 갑자기 울음을

터뜨리며,

"오 대부, 나는 죽고 싶지 않아요."

하고 악을 쓰며 외친다. 이럴 수도 없고 저럴 수도 없어 한숨만 쉬고 있노라니 문득 어디선가 어둠 속에서,

어야디야 노를 저어라.
앞강에 뜬 배는
임 실려 가는 배요.
뒷강에 뜬 배는
고기잡이 배라네.

하고 구성진 뱃노래가 아득하게 들려오는 것이 아닌가.

미승 소년은 그 소리를 듣자,

"오 대부! 저기 배가 있어요. 저 배를 불러 타고 건너가면 되잖아요."

하고 외친다.

오자서가 그 말에 용기를 얻어 어둠 속에다 대고 소리치니 늙은 어부가 고깃배를 기슭에 갖다대며,

"무슨 일로 나를 부르셨소?"

"죄송스럽지만 우리에게 강을 건너게 해줄 수 없겠습니까?"

늙은 어부는 오자서와 미승 소년의 얼굴을 달빛에 이윽히 바라보더니,

"보아하니 예사 양반들 같지는 않은데, 밤늦게 강가에서 웬일들이시오?"

하고 묻는다.

오자서는 자기 신세를 솔직하게 말해 주면서,

"우리들은 여기까지 오는 사이에 사흘씩이나 끼니도 굶었다오."

"옛? 사흘씩이나 굶었다구요? 그게 될 말이오? 가만 있자 그러면 마을까지 가서 밥을 얻어올 테니 어디 가지 말고 여기서 기다리시오."

거기까지는 고마웠으나 밥을 얻으러 간 어부는 아무리 기다려도 돌아오지 않았다. 그러자 이제는 오자서 편에서 의심이 생겼다.

'나는 현상금이 5만 석이나 걸려 있는 몸, 그 어부는 내 몸을 노리고 공모자를 구하러 간 것이 아닐까?'

'의심은 암귀를 낳는다(疑心生暗鬼)'는 옛말이 있다. 오자서의 목에는 좁쌀 5만 석에 상대부 벼슬자리까지 준다는 어마어마한 현상금이 걸려 있는 만큼, 초저녁에 밥을 얻으러 간 어부가 날이 밝도록 돌아오지 않으니 의심을 하는 것도 무리는 아니었다.

오자서는 만일의 경우에 대비해 갈대밭 속에 숨어서 어부를 기다리기로 하였다. 만약 어부가 자기를 붙잡으려고 사람들을 몰고 오면 그대로 배를 타고 내뺄 생각이었던 것이다.

늙은 어부는 동이 터올 무렵이 되어서야 밥 광주리를 등에 지고 돌아왔다. 그러나 정작 강가에는 밥을 먹여야 할 사람이 없지 않은가.

'아아, 그 사람은 오자서가 분명해 보였는데 내가 너무 늦게 돌아오니 나를 의심해 숨어 버린 모양이구나. 나를 그런 늙은이로 알았다면 그야말로 섭섭하기 짝이 없는 일인데……'

어부는 내심 개탄해 마지않으며,

"여보시오, 젊은 양반! 어디 가셨소? 밥을 얻어 왔으니 빨리 나와 자시도록 하오."

하고 갈대밭에다가 대고 큰소리로 외치는 것이었다.

오자서가 그제야 의심을 풀고 강가로 나오니 늙은 어부는,

"여기서는 인가가 10리나 떨어져 있는데다가, 밥을 새로 지어 오느라 시간이 오래 걸렸소. 몹시 시장할 테니 어서 드시오."

하고 말하며 밥과 반찬을 한 광주리나 내려놓는 것이 아닌가.

오자서는 미승 소년과 함께 배가 터지도록 먹고 나서, 허리에 차고 있던 검을 늙은 어부에게 풀어 주면서,

"나를 추격해 오는 사람이 있어서 난 곧 떠나야겠소. 내가 몸에 지닌 물건이라고는 이 검밖에 없으니 수고비 대신 받아 주시오. 이 검은 투보회 때에 진(秦)나라 군주로부터 하사 받은 검이니 가치가 있는 물건입니다."

그러자 늙은 어부는 펄쩍 뛸 듯이 놀라며,

"귀공의 목에는 초왕으로부터 좁쌀 5만 석에 상대부의 벼슬자리까지 걸려 있음을 나는 알고 있소. 만약 내가 물욕에 탐이 났다면 그쪽의 상을 받지, 어찌 한 자루의 칼을 받겠소. 적에게 붙잡히기 전에 한시바삐 강이나 건너가오."

오자서는 백배 사례하고 나서 배를 저어 강을 건너다가 문득 강가에서 전송하는 어부를 향하여,

"후일에 반드시 보상을 하고 싶으니 이름이라도 알려 주십시오."

하고 소리쳤다. 그러자 늙은 어부는 화를 내며 소리쳐 나무란다.

"그대가 부형의 원수를 갚고자 하기에 강을 건너게 해주었을 뿐이지, 내 어찌 후일의 보답을 바라겠소. 못된 소리 그만하고, 빨리 강이나 건너가시오."

그로부터 얼마 후 낭와의 추격 부대가 강가에 도달했으나 사람이 보이지 아니하므로 단념하고 돌아가고 말았다.

강을 건너와서도 동오의 서울까지 가려면 아직도 태산준령을 셋이나 넘어야 했다. 동오 땅에 들어서면 고생스러운 대로 신변만은 안전

하리라고 믿고 있었다. 그러나 정작 사정을 알고 보니 그게 아니었다.

'오자서를 잡아오는 사람에게는 상으로 좁쌀 5만 석과 상대부의 벼슬을 준다'는 방문은 동오의 산속에까지 처처(處處)에 나붙어 있었다. 그런 까닭에 힘깨나 쓴다는 불한당들은 저마다 오자서를 붙잡기 위해 혈안이 되어 있었다.

오자서는 그런 위험을 피하려고 동오 땅에 들어와서도 오나라 도성에 가기까지 줄곧 풍찬노숙(風餐露宿)만 하다가 어느 날 밤에는 날씨가 하도 추워 산속에 있는 오막살이를 찾아들었다.

사립문을 흔들며 주인을 부르니 방문을 열고 내다보는 사람은 천만뜻밖에도 진(陳)나라에서 눈물로 작별했던 의제(義弟) 온룡이 아닌가.

"아니, 형님이 웬일이시옵니까?"

온룡은 맨발로 달려 나와 오자서를 얼싸안으며 기쁨의 눈물을 흘린다. 오자서도 온룡을 힘차게 껴안으며,

"나도 나지만, 도대체 이 산중에 자네가 웬일인가?"

"형님이 동오로 떠나셨다는 소문을 듣고, 저도 숫제 이곳으로 와서 형님이 불러 주시기를 기다리고 있던 중이옵니다."

온룡은 즉시 주안상을 차려다가 재회의 기쁨을 나누었다. 그런데 술을 몇 순배 나누다가 문득 깨닫고 보니, 사립문 밖에서 이상한 인기척이 들려오는 것이 아닌가.

오자서는 직감적으로 수상한 눈치를 채고 발치에서 자고 있는 미승 소년을 들쳐업기가 무섭게 뒷문으로 몸을 피해 버렸다.

영문을 모르는 온룡은,

"형님! 별안간 어디를 가려고 그러십니까?"

하고 물었으나 오자서는 미처 대답도 못하고 밖으로 나서기가 무섭게 줄행랑을 놓았다. 불한당들이 오자서를 잡으려고 방 안으로 몰려

든 것은 바로 다음 순간이었다.

　온룡이 불의에 기습해 온 불한당들과 일대 난투극을 벌이고 있는 사이에 오자서는 사력을 다해 도망하였다.

　그 모양으로 죽을 고비를 수십 차례나 넘겨가며 가까스로 동오의 서울에 안착하니 기쁨보다도 허탈감이 앞섰다. 그러나 이상하게도 원수를 갚으려는 집념만은 날이 갈수록 강인해져 손무가 새삼스러이 그리웠다. 원수를 갚으려면 손무의 도움이 꼭 있어야만 할 것 같았기 때문이다.

　'손 선생의 병법 연구는 어디까지 진전되었을까? 내가 보낸 편지를 받아 보기는 하였을까?'

　오자서는 동오에 도착한 것을 알리려고 손무에게 또다시 편지를 썼다. 그동안의 고초를 자세하게 적은 눈물겨운 편지였다. 그러나 언제 인편이 있을지 아무도 모를 일이었다.

오 왕가(吳王家)의 내홍(內訌)

오자서는 동오에 도착하자 누구보다도 먼저 오왕(吳王)의 사촌 동생인 희광 공자(姬光公子)를 찾아보려 하였다. 희광 공자는 일찍이 투보회 때에 진왕(秦王)의 손에 죽게 된 것을 오자서가 살려준 사람이었기 때문이다. 그러나 일이 꼬이느라고, 희광 공자는 남쪽 지방으로 여행을 떠나 한 달이 지나야만 돌아온다는 것이 아닌가.

오자서는 아무리 급해도 희광 공자가 돌아오기를 기다리는 수밖에 없었다. 그동안은 별로 할 일이 없어 날마다 거리 구경을 하며 돌아다니고 있었는데, 하루는 당읍(當邑)이라는 시장 구경을 갔더니 때마침 장판에서 커다란 싸움이 벌어져 있는 것이 아닌가.

수십 명의 폭도들이 제각기 손에 몽둥이를 들고 한 사람의 거인을 상대로 싸우고 있는 것이었다. 키가 일곱 자가 넘는 거인은 맨손으로 버티고 서서 끄떡도 하지 않았다. 그 많은 폭도들에게 겁을 내지 않았을 뿐만 아니라 오히려 입가에는 가벼운 미소가 떠돌고 있었던 것이다.

"야아, 대단한 걸물(傑物)이로구나."

오자서는 그 인물의 비범함에 자기도 모르게 탄성을 올렸다.

그와 동시에,

'앞으로 큰일을 도모하려면 저런 인물을 포섭해 둬야 할 것이 아니겠는가?'

하는 생각이 불현듯 머리에 떠올랐다. 그 거한은 위엄이 어떻게나 당당한지, 수십 명의 폭도들은 몽둥이를 휘두르며 악다구니만 써댈 뿐 감히 누구도 범접하지 못한다.

그 모양으로 분위기가 매우 살벌한 바로 그때, 저만치서 조그만 부인 하나가 나타나더니 거구의 괴한에게,

"여보! 어머니가 부르시는데 당신은 집에 가지 않고 여기서 뭘 하고 있는 거예요? 빨리 집에 가요!"

하며 사나이의 옷소매를 가볍게 잡아당겼다. 그러자 폭도들 앞에서는 그처럼 위엄이 당당하던 거한이 마누라한테 꼼짝도 못하고 질질 끌려가고 있는 것이 아닌가.

"하하하, 저런 못난이가 있나?"

오자서는 기대가 너무도 어긋나는 바람에 자기도 모르게 소리내어 웃으면서,

"도대체 저 사람이 어떤 사람이기에 마누라 앞에서는 저렇게도 쪽을 못 쓰오?"

하고 구경꾼에게 물어 보았다. 그러자 어떤 사람이 천부당 만부당한 말씀이라는 듯 고개를 설레설레 내저으며 이렇게 대답한다.

"마누라에게 쪽을 못 쓴다구요? 천만의 말씀이오. 그 사람은 효심이 극진하여 어머니가 부르신다는 소리를 들었기 때문에 두말없이 마누라를 따라간 것이라오."

오자서는 그 말에 또 한번 놀라며 주위 사람들에게 다시 물었다.

"그 사람의 성명이 무엇이며, 무엇을 하는 사람이오?"

그 질문에 대해 구경꾼들은 저마다 한 마디씩 주위 섬겼다. 거한의 성명은 전제(鱄諸)요, 힘은 만인력(萬人力)을 가졌고, 의협심이 강하여 남을 도와주는 것을 사업처럼 삼고 있다는 것이었다.

오자서는 그들의 말을 듣고 또 한번 놀랐다. 오자서는 전제의 집을 미리 알아두었다가 며칠 후에 그의 집으로 찾아갔다.

전제는 뜰에서 나락을 널고 있다가,

"어디서 오신 누구신데, 무슨 일로 나를 찾아오셨소?"

하고 퉁명스럽게 묻는다.

"나는 초나라에서 온 오자서라는 사람이오. 귀공에게 부탁하고 싶은 일이 있어 찾아왔소."

전제는 '오자서'라는 말을 듣고 소스라치게 놀라며 자세를 바로 잡더니, 두 손을 모아 읍(揖)하며 말한다.

"오자서 장군이라면 천하에 고명한 어른이신데, 어찌 이런 누추한 곳에까지 광림(光臨)하셨나이까? 그러잖아도 지금 이곳에 망명중이라는 소문은 진작부터 듣고 있사옵니다만 저희집에까지 오실 줄은 꿈에도 몰랐습니다. 누추하지만 방으로 좀 들어가시지요."

오자서는 방으로 들어와 자기 신세를 솔직하게 말해 주고 나서,

"초 평왕에게 원수를 갚으려면 귀공 같은 숨은 인재들의 도움이 필요하오. 귀공은 나를 좀 도와줄 수 없겠소?"

선세는 오자서의 말을 듣고 한동안 깊은 생각에 잠겨 있더니 문득,

"장군께서 기어이 원수를 갚으시려면 오왕에게서 군사를 빌려 초를 쳐버리면 될 것이 아니옵니까?"

하고 말한다.

오자서가 대답한다.

"나도 그런 생각을 안 해본 것은 아니오. 그러나 지금의 나로서는 오왕을 만날 길이 없는 걸 어떡하오? 오왕의 종제(從弟)인 희광 공자하고는 교분이 두텁지만, 그분은 공교롭게도 지방에 여행 중이고……."

전제는 고개를 끄덕이며,

"저는 물론 장군같이 훌륭하신 어른이라면 얼마든지 도와드리고 싶습니다. 그러나 저 같은 것이 결사적으로 도와드린다고 해본들, 무슨 일을 치를 수가 있겠습니까?"

"그것은 지나친 겸손이오. 아무튼 필요한 때가 되면 나를 도와주시겠다는 언약을 해주기 바라오."

"그 점은 염려 마십시오. 제가 할 수 있는 일이라면 뭐든 목숨을 걸고 돕겠습니다. 그리고 희광 공자가 돌아오실 때까지 장군님을 저희 집에서 모시도록 하겠습니다."

이리하여 오자서는 그날부터 숫제 전제의 집에서 자고 먹고 하게 되었다. 두 사람의 친분이 친형제처럼 가까워진 것은 말할 것도 없었다.

그 무렵 오자서는 마음속에 풀기 어려운 의문이 하나 생겼다. 희광 공자는 오나라의 제2인자인데, 그처럼 중요한 인물이 무엇 때문에 지방에 한 달이 넘도록 내려가 있을까. 단순한 여행이 아닌 것만은 확실해 보여 이모저모로 탐지해 보니, 희광 공자는 오·초 국경지대에 체류 중이라는 것이 아닌가.

그렇다면 오·초 간에 무슨 분쟁이 있는 것만은 확실한가 보구나. 오자서는 직감적으로 그런 생각이 머리에 떠올랐다. 희광 공자가 무슨 용무로 국경지대를 여행 중인지, 오자서는 그 내막을 백방으로 알아보려고 애썼다. 그러나 그것만은 도저히 알아낼 길이 없었다. 그러면 희광 공자는 무슨 일로 초나라와의 국경지대에 한 달이 넘도록 내려가 있는 것일까. 우선 그 문제부터 알아보기로 하자.

초나라의 운성이라는 곳은 오나라의 국경에서 가까운 곳이다. 일찍이 초 평왕은 미건 태자의 생모였던 왕후 채 부인을 대궐에서 쫓아내 운성에 유폐시킨 것은 독자들도 이미 다 알고 있는 일이다.

채 부인은 폐위를 당한 이후 죽지 못해 살아오는 판이었는데, 친자식인 미건 태자마저 국외로 헤매다가 살해되었다는 소식을 전해 듣자 골수에 맺힌 원한을 풀어보려고 오나라와 내통할 길을 모색하기 시작하였다.

오나라에서는 그런 낌새를 알자 희광 공자가 국경지대에 직접 내려가 채 부인과 비밀리에 접촉을 도모하느라고 시일이 많이 걸렸던 것이다.

물론 채 부인 자신은 아무 힘도 없는 존재였다. 그러나 초 나라의 민심이 아직도 채 부인과 미건 태자의 불운을 진심으로 동정하고 있는 형편이었다. 오나라로서는 초나라의 내분을 조장하기 위해서라도 채 부인을 반드시 포섭해 둘 필요가 있었던 것이다.

한편, 초나라에서는 오나라의 희광 공자가 국경지대에 오래 머물러 있다는 정보를 받고 매우 의심쩍어 하는 판에, 때마침 오자서가 소관을 넘어 동오로 들어갔다는 정보까지 날아 들어오지 않는가.

이에 초 평왕은 크게 놀라 비무기를 불러 상의한다.

"오자서가 이미 동오로 넘어갔다 하니, 이 일을 어찌 하면 좋겠소!"

비무기가 눈살을 찌푸리며 대답한다.

"오자서가 동오로 넘어간 것은 진실로 골치 아픈 일이옵니다. 지금 채 부인이 유폐 중인 운성은 오나라와 국경을 접하고 있는 곳이옵니다. 따라서 오자서가 채 부인과 내통을 도모할 것이 분명합니다. 이렇게 된 마당이니 차제에 군사를 보내 채 부인을 숫제 죽여 없애는 것이 좋을 것 같습니다. 만약 그냥 살려두면 오자서가 채 부인과 짜고 미승 공자를 앞세워 대통을 빼앗으려 할 것이 분명합니다."

초 평왕은 그 말에 등골이 오싹해 왔다. 그리하여 즉석에서 대장 원월(遠越)을 불러 추상 같은 명령을 내린다.

"그대에게 군사 3천 명을 딸려줄 테니 명일 중으로 운성으로 달려가 유폐 중인 채 부인을 죽이고, 초·오 국경을 물샐틈없이 수비하라. 만약 채 부인을 죽이지 못할 경우에는 그대를 참형에 처할 터인즉, 그리 알고 왕명 수호에 추호도 소홀함이 없도록 하라! 알겠느냐?"

대장 원월은 그 다음날 3천 명의 군사를 대동하고 운성으로 떠났다. 그러나 그 정보는 첩자들의 보고에 의하여 곧 희광 공자에게 알려졌다.

희광 공자는 그 사실을 알자 한밤중에 1백여 명의 강병을 운성으로 보내 채 부인을 오나라로 납치해 오고 말았다. 그것은 아슬아슬하게도 원월의 군사가 운성에 도착하기 불과 세 시간 전의 일이었다.

한편 오자서는 언제 돌아올지 모르는 희광 공자를 한 달이 넘도록 기다리고 있자니 마음이 초조해 견딜 수가 없었다.

'이렇게 허송세월만 하고 있다가는 아버님과 형님의 원수를 갚지 못하게 되는 것이 아닐까?'

오자서는 그런 생각이 들자 미칠 것만 같았다. 그리하여 달이 밝은 어느 날 밤에는 산에 올라가 가슴에 사무치는 비애를 통소(洞簫)로 달래고 있었다.

오자서는 워낙 통소의 명인이었다. 고요한 한밤중에 산상에서 통소로 회포를 푸는데, 슬픔에 겨운 통소 가락은 오도(吳都)의 방방곡곡에까지 속속들이 울려 퍼져 만도(滿都)의 백성들은 잠을 이루지 못할 지경이었다.

"누가 퉁소를 저토록 슬피 불고 있을까?"

"얼마나 슬픔에 겨우면 퉁소를 저렇듯이 슬피 불까? 퉁소 소리를 듣고 있으려니 나도 눈물이 나는구나."

만도의 백성들은 퉁소 소리로 인해 잠을 이루지 못한 채 가족들끼리 그런 말을 주고받기도 하였다. 퉁소 소리가 대궐 안에까지 울려 퍼진 것은 물론이다.

오왕 요(僚)는 잠자리에 들려다 말고 오랫동안 퉁소 가락에 심취해 있다가 문득 측근을 불러서,

"도대체 퉁소를 저렇듯이 잘 부는 사람이 누구냐? 얼굴이라도 한번 보고 싶으니, 그 사람을 지금 이리로 좀 불러오도록 하라."

하고 뜻밖의 분부를 내렸다. 이리하여 오자서는 한밤중에 관원(官員)들에 의하여 오왕 앞에 붙잡혀 오는 몸이 되었다. 그처럼 만나고 싶었던 오왕을 천만뜻밖에도 쉽게 만나게 된 것이었다.

오자서는 속으로 크게 기뻐하며 '이야말로 하늘이 나를 도와주심이로다' 하고 생각하며, 오왕 전에 큰절을 올렸다.

오왕이 오자서를 아래위로 훑어보며 묻는다.

"그대는 어떤 사람이기에 퉁소를 그렇게도 잘 부는가?"

오자서가 머리를 조아리며 아뢴다.

"신은 초나라의 망명객 오자서이온데 부형의 원수를 갚고자 이곳까지 흘러왔사오나 뜻을 펼 수가 없어 대장부의 비애를 잠시 퉁소 가락에 실어 보았던 것이옵니다."

오왕은 상대가 오자서임을 알자 까무러칠 듯이 놀란다.

"아니 그럼 귀공이 바로 천하의 호걸 오 명보라는 말씀이오?"

"예, 그러하옵니다."

오왕은 오자서가 틀림없음을 알게 되자 몸소 가까이 다가와 손을 잡아끌며,

"내 그러잖아도 오 명보가 망명길에 올랐다는 소식을 듣고, 어떻게 해서든지 우리나라로 모셔 오고 싶었소. 그런데 이렇게 우연히 만나게 되었으니 이처럼 기쁜 일이 없구려."

오왕은 즉석에서 주연을 베풀어 극진히 환대하며,

"오 명보가 만약 우리나라에 머물며 나를 도와주신다면 나도 전력을 기울여 돕겠소."

오자서는 모든 일이 꿈만 같았다. 오자서는 오왕에게 머리를 조아리며 말한다.

"황공무비하신 은총에 신은 오직 감루(感淚)가 있을 뿐이옵니다. 신이 원수를 갚는 데 도움을 주신다면 대왕전에 분골쇄신의 보은을 다할 것이옵니다."

오왕도 크게 기뻐하며,

"오오 고맙소. 오 명보가 그처럼 말씀해 주시니, 나는 천만 대군을 얻은 것만 같구려. 그러면 이 자리에서 오 명보를 이 나라의 상대부로 임명하겠소이다."

이리하여 오자서는 일약 동오의 상대부가 되어 그날부터 국사 전반을 오왕과 직접 의논하는 신분이 되었다.

국경지대를 여행 중이던 희광 공자가 채 부인을 데리고 오도(吳都)로 돌아온 것은 그로부터 며칠 후의 일이었다. 오자서가 희광 공자와 반갑게 만난 것은 말할 것도 없었다. 그러나 그보다도 더 감격스러운 것은 채 부인과 미승 소년의 재회였다.

친할머니인 채 부인과 손자인 미승 소년은 서로 부둥켜안고 흐느껴

울며 언제까지나 눈물이 끊이지를 않았다. 그도 그럴 것이 채 부인은 왕후의 자리에서 쫓겨난 후 갖은 고초를 겪다가 이역만리에서 아비 없는 손자를 만났으니 울지 않을 수 없었고, 미승 소년은 왕손으로 태어나 금지옥엽처럼 자라다가 일조일석에 부모를 잃고 오자서와 함께 유리걸식(流離乞食)을 하던 중에 천만뜻밖에도 친할머니의 가슴에 안기게 되었으니 감격의 눈물이 솟구쳐 오르지 않을 리 없었던 것이다.

오자서가 두 사람의 울음을 달래 주며 말한다.

"오늘부터 신이 왕후마마와 미승 공자를 한 집에서 직접 모시도록 하겠습니다. 이처럼 두 분을 한 자리에 모시게 되니, 초나라의 왕운이 오늘부터 새로 싹터 오르는 것만 같사옵니다."

사실 오자서는 그날부터 채 부인과 미승 소년을 왕후와 왕손처럼 깍듯이 받들어 모셨다.

어느 날 희광 공자가 오자서를 집으로 찾아와 구회(舊懷)를 나누던 끝에 문득 이런 말을 물어 보았다.

"오 명보는 주상과 면식이 없는 줄로 알고 있었는데, 누구의 연줄로 상대부의 벼슬을 얻어내게 되셨소?"

희광 공자가 오자서의 사관(仕官)을 궁금하게 여기는 것은 무리가 아니었다.

오자서는 그간에 있었던 이야기를 희광 공자에게 자세히 들려주면서 이렇게 말했다.

"오왕께서 원수를 갚아 주신다기에 나는 그 말씀만 믿고 벼슬자리에 주저앉게 된 것입니다."

희광 공자는 오자서의 말을 상세하게 듣고 나더니 그제야 의심이 풀렸는지 고개를 끄덕이며,

"주공이 오 명보의 원수를 갚아 주신다고 했다지만 아마 크게 기대

하지 않는 것이 좋을 겁니다."

하고, 뜻밖의 말을 들려주는 것이 아닌가.

모처럼 희망에 부풀어 있던 오자서는 희광 공자의 말에 가슴이 섬뜩하였다. 오자서는 매우 착잡한 심정으로 희광 공자에게 이렇게 반문하였다.

"오왕께서는 나에게 원수를 갚아 주실 것을 철석같이 약속해 주셨습니다. 그런데 공자께서는 너무 기대하지 말라고 하시니 그게 무슨 말씀이옵니까?"

희광 공자는 무슨 말을 할까 말까 잠시 망설이다가,

"내 입으로 이런 말을 하기는 거북하지만 금상(今上)은 워낙 탐람(貪婪)한 사람이기 때문에 약속을 믿을 바가 못 된다는 말씀이오."

오자서는 희광 공자의 해괴한 말에 놀라지 않을 수 없었다. 오왕과 희광 공자는 공적으로는 군신지간(君臣之間)이요, 사적으로는 사촌 간이 아니던가. 설사 오왕께서 결함이 있다손 치더라도 희광 공자로서는 그런 말을 함부로 말할 처지가 아니었다. 더구나 오자서는 남의 나라 사람이 아닌가. 그럼에도 희광 공자는 '탐람'이라는 모욕적인 말까지 써 가면서 군주를 노골적으로 헐뜯고 있었다. 오자서의 뇌리에 불현듯 다음과 같은 생각이 머리에 떠올랐다.

'희광 공자는 심중에 왕위를 노리고, 사촌형인 현왕(現王)을 모함을 하고 있음이 분명하구나! 그렇다면 나는 어떡해야 하나?'

생각이 이에 미치자 오자서는 희광 공자의 내심을 좀더 자세하게 떠보고 싶어서,

"공자께서는 금상을 '탐람한 사람'이라고 말씀하셨는데, 거기에는 그럴 만한 사연이라도 있으십니까?"

하고 물어 보았다. 희광 공자는 또다시 무엇인가를 무척 망설이는

기색이더니,

"세월이 가노라면 차차 알게 되실 일이오. 자세한 이야기는 후일로 미루기로 합시다."

하고 휘갑을 쳐버리는 것이었다. 오자서는 희광 공자의 불가사의한 태도에 불안한 마음을 금할 길이 없었다. 오나라의 실력자인 희광 공자와 사이가 나빠져서는 무슨 일이든 제대로 될 수가 없었기 때문이다.

오자서가 추측한 대로 희광 공자가 암암리에 왕위를 노리고 있는 것은 사실이었다. 그가 그와 같이 어마어마한 야심을 품게 된 데는 그럴 만한 역사적인 사연이 있었다.

희광 공자의 조부인 오왕 수몽(壽夢)에게는 아들이 4형제가 있었는데, 그것을 계보(系譜)로 그려 보면 이러하다.

     수몽(壽夢) ― 제번(諸樊) ― 희광 공자
          여제(餘察)
          여매(餘昧) ― 요(현재의 왕)
          계찰(季札)

세속적으로 보았을 때 왕위는 맏아들인 제번(諸樊)과 종손(宗孫)인 희광 공자의 순서로 물려 내려와야 할 일이었다. 그러나 오왕 수몽은 세상을 떠나게 되자 형제 중에서 가장 현명한 넷째아들인 계찰(季札)에게 왕위를 계승시키라는 유언을 남겼다.

그러나 계찰은 '형님들이 계신데 내가 왜 왕이 되느냐'고 하면서 끝끝내 등극을 사양해 부득이 맏아들 제번이 왕이 되었다. 그러다가 제번이 죽게 되자 왕위는 여제(餘察), 여매(餘昧)의 순서로 내려왔다.

이를테면 오나라에서는 왕위를 종적 계보대로 계승해 내려오지 아니하고, 횡적 서열에 따라 전승해 왔던 것이다.

어느 왕조를 막론하고 왕위는 사자(嗣子)에 의하여 계승해 내려오는 법이다. 다시 말해 왕위는 종적 계보에 따라 세습적으로 계승해 내려오는 것이 불문율처럼 되어 있었다. 그러나 오나라에서만은 계찰이 수몽의 유언을 받아들이지 않았기 때문에 제번, 여제, 여매의 3형제가 횡적 서열에 따라 왕위를 계승해 내려오는 독특한 현상이 생겨났던 것이다.

수몽의 셋째아들 여매가 죽은 뒤에는 넷째 계찰이 왕위를 물려받아야 마땅한 일이었다. 그러나 계찰은 워낙 왕위 따위에는 마음이 없는 현인인지라 자기 차례가 돌아오자 숫제 산속으로 종적을 감춰 버리고 말았다.

사태가 그렇게 되면 왕위는 마땅히 종가(宗家)로 돌아와 종손인 희광 공자가 왕위에 올라야 할 일이었다. 그러나 현왕(現王)인 요는 자기 아버지가 왕이었던 것을 기화로 삼아 왕위를 자기가 가로채 버리고 말았던 것이다.

희광 공자는 어름어름하다가 사촌형에게 왕위를 감쪽같이 빼앗겨 버린 셈이니, 그에 대한 원한은 세월이 흐를수록 가슴에 사무칠 수밖에 없었다. 그리하여 언젠가는 왕위를 탈환할 결심을 굳게 먹고 있는 중인데, 천하의 호걸 오자서가 현왕을 측근에서 보필하고 있으니 마음이 편할 리가 없었다.

'큰일을 도모하기 위해서는 오자서를 조정에서 몰아내지 않으면 안 된다.'

그렇게 생각한 희광 공자는 어느 날 입궐하여 왕에게 이렇게 물어보았다.

"대왕께서는 오자서에게 원수를 갚아 주겠노라고 약속하셨다고 들었는데 그게 사실이옵니까?"

"오자서는 공자에게 생명의 은인이 아니오. 게다가 그런 훌륭한 인물을 붙잡아 두는 것은 국가에 큰 이익이 되겠기에 그런 약속을 한 것이오."

그러나 희광 공자는 고개를 좌우로 흔들었다.

"전하! 보은(報恩)과 대의(大義)를 혼동하시면 아니 되시옵니다."

"아니, 내가 언제 대의에 벗어나는 일을 했기에 그런 말씀을 하시오."

"전하! 냉정하게 생각해 보십시오. 초 평왕이 비록 무도(無道)했기로 그는 어디까지나 군주였고, 오자서는 그의 녹을 먹어온 신하의 몸이었습니다. 그런데 전하께서는 신하가 군주한테 원수를 갚겠다는 불의(不義)를 도와주겠노라고 약속하셨다니 그게 어찌 있을 수 있는 일이옵니까? 그래서는 이 나라의 충의(忠義)를 어떻게 보존해 나갈 수 있겠습니까?"

희광 공자의 충의론(忠義論)은 이로(理路)가 자못 정연하였다.

오왕 요공은 워낙 주관이 없고 생각이 단순한 사람이었다. 따라서 그는 희광 공자의 말에 내심 크게 당황하였다.

"그럼 내가 오 명보에게 원수를 갚아 주겠노라고 장담한 것은 잘못된 일이었던가요?"

희광 공자는 이때다 싶어 얼른 이렇게 말했다.

"전하! 그것은 잘못된 언약이셨습니다. 신하가 임금을 치려는 일을 도와주신다는 것은 마치 전하에게 반역하려는 자를 용인하시는 것과 무엇이 다르옵니까? 비록 나라는 다르다 하더라도 임금으로 앉아서 이웃 나라의 이신벌군(以臣伐君)하는 일에 가담하시는 것은 있을 수 없는 일이라고 신은 생각하는 바이옵니다."

요공은 그 말에 자신의 불찰을 크게 뉘우치며,

"공자의 말씀을 들어 보니 과연 내가 경솔했구려. 그러면 오 명보의 문제를 어떻게 처리하는 것이 좋겠소?"

"오 명보를 상대부의 자리에 그대로 앉혀 두었다가는 반드시 불미스러운 일이 발생하게 될 것입니다. 그러하니 후환을 방지하려면 지금 곧 오 명보를 해임시켜 버려야 하옵니다."

"알겠소이다. 그러면 적당한 핑계를 꾸며서 일단 해임하도록 하지요."

그로부터 며칠 후, 오자서는 뚜렷한 이유도 없이 돌연 상대부의 자리에서 해임이 되고 말았다. 오자서는 자기를 해임시킨 배후의 인물이 희광 공자임을 모를 리 없었다.

'투보회 때에 목숨을 살려 주었거늘 어찌 내게 이럴 수 있는가!'

오자서가 여러 날을 두고 앙분(昻奮)에 잠겨 있을 때 하루는 희광 공자가 집으로 찾아왔다. 오자서는 희광 공자를 보자 오랫동안 참고 있던 분노가 절로 폭발하였다.

"잘 오셨소이다. 투보회 때에 공자의 생명을 구해 준 사람은 분명이 오자서였습니다. 그런데 공자는 도와주지는 못할망정 무슨 원한으로 나를 벼슬자리에서 쫓겨나게 하셨소? 실상인즉 나는 희광 공자를 믿고 이 나라에 왔었소. 그런데 공자가 나를 이토록 비참하게 유린하는 법이 어디 있단 말씀이오?"

오자서는 약이 오를 대로 올라 희광 공자에게 거침없이 대들었다. 그러나 희광 공자는 노여워하는 기색은 추호도 나타내지 아니하고 오히려 머리를 거듭 숙여 보이면서,

"오 명보에게 뭐라고 죄송스러운 말씀을 다할 길이 없습니다. 그러나 거기에는 말씀드리지 못할 사정이 있으니 너무 노여워하지 말아

주시기를 바라옵니다."

"여보시오. 덮어놓고 노여워하지 말라니, 목이 달아난 내가 화를 안 내게 되었소?"

"오 명보께서 분노하시는 심정은 저도 충분히 이해합니다. 그러나 저로서는 말씀드리기 어려운 사정이 있어서……."

"대장부와 대장부 사이에 무슨 못할 말이 있다고 그러시오? 공자는 아까부터 '말 못 할 사정'이라는 말만 되풀이하고 계시오. 그것은 나의 인격을 믿지 못하는 증거가 아니고 뭐요?"

오자서는 시종일관 거침없이 쏘아붙였다. 오자서의 노여움이 보통이 아님을 깨닫자 이번에는 희광 공자가 당황하였다.

"오 명보는 지나친 오해를 하고 계십니다. 제가 오 명보의 인격을 믿지 못하다니 그럴 리가 있습니까?"

오자서는 하도 어이가 없어 너털웃음을 웃었다.

"허허허……. 나의 인격을 믿기는 믿되, 비밀 얘기만은 불안스러워서 못하시겠다는 말씀이구려. 그게 어디 사람을 믿는다는 말씀입니까?"

그러자 희광 공자는 더욱 난처한 듯 두 손을 설레설레 내저으면서,

"그런 게 아닙니다. 저에게는 중대한 비밀이 하나 있는데, 지금껏 누구한테도 말할 수 없었습니다. 그 비밀을 오늘 오 명보한테 말씀드리고 싶어 일부러 찾아온 것입니다."

"아! 그래요? 그러면 내가 경솔하게 앞질러 화를 냈던 모양이로군요, 허허허."

오자서는 분위기를 바꾸기 위해 의식적으로 쾌활하게 웃어 보이면서,

"그러면 무슨 말씀인지 들어 보기로 할까요?"

이에 희광 공자는 왕위 계승권을 둘러싸고 오 왕가에서 벌어졌던 역사를 자세하게 설명해 준 뒤에,

"저는 현왕에게 왕위를 횡령당한 셈입니다. 어떤 일이 있어도 저는 현왕을 몰아내고 정당한 권리를 찾아야겠습니다. 부디 오 명보께서 저를 적극적으로 도와주십시오. 제가 만약 뜻을 이루면 국력을 기울여 오 명보의 원수를 갚아드리도록 하겠습니다."

하고 말하는 것이 아닌가. 한 마디로 요약해 말하자면 역적 도모를 둘이서 같이 하자는 것이었다.

오자서는 매우 난처한 심정이었다. 요왕은 워낙 사람됨이 신통치 못하여 그에게 충성을 다해 보아도 별로 도움이 될 것 같지는 않았다. 원수를 갚으려면 오히려 희광 공자와 손을 마주 잡는 편이 훨씬 유리할 것 같았던 것이다. 그러나 남의 나라의 반역 도모에 가담한다는 것은 경솔하게 결정할 문제가 아니었다. 그래서 오자서는 희광 공자에게 이렇게 말했다.

"공자께서 기어이 왕위에 오르고 싶거든 국로군신(國老郡臣)들을 한 자리에 모아 놓고 왕위 전수의 절차가 잘못되었음을 설득하여, 현왕을 상왕(上王)으로 물러앉게 한 뒤에 순리로써 왕위에 오르심이 어떠하겠습니까? 만약 그렇지 않고, 힘으로써 빼앗으려면 골육상쟁(骨肉相爭)의 불상사가 필연코 일어날 것이옵니다."

희광 공자가 머리를 가로 흔들며 대답한다.

"골육상쟁이 불행한 일임을 난들 어찌 모르오리까? 그러나 요왕은 워낙 탐욕스러운 사람이기 때문에 내가 그런 말을 입 밖에 꺼내기만 하면 그날로 당장 나를 살려 두지 않을 것입니다. 그런 만큼 이런 일이란 비극을 각오하고 힘으로 대결하는 수밖에 없다고 생각됩니다."

"……"

오자서는 말없이 고개만 무겁게 끄덕였다. 역적 도모를 요왕이 알면 그날로 참변이 일어날 것은 너무도 뻔한 일이기 때문이었다.

오자서는 아무리 생각해 보아도 자신의 목적을 달성시키려면 희광 공자와 결탁할 수밖에 없을 것 같았다. 그리하여 희광 공자와 손을 마주 잡을 것을 결심하고 이렇게 말했다.

"공자께서 그런 각오를 가지고 계시다면 저도 힘을 기울여 도와드리겠습니다. 그와 같은 대사를 도모하시려면 가장 간편한 방도를 택하는 것이 좋을 것입니다."

"가장 간편한 방도란 어떤 것을 말씀하시는 것입니까?"

"자객(刺客)을 구하여 요왕을 시해하는 것이 가장 간편한 방도가 아니겠습니까?"

"그건 나도 동감입니다. 그래서 진작부터 그럴 만한 사람을 구하고 있는 중인데 적격자를 구하기가 여간 어렵지 않소이다."

희광 공자의 말을 듣자 오자서는 불현듯 당읍성내(棠邑城內)에 사는 전제라는 만력사(萬力士)가 머리에 떠올랐다. 그리하여,

"제가 친형제같이 가깝게 지내는 전제라는 친구가 있는데, 그 사람이라면 의리도 두텁고 지혜도 풍부하여 그런 일을 능히 잘 해낼 수 있을 것이옵니다."

하고 말했다. 희광 공자는 전제에 대한 이야기를 상세하게 듣고 크게 기뻐하며, 그날로 오자서와 함께 전제의 집으로 직접 찾아갔다.

전제는 오자서와 동행한 손님이 희광 공자임을 알자 황공스러워서 어쩔 바를 모른다. 희광 공자도 전제의 위용(偉容)과 순박한 인품이 첫눈에 마음에 들었다.

오자서가 전제에게 묻는다.

"공자께서 귀공에게 중대한 일을 하나 부탁하고 싶어하시는데 그

대는 그 일을 맡아 줄 용의가 있소?"

전제가 즉석에서 대답한다.

"오 명보께서 어련히 아시고 저에게 그런 말씀을 하시겠습니까? 무슨 일인지는 모르오나 두말 없이 맡겠나이다."

"고맙소. 까딱 잘못하면 목숨이 달아날 일인데 그래도 좋겠소?"

"저는 죽음 같은 것은 두려운 줄을 모르는 놈이옵니다. 다만 집에 노모와 어린것들이 있으니 거기에 대한 걱정만 해주신다면 무슨 일이라도 해내겠습니다."

그러자 옆에 있던 희광 공자가 전제의 손을 덥석 잡아 흔들며 말한다.

"만약 이번 일이 성공한다면 그대의 어머님은 나의 어머님이나 다름이 없을 것이오. 또 그대의 공로는 청사에 영원히 빛나게 될 것이오."

이야기가 그렇게 나오자 오자서는 전제에게 요왕 살해의 비밀 계획을 잘 알아듣도록 말해 주었다.

전제는 그런 말을 듣고도 조금도 놀라지 아니하였다. 오히려 오랫동안 깊은 생각에 잠겨 있다가 문득 얼굴을 들어 두 사람을 번갈아 바라보면서,

"오 대부님! 이런 일이란 가볍게 행동할 것이 아니라 여러 가지로 계략을 꾸며야 할 것이 아니옵니까?"

하고 묻는다. 자기 나름대로 생각하는 점이 있는 모양이었다.

오자서는 전제에게 무슨 신통한 계략이라도 있는가 싶어서,

"어떻게 하는 것이 좋겠다는 말이오? 무슨 신통한 수라도 있소?"

하고 물어 보았다.

전제가 대답한다.

"요왕을 살해하려면 평소에 그를 호위하고 있는 사람들이 누구인

지 그것부터 알아봐야 합니다. 만약 그들이 저보다도 재주가 비상한 사람이라면, 제가 요왕에게 접근해 본들 그를 살해할 수는 없을 게 아니옵니까?"

과연 이치에 합당한 말이었다.

거기에 대해 희광 공자가 대답한다.

"요왕은 남을 믿지 못하는 성품이어서 어디를 가나 자기 아들인 경기 왕자(慶忌王子)와 엄여(掩餘), 촉용(燭庸)의 두 종제(從弟)들을 반드시 경호인으로 데리고 다닌다오."

전제는 잘 알았다는 듯 고개를 끄덕이며,

"홍곡(鴻鵠)이 구만리 장천(長天)을 활기차게 날아다닐 수 있는 것은 날개가 튼튼하기 때문입니다. 그러하니 홍곡을 잡으려면 날개부터 없애 버려야 합니다. 제가 듣건대 요왕의 아들 경기 왕자는 만부부당(萬夫不當)의 용맹지사(勇猛之士)라고 하옵니다. 게다가 엄여, 촉용의 두 아우까지 경호에 가담하고 있다니 귀신인들 어찌 그들을 당해낼 수 있으오리까. 그러하니 희광 공자께서 요왕을 기어이 살해하시려거든 먼저 경호인 세 사람부터 제거해 버리도록 하시옵소서. 그렇지 않고서는 설사 요왕을 살해한다손 치더라도 공자께서는 그들로 인해 대위에 오르시기가 매우 어려울 것이옵니다."

희광 공자는 그 말을 듣고 크게 깨달은 바 있어 오자서에게 말한다.

"전제 공의 말씀은 과연 옳소이다. 그러면 오늘은 일단 집에 돌아가 세 사람부터 제거해 버릴 계략을 꾸며 보기로 합시다."

이리하여 오사서는 이날부터 희광 공자의 장원(莊園)인 진택(震澤)이라는 곳에서 살게 되었다.

한편, 이 무렵 초 평왕은 오랫동안 오자서에 대한 심리적인 압박감에 시달려 오다가 마침내 그것이 병이 되어 회생할 가망이 거의 없게 되었다. 그리하여 임종이 가까워오자 그는 영윤(令尹) 낭와(囊瓦)와 그밖의 중신들을 불러 놓고 말한다.

"오자서가 언젠가는 오군(吳軍)을 몰고 반드시 우리나라로 쳐들어 올 것이오. 나의 큰아들 자서(子西)는 나이는 많아도 서출(庶出)이니 내가 죽거든 나이가 어려도 적자(嫡子)인 미진(米珍 : 무상 공주〔無祥公主〕가 낳은 아들)에게 대위를 물려 주도록 하오. 그때에는 중신들이 모두 신왕을 잘 받들어 나라를 굳건하게 지켜 주시오. 오자서가 오병(吳兵)을 몰고 쳐들어오더라도 제공들이 방위만 잘해 주면 조금도 겁날 것이 없을 것이오."

초 평왕이 그와 같은 유언을 남기고 죽자 중신들은 선왕의 유언대로 미진 왕자를 왕으로 옹립하려고 하였다. 그러나 정작 영윤 낭와가 선왕의 유언을 무시한 채 반대하고 나서는 것이 아닌가.

"오병이 언제 쳐들어올지 모르는 판국에 어찌 나이 어린 왕자를 왕으로 모실 수 있겠소. 비록 서자라 하더라도 나이가 많은 왕자를 왕으로 받들어야 하오."

영윤 낭와가 선왕의 유언을 무시하고 자서(子西)을 신왕으로 옹립하자고 주장하니 다른 중신들은 감히 반대를 못했다. 그러나 장본인인 자서가 낭와의 의견에 불응하면서 이렇게 말했다.

"선왕의 유언을 무시하고, 내가 어찌 왕위에 오를 수 있겠소? 미진 공자가 나이는 어려도 중신들이 힘을 모아 보필하면 될 게 아니오."

이리하여 열한 살짜리 미진 공자가 초나라의 대위를 계승하게 되었는데, 그를 소왕(昭王)이라고 칭한다.

자서는 아우를 신왕으로 받들고, 자기 자신은 좌영윤(左令尹)이 되는 동시에, 낭와를 우영윤(右令尹)으로 삼아 초나라의 기초를 튼튼하게 다지려 애썼다. 그러나 간신 비무기의 권력에는 조금도 변동이 없어서 그는 나이 어린 소왕을 앞세우고 정사를 더 한층 맘대로 휘두르니 백성들의 빈축(嚬蹙)은 날이 갈수록 더해 가고 있었다.

오자서는 간첩을 보내 초나라의 그와 같은 실정을 알고 나자 땅을 치며 통곡한다.

"내 손으로 죽이려고 했던 초 평왕이 제 수명을 다 누리고 죽어 이제는 원수를 갚을 수 없게 되었으니 이런 통분할 일이 어디 있느냐?"

희광 공자가 그 소식을 전해 듣고 급히 달려와 묻는다.

"불구대천지 원수였던 초 평왕의 부음(訃音)을 듣고 오 명보가 통곡을 하고 계신다니 대체 어찌된 일이오?"

오자서가 대답한다.

"저는 초 평왕의 죽음을 통곡하는 것이 아니옵고, 그의 목을 내 손으로 직접 베어 버리지 못한 것이 한탄스러워서 통곡하는 것입니다."

그리고 몇 날 밤을 뜬눈으로 새우며 비통에 잠겼다. 그로부터 며칠 후, 오자서는 심기일전하여 새로운 계략을 꾸미려고 희광 공자에게 말한다.

"전제의 말대로 공자께서 홍곡의 날개를 잘라 버릴 때는 바로 지금이 아닌가 하옵니다."

"경기 왕자와 엄여, 촉용 등을 지금 제거해 버리자는 말씀입니까?"

"예, 그러하옵니다."

"무슨 좋은 계략이라도 있으십니까?"

"때마침 초가 상란(喪亂) 중에 있으니 공자께서는 이 기회에 군사를 일으켜 초나라를 치자는 의견을 요왕에게 올리십시오. 그러면 요왕도 공자의 의견에 반드시 찬성하면서 누구를 원수(元帥)로 삼고, 누구를 대장(大將)으로 임명하는 것이 좋겠느냐고 물으실 것입니다. 그러면 공자께서는 엄여와 촉용을 각각 원수와 대장으로 삼고, 경기 왕자를 위나라에 보내 군사 원조를 얻어오게 하라고 말씀하십시오. 만약 모든 일이 그대로만 되면 그 기회에 요왕을 살해하는 것은 지극히 용이한 일일 것입니다."

희광 공자는 오자서의 교묘한 계략에 감탄하면서도, 불안스러운 점이 없지 않았다.

"현사(賢士)로 이름이 높으신 계찰 숙부가 지금 산에서 내려와 계신데, 내가 왕위를 빼앗기 위해 요왕을 살해하면 그 어른께서 나를 용납해 주시지 않을 것 같구려. 그 문제를 어찌했으면 좋겠소?"

오자서가 대답한다.

"그 문제를 방지하기 위해서는 그분을 왕의 특사로 삼아 열국 제후들을 순회 방문하게 하십시오. 그리고 그동안에 모든 일을 기정사실로 만들어 버리면 설마 왕위에 오르신 분을 폐위하라고는 아니 하실 것이옵니다."

희광 공자는 그 말을 옳게 여겨 다음날 아침에 입조(入朝)하여 요왕에게 이렇게 아뢴다.

"신이 듣자옵건대 초나라 평왕이 죽고, 어린 아들이 왕위에 오름에 따라 비무기의 횡포가 더욱 심해져 민심이 어지럽기 짝이 없다고 하옵니다. 그러하니 이 기회에 열국 제후들에게 화친사(和親使)를 보내 맹약을 새롭게 하는 동시에, 군사를 일으켜 초를 치면 우리가 패권을 잡을 수 있을 것입니다. 대왕께서는 부디 이 기회를 놓치지 말아 주시옵소서."

요왕은 그 말을 듣고 흔쾌하게 웃었다.

"참으로 놀라운 계략이오. 그러나 우리나라에는 양장(良將)이 부족하여 누구를 원수로 삼는 것이 좋을지 모르겠구려."

희광 공자가 대답한다.

"엄여, 촉용의 두 종제가 매우 용감하시니 그분들을 원수로 삼으십시오. 그리고 왕자 경기는 언변이 매우 능하시니 위나라에 보내시어 군사 원조를 얻어 오게 하시고, 계찰 숙부는 현사로 이름이 높으신 분이니 열국을 순회하시면서 제후들과 화친을 도모하게 하면 좋을 것이옵니다. 그 모양으로 왕가 일족이 총동원하여 토초 작전을 전개하면 어찌 성공을 못할 수 있겠나이까?"

요왕은 그 계략에 전적으로 찬동하였다. 그리하여 엄여를 원수로 삼고 촉용을 대장으로 삼아 2만 대군을 주어 초나라를 치게 하였다. 그리고 또 왕자 경기를 위나라에 보내 군사 원조를 얻어 오게 하는 동시에, 계찰을 특사로 임명하여 열국을 순방하게 하였다.

엄여와 촉용은 대군을 이끌고 출진하여, 우선 초국의 잠읍(潛邑)을 포위하고 총공격을 개시하였다. 그러나 잠읍 대부 송목(宋木)은 항복은커녕 성문을 굳게 걸어 잠근 채 응전조차 아니 하고 오군 습래(襲來)의 급보만을 조정에 올렸다.

초나라에서는 왕이 바뀌어 그러잖아도 어수선하던 판에 오군이 쳐들어왔다고 하니 모두들 크게 당황하였다.

'오군 습래'의 급보를 받은 좌영윤 자서는 어전회의를 긴급히 소집하고 중신들에게 말한다.

"오군은 야비하게도 우리가 상중(喪中)임을 알고 침공해 왔소. 만약 이에 응전하지 않으면 적은 우리를 넘보고 더욱 득세할 것이 분명하니 어떤 일이 있어도 적을 섬멸시켜 버려야 하겠소. 편장군(偏將軍) 극완(郤宛)은 군사 2만을 이끌고 가서 잠읍을 구하도록 하오. 그리고 낭와 장군은 군선(軍船) 3백 척을 이끌고 예수(汭水)로 돌아가서 적을 동쪽에서부터 수륙 양면으로 협공하도록 하오. 그러면 오군은 꼼짝 못하고 항복을 하게 될 것이오."

어린 임금 소왕은 싸움에 이긴다는 말을 듣더니 크게 기뻐하며 곧 윤허를 내렸다.

이윽고 극완 장군이 육군 2만을 이끌고 오군을 공격해 오는데 그 기세가 자못 격렬하였다.

양군은 잠읍에서 격전에 격전을 거듭하기를 무려 30여 합, 오군의 일각이 무너져서 패주하기 시작하자 엄여가 아우 촉용을 불러 상의한다.

"적군의 사기가 놀랍도록 왕성하여 잠읍을 함락시키기가 매우 어려울 것 같으니 이 일을 어찌했으면 좋겠소?"

촉용이 대답한다.

"나는 잠읍의 서문을 공격할 테니 형님은 전선(戰船)을 이끌고 예수로 돌아가 동문을 수군(水軍)으로 공격해 주십시오. 수륙 양면으로 공격해 들어가면 반드시 성을 함락시킬 수 있을 것이외다."

엄여는 그 말을 옳게 여겨, 수군을 이끌고 예수로 돌아가 잠읍을 공격하는데 일시에 전세가 크게 유리하였다.

그리하여 4, 5일 동안 승리에 승리를 거듭하는 듯이 보였는데, 돌연 후방으로부터 초장 낭와가 군선 3백여 척을 이끌고 급습해 오며 화공전법(火攻戰法)을 전개하는 것이 아닌가.

오의 군선들이 여기저기서 불길에 싸여 타오르기 시작하자 군사들은 크게 당황하여 패주에 패주를 거듭하는데 엎친 데 덮친 격으로 쫓겨 가는 오군에게 초선(楚船)이 불세례를 자꾸만 퍼부어댔다. 결국 오군은 사실상 전패하고 말았다.

이에 엄여와 촉용은 패잔병들을 규합하여 방위선을 새로 구축하면서 본국에 응원군을 급히 요청하였다. 그런데 그 당시 오나라의 정사는 희광 공자가 사실상 혼자서 맡아보고 있었다.

희광 공자는 응원군을 급히 보내라는 엄여와 촉용의 표(表)를 받자 요왕에게는 알리지도 아니 하고 오자서를 불러 말한다.

"이제야 요왕을 살해할 때가 온 것 같소이다."

"무슨 말씀이사옵니까?"

희광 공자는 대답 대신 엄여의 구원병 요청의 표를 내보였다.

오자서는 표를 읽어보고 고개를 크게 끄덕이며,

"때는 왔습니다. 그러면 전제를 불러 계략을 상의하십시다."

희광 공자는 급히 전제를 불러 말한다.

"그대가 두려워하는 경기 왕자와 엄여, 촉용 등이 모두 국외에 나가고 없으니 이 기회에 요왕을 살해해 주시오."

그러나 전제는 주저하는 빛을 보이며 대답한다.

"요왕을 살해하려다가 저 자신이 죽는 것은 두렵지 아니하오나 늙은 어머님이 생존해 계셔서 걱정입니다. 옛글에 신체발부(身體髮膚)는 부모님에게서 물려받은 것(受之父母)이기 때문에, 그것을 훼손하지 않는 것(不敢毁傷)이 효의 시초(孝之始也)라는 말이 있사온데, 하물며 노모를 두고 제가 죽는다면 얼마나 불효막급한 일이옵니까?"

희광 공자는 내심 크게 실망하며 말한다.

"물론 이런 일을 도모하려면 죽음을 각오해야겠지만, 그렇다고 반드시 죽는다고는 볼 수 없는 일이 아닌가? 만일의 경우에 그대가 죽는다 하더라도 어머님한테는 내가 아들 노릇을 해드릴 터인데 무슨 걱정인가?"

오자서도 옆에서 권고의 말을 거든다.

"절대로 죽지 않을 테니 안심하고 결행해 주기를 바라오."

그러나 전제는 워낙 효성이 극진한 사람인지라 고개를 좌우로 흔들며,

"저는 노모 때문에 자객의 임무만은 감당하지 못하겠으니 다른 사람에게 부탁해 주십시오."

희광 공자와 오자서는 어찌할 바를 몰라 실의에 잠겼다. 그런데 전제의 노모가 세 사람 앞에 불쑥 나타나더니 아들을 꾸짖듯이 이렇게 말하는 것이었다.

"이 어미는 우연하게도 네가 두 어른님들과 주고받는 이야기들을 모두 엿듣고 있었다. 네가 이미 희광 공자에게 충성을 다할 것을 맹세한 바 있다니 어떤 일이 있어도 그 언약만은 지키도록 해야 한다. 자고로 충(忠)과 효(孝)는 둘이 아니고 하나이니라. 효를 위해 충을 저버리는 것은 소(小)를 위해 대(大)를 희생시키는 것과 무엇이 다르겠느냐? 이 어미는 네가 그런 옹졸한 사람이 되는 것을 원하지 않는다. 내 걱정은 말고 공자에게 충성을 다하도록 하거라! 내 말 알아듣겠느냐?"

80객 노모는 아들에게 그와 같은 훈시를 남기고 자기 방으로 돌아가서는 곧 목을 매어 자살을 하고 말았다. 아들에게 후고(後顧)의 우려(憂慮)가 없게 하려는 자살이었음은 말할 것도 없다.

희광 공자와 오자서는 전제와 함께 노파의 장사를 융숭하게 지내주고 곧 요왕 살해의 계획을 추진하였다.

전제가 말한다.

"요왕은 외출할 때에는 언제나 사자 가죽으로 만든 갑옷을 두 벌씩이나 껴입고 다니기 때문에 어지간한 검(劍)은 찔러 보았자 끄떡도 안 한다고 합니다. 그 일을 어찌 했으면 좋겠습니까?"

요왕이 갑옷을 두 벌씩 껴입고 다니는 것은 희광 공자도 알고 있는 사실이었다. 희광 공자는 오랫동안 궁리에 잠겨 있다가 문득 생각난 듯이 무릎을 치며 전제에게 말한다.

"참, 나에게 '어장(魚腸)'이라고 부르는 신검이 한 자루 있네. 그 신검은 월(越)나라의 명단도사(名鍛刀師)인 구야자(歐冶子)라는 사람이 만든 만고의 걸작품으로 길이는 세 치밖에 안 되어도 무쇠 갑옷도 종잇장처럼 쉽게 뚫을 수 있다네. 그러니까 사자 가죽 갑옷 따위는 문제가 안 되네!"

전제는 그 말을 듣고 크게 기뻐했다.

"월나라의 구야자가 명검의 제작자임은 소인도 진작부터 알고 있었사옵니다. 그분이 만든 명검이라면 저도 자신을 가지고 요왕을 살해할 수가 있겠습니다."

두 사람은 오자서의 계략을 들어가면서 요왕 살해의 계획을 구체적으로 수립하였다.

다음날 아침 희광 공자는 일찌감치 입조(入朝)하여 요왕에게 아뢴다.

"신이 집에서 담가 놓은 술이 잘 익어 내일은 태호정(太湖亭) 호숫가에서 몇몇 중신들과 더불어 천렵(川獵)의 연(宴)을 베풀고자 하옵는데, 대왕께서도 임어(臨御)해 주시면 무상의 영광이겠습니다."

요왕이 흔쾌하게 웃으며 대답한다.

"공자가 친히 천렵을 베푸신다니 내 어찌 참석을 아니 하리오. 태호에서는 어떤 고기가 많이 잡히오?"

"대왕께서 가장 좋아하시는 농어가 많이 잡히옵니다."

"내가 좋아하는 농어가 많이 잡힌다니 제만사(除萬事)하고 참석하도록 하겠소이다."

희광 공자는 요왕의 참석 허락을 받고 나자 곧 집으로 돌아와 오자서와 모의를 거듭한 끝에, 태호정 근방에 1백 명의 역사들을 잠복시켜 놓고 전제를 숙수(熟水)로 가장하여 요왕에게 접근할 수 있도록 꾸며 놓았다.

다음날 희광 공자는 몸소 요왕을 모셔 가려고 입궐하였다. 요왕은 내전으로 들어가 옷을 갈아입으며 왕후에게 말한다.

"내가 오늘 희광 공자가 베푸는 천렵에 참석하겠노라는 약속을 했지만, 어젯밤 꿈자리가 좋지 않아 기분이 내키지 않는구려. 그러나 이미 약속을 한 일이니 잠깐 다녀오리다."

왕후가 걱정스럽게 말한다.

"희광 공자가 이즈음 웬일인지 매사에 불안스러운 기색이 보였습니다. 대왕께서는 오늘 천렵에 행행(行幸)하시려거든 반드시 사자외피갑주(獅子外皮甲冑)를 입으시고, 강병(强兵)들로 하여금 경계를 물샐틈없게 하시옵소서."

"알겠소. 부인 말씀대로 하리다."

그리하여 요왕은 강병 5백 명의 호위를 받으며 태호정에 당도하였다.

이윽고 주연이 시작되자 희광 공자는 요왕에게 술을 따라 올리며 말한다.

"대왕께서 임어해 주셔서 이런 영광이 없사옵니다. 술이 향기롭게 익었사오니 한잔 드시옵소서. 이 술을 드시면 만수무강하실 것이옵니다."

요왕은 술잔을 받아든 채 잠시 침묵에 잠겨 있다가 문득 희광 공자에게 이런 말을 하였다.

"내가 어젯밤 꿈자리가 사나워 오늘 참석을 아니 하려다가 공자와의 약속을 저버릴 수가 없어 마지못해 나왔소. 그러하니 경호원들을 배치해 놓고 나서야 술을 마시기로 하겠소. 만약 공자가 그 일을 야속하게 여긴다면 나는 이대로 돌아가겠소이다."

희광 공자는 그 말에 가슴이 뜨끔했지만,

"대왕께서 경호를 튼튼하게 하시는 것을 신이 어찌 야속하게 여기오리까. 근자에 불량배들이 많으니 대왕께서 경호를 튼튼하게 하는 것은 당연하신 일이옵니다."

하고 마음에도 없는 말을 하는 수밖에 없었다. 그리하여 경호가 삼엄하게 펼쳐졌다. 그 경호가 어떻게나 용의주도한지 요왕의 좌우에는 호위병들이 줄을 지어 늘어서 있었고, 음식을 날라 오는 사람에게도 좌우에 검사(劍士)들이 한 사람씩 달라붙어 있었고, 술을 따르는 사람조차 감시병이 세 명씩이나 지켜보고 있었다.

게다가 연석(宴席)에 드나드는 사람은 누구를 막론하고 일일이 몸수색을 했기 때문에, 몸에 무기를 지니고 돌아온다는 것은 생각조차 할 수 없게 되었다.

그야말로 물 한 방울도 새어 들어올 틈이 없도록 삼엄한 경계였던 것이다.

희광 공자는 불안하고 초조하기 짝이 없었다.

숙수로 가장한 자객 전제도 경계가 삼엄한 것을 모를 턱이 없었다. 그는 무기를 휴대하고 요왕에게 접근할 방도를 백방으로 궁리해 보다가 불현듯 기막힌 묘방이 머리에 떠올랐다.

'그렇다. 희광 공자의 명검은 이름을 '어장(魚腸)'이라고 하지 않았던가. 그 검을 농어의 뱃속에 숨겨서 요리 접시로 들고 들어가면 누구도 모를 일이 아닌가. 그러고 보면 그 명검을 '어장'이라고 명명한 것은 결코 우연한 일이 아니었구나.'

전제는 곧 뱃속에 명검이 들어 있는 농어 요리 접시를 두 손으로 받들고 요왕 앞으로 나가려고 하였다. 그러나 요왕은 거인 전제가 멀리에서 나타난 것을 보고는 별안간 겁을 집어먹으며,

"저자가 어떤 놈이기에 나에게 함부로 접근하려 하느냐?"

며 큰 소리로 호통을 질렀다. 전제가 멀리서 머리를 조아리며 대답한다.

"소인은 오늘의 숙수이온데 대왕전에 농어 요리를 진상하려는 것이옵니다."

요왕은 경호원들에게,

"요리 접시는 너희들이 받아오고, 저자는 가까이 오지 못하게 하라!"

일령지하에 경호병들이 전제에게 벼락같이 달려들었다. 그러나 전제는 요리 접시를 가슴에 움켜 안은 채 요왕에게 이렇게 호소하였다.

"이 농어 요리는 소인이 대왕전에 직접 진상하는 영광을 입어 보려고 온갖 정성을 다한 요리입니다. 대왕께서는 민초(民草)의 갸륵한 충정을 헤아려 주시옵소서. 만약 소인의 소행이 의심스러우시면 몸수색을 엄밀하게 시켜 보신 연후에라도, 직접 진상하는 영광을 꼭 베풀어 주시옵기를 간곡히 원하옵나이다."

비천한 백성이 대왕전에 요리 접시를 직접 진상하는 영광을 가져 보고 싶다고 애원하는데, 왕으로서 그것까지 거절할 수는 없었다.

"음, 저 사람의 몸을 수색해 보아서 아무것도 가진 것이 없거든 요리 접시를 본인이 직접 가져오게 하라."

호위병들이 부랴부랴 몸수색을 해보니, 전제의 몸에는 아무것도 없지 않은가.

"대왕마마! 이자의 몸에는 지니고 있는 게 아무것도 없사옵니다."

"음, 그러면 그대가 요리 접시를 직접 가지고 오라."

전제가 요리 접시를 두 손으로 받들어 올리니 요왕은 접시 위의 생선을 그윽하게 바라보면서,

"아, 이 생선의 이름을 뭐라고 하느냐?"

"송강(松江)에서 잡히는 농어이옵니다. 입이 작고 비늘은 비단결 같아 맛이 기막히게 좋은 생선이옵나이다. 대왕께서 평소 농어를 무

척 좋아하신다고 들었사옵기에 소인이 정성을 다해 요리한 것이오니 식기 전에 들어 보시옵소서."

"과연 보기만 해도 맛이 좋을 것 같구나. 이왕이면 네 손으로 가시를 추려내어 먹기 쉽게 하여라!"

전제는 국궁배례하고 단상으로 올라와 농어의 가시를 발라내는 척 하다가 농어의 뱃속에서 명검을 꺼내 잡기가 무섭게 요왕의 심장을 힘차게 찔러 버렸다. 워낙 명검인지라 요왕은 심장을 찔리자마자 그 자리에서 쓰러지고 말았다

그러자 경호병들이 사방에서 몰려들어 창검을 후려갈기는 바람에 전제도 그 자리에서 여러 토막의 시체로 변해 버렸다. 희광 공자가 부리나케 옆방으로 피신을 하니 흥분한 경호병들은,

"희광 공자도 때려잡아라!"

하고 외치며 옆방으로 몰려들었다. 그러자 그 순간 옆방에 미리 대기하고 있던 오자서가 번개같이 달려나오며 장검으로 경호병들을 단숨에 10여 명이나 후려갈기니 살아남은 호위병들은 도망을 치기에 바빴다.

사태가 수습되자 오자서는 희광 공자를 받들어 모시고 곧 대궐로 향하였다.

그리하여 오자서는 군신들을 한자리에 모아놓고 이렇게 설득하였다.

"여러분도 잘 아시다시피 계찰 왕숙(王叔)께서 왕위에 오르시기를 사양하셨을 때, 오나라의 대위는 마땅히 종가로 돌아왔어야 옳을 일이었습니다. 그럼에도 요왕은 대위를 가로채었으니, 그것은 결코 옳은 일이 아니었습니다. 이제 모든 것은 사필귀정(事必歸正)이 되었으니 왕가의 종손인 희광 공자를 대왕으로 모시는 것이 어떠하겠습니까? 만약 의견을 달리 하시는 분이 계시거든 이 자리에서 기탄 없이

말해 주시옵소서."

군신들이 모두 찬의를 표명하므로 희광 공자는 그날로 왕위에 올랐으니, 그가 바로 오나라의 제24대 왕인 합려(闔閭)이다.

희광 공자는 왕위에 오르자 전제의 아들 전의(鱄毅)를 하군대부(下軍大夫)에 임명하는 동시에 오자서를 상대부로 봉하여 모든 정사를 그와 의논하였다.

〈제1권 끝〉

● 작품 연보 ●

1911년   평북 의주 출생.
1936년   단편 〈卒哭祭〉《동아일보》 신춘문예에 입선.
1937년   단편 〈城隍堂〉《조선일보》 신춘문예에 당선.
1939년   장편 《花風》을 《매일신보》에 연재.
1941년   전작 장편 《靑春의 倫理》 발표.
1942년   연구서 《小說作法》 발표.
1946년   장편 《薔薇의 季節》을 《중앙신문》에 연재.
1947년   전작 장편 《故苑》 발표.
1948년   장편 《哀戀記》 발표.
1949년   장편 《都會의 情熱》 발표.
         장편 《靑春山脈》을 《경향신문》에 연재.
1951년   장편 《女性戰線》을 《영남일보》에 연재.
1952년   전작 장편 《愛情無限》, 장편 《番地 없는 酒幕》 발표.
1953년   콩트집 《色紙風景》, 장편 《山有花》 발표.
         장편 《世紀의 鍾》을 《영남일보》에 연재.
1954년   장편 《自由夫人》을 《서울신문》에 연재.
         장편 《人生旅情》 발표.
1955년   장편 《民主魚族》을 《한국일보》에 연재.
         장편 《月夜의 窓》 발표.
1956년   장편 《浪漫列車》를 《한국일보》에 연재.
1957년   장편 《슬픈 牧歌》를 《동아일보》에 연재.
         장편 《사랑의 十字架》 발표.
1958년   장편 《誘惑의 江》을 《서울신문》에 연재.
         장편 《非情의 曲》을 《경향신문》에 연재.

1959년　장편《花魂》 발표.

1960년　장편《戀歌》,《女性의 敵》을《서울신문》에 연재.

1962년　장편《人間矢格》 발표.

　　　　장편《珊瑚의 門》을《경향신문》에 연재.

　　　　장편《女人百景》을《조선일보》에 연재.

1963년　장편《欲望海峽》을《동아일보》에 연재.

1964년　장편《에덴은 아직도 멀다》를《조선일보》에 연재.

1965년　장편《爐邊情談》을《대한일보》에 5년간 연재(10권 발행).

1976년　연작 장편《名妓列傳》을《조선일보》에 4년간 연재.

1977년　사화집《李朝女人史話》 발표.

1978년　전기《退溪小傳》 발표.

1979년　수상집《살아가며 생각하며》 발표.

1980년　전작 장편《閔妃》 발표.

　　　　사화집《退溪逸話選》 발표.

1981년　장편《旅愁》를《경향신문》에 연재.

　　　　장편《孫子兵法》을《한국경제신문》에 연재(4권 발행).

1983년　장편《楚漢誌》를《한국경제신문》에 연재(5권 발행).

1985년　장편《김삿갓 풍류기행》을《한국경제신문》에 연재.

　　　　장편《賢婦列傳》 발표.

1987년　장편《小說 閔妃傳》 발행.

1988년　장편《小說 김삿갓》 발행(5권).

1989년　장편《美人別曲》 발행(6권).

1991년　숙환으로 별세.

소설 손자병법 · 1

1판 1쇄 발행 1984년 2월 20일
2판 1쇄 발행 1993년 12월 10일
3판 1쇄 발행 1995년 7월 1일
4판 1쇄 발행 2002년 9월 20일
4판 45쇄 발행 2025년 2월 28일

지은이 · 정비석
펴낸이 · 주연선

(주)은행나무
04035 서울특별시 마포구 양화로11길 54
전화 · 02)3143-0651~3 | 팩스 · 02)3143-0654
신고번호 · 제 1997-000168호(1997. 12. 12)
www.ehbook.co.kr
ehbook@ehbook.co.kr

ⓒ 정비석

ISBN 978-89-5660-009-3 04810
     978-89-5660-008-6 (세트)

• 이 책의 판권은 지은이와 은행나무에 있습니다. 이 책 내용의 일부 또는 전부를 재사용하려면 반드시 양측의 서면 동의를 받아야 합니다.

• 잘못된 책은 구입처에서 바꿔드립니다.

승자를 위한 영원한 바이블!『손자병법』

'지피지기 백전불태 (知彼知己 百戰不殆)'

동서고금을 막론하고 가장 뛰어난 병서로 꼽히는『손자병법』의 이 유명한 글귀는 놀랍게도 걸프전 때 미국 해병대원의 배낭 속에서도 발견되었다. 걸프전 당시 다국적군은 전장에서 읽을 수 있도록 장병들에게『손자병법』의 번역본을 지급했을 뿐만 아니라, 헤드폰을 통해서도 들을 수 있도록 카세트 테이프까지 휴대케 했다. 당시 다국적군 사령관 슈워츠코프 장군도『손자병법』을 읽으면서 전략을 수립했다. 뿐만 아니라 프랑스의 나폴레옹, 삼국지의 영웅 조조와 제갈공명, 중국의 붉은 별 마오쩌둥, 일본 통일의 영웅 도쿠가와 이에야스, 호치민, 빌 게이츠 등 유사 이래의 뛰어난 영웅과 기업가들은 모두『손자병법』을 전략 원리의 표본으로 삼았다. 2천5백여 년 전인 춘추시대에 오나라 군주 합려에게 전략서로 바쳐져 패업(覇業)을 이루게 한『손자병법』이야말로 '승자를 위한 영원한 바이블'이다.

출간 후 300만 부가 팔려 나간 인생지침서!
최고의 베스트셀러 작가 정비석 대표 소설!

천하의 명장 손무와 그의 손자 손빈, 제세의 호걸 오자서와 경국지색 서시, 와신상담으로 복수의 칼을 가는 5패 16국의 제왕들. 희대의 영웅, 미녀들이 엮어 가는 흥망성쇠와 이합집산의 드라마를 통해 인간사의 철리를 새삼 깨우쳐 주는 감동적인 소설!

나는 이 소설 속에서, 그 당시 할거(割據)했던 수많은 영웅호걸들을 총동원시켜 가면서, 그들 사이에서 일어났던 무궁무진한 권모술수와 파란만장했던 수많은 전쟁들을 다채롭게 엮어 나가느라고 노력해 보았다. 날이 갈수록 치열한 경쟁 속에서 살아가야 하는 현대인들에게 이 책이 다소나마 도움이 될 수 있다면 그처럼 다행한 일은 없겠다. ―〈작가의 말〉 중에서

값 11,500원